2015 年度国家社科基金项目
"新媒体语境中诗与公众世界的关系新变化研究"（15XZW035）成果

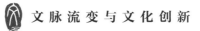

文脉流变与文化创新

新媒体语境下
新诗与公众世界的
关系新变化

New Changes in the Relationship
between New Poetry and the Public World
in the Context of New Media

罗小凤 著

社会科学文献出版社
SOCIAL SCIENCES ACADEMIC PRESS (CHINA)

总　序

文脉是息息相通的文化血脉，是以人的生命和灵性打造的文化命脉。在文脉流变中，只有认真总结文脉流变的规律，不断推进知识创新、理论创新、方法创新，才能引导我们全面深入研究关系国计民生的重大课题，积极探索关系人类前途命运的重大问题，准确判断中国特色社会主义发展趋势，创新继承中华优秀传统文化精华。

中国优秀传统文化的丰富哲学思想、人文精神、教化思想、道德理念等，可以为人们认识和改造世界提供有益启迪，可以为治国理政提供有益启示，也可以为道德建设提供有益启发。通过文脉流变和文化创新研究，对传统文化中适合于建构和谐社会关系、鼓励人们向上向善的内容，需要结合时代条件地加以继承和发扬，赋予其新的含义。

当代中国正经历着我国历史上最为广泛而深刻的社会变革，也正在进行着人类历史上最为宏大而独特的实践创新。这种前无古人的伟大实践，必将给理论创造、学术繁荣提供强大动力和广阔空间。这是一个需要理论而且一定能够产生理论的时代，这是一个需要思想而且一定能够产生思想的时代。通过文脉流变与文化创新研究，立时代之潮头、通古今之变化、发思想之先声，为哲学社会科学繁荣、为学科发展述学立论和建言献策，以担负起历史赋予的光荣使命。

正是立足于这一历史和现实语境，扬州大学于 2017 年启动"十三五"重点学科建设工程，设立"文脉流变与文化创新"（交叉学科）建设项目，希望通过对传统文化的挖掘和再发现，将其有价值和现实针对性的精神资源予以传承和创新。

"十二五"以来，扬州大学文科学科建设栉风沐雨，砥砺前行，取得了显著成效。2011 年中国语言文学学科获批江苏省"十二五"重点学科，

2012 年中国史学获批江苏省"十二五"重点学科，学科建设展示出新的姿态。2014 年，整合中国语言文学、中国史、法学三个一级学科的优势，其"文化传承与区域社会发展"学科被江苏省人民政府批准为"江苏高校优势学科建设工程"二期项目，标志着扬州大学学科建设进入新阶段、驶上快车道。其间，先后承担了参照"211"工程二期项目"扬泰文化与'两个率先'"及三期项目"人文传承与区域社会发展"的建设，分别以"扬泰文库""半塘文库""淮扬文化研究文库"等丛书形式出版了 150 多种图书。大型丛书的出版，有力提高了扬州大学学科建设的整体水平，优化了扬州大学的学科结构和学科生态，彰显了扬州大学的学科底蕴和学科特色。

新世纪以来，学科建设在国际格局深度调整、国际关系多元变化的新形势下更加迫切，学科建设与专业建设的关系更加融合，学科的发展与科学技术的发展更加密切，学科渗透、学科交叉的价值和意义在社会发展、科技进步、经济繁荣、国计民生的作用进一步凸显，新一轮全球竞争、人才竞争不可能不与学科发生关联。为此，党和国家提出了建设"一流大学""一流学科"的发展战略。扬州大学深感任务艰巨，使命光荣，决定设立"文脉流变与文化创新"交叉学科，进一步强化人文科学的渗透融合，促进人文学者的交流协作，打造人文研究的特色亮点。

作为"文脉流变与文化创新"交叉学科建设的标志性成果，我们精心推出这样一套丛书。丛书确立了这样几个维度。

一是优秀传统文化的维度。建立文化自信，需要对文化传统、文明历史深化理解。只有深入研究中国历史，认真梳理文脉渊源与流变，才能更好地参透经典，认识自己，以宽广的视野真实地与历代经典对话。通过文脉流变与文化创新研究，能够更好地认识过去、把握当下、面向未来，从容自信地在风潮变幻的时代中站稳脚跟，"不为一时之利而动摇，不为一时之誉而急躁"。

二是学科交叉融合的维度。在研究中，不仅运用传统的文史方法来考察这些经典，同时也结合政治学、社会学、艺术学、历史学、民俗学等多个学科背景，并引入前沿的学术视野展开跨学科研究，做到典史互证、艺文相析，开拓新的研究范式。

三是文化比较的维度。文化总是在比较中相互借鉴、在发展中兼容互补的。通过对相互影响的文化系统进行比较,从"文化共同体"视角深入思考文本接受与文化认同的路径、特点和规律。

丛书的出版,凝聚了扬州大学文科人的历史责任,蕴含了作者的学术追求,汇聚了社会科学文献出版社领导和编辑的社会使命及辛勤劳动,在此一并表示真挚的感谢。

陈亚平

2019 年 11 月

问题意识的启示

——序罗小凤《新媒体语境下新诗与公众世界的关系新变化》

叶　橹[*]

罗小凤对当代诗坛的现象，一直是投以关注的目光的，因此她总是能够及时地从中发现一些或隐或显的问题，从而揭示并展现诗歌创作的走向。我把她的这种探讨和研究的方式称为问题意识。作为一个诗歌现象的研究者，如果不能从纷纭杂呈的诗歌现象中梳理出比较清晰的脉络，并分析和探究其存在的问题和未来的发展方向，就不是一个合格的研究者。手边的这本即将出版的《新媒体语境下新诗与公众世界的关系新变化》，看起来书名有点冗长，但是她为了体现其研究的问题的独特性，又似乎不得不用两个定语来加以界定："新媒体"和"公众世界"。所以读这本书，必须对这两个词语的"特指性"给予足够的关注。脱离了这两个定语，有一些问题会变得纠缠不清。

首先说"新媒体"，如果没有这些"新媒体"的出现，恐怕也不会有新世纪以来涌现的色彩斑斓的诗歌现象。从普及的意义上说，它极大地拓展了诗歌的阵地，极大地丰富和调动了人们对诗歌的阅读机遇和兴趣。因此，它的积极意义是不可估量的。但是这样的一种"普及"，是不是也存

---

　*　叶橹，原名莫绍裘，1936 年出生于江苏南京，著名学者、诗歌评论家，教授，研究生导师。曾师从著名教育家、中国古代文史学家程千帆教授，对诗歌文本及重要诗人的发现与探索有卓越的洞察力，发现和推介了昌耀、闻捷、艾青等许多当代重要诗人。其弟子有著名作家毕飞宇，著名文学评论家葛红兵、王干、费振钟等人。共发表评论、随笔等约 200 万字，出版《叶橹文集》《艾青诗歌欣赏》《〈漂木〉十论》《形式与意味》《叶橹文学评论选》等专著多部，入选"扬州文化名人"，曾担任第二届、第三届中国诗歌奖与紫金山文学奖以及汪曾祺文学奖等多个文学奖项的评委多次。

在门槛过低导致诗歌质量下降的问题呢？这正是罗小凤着力探究的问题。她在书中对大量的诗作加以评析，从而对这种现象做出了她的判断。

再说"公众世界"，它似乎是一个被"新媒体"引导和造就出来的群体。但是笼统地用"公众世界"来概括当今的诗歌作者和读者，又似乎缺少一种"层次感"。从古至今，都有一些人认定，诗是只有少数人享有的高级的文学创作，是文学中的文学。但是他们又似乎很难摆脱"诗教"的信念，不得不承认诗在培养和提高人的审美情操、陶冶性灵方面的普及作用。对于这种看起来"两难"的问题，似乎只能从"层次"上给予具体的分析，不可能有什么一锤定音的结论。罗小凤在面对这方面的诸多现象时，也没有简单地下结论，而只是呈现和描述。但是不得不承认，正是在罗小凤的这种呈现和描述中，我们看到了当代诗坛现象的复杂斑斓。对于如此复杂斑斓而又瞬息万变的诗歌现象，任何试图以简单的理论模式来概括或妄下结论的做法都不是明智之举。罗小凤的诗性智慧在于，她在呈现这种现象的复杂性时，注意到了许多细枝末节，一般人不容易注意到的一些诗作中蕴含的倾向和意味，她都能具体而明确地揭示；而她在描述种种现象时，基本上持既客观又不乏主见的科学态度。这些方面体现了她的理论修养和气度。

"问题意识"给予我们的启示是，对一种现在进行式的诗歌现象，以在场者的眼光，我们应该如何看待它的内在机制和运行方向。比如"口语化"这一概念，它作为一个口号被提出来以及后来日渐发展成"口水化"，是有一个过程的。任何事物都一样：过犹不及。所以抽象地议论"口语化"之是非是无论如何都得不出正确结论的。罗小凤在书中对这个问题着重从"语言策略"方面加以阐释，而不是妄议是非，就显示了她的理论智慧。

罗小凤这本书中涉及的问题繁多，引用的诗作广泛，更显示出她的着力之深和用心之良苦。这样一部著作呈现在读者面前，绝不是能够用简单的结论来概括的。我一向以为，诗歌理论的研究，绝对不能在概念上做游戏，一切都要以对具体诗歌的进入和分析为依据，空洞的"概念游戏"往往只能给人一种"此亦一是非，彼亦一是非"的感受。罗小凤对诗歌现象广泛而深入的具体分析，正符合我对诗歌研究的观念，我也从她的许多论述中获得诸多启迪。

　　作为一个从 20 世纪 50 年代过来的人，我对半个多世纪中国诗歌现象的了解，虽有时断时续之弊，但总体上还算有新认知。所以不管别人如何把当下诗坛说得一塌糊涂，我在内心里都是不能认同的。仅仅从罗小凤该书中所涉及的如此复杂斑斓的诗歌现象，我们就一方面可以看到诗歌创作的丰富和复杂，另一方面也可以感受到诗歌理论研究的及时跟进。这种现象，在半个世纪前是能够想象的吗？

　　为罗小凤这部厚重的著作写这样简单的序言，意在对她的敬佩和支持，寄望于我们的诗坛日渐走向创作和理论研究的双丰收！

2020 年 8 月 16 日扬州

目　录
Contents

绪　论
新媒体、新诗与公众世界

　　诗与公众世界①的关系一直是诗歌场域中一个常谈常新且至关重要的诗学话题，深切关涉诗歌本体，其嬗变轨迹与诗歌自身发展的脉络、时代和社会的变迁等各种因素都密切相关，因而二者的关系一直处于错综复杂、变动不居的状态，每一种变动状态与路向都折射了一个时代的诗歌发展态势和诗歌风貌。当下正处于新媒体时代，那么，新媒体语境下新诗与公众世界的关系发生了什么变化？这些变化为诗歌发展带来了什么影响？是否建构了新的审美内质、诗歌价值与诗学意义？这些都是值得深入探究的重要诗学话题。

一　新媒体作为一种"语境"

　　20 世纪末 21 世纪初，由网络大军率领的新媒体强势进驻中国，全面激荡社会生活的各个角落、各个方面，对中国大众的生活方式、交往方式、思维方式和价值观念都形成巨大冲击甚至颠覆。诗歌领域亦不例外，在 21 世纪这一历史链条上，新诗与新媒体悄然相遇，新媒体成为 21 世纪诗歌无法逃脱的一个时代语境和潜在背景，正如学者张德明指出的，相对于 20 世纪的中国新诗而言，新世纪诗歌一个很明显的变化就是"它已全

---

①　"公众世界"与"公共领域"、"公共世界"是三个不同的概念。"公共领域"是汉娜·阿伦特（Hannah Arendt）与尤根·哈贝马斯（Jürgen Habermas）关注的核心概念，主要指领域、场所，"公共世界"是"公共领域"的衍生词，指公众会聚之所，与"公共领域"的所指差不多；而"公众世界"是阿奇保德·麦克里希（Archibald Macleish）在《诗与公众世界》中提出的一个概念，指涉的是由公众组成的世界，主要指作为"公众"的人所生活的世界，囊括了其中的人、事、情，是"公众的多数的生活"（〔美〕阿奇保德·麦克里希：《诗与公众世界》，朱自清译，载朱自清《新诗杂话》，作家书屋，1947，第170 页）。

面置身于互联网的技术环境和话语氛围中"①，"新世纪诗歌的发展始终是和网络纠缠在一起的"。② 确实，建基于互联网的新媒体作为一种语境已成为新世纪诗歌不言自明的时代背景，新诗与新媒体之间的缘分就此拉开帷幕。

对于"新媒体"的概念，学界众说纷纭，莫衷一是。"新媒体"（New Media）概念最早于 1967 年由美国哥伦比亚广播电视网技术研究所所长 P. 戈尔德马克（P. Goldmark）提出，指称电子录像；后来，这一词语在美国传播政策总统特别委员会主席 E. 罗斯托（E. Rostow）向总统提交的报告书中被反复提及，从此成为美国流行的一个用语。根据新传媒产业联盟秘书长王斌的定义，"新媒体"是以数字信息技术为基础、以互动传播为特点、具有创新形态的媒体，是相对于"旧媒体"（或称"传统媒体""老媒体"）的、建立在数字技术和网络技术基础之上而延伸出来的各种媒体形式，如互联网和移动通信设备等。③ "新"是相对于"旧"而言的，事实上每一种新出现的媒体相对于之前的媒体形态都是"新"的，以"新媒体""旧媒体"命名当下所存在的媒体形态是不够准确的，正如熊澄宇认为的"新媒体是一个相对的概念，是一个时间的概念，是一个发展的概念"④，肖频频则指出："没有新媒体，只有时代的媒体。"⑤ 有学者甚至主张用"第四媒体""数字媒体""在线媒体"代替指称"新媒体"，作为对"网站、App、微信公众号、自媒体甚至社交媒体"的统称，"即信息只通过网络进行传播的媒体形态"。⑥ 因此，"新媒体"只是一个权宜性的概念，其内涵会随着时代、历史的向前推进和新的媒体的出现而不断发生变化。由于"第四媒体""数字媒体""在线媒体"等概念并未被广泛接受进而推广开来，为叙述方便之故，笔者依然沿用"新媒体"这一概念。那么，具体哪些媒体是"新媒体"？熊澄宇认为新媒体是在计算机信息处理技术基础之上出现的媒体形态；陈永东则认为新媒体是相对于传统媒体而言的媒体及各种应用形式，如互联网媒体、掌上媒体、数字互动媒体、车载移

---

① 张德明：《互联网语境中的新世纪诗歌》，《中南大学学报》（社会科学版）2008 年第 1 期。
② 张德明：《新世纪诗歌研究》，暨南大学出版社，2013，第 12 页。
③ 参见潘瑞芳、谢文睿、钟祥铭《新媒体新说》，中国广播电视出版社，2014，第 4 页。
④ 谭天：《新媒体新论》（第 2 版），暨南大学出版社，2013，第 4 页。
⑤ 肖频频：《媒介变革与社会转型》"媒体转型篇"导语，学苑出版社，2015。
⑥ 仇勇：《新媒体革命：在线时代的媒体、公关与传播》，电子工业出版社，2016，第Ⅳ页。

动媒体、户外媒体及新媒体艺术等。①谭天则认为新媒体可以分为新型媒体和新兴媒体，新型媒体有车载移动电视、手机报、传统媒体的网站等，这些媒体从本质上来看只是传统媒体的延伸物；新兴媒体主要指网络媒体和手机媒体以及基于互联网所形成的各种媒介平台，是完全不同于传统媒体的新媒体。②由此可知，所谓"新媒体"，是一种相对于报纸、杂志、广播、电视四大传统媒体，在新的技术支撑体系下出现的新兴媒体形态，如数字杂志、数字报纸、数字广播、手机短信、移动电视、桌面视窗、数字电视、数字电影、触摸媒体等。亦有观点认为，网络媒介是第四媒介，手机媒介是第五媒介，新媒体则包括了第四媒介和第五媒介。其实两种观点的所指对象大同小异，都是依托于网络的各种新兴媒体。

新媒体是 20 世纪 90 年代末进入中国的，于 21 世纪初开始盛行，广泛运用于社会生活的各个方面、各个角落，已成为 21 世纪一个不言自明的时代背景。互联网于 1969 年起源于美国，而在中国，"1994 年 4 月 20 日，在中科院的计算机网络信息中心，中国实现了与国际互联网的全功能连接……自此，中国拉开了互联网发展的序幕"③。随后，博客、微博、微信等各种新媒体平台相继出现。新媒体的主要依存体是网络，通过网络才成就其"新"，并通过网络形成一个共时场域，人们在这个场域中交往互动。这个场域又被称为赛博空间（Cyberspace），是电脑网络中的虚拟现实，是人类现实世界之外的新空间。新媒体的出现，以迅雷不及掩耳之势席卷了人类的整个生活、精神领域。目前最新的互联网统计数据为 2022 年 2 月 25 日中国互联网络信息中心（CNNIC）在京发布的第 49 次《中国互联网络发展状况统计报告》。报告显示，截至 2021 年 12 月，我国网民规模达 10.32 亿，互联网普及率为 73.0%，而手机网民规模达 10.29 亿，网民中使用手机上网的人群达 99.7%。由此可见当下使用网络、手机等新媒体的受众覆盖范围之广。

新媒体所倚重的现代网络技术已全面改变人们的生活方式、思维方式、语言逻辑、社会结构、文化心理，"网络"已成为当下最重要的关键词，开辟了一个全新的时代。与此同时，新媒体同样席卷了整个文学领

---

① 参见潘瑞芳、谢文睿、钟祥铭《新媒体新说》，中国广播电视出版社，2014，第 3 页。
② 参见谭天《新媒体新论》（第 2 版），暨南大学出版社，2013，第 4 页。
③ 谭天：《新媒体新论》（第 2 版），暨南大学出版社，2013，第 9 页。

域。芬兰数字文学专家莱恩·考斯基马（Raine Koskimaa）指出："数字化或直接或间接地几乎强烈触及了文学的全部领域。不过，这仅仅只是一个开始，就目前具有过渡性质的情况而言，已经可以形成关于文学未来的足以使人惊讶的预言和推测。"① 国内也有学者指出："新媒介（互联网）革命的影响已经有了明确的根本性的结果：它改变了当代（中国）的文学生态和权利关系，其中，也包括改变了我们的文学价值观。"② 确实，新媒体已经不知不觉地裹挟所有人，几乎支配着当下社会的每一个人，并悄然构建了一个新媒体时代。因此，新媒体已为中国文学的发展提供了一个前所未有的新场域，无所不在，无人不卷入其中。可以说，新媒体既是传统文学秩序的颠覆者，亦是新的文学法则和秩序的建设者，一经出现便席卷整个文学领域，并建构了新的文学场。任何文学场域中的人都无法逃脱新媒体所建构的"场"的影响，诗歌领域自然亦不例外。

在新媒体与新诗的关系研究中，研究网络诗歌的学者过多地纠缠于什么是网络诗歌，网络诗歌的范畴是什么，网络诗歌到底是指直接在网络媒体上原创并传播的诗歌，还是指传播到网络上的诗歌，抑或指运用网络语言技术创作并通过网络传播而无法通过纸质传播的诗歌。如吴思敬认为网络诗歌内涵有广义和狭义之分："在电子布告栏系统上发表的诗歌一般称网络诗歌。网络诗歌的内涵有广义、狭义之分。广义的网络诗歌是从传播媒介角度来说的，一切通过网络传播的诗作都叫网络诗歌，它既包括文本诗歌的网络化，即把已写好的诗作张贴在电子布告栏上，也包括直接临屏进行的诗歌书写。狭义的网络诗歌则着眼于制作方式，指的是利用电脑的多媒体技术所创作的数字式文本。这种文本使用了网络语言，可以整合文字、图像、声音，兼具声、光、色之美，也被称为超文本诗歌。"③ 王本朝认为："网络诗歌，准确地说就是以网络为载体写作、发表和传播的诗歌。网络既是诗歌的载体形式，也是诗人的生存方式、诗歌的传播方式和读者的阅读方式。"④ 张立群则认为："网络诗歌的概念目前大致可以归纳为：

---

① 〔芬兰〕莱恩·考斯基马：《数字文学：从文本到超文本及其超越》，单小曦等译，广西师范大学出版社，2011，第3页。

② 吴俊：《文学史的视角：新媒介·亚文化·80后——兼以〈萌芽〉新概念作文的个案为例》，《文艺争鸣》2009年第9期。

③ 吴思敬：《新媒体与当代诗歌创作》，《河南社会科学》2004年第1期。

④ 王本朝：《网络诗歌的文学史意义》，《江汉论坛》2004年第5期。

在网络上创作并通过网络发表的、可以获得广泛迅速阅读与交流的网络原创性诗歌作品。"① 学界众说纷纭，莫衷一是。笔者不再深究概念、范畴的区分，而将"新媒体"作为新诗存在的一个"语境"和文化"场"进行考察。无论是狭义的网络诗歌还是广义的网络诗歌，都被纳入新媒体语境下，都无法逃脱新媒体语境的影响，都置身于新媒体所构筑的"场"中。事实上，新世纪以来的诗歌都被涵盖在这一语境之下，是新媒体文化场中不可或缺的重要组成部分。在此语境下，诗与公众世界的关系发生了诸多变化，成为新世纪诗歌版图上一个颇具实践价值与学术意义的重要论题。

二 新媒体语境下的诗与公众世界

在中国新诗的发展历程中，新诗与公众世界的关系一直处于反复、变动状态。20世纪30年代的诗歌注重"向内转"，书写感觉，甚少关注公众世界；而40年代许多诗人在革命的感召之下纷纷转向，从书写"个人的心"到"群众的心"，由私人世界转向"公众世界"；新中国成立后，直至"文革"结束，"朦胧诗"出场，一批诗人又重新书写"一代人"的经验，他们以个人体验为基点呈现与传达公众世界的经验，成为社会、历史、时代的代言人，但"第三代诗"很快又将这种苗头击退，于是，"个人化写作"甚嚣尘上，诗人们纷纷书写"私人世界"，而对"公众世界"的现实、生活本相大多持疏离姿态。进入新世纪以来，由于新媒体广泛运用于社会生活的各个方面、各个角落，为诗歌提供了各种公共平台和传播方式，诗的传播更为便捷、快速、广泛，且新媒体本身具有公共性、互动性、平等性等特点，相对于20世纪90年代开始的个人化写作中诗与公众世界的隔离状态，新世纪以来处于新媒体语境下的诗与公众世界的关系已发生诸多变化，其中最大的变化是出现了"全民化"的诗歌"盛景"，虽然实际上并不一定真正达到"全民化"，但在一定程度上改变了诗歌边缘化的处境，使诗歌与公众世界的关系有所好转，诗歌边缘化的"冷遇"境地有所改变。何以如此？最根本的原因在于诗歌的传播媒介、平台发生了变化，新媒体与诗歌的相遇为诗歌开辟了"第二生存空间"和新的"公共

① 张立群：《网络诗歌的大众文化特征分析》，《河南社会科学》2004年第1期。

空间"，为诗歌传播与发展提供了更多机会和深入公众世界的渠道。而在诗歌的创作与传播平台发生变化后，诗人的姿态、心态和诗歌的传播方式、传播策略、文本策略、功能等都随之发生一系列连锁反应和变化，这些方面均为诗与公众世界的关系发生变化的重要原因。然而，需要注意的是，在诗与公众世界的关系发生一系列变化的同时，诗歌发展也呈现出不少问题。这些问题都与新媒体本身的特性有关。新媒体暂时加强了诗与公众世界的关系，但事实上，从长远看，从深层次看，新媒体在一定程度上其实亦加深了诗与公众世界的隔膜，因为诗歌的"优伶化"、灵魂话语缺席、炒作模式等让诗歌的内质与艺术审美价值提升不高，所以"全民化"的盛景在一定程度上其实是由"看热闹"的公众构成的，不过是虚幻的繁荣。"公众"中的大多数人只是怀抱好奇心观看诗歌界的热闹，并非真正热爱诗歌。热闹过后，诗歌场域中剩下的依然是一片寂静，因而所谓的"热闹"纯属诗歌圈子内部的一时之热，最终会陷入内热外冷的尴尬。但不能因问题的存在而完全否定新媒体对诗与公众世界的关系变化所发挥的作用。大体而言，新媒体语境下诗与公众世界的关系所发生的一系列变化，具体体现在以下几个方面。

（一）新媒体语境下诗歌传播平台的变化

新世纪初网络、手机以及户外新媒体等新媒体与新诗的遇合，为诗歌开辟了"第二生存空间"和新的"公共空间"，导致诗与公众世界的关系发生巨大变化。与传统纸质媒体相比，各种新媒体不仅为诗歌提供了更便捷、自由和个性化的传播平台，为诗歌开辟了"第二生存空间"，拯救新诗于边缘化处境和危机，也在诗与公众世界之间让"公共空间"的重建与拓展找到契机。显然，让新诗在现实世界和纸质媒介之外寻找到自己新的生存空间，对调谐诗与公众世界之间的关系以及新诗未来的发展无疑都具有重要意义。比如网络，相较于新世纪以前占据公共领域主流的报纸、杂志、广播、电视等传统媒介所能提供的"公共空间"，网络这种新型的公共空间容量更大、传播速度更快、互动性更强，公众的交流更密切与迅捷，公共意见也更容易形成，且由于网络交流的平等化，"公共性"也就更充分，诗与公众世界的关联则更密切。

（二）新媒体语境下诗人对公众世界的姿态变化

新媒体语境下的诗人面对新媒体盛行的时代语境，调整了自己与公众世界的关系，其诗歌写作既不同于 20 世纪 90 年代之前盛行的宏大抒情诗般脱离公众世界的书写，亦不同于 90 年代那种暴露个人私密生活、宣泄个人情绪、铺排个人生活现实的个人化写作，也不同于 90 年代的另一种倾向，即过分强调诗歌技术的重要性，而忽略了诗歌作为一种文学形式的社会责任和社会担当，陷入技术至上主义，而是努力地开阔视野，力求接近现实生活，试图将个人情绪与公众的"共通性情绪"息息相通，力图重新做一个诗人，以寻求诗歌重返社会、文化中心的可能路径。这些诗人并非进行宏大的政治抒情或进行"大词""圣词"书写，而是不满足于婆婆妈妈、琐琐碎碎、唠唠叨叨的个人化写作，转向"及物"性的诗歌书写，贴近时代，对现实进行重新"发明"与塑造，深入公众世界，让诗歌从边缘化转向"公众化"。

（三）新媒体语境下诗歌传播方式的变化

20 世纪 90 年代以后，诗歌越来越边缘化，沦为"小圈子"的自我娱乐、自言自语、自我抚摸，出现了"写诗的比读诗的多"的尴尬局面，其原因就在于诗与公众世界的隔离、疏远，而诗歌传播方式和传播策略是沟通诗与公众世界过程中至关重要的一环。新世纪以来，以网络为依托的新媒体平台导致诗歌的传播方式发生翻天覆地的变化，涌现出诗歌通过命名进行传播的"命名传播"，通过制造各种诗歌事件进行传播的"事件传播"，通过在艺术形式上杂糅戏剧、音乐、小品、电视节目等各种要素进行传播的"跨界诗歌"等新的诗歌传播方式，使诗歌的传播方式与传播策略发生根本性的转型。在过去的纸质媒体时代，各种命名需要经过比较漫长的过程才能抵达大众；而进入新媒体时代后，由于新媒体与大众的零距离亲密接触，各种命名能直接快捷地抵达大众，于是掀起一轮又一轮"命名热"，如"梨花体""羊羔体""打工诗歌""新红颜写作""草根诗歌""80 后""70 后""中间代""中生代""垃圾诗派"等，形成空前的命名热潮，这实际上已成为新媒体语境下的一种新型传播策略。同时，事件传播亦成为新媒体语境下的新型传播策略。在传统的诗歌传播中，诗歌作品是传播的核心；而在新媒体语境下，诗歌传播的主要内容已转向各种吸引眼球、触动神经的诗歌事件，而非作品文本本身，诗人的性别、外貌、年龄、经历、生活习惯、生活方式、奇闻轶事、绯闻官司等文本之外的信息成为"热点卖点"，形成"事件传播"这种新型传播方式。此外，由于新媒体可以糅合多种媒体的特点，将声音、文字、图像等各种元素糅进新媒体诗中，综合多媒体技术和新媒体技术的跨界传播成为一种新的诗歌传播范式，如"中国诗剧场"、"第一朗读者"和《诗歌之王》等。无论是命名传播、事件传播还是跨界传播，其实都已从"作品中心"转变为"媒介中心"，所强调的是媒介效果，而非作品文本本身，这明显改变了诗歌传播方式和策略，为诗歌深入公众世界提供了可能性。

（四）新媒体语境下诗歌文本策略的变化

进入新媒体时代后，面对不同的诗歌创作与传播平台，面对完全不同的时代语境，诗人们为了适应新媒体语境的发展和新媒体时代公众的审美需求，大都在文本策略上采取了不同的方式，对诗歌的文本书写策略进行了各种调整。处在新媒体语境中的中国诗人反拨 20 世纪 90 年代以后盛行的个人化写作所采用的自言自语、梦呓式的自白方式，注重诗歌的穿透力、震撼力，在题材上对"噬心"题材进行"噬心"书写，在语言上对口语进行"驯服"与诗化，在表达方式上采用反抒情的抒情和叙事化抒情，将抒情、冷抒情、叙事相结合，注重故事性，叙事性强，并且注重对公共题材进行公共书写，以"私人的然而普遍的说法"[①] 将公共话语与个人话语进行调谐，使诗既体现出公共性，又不陷入假大空的宏大抒情模式，形成多声部的传达方式，这在一定程度上对于调谐诗与公众世界的关系，使诗深入公众世界具有重要意义。

（五）新媒体语境下诗歌社会功能的变化

长期以来，学界对当代诗歌社会功能的探讨主要集中在诗与社会要不要有关系，或主张诗歌不要社会功能，强调诗歌的艺术、审美层面，或主张诗歌需要承担社会功能，或主张诗歌的社会功能与审美功能应维持平衡，对于当代诗歌具体具有哪些社会功能则阐述甚少。其实，诗歌在审美功能之外，是需要有社会功能的，尤其是在新媒体语境下，诗歌的社会功能被新媒体的宣传、鼓动功能迅速张扬、放大，更加凸显出来，如近年来掀起的打工诗歌、草根诗歌、灾难诗歌、底层诗歌等诗歌热潮显然与新媒体的传播效力密切相关，而这些诗歌热潮的出现，彰显了诗歌呈

---

① 〔美〕阿奇保德·麦克里希：《诗与公众世界》，朱自清译，载朱自清《新诗杂话》，作家书屋，1947，第 172 页。

现灾难、生活、下层人民境遇等社会现实和传达公众声音的社会功能，呈现了诗与公众世界的密切关系。在新媒体语境下，诗已为人们构建起"诗生活"的新生活方式，使人们的日常生活审美化，同时，诗可以见证、诗可以医等都成为诗歌新的社会功能。

（六）　新媒体语境下诗与公众世界的关系面临的问题

中国新诗进入新媒体时代已有二十余年。在新媒体语境下，新诗与新媒体的结合虽然为诗歌的发展带来了前所未有的契机与机遇，表面上看似乎改善了诗与公众世界的关系，但需要注意的是，新媒体语境下诗歌圈内部似乎非常热闹，新诗似乎前所未有地深入公众世界，引起公众关注，而事实上，诗歌圈之外对诗歌的评价依然不高，态度依然"冷"，"诗歌无用论"、诗歌的边缘化处境依然未得到明显改变。这是因为，新媒体是一柄双刃剑，其本身有各种局限与问题，因此在新媒体与诗歌结合之初的当下，新媒体为诗歌的发展也带来诸多问题，如诗歌被"现实"绑架，诗歌"优伶化"倾向严重，灵魂话语缺失，诗歌批评呈现标签化、空心化等倾向，这些问题致使部分公众对诗歌产生偏见，使新诗遇"冷"，所以需要诗人们在探索诗歌未来发展路径的过程中予以规避与纠偏。

可见，新媒体语境下新诗与公众世界的关系新变化，关涉到诗歌传播平台、诗人的姿态、诗与社会的关系、诗与现实的关系、诗的传播形态和方式、诗的社会功能、诗的言说策略与传达方式等方面。这些方面的变化，改变了新诗与公众世界以往的疏离状态与诗歌的边缘化境遇，形成了新世纪诗歌的发展态势，建构了新世纪诗歌的独特新风貌。但学界对此新变却一直缺少系统、深入的研究，除了在一些小侧面、小角度的主题性研究中偶有触及外，几乎未曾出现直接研究新媒体语境下诗与公众世界关系新变化的文章或著作。事实上，这是一个极富学术价值和现实意义的重要论题。新媒体语境下诗与公众世界关系的新变化研究虽然只是新媒体语境下新诗发展生态的一个侧影，却是非常重要的一个方面，是新世纪诗学建构的重要组成部分。它打破了新诗研究中一直将新诗的艺术本体与社会功能进行二元对立的倾向，打破了潮流之间的界限和新诗研究中的二元对立思维模式，在一定程度上可以纠正新诗研究的不平衡性，不仅具有重要的诗学意义与理论价值，而且对当下诗歌写作如何迅速进入读者的阅读视野、深入公众世界，亦具有重要的启示意义。

第一章
"第二生存空间"的开拓：传播平台的变化

新媒体介入诗歌领域所产生的最明显、最直截了当的影响主要体现在诗歌传播平台的变化上。与传统媒体相比，网络、手机、户外新媒体等新媒体为诗歌提供了更便捷、自由和个性化的传播平台，开辟了诗歌的"第二生存空间"，并拓展了新的"公共空间"，在一定程度上为改变诗歌的边缘化处境提供了契机和可能，深刻影响了诗与公众世界的关系。

第一节　新诗与新媒体的遇合

毋庸置疑，新诗与新媒体的遇合是 20 世纪末 21 世纪初中国诗坛最引人瞩目的诗歌现象之一，自新媒体出现之始，新诗便与之结缘，并在与各种新媒体形态进行结合、合作的过程中寻找最佳发展路径。新诗与新媒体遇合的典型事件见表 1-1。

表 1-1　新诗与新媒体遇合的典型事件

时间	事件
1993 年 3 月	中文网络诗歌诞生：诗人吴阳（诗阳）首次使用电脑创作诗歌并通过电子邮件传播。诗阳成为第一位网络诗人
1993 年 10 月	方舟子在互联网中文新闻组张贴其诗集《最后的预言》
1995 年 3 月	第一种中文网络诗刊《橄榄树》创办：创办人为诗阳、鲁鸣、亦布、秋之客等
1998 年	第一种网络诗歌刊物《界限》诞生：李元胜主编 *
1999 年	李元胜创办"界限"诗歌网站
2000 年	南人创办"诗江湖"网站；莱耳、桑克创办"诗生活"网站

续表

时间	事件
2001 年	南人等创办《或者》电子诗刊；于怀玉（小鱼儿）创办"诗歌报"网站（"诗歌报"网站的前身"中华诗歌报"于 2000 年 5 月由小鱼儿创立，为其个人网站。随后创建"诗歌报"论坛，版主有小鱼儿、石生、石破天、见闻、兰逸尘、花语、梦亦非等）
2005 年	诗人们纷纷在博客、微博等平台上创建自媒体，在博客、微博上贴诗歌
2011 年	2011 年 1 月 21 日微信诞生后，新诗与微信结合，诗人们在微信朋友圈贴诗歌，创建微信群、微信诗歌公众号，推出诗作。2015 年被称为"微信诗歌年"，掀起"微信诗热"
2013 年	2013 年 3 月 11 日，"读首诗再睡觉"微信公众号第一次正式推送诗歌；2013 年 6 月 1 日，"为你读诗"微信公众号正式上线
2015 年	2015 年 6 月 18 日，由中国作家协会、中国作家出版集团主办的中国诗歌网上线
2017 年	2017 年底，中国诗歌网划归《诗刊》社管理，中国诗歌网与《诗刊》社融合
2021 年 9 月	快手与《诗刊》联合举办"快来读诗"诗歌朗诵活动

* 据李元胜与笔者的微信聊天知悉，《界限》诗刊创办于 1998 年。因此，王本朝《网络诗歌的文学史意义》（《江汉论坛》2004 年第 5 期）中所记载的"国内第一家网上诗刊是 1999 年 1 月出现在'重庆文学站'上的《界限》"与实际情况有出入，其他学者对此文章的引用亦有误。

可见，在国内，1993 年诗阳最早开始利用网络发表、传播诗歌（在国外，1991 年，留学海外的王笑飞在北美洲创办海外"中文诗歌通讯网"，属海外中文诗歌首次"触网"），这一段时间他通过电子邮件在网上发表了大量诗歌作品，标志着网络诗歌的诞生。接下来他又在互联网"中文新闻组"和"中文诗歌网"上发表数百篇诗歌作品，被诗歌研究者们确认为"中国网络诗歌第一人"，至今在诗阳的网站（http：//www.shiyang.net）上依然可找到他早期发表的网络诗歌。1994 年，诗阳、鲁鸣、亦布、JH、梦冉、泓、秋之客、天天等诗人亦在互联网"中文新闻组"和"中文诗歌网"上发表大量诗歌，标志着网络诗歌开始崛起。而在 1999 年"界限"诗歌网站创办后，各种网络诗歌论坛、网站纷纷出现，论坛、网站之风迅速席卷全国各地，如广西桂林麦子、刘春的"扬子鳄"，广东茂名晓音的"女子诗报"，贵州梦亦非的"零点"，北京桑克与广东莱耳的"诗生活"，北京灵石的"灵石岛"，河南森子的"阵地"，上海小鱼儿的"诗歌报"，北京周瓒的"翼"，北京南人的"诗江湖"，北京安琪、谯达摩等人的"第三条道路"等，这些论坛、网站将网络诗歌推向热闹繁荣。据张德明于 2005 年在《网络诗歌研究》中附录的一份网络诗歌论坛地址，网络诗歌论坛达到 381 个。① 而李霞在 2006 年 5 月统计，诗歌网站与论坛达 798 家。② 而后，博客诗歌、微博诗歌、微信诗歌及各种户外新媒体诗歌等形态相继出现。江非曾将网络诗歌的发展分为五个阶段：BBS 时期（1999 年以前）、论坛时期（2000~2004 年）、综合网站时期（2005~2006 年）、博客时期（2005 年以后）、网站专栏时期（2006~2007 年）③；张德明则将其分为三个阶段：网站—论坛时期（2000~2006 年）、网刊—专栏时期（2004~2007 年）、博客时期（2005 年以后）④。而新媒体发展至今，手机媒体介入诗歌后，笔者认为博客时期之后应该添加一个"手机时期（2013 年至今）"，自手机微信出现后，微信诗歌已成为诗歌界的新宠。各种诗歌存在形态的出现与发展繁荣都印证了新诗与新媒体相遇后诗歌领域所发生的变化。毋庸置疑，新媒体与新诗的相遇不仅仅为新诗提供了新的传播渠道或平台，还在诗歌表现方式、文本存在形态、诗人的思维方式、诗歌姿态等方面都带来巨大变化，改变了诗歌的写作方式、传播方式、审美观念、存在形态、传播途径以及阅读心理。正如吴思敬所指出的："诗歌传播新媒体的出现，是诗歌传播史上的一次深刻变革，它在改变了诗歌传播方式的同时，也改变着诗人书写与思维的方式，并直接与间接地改变着当代诗歌的形态。"⑤ 可见，新媒体带来了诗歌领域全方位的变化，而这些方面的变化均跟诗与公众世界的关系变化息息相关，因此，新媒体在诗与公众世界的关系变化中功不可没。

新媒体在诗与公众世界的关系变化中发挥作用，与新媒体自身特点息息相关，正如吴思敬所指出的："网络自身的特点，决定了它与大众有密切的关系。"⑥ 新媒体由于自身具有"开放性""公共性""互动性""即时性"等特点，为加强诗与公众世界的沟通与交流提供了诸多方便，使诗与

① 参见张德明《网络诗歌研究》，中国文史出版社，2005，第 168 页。
② 李霞：《汉诗网站众生榜》，诗生活网，https://www.poemlife.com/index.php?mod=revshow&id=35602&str=1235。
③ 参见江非《网络传播革命带来"诗场"巨变：谈新世纪中国诗歌十年"诗场"流变之一种》，《星星》诗刊 2010 年第 3 期。
④ 参见张德明《新世纪诗歌研究》，暨南大学出版社，2013，第 16 页。
⑤ 吴思敬：《新媒体与当代诗歌创作》，《河南社会科学》2004 年第 1 期。
⑥ 吴思敬：《新媒体与当代诗歌创作》，《河南社会科学》2004 年第 1 期。

公众世界的关系发生了巨大变化。可以说，新媒体是诗与公众世界之间的桥梁，为加强诗与公众世界之间的关系提供了天然条件。

一是开放性。由于新媒体是基于网络技术的媒体形态，而互联网采用分布式的网络结构和包交换技术，前者使网络上的各个终端即计算机是平等、平行的，没有从属关系，后者则使处于网络上的人无法阻止网络信息的传递，因而失去权威垄断、中心化的权利，人与人之间获取信息的机会和权利是公平的、平等的，无论是贵族还是平民，无论是名人还是无名小卒，都可以经过简单注册后登录互联网，不需要任何资金支持，不需要任何权力运作，只要懂得互联网的基本使用常识就可参与到新媒体中。而且，无论个人在与不在，无论个人肯定或否定，网络上正在传递的信息都不会因个人意志而中断或更改。这种开放性有利于人与人之间信息传递的公平性、平等性，有利于人们进行深度交流。

二是公共性。新世纪以来，博客、微博、微信、户外新媒体等新的诗歌传播平台的出现，为诗歌开辟了新的"公共空间"，相较于新世纪以前占据公共领域主流的报纸、杂志、广播、电视等传统媒介所能提供的"公共空间"，网络这种新型的"公共空间"容量更大、传播速度更快、互动性更强，公众的交流更密切与迅捷，公共意见也更容易形成。欧阳友权将互联网称为"第四媒体"，他认为："依托'第四媒体'的本体存在，网络文学有效利用了互联网的两大优势：强大的媒体容载和共享的信息资源。而这正是书写印刷媒体难以企及的优势。"① 确实，依托于网络的新媒体拥有更丰富的信息共享资源和更广阔的共享空间，这是纸质媒体所无法比拟的。而且，网络平台是开放的，在此平台上，人人平等，没有权贵与平民之分，在不触犯最根本原则的前提下，人人都可以发表意见、传递信息，而且他们发表的意见和传递的信息瞬间便为广大公众看到并继续传播，因此，网络平台上发表的任何意见、传递的任何信息几乎都具有公共性。新媒体的这种特点也为人与人之间的交流提供了重要条件。

三是互动性。与传统媒体的传播相比，新媒体的传播更直接、更快捷，尤其是其互动比传统媒体更多向、更快速，是一种无处不在、无时不有的即时互动。美国《连线》杂志对"新媒体"曾下过一个定义："所有

---

① 欧阳友权：《网络文学本体论》，中国文联出版社，2004，第40页。

人对所有人的传播，这就是新媒体。"① 可见，与传统媒体"一对一"的传播不同，新媒体是一种"多对多"的传播，集单向传播、双向传播、多向传播于一体，因此网络传播又被称为互动性（或交互性）传播。而且，新媒体传受双方的主客关系可以随时转换，新媒体用户既是信息内容的生产者和传播者，亦是信息内容的接受者和使用者。② 新媒体所提供的是一个能够相互交流、沟通的互动平台，这种特性显然有利于公众之间的深度交流。无论是诗歌网站、论坛还是博客、微博、微信、QQ，互动性都非常强，比如论坛，每个帖子后面都会有或熟悉或陌生的读者跟帖交流，读者们或表扬赞赏，或指出不足提出修改意见，或批判，或商榷，甚至发生激烈论争，这种参与和互动，使诗歌无形中引来更多读者关注，调动了他们的阅读兴趣或创作激情，甚至有些不写诗的读者在这种互动交流中亦开始投入诗歌创作。

四是即时性。由于新媒体是可以在移动中使用的，如智能手机、平板电脑、手持游戏机等都可以依靠网络或 Wi-Fi 等网络技术随时随地使用，而不必再像以前一样固守在电脑前，新媒体的使用完全不受时空限制，无论是上班或旅行途中，还是喝咖啡、用餐过程中，都可以通过网络随时随地接收、传播信息，与人交流互动。正如保罗·莱文森（Paul Levinson）所说："我们需要任何信息和一切信息，无论何时何地都需要，只要信息存在我们就要去寻求。"③ 新媒体的这种特点为人与人之间的交流提供了便利条件。

新媒体的这些特性以及新媒体所提供的各种传播方式和公共平台，使诗歌的传播更为便捷、快速、广泛，因此，相较于 20 世纪 90 年代的个人化写作中诗与公众世界的隔离状态，新媒体语境下诗与公众世界的关系已发生诸多变化，诗歌的"第二生存空间"与新的"公共空间"亦随之形成。

---

① 转引自孙文涛《新媒体发展现状概览》，载张晓明、胡惠林、章建刚主编《2010 年中国文化产业发展报告》，社会科学文献出版社，2010，第 153 页。
② 参见谭天《新媒体新论》（第 2 版），暨南大学出版社，2013，第 14 页。
③ 〔美〕保罗·莱文森：《新新媒介》，何道宽译，复旦大学出版社，2011，第 189 页。

第二节 "第二生存空间"的开拓

自 20 世纪 90 年代初新媒体与新诗相遇之后，网络、手机等新的传播平台全面介入诗歌领域，在新世纪的诗歌版图上，依据诗歌传播媒介命名的"网络诗歌""博客诗歌""微博诗歌""微信诗歌"等各种新的诗歌形态出现，网络所构造的"虚拟空间"为诗歌开辟了"第二生存空间"，诗歌传播形态与传播方式均发生巨大变化，重新迎来了诗歌的热潮。

一 从边缘化处境到"第二生存空间"

在 20 世纪 80 年代末 90 年代初兴起的商业化经济大潮和多元化文学思潮、观念的冲击下，诗歌边缘化的论调不绝于耳，尤其是 1992 年的商业化经济大潮对各行各业都造成强劲冲击，中国的新诗亦不例外。由于诗歌无法带来实际利益，在商业化的冲击之下，除了少数诗人继续坚守诗歌的精英立场外，大多数诗人纷纷改行，转向商品化、市场化的小说或影视创作，一些诗人则索性弃诗"下海"或从政，完全撤离诗歌场域。这使诗歌的地位江河日下，诗歌成为献给少数人的作品，几乎陷于落寞、荒凉境地，甚至有"现代诗已不存在""诗歌已死"等论调泛滥。这些论调主要来自韩寒、汪国真等人。2006 年 9 月 26~30 日，"80 后"作家韩寒针对当时诗坛正闹得沸沸扬扬的"梨花体"现象在其博客上接连发表《现代诗和诗人怎么还存在》《坚决支持诗人把流氓耍成一种流派》等系列博文，认为当下所谓的现代诗是诗人"先把自己大脑搞抽筋了，然后把句子给腰斩了，再揉碎，跟彩票开奖一样随机一排"，因此，在他看来，现在诗歌已"越来越沦落。因为它已经不是诗，但诗人还以为自己在写诗"，于是他得出结论："现代诗歌和诗人都没有存在的必要，现代诗这种体裁也是没有意义的。"① 这种"灭诗"言论遭到沈浩波、伊沙等诗人的愤怒反击，同时引发了诗歌圈内外关于"诗歌有没有必要存在"的激烈讨论，使"现代诗已不存在""诗歌已死"等论调久久萦绕于诗坛内外。后来，汪国真于

---

① 原载于韩寒新浪博客，已删，可参阅"豆瓣读书"，https：//www. douban. com/group/topic/1242810/。

2012 年 2 月 6 日在湖北卫视主办的《中国范儿》节目访谈中明确指出"诗歌已死",再度引起诗坛哗然。这些论调显然偏激失当,但无可否认的是这些论调正折射了诗歌的边缘化处境,这种处境是从 20 世纪 90 年代初便被广泛接受的一个定论,诗人和诗歌研究者都对此深有感触,正如洪子诚所指出的:"诗歌'边缘化'自然不是什么新鲜话题,自上世纪 90 年代开始,这个判断就已经被广泛接受,成为对 90 年代以来中国大陆诗歌的没有多少争议的描述。"① 无论是"诗歌已死"还是"诗歌边缘化"的论调,所反映的其实都是诗与大众的距离与隔膜。奚密曾深入分析诗歌边缘化的原因:"现代汉诗一方面丧失了传统的崇高地位和多元功用,另一方面它又无法和大众传媒竞争,吸引现代消费群众。两者结合,遂造成诗的边缘化。"② 确实,造成诗歌边缘化的主要原因之一在于它无法"吸引现代消费群众",使得诗歌读者大量流失,因而大众对当下诗歌颇为陌生、淡漠,这会让人觉得诗歌似乎已不存在,从而对其进行否定,产生隔膜。由此,写诗成为小圈子内的事情,"写诗的比读诗的多",诗人陷入自娱自乐、孤芳自赏的尴尬境地,诗歌则成为"给生产者生产的产品"③,似乎日益走向衰落、荒寂的境地。

然而,这种情形只是纸质媒体语境下的诗歌境况,在新媒体时代降临后,网络主页、论坛、博客、微博、微信、户外新媒体等传播载体为诗歌提供了与大众深入接触的平台,从而提供了发展契机。正如李少君曾指出的:"全新的发表平台和传播载体,让诗歌重新与大众连接起来,牵连起每个人内心的情感,只要找到适合的传播方式,诗歌会最先迎来复兴。"④ 确实,与传统媒体相比,新媒体提供的传播媒介与传播平台的便利,使诗歌的刊载媒介、传播形态、传播方式等都发生了翻天覆地的变化,使诗歌空前地与网络、通信、影像、音乐、绘画等相融合,为诗歌重新建立与大众的关系提供了机会。张德明认为:"是网络拯救了处于颓废之中的中国新诗,网络无限敞开的空间、自由自在的发表方式和交流方式以及迅捷便

---

① 洪子诚:《当代诗歌的"边缘化"问题》,《文艺研究》2007 年第 5 期。
② 奚密:《从边缘出发——现代汉诗的另类传统》,广东人民出版社,2000,第 2 页。
③ 〔荷〕柯雷:《是何种中华性,又发生在谁的边缘?》,《新诗评论》2006 年第 1 辑。
④ 李少君语,转引自宋晖《微信时代,诗歌又火了》,《海峡都市报》2015 年 1 月 2 日。

利的传播特性，都给中国新诗重新注入了新的活力与增长素。"① 可以说，新媒体为诗歌开辟了"第二生存空间"，赋予了诗歌第二次生命。

二 "第二生存空间"的建构

何以言此？因为以网络为依托的新媒体已在人们生活的现实世界之外建构起另一个生存空间。20世纪末21世纪初，网络作为第四代媒体强势进驻人们生活、工作的各个方面，成为人们日常生活中不可缺少的元素，大多数人都患上了"网络依赖症"。如前文所提及的，截至2021年12月，我国网民已达10.32亿，互联网普及率达到73.0%。可见，网络已深入公众世界。而网络拥有传统媒体所没有的诸多优势，如开放性、公共性、互动性、即时性等，这些优势对大众具有前所未有的吸引力，几乎将所有大众都吸附于以网络为平台建构的新媒体世界中，从而在人们生活的"三个世界"之外开辟了一个新的生存空间。"三个世界"理论是英国哲学家卡尔·波普尔（Karl Popper）提出的，他认为人类生活存在三个世界，即物理世界，人的精神活动世界，书、图书馆、计算机存储器以及诸如此类事物的思想内容世界。② 但网络的诞生却将这三个世界加以融合，并在此基础上创造出一个新的世界，这个新世界源于自然又高于自然，源于人类又高于人类，源于信息又高于信息，正如学者张之沧所概括的："它可以再现天体演化和生物进化的过程，可以再现人类远古时代的各种行为和状态，表现人类的各种神话传说和离奇幻想。它可以利用各种传媒给予表达和表现，甚至可以像海市蜃楼般地将整个城市、整个地区虚拟化，让人类可以亲临其境，自由享受各种美景仙境。……它是一个可视听、可推断、可参与、可操作的世界，因而又不是一个可以离开具体的物质实体独立自存的世界。它具有相对的稳定性和确定性，不像主观世界那般瞬息万变、捉摸不定。……这个新世界作为实有和虚无的统一，又决定它具有超时空的显著性质。"③ 确实，网络已打破时间与空间的限制，在人们生活、依存的现实世界之外为人们开辟了一个新的生活界域。这是一个不同于现实生

---

① 张德明：《网络诗歌研究》，中国文史出版社，2005，第4页。
② 参见〔英〕戴维·米勒编《开放的思想和社会——波普尔思想精粹》，张之沧译，江苏人民出版社，2000，第42页。
③ 张之沧：《论空间的创造和生产》，《自然辩证法研究》2007年第2期。

活空间的网络空间，即穆尔提出的具有虚拟本体论基础的"赛博空间"，或里恩戈德（Rheingold）提出的"虚拟社区"（Virtual Community），完全不同于传统的社会空间。有学者认为网络社会是信息、通信以及网络技术发展和整合中创造出的一种新的社会空间，既具有虚拟特征，又具有客观性；网络社会既依存于现实社会，又是现实社会的一种延伸。① 童星等人则提出网络社会是一种现实的社会存在方式，但其互动方式和互动关系脱离了真实的身份和情感，因此与现实社会有所不同。② 虽然这些学者在观点上存在分歧，但并不妨碍他们形成大体的共识，即都认为互联网空间是独立存在的、非虚幻的，且具有现实性，同时这种现实性也是一种"不同于日常生活的现实性"③。可见，网络空间已经成为现实空间之外的"第二生存空间"。有学者指出，网络已为人类信息传播提供了一个崭新的天地，它是相对于现实世界而存在的人类精神交往的第二世界，而不只是所谓的"第四媒介"而已。④ 确实，网络提供给人类一个虚拟空间，这个虚拟空间是与虚拟社会、现实世界完全没有叠合交叉的另一新的生存空间，人们处于这一空间，并不觉得"虚拟"，而是觉得其与现实世界一样真实，甚至更真实，因而称其为"第二生存空间"。网络媒体所造就的虚拟空间目前几乎已涵盖一切领域，大大拓展了人类的生存空间，为人们创造了新的生活时空。大众都置身于这一虚拟空间构筑的"第二生存空间"，诗人同样置身其中，他们不仅与其他大众一样同时生活在现实世界和以网络为依托的"第二生存空间"构成的双重空间中，而且比普通大众更敏感、敏锐，他们不仅以此经历、感受、体验、经验、思考为题材进行书写，还以网络为平台进行创作和传播，显然为诗歌开辟了新的生存空间。而且，在网络所开辟的新空间中，由于网络的平等性、开放性，人人都可参与到诗歌写作中，即人人都可创作诗歌，并自由发表，人人都可成为诗人，这使诗歌不再是诗人的专利。由于没有编辑与出版社的干预，写诗者不必迎合编辑

---

① 参见戚攻《网络社会的本质：一种数字化社会关系结构》，《重庆大学学报》（社会科学版）2003 年第 1 期。
② 参见童星、罗军《网络社会及其对经典社会学理论的挑战》，《南京大学学报》（哲学、人文科学、社会科学）2001 年第 5 期。
③ 陈氕：《网络社会中的空间融合——虚拟空间的现实化与再生产》，《天津社会科学》2016 年第 3 期。
④ 参见张允若《关于网络传播的一些理论思考》，《国际新闻界》2002 年第 1 期。

的审美趣味，可以在更宽泛的空间进行创作，个性可得到充分发挥。同时，网络的自由性、即时性使写诗者可随时随地发表诗歌，不必受限于时间、地点，可开辟自己的"地盘"（博客、微博、微信、QQ 空间、抖音、快手等），领略别人的"地盘"，人人都可过一把诗歌的瘾。可见，网络自身的优势与新诗的质素相契合，使诗歌找到了默契的合作伙伴。网络诞生以前，诗歌主要存在于文字和声音中，只能通过纸质传播和声音传播抵达大众；而网络诞生后，文字还可存在于网络虚拟空间，人们随时随地都可看到、听到诗歌。以前诗歌主要存在于纸质文本，是小说、散文、新闻的花边点缀品，只拥有逼仄的生存空间；而网络却为诗歌提供了自由施展的舞台，写诗者可自我导演，自我出演主角。网络与诗歌一经结合就异常活跃，一再掀起诗歌热潮。因此，在一定程度上可以说，网络拯救了诗歌，其不仅为诗歌搭建了新的传播媒体和平台，也引发创作主体、创作过程、传播渠道和消费方式等发生一系列前所未有的变化，将诗歌从"诗歌边缘化""现代诗已不存在""诗歌已死"的尴尬处境与危机中拯救出来，为诗歌带来第二次生命，开拓了"第二生存空间"。

三 "第二生存空间"的阵地

那么，新媒体为诗歌发展开辟的"第二生存空间"具体有哪些阵地？笔者认为可分为公共新媒体和自媒体，前者主要是论坛、网站、网刊，后者则主要是博客、微博、微信。这些"阵地"有些处于前后衔接、更替的关系状态，有些则共时并存，都为诗歌提供了创作、发表的新园地，其所承载的作品数量之多绝对是史无前例的，亦是传统的纸质媒体无法比拟的，无疑为诗歌改变自身处境、开辟"第二生存空间"提供了更多可能。

（一）诗歌论坛

诗歌论坛是新媒体介入诗歌领域后率先出现的一块诗歌新阵地，为处于边缘化危机的中国诗歌带来了新的活力与希望。最初的诗歌论坛是在 BBS 上，所谓 BBS，是 Bulletin Board System（电子公告板）的英文缩写，有时亦泛指网络论坛或网络社群，是一种依托于互联网的电子信息服务系统，为用户提供一个公用环境以参与讨论和发布信息，是网络诗歌的最初试验田。正如有学者认为"BBS是中国网络诗歌诞生的摇篮"①，当时拥有自身网络的大学网站几乎都开设了BBS，如清华大学的"水木清华"、北京大学的"未名"等。由于BBS上可发帖、回帖和跟帖，一些文学社团、诗歌爱好者纷纷在BBS上发表诗歌并进行交流，使BBS成为网络诗歌最早的舞台。随着BBS的自由发表、交流、评论等优势凸显，校园纸质刊物被热捧成为过去时，校园诗人拥有了自由发表诗歌与交流的新空间，诗歌的创作、传播、阅读模式亦发生转变。而且不唯校园BBS成为诗歌写作、发表与传播的平台，由于BBS都拥有信息量大、传播速度快、互动性强等优势，各综合门户网站、专题网站或网络社区上的BBS也很快成为诗歌界的热土，诗歌界随后纷涌出"扬子鳄""女子诗报""诗歌报""界限""诗生活""灵石岛""诗江湖""中国诗人"等诗歌论坛。在这些论坛上，诗人只要注册账号成为会员就可以围绕某个主题写诗、发表诗歌，每个论坛都有专门的版主负责，帖子通过版主审核即可得到发表，网友便可读到作品并进行跟帖评价，因此诗人们不仅能自由发表与传播诗歌，还可以互相交流、评价与修改。这些论坛主要依附于大型门户网站或大型网络社区，大型门户网站如"新浪""搜狐""网易""腾讯""雅虎"等都设立了专门的诗歌论坛，如"新浪"的"新千家诗"、"搜狐"的"现代诗歌"、"网易"的"现代诗歌"、"雅虎"的"诗词歌赋"等，而大型网络社区如"天涯""西祠胡同""猫扑"等都有直接以社区名命名的诗歌论坛。任何诗歌写作者都可在这些论坛上发表作品，尤其是那些对诗歌拥有浓厚兴趣甚至带有诗歌情结却一直未能在纸质刊物上发表作品的诗歌写作者、爱好者，在这些诗歌论坛上都找到了写作和发表的空间。在一定程度上可以说，论坛的出现拯救了很多民间诗歌报刊，也创生了一些新的诗歌群体、流派与报刊。如"女子诗报"论坛创立于2002年，但其历史可追溯至1988年12月晓音在四川西昌创办的《女子诗报》。这是一份自费出版的民间报纸，出版四期后由于"非法出版"的压力和经费问题于1994年夭折，直至2002年网络带来新的生机，晓音在互联网"千秋文学"论坛上建立"女子诗报"论坛，沉默8年之久的《女子诗报》才以论坛的形式重现诗坛，并很快成为互联网上最活跃的诗歌论坛。其会集了当时最活跃的300

---

① 吕周聚等：《网络诗歌散点透视》，中国社会科学出版社，2015，第6页。

多名女诗人，覆盖了"第三代""中间代""70后""80后"等各个群体的优秀女性诗人，为中国当代女性诗歌写作提供了一个广泛、全面的聚集地。2002年9月，晓音在阿翔的建议下出版《女子诗报年鉴》，其成为"女子诗报"新的阵地，是1988年《女子诗报》铅印对开大报报纸的改版和另一形式的延续。可以说，是论坛拯救了《女子诗报》，给予了《女子诗报》第二次生命、第二生存空间。正如吕周聚等所言："论坛给诗歌写作带来的影响是巨大的，甚至是颠覆性的。论坛就像一个广场，诗歌在其提供的广阔空间，得到了节日庆典般的狂欢化、自由化的表演。"① 此言无疑充分肯定了论坛给诗歌发展带来的影响。

（二）诗歌网站

在诗歌论坛发展到一定程度后，随着网络技术的发展更趋成熟，诗歌网站开始出现。一些大型文学网站如"橄榄树""榕树下""红袖添香"等都开设了诗歌专栏，成为诗歌网站的先行者，如"橄榄树"便被桑克称为"中文诗歌网站的先行者"②。而后，一些专门的诗歌网站相继出现。1999年李元胜创办"界限"诗歌网站；2000年，南人创办"诗江湖"网站；同年，莱耳、桑克创办"诗生活"网站；2001年，小鱼儿（于怀玉）创办"诗歌报"网站；此后，各种诗歌网站纷纷创立。2005年至2006年是诗歌网站最为活跃的时期，千余家诗歌网站构筑了网络世界的诗歌繁荣，几乎是现实世界中20世纪80年代诗歌辉煌的历史重现。这些诗歌网站不仅能为诗歌提供发表空间，还可以传播与存储诗歌作品、诗歌观点等，成为继诗歌论坛之后至关重要的诗歌生存空间。而且，诗歌网站与诗歌论坛相比，已经摆脱论坛时期的发帖、讨论、回帖的简单模式，而可以就一些当时存在的诗歌现象、作品、观点、诗坛动态进行深入讨论与争鸣，拓宽、拓深了诗歌的网络生存空间。如"界限"诗歌网站的主页上明确宣告："倡导平等、坦诚的交流，鼓励诗人独立地判断和创新，以宽容、安静的氛围，为爱好自由的诗人提供研讨诗艺、共同进步的栖息地。"该网站集聚了李元胜、苏浅、西叶等优秀诗人，设有"界限论坛""界限新闻""诗与论""译诗库""藏诗楼""重庆诗友沙龙"等版块，在"新浪

---

① 吕周聚等：《网络诗歌散点透视》，中国社会科学出版社，2015，第42页。
② 桑克：《互联网时代的中文诗歌》，《诗探索》2001年第1~2辑。

网"连续办有"界限诗歌作品展",并办有《界限诗刊》,不仅是重庆诗歌的重要展示平台,也对整个中文互联网诗歌的发展"起了很大的推动作用"①。"诗生活"是诗歌网站时期最有代表性的一个诗歌综合网站,设立有"诗通社""论坛""社区""诗人专栏""诗歌专题""评论专栏""翻译专栏""诗观点文库"等版块,对当下诗坛的重大事件、活动、现象和重要诗人诗作都有关注和追踪报道。而且,与其他网站的浮躁、喧嚣氛围不同,它一直保持自己的独立、沉静姿态,为诗人、评论家、翻译家提供了一个交流平台和栖息地,集聚了当时最活跃的一批诗人、评论家和翻译家,以"专业性、综合性、时效性、稳定性"成为"名副其实的最为重要的网络诗歌发表、传播的平台"②。"中国诗歌网"则是 2015 年 6 月由中国作家协会、中国作家出版集团主办的一个官方诗歌网站,整合写诗、读诗、听诗于一体,为诗人和诗歌搭建起一个全国性的服务平台,为诗歌提供了更宽广的展示与传播平台,让诗歌的生存空间更为广阔。及至当下,虽然诗歌网站的热度已经过去,但"诗生活""中国诗歌网"等诗歌网站依然在诗歌界拥有众多的参与者和强劲的话语权。

(三) 网络诗刊

张德明将网络诗歌的发展阶段分为网站—论坛时期、网刊—专栏时期、博客时期,笔者觉得略有不妥,因为很多网站、论坛都是以网刊为中心而形成的,网刊与网站、论坛其实经常是连体存在、不可分割的,几乎每个论坛或网站都编有自己的网络诗刊。比如"诗歌报"网站于 2000 年 5 月成立,最初的名字叫"中华诗歌报",是一个以站长小鱼儿为主的个人网站,但其实也是一个网络诗报。网刊的创办最初可追溯到 1995 年诗阳、鲁鸣等创办的第一种中文网络诗刊《橄榄树》,与其网站"橄榄树"并立存在。而后 1998 年李元胜主编的网络诗刊《界限》诞生,并于 1999 年围绕这份刊物创办了诗歌网站。这些均为网站、论坛与刊物互相衍生、依托与共存的典型。网络诗刊都是网站或论坛定期编辑并发布于网络的电子刊物,是对论坛或网站内优秀诗歌的甄选,是对网络诗歌的披沙拣金、去伪存真,可谓对网络诗歌进行经典化的重要一环。而与纸质的诗歌刊物不同

---

① 桑克:《互联网时代的中文诗歌》,《诗探索》2001 年第 1~2 辑。
② 吕周聚等:《网络诗歌散点透视》,中国社会科学出版社,2015,第 51 页。

的是，网络诗刊可以在文字形式的基础上增添配乐、朗诵、动画、图片背景等视听效果，不仅可以在各论坛、网站上呈现，还能通过电子邮件进行传播，扩大了传播途径。比较有影响力的网络诗刊有《诗生活月刊》《界限》《诗歌报网刊》《终点》《他们月刊》等，这种"网"与"刊"的结合，为诗歌的发表与传播提供了更为便捷的途径和更为广阔的空间。

（四）博客

博客是英语 Blog 的音译，而 Blog 是 Weblog 即"网络日志"的简缩形式，是一种依托于网络，由个人管理的个人网页，集合了文字、图像与声音等各种视听效果。博客兼具论坛与网站的功能，且比论坛、网站更具个性，博主可以依据个人喜好进行自由设定，可以不定期张贴文章、发布心得或与他人进行交流，不少博主将博客作为自己日常生活、情感、思想的记录本。博客由于对个性和自由的强调，一经出现便得到大众喜爱。博客的广泛使用标志着"自媒体时代"的到来。所谓"自媒体"（又名"私媒体"）是指在 Web 2.0 环境下，由于博客、微博、共享协作平台、社交网络的兴起，每个人都具有媒体、传媒的功能。[①] 可见，博客是一种自媒体，使每个人都具有媒体、传媒的功能，因此博客与诗歌的结合会使诗歌的发表与传播更为自由、自主，诗歌作品的发表不再受制于版主的喜好。而且，博客还拥有"链接""发纸条""加关注""收邮件"等功能，尤其是"链接"功能，博主可通过"链接"他人的博客、诗歌网站或专栏进行交流、学习与互动。这种"链接"功能使原本个人性的博客内容被公开为可供他人进入博客后浏览的公共阅读对象，所彰显的是博客在个人性与公共性方面巧妙消弭界限与进行融合的贡献。显然，博客是一个与论坛、网站相比更为便捷、自由的诗歌发表与传播平台，为诗歌开辟了更为广阔的生存空间。

（五）微博

微博即微博客，是博客的一种微缩版和衍生物，于 2009 年下半年在"新浪网""搜狐网""网易网""人民网"等门户网站上线。其由于在内容上限定 140 字，短小便捷，可用于发表即时感想、心得，且与网站、论

---

① 百度百科词条"私媒体"，https：//baike.baidu.com/item/%E7%A7%81%E5%AA%92%E4%BD%93/10798972。

坛、博客等主要在电脑上运行而受制于地点、时间不同，微博可在手机上使用，突破了时空的限制。同时，在版面设置、语言编排等方面也没有博客要求高，门槛更低，更私人化、自由化、开放化，并具有时效性和时空的随意性。其甫一出现便吸引了众多网民，包括许多名人，追求自由、个性的诗人更不甘落后。微博短小轻盈的体式与诗歌的形式特点相一致，一与诗歌相遇便迅速成为诗人所钟爱与依赖的载体，为诗歌提供了新的传播平台和生存空间，于 2010 年掀起"微博诗热"，并形成了"微诗""微体诗"等概念，"开启了一个全民微写作的时代"①。

（六）微信

微信是 2011 年 1 月 21 日由腾讯公司推出的又一新客户端，既可在手机上使用，亦可在电脑上运行，能将文字、图片、声音、视频等各种样式编辑于一个文件进行发送、传播，且与论坛、网站、博客、微博相比拥有更多功能和优势，如可以开通朋友圈，在朋友圈发布与交流信息，还可创建公众号，建立公众平台，以群体或品牌的方式进行推广和传播。同时，微信又不像微博那样受字数限制，因而一经推广就成为网民的"新宠"。微信于 2013 年与诗歌结合，迅速成为诗歌新的传播平台，使 2015 年成为"微信诗歌年"。微信在形式上的灵活多样性，在信息输送途径上的便捷自由性，在内容传播上集声、像、文字等于一体的丰富性，以及其朋友圈、微信群、微信公众平台互动性的增强，为诗歌的生存开辟了又一新的空间。而且，微信显然综合了论坛、网站、博客、微博的几乎所有优势，并规避了这些平台的弊端与缺陷，更适合诗歌的生存，因而成为当下诗歌最重要的传播渠道和生存空间。

（七）户外新媒体

户外新媒体是指安放在公交、航空、地铁、轻轨等公共系统的数字电视等新型户外媒体。有别于广告牌、灯箱、车体等传统的户外媒体形式，其以 LED 彩色显示屏、视频等形式进行呈现，主要内容是广告。但近年来，诗歌界有诗人将诗歌植入这些户外新媒体，出现了"地铁诗歌"等新的存在形态。地铁是城市化不断推进的产物，为缓解城市压力做出了巨大贡献。"地铁诗歌"则瞄准大众的地铁时间衍生出来，不仅成为城市中一

---

① 吕周聚等：《网络诗歌散点透视》，中国社会科学出版社，2015，第 61 页。

道别具创意的独特风景线，提升了城市文化形象，也开辟了诗歌的又一个新的生存空间，更加深入公众世界。在国内，"地铁诗歌"最初于2006年出现在上海，随后在北京、南京、香港、广州、武汉、重庆等地出现。京港地铁的"四号诗歌坊"由北京京港地铁有限公司于2010年5月创办，以北京地铁4号线第12号和第39号列车共12节车厢和4个车站（包括马家堡、西单、动物园和人民大学站）的备用房作为展示空间，定期展示不同主题的国内外优秀诗歌。如第一期是以"爱情"为主题的10首诗歌登上12号和39号列车；第二期则展出以"江河湖海"为主题的诗歌，包括屠岸、西川等10位著名诗人的诗歌；第三期则以"草木"为主题，展出了梁小斌、王家新等10位诗人的作品。京港地铁运营的4号线途经国家图书馆、北京大学、清华大学、中国人民大学、北京外国语大学、北京理工大学、中央民族大学等著名文化教育单位，因而"四号诗歌坊"所展出诗歌的阅读对象不仅有普通的地铁乘客，还有大量中外游客和学子、文人，为诗歌深入公众世界开辟了新的途径与渠道，为诗歌提供了新的展示空间和生存空间。

可见，论坛、网站、博客、微博、微信、户外新媒体等传播载体都为诗歌提供了与大众深入接触的平台，为诗歌提供了创作、发表与传播的新途径，从而为诗歌提供了发展契机，开辟了诗歌的另一生存空间。可以说，新媒体给诗歌开辟了"第二生存空间"，赋予了诗歌第二次生命。而且，新媒体与诗歌相遇后，诗歌的传播载体一直在更迭，这种更迭在江非看来，"其实是诗歌自我寻找的一个过程。诗歌在以自身的特性寻找和网络的最佳结合点和它的网络时代的生存之路"[①]。确实，诗歌在与新媒体相遇后，先后与论坛、网站、博客、微博、微信进行"联姻"，一直处于更替之中，这其实是诗歌在探寻最适合自己的传播方式，是诗歌对自身生存空间的探寻与开拓，是它们于现实世界和纸质媒介之外在新媒体世界中寻找"第二生存空间"。

而且，值得注意的是，在诗歌场域，当下纸质媒体与新媒体正走向用"合力"共同推进诗歌发展的良好图景，不少纸质媒体纷纷在新媒体上推

---

① 江非：《网络传播革命带来"诗场"巨变：谈新世纪中国诗歌十年"诗场"流变之一种》，《星星》诗刊2010年第3期。

出与自己对应的新媒体形态版本，如《诗刊》《星星》《诗选刊》《诗歌月刊》《诗潮》等都曾先后推出过博客、微博、微信公众平台等新媒体平台，这些纸质刊物每期都有大量稿件选自各种新媒体平台，正如龚奎林所指出的："官方诗歌刊物对网络诗歌的指导性参与及肯定性认同，推动了网络诗歌的发展，网络诗歌已成为纸刊的选稿基地。更重要的是，网络媒介的发展使得诗歌、诗歌刊物纷纷走上了网络诗歌媒介的发展路径。"①

第三节 "公共空间"的重建与新拓

陶东风在梳理当代中国 60 年中是否有文学的公共性时指出："改革开放前 30 年基本没有（虽然各个历史时期存在差异），70 年代末到 80 年代初开始建立，90 年代以后面临新的危机。"② 赵勇也持此观点，他认为公共领域已经消亡，而且"文学公共领域的恢复与重建已不太可能"。③ 两位学者都敏锐地发觉了 20 世纪 90 年代以后文学公共性的减弱甚至消失和文学公共领域的一蹶不振。但事实并非如赵勇所认为的"只能到文学之外的经济、法律、历史、哲学、社会学、传播学乃至于科学界去寻求重建的基础"，他忽略了 21 世纪初以来新媒体语境下诗歌传播平台的变化带来的传播转型和书写嬗变。事实上，随着新媒体全面介入各个领域，"个人性、私人性、私人领域的问题转换为公共问题越来越迅捷、便利，这既给中国公共性或公共空间的健康发展带来了生机、契机，也同时把中国亟待厘清的公共问题变得愈发暗流涌动、波谲云诡"④。确实，随着各种新媒体诗传播形态的出现和诗歌"第二生存空间"的建构，诗歌的创作与传播都呈现出一些与传统媒体语境下不同的新特点，如诗歌从"私域"走向"公域"并将二者进行融合，作者从创作主体走向间性主体，读者则从"受众"变成"公众"，这些都是新媒体对"公共空间"进行重建和拓展过程中所呈

---

① 龚奎林：《媒介生态视野下的新世纪诗歌论——基于网络博客和报刊杂志的视角》，《长沙理工大学学报》（社会科学版）2012 年第 3 期。

② 陶东风：《当代中国文学的自主性与公共性的关系》，载《中国中外文艺理论学会年刊》，2009。

③ 赵勇：《文学活动的转型与文学公共性的消失——中国当代文学公共领域的反思》，《文艺研究》2009 年第 1 期。

④ 何同彬等：《百年新诗的"公共性"及其边界》，《扬子江诗刊》2015 年第 4 期。

现出的特点，亦是新媒体为新诗所开辟的"第二生存空间"的重要贡献。

一 "私域"与"公域"的融合

20世纪90年代诗歌写作陷入"个人化写作""私语化写作"，诗人书写的都是小情绪、小感伤和日常生活中的吃喝拉撒，属于单纯的私人领域。而进入新媒体时代之后，私人领域与公共领域的界限混淆了。虽然新媒体的发展越来越趋向私人化，从网络到博客、微博、微信，已经完全成为"自媒体"，越来越私密化，但这些新媒体都是网络共通的，属于个人行为的私密事件，却成为公众共知的公共信息。如博客，其英文是 Blog，而 log 的意思是航海日志，因此博客是日记形式文字的网络出版系统。2001年"9·11"事件发生后，一些记者和民众纷纷将自己目睹的情况写在博客上，并附有自己拍摄的图片，这些日志无疑成为第一手资料，引起了广大民众的关注，连《纽约时报》记者都从这些博客中获得了很多第一手素材。从此，博客正式成为一种"公共信息"传播的渠道，2004年被称为"博客年"。艾瑞市场咨询数据显示，博客用户由2003年的20万增长到2004年的100万，增长率达400%。[1] 2005年博客用户近600万，2006年达到1520万。中国三分之一的网民成为"博主"。博客本来是个人打理的私人领域，但由于它建基于网络平台，其最隐秘的信息也会成为公开的事件。每个人都可以建立自己的博客，只要登录就可发布文字和图片，并通过友情链接其他网友，获得网友的关注、收藏、转发和评论，组建各种各样的博客圈，形成一个个文学"部落"。[2] 微博，俗称"围脖"，写微博被戏称为"织围脖"，其不受时间、空间和终端的限制，可以真正随时随地记录与分享信息，许多微博用户都在微博上晒各种个人化的、私密性的物品或内容，显然是将私密生活公开化了，这打破了"私域"与"公域"之间的界限。微信则可在朋友圈晒各种日常生活细节、感受、情绪和思考，内容上不像微博那样受限制，因而不仅在使用上更加便捷，而且拓展了表现空间，更方便将私人化的生活呈现在微信公众平台上。可见，这些新媒

---

[1] 参见张敬婕《新媒体发展与性别传播的变革》，载李怀亮主编《新媒体：竞合与共赢》，中国传媒大学出版社，2009，第36页。

[2] 参见文红霞《新媒体时代的文学经典化》，南京大学出版社，2012，第92页。

体使"公共领域本身在消费公众的意识中被严重地私人化了"①，打破了私人领域与公共领域之间的界限。

虽然私人领域与公共领域之间的界限被打破，新媒体所搭建的公共领域被严重私人化，但私人化的平台所承载的信息却出现了两极分化。一方面是极度私密化，一些诗人利用这些网络和私媒体尽情宣泄自己的个人情绪、呈现自己的私人生活，将网络提供的博客、微博、微信、QQ 空间等作为自己的私密领地，但无论诗人们如何书写私密性话题，其载体都是公共平台，会无可避免地公共化；另一方面则趋向公共化，有些诗人自觉地关注并书写公共事件，他们以个人经验为基点，书写公共领域的公共话题，如臧棣的丛书系列、郑小琼的女工系列、蓝蓝的矿工题材书写等，都是以个体经验书写公共话题。可见，新媒体与诗歌的相遇使私域与公域出现了融合，二者的界限已模糊甚至消弭。

二　从创作主体到间性主体

传统的诗歌创作都是由诗人作为创作主体进行的，虽然没有古代诗歌那种"两句三年得，一吟双泪流"和"捻断数茎须"的苦，但也要经过构思、苦想、写作、修改并投稿发表等过程。而进入新媒体时代后，作品一经写出就发表在网站、博客、微博或微信上，有的则直接发在群里，被朋友、网民点击查看、评点、提出修改意见，网络的这种互动性和对话性，使诗人的身份由"创作主体"变成"间性主体"。2006 年赵丽华的诗歌被网络恶搞是个典型。网友翻出她几年前贴在博客上的即兴作品，这些作品并未被赵丽华称为"诗"，也未被她拿去发表，却被网友搜罗出来并广而贴之，引得不少网友模仿而炮制出"梨花体"，引起大争论。显然，在整个事件中，赵丽华对于其即兴作品《一个人来到田纳西》已经丧失"创作主体"的位置，失去支配、发言的权利。一些临屏写作的作品，大多是在规定时间内进行同题诗写作，诗人们直接在网络上完成创作，没有时间修改，写出来后就贴在网页或者群里，被人评点，作者在听取评论意见后对作品进行修改，可以说这类作品大多由作者和读者共同完成，读者参与了创作，也挑战了原作者的创作主体地位。湖北诗人张作梗在扬州建立了一

① 〔德〕哈贝马斯：《公共领域的结构转型》，曹卫东等译，学林出版社，1999，第 196 页。

个"异乡人的黄昏"微信群，定期进行临屏诗歌创作比赛。诗人写完后将作品发给张作梗，张作梗根据时间先后编号，发至群里，由众诗人评选出最佳作品，给予奖励，并提出修改意见，作者则根据修改意见进行修改，诗人显然已成为"间性主体"。新媒体时代甚至出现了诗歌写作软件，彻底挑战诗人的创作主体地位。2006年有程序员编写出一套诗歌写作软件，有个别人利用这套软件"创作"诗歌赚取稿费。诗人的创作主体地位受到严重挑战。2017年3月，清华大学研发的机器人"九歌"与青年诗人现场比试作五言绝句，"九歌"竟然在两轮图灵测试中都蒙骗了现场观众，成功过关；2017年5月，一个叫"小冰"的机器人在"学习"了20世纪20年代以来519位诗人的数万首现代诗后，不到一秒便能创作一首诗，其在各媒体平台上发表诗作，并出版诗集《阳光失了玻璃窗》，收录其创作的成千上万首诗作中的139首；5月20日，《诗词世界》发表书讯《人类史上第一部机器人写的诗集，你觉得怎样?》，诗坛上一片哗然；2017年9月8日中央电视台的《机智过人》节目组邀请"小冰"与来自中国社会科学院的戴潍娜、北京大学未名诗社原社长李天意、复旦大学复旦诗社原社长王子瓜同台比赛，根据指定题目作诗，在考察想象力和感染力的两轮图灵测试中"小冰"都顺利过关，江一燕、撒贝宁等嘉宾以及现场观众都无法区分诗歌到底是出自人还是机器之手。后来，众多知名诗人对"小冰"作诗表示不服，与"小冰"约于中秋同题比试，著名诗人李瑾、周瑟瑟、蒋蓝、凸凹等先后"应战"，难分胜负。"小冰"写诗事件对诗人的创作主体地位而言显然是极具危险性和刺激性的挑战，成为2017年度的重大诗歌事件。为什么机器人作诗能快速完成，甚至比一些诗人的诗更胜一筹？因为机器人是根据自身所储藏的诗歌库进行拼贴，杂糅了大量著名诗人的精粹，而且在词语选择上经过不断"优化"和"升级"，而诗人是根据自身经验进行创作，在有限的竞赛时间内对自身诗歌功底、积淀和人生经验、心理素质进行挑战。当然，由于缺乏感情、体验、自身经验和思维能力，机器人只是根据出题信息做出资料性应激反应和语词性拼贴，虽然词句很精彩，但缺乏打动人心的力量，缺乏内在逻辑、情境性反应和"思"的内涵。因此，在新媒体语境下，诗人的创作主体地位受到挑战是毋庸置疑的，新媒体平台上的诗人们已经由创作主体转为间性主体。

三　从受众到公众

网络媒介将传播者与受众置于同一平台，读者、听众变成公众，既是传播者，也是接受者，还是创作者。在网络面前人人平等、自由为人人成为诗人提供了可能，因而以前的读者、听众不再只是"受"的大众，而已成为"公众"，读者与作者之间的界限被打破。

传统媒体由少数几个人，如经理、总编、栏目主持人、专栏作家、记者等掌控，读者只是被动的受众，所读到的只是经过一轮轮筛选后的"精选"信息，并不能自由选择。而新媒体则消除了这些障碍，读者可以自由交流，不仅可以跟其他读者交流，也可以跟作者交流。根据《连线》杂志给"新媒体"下的定义，它是"由所有人面向所有人进行的传播（communications for all，by all）"①。在新媒体中，每个人既有"听"的权利，也有"说"的机会，他们所面对的是一个开放、平等和互动的空间，可以"自由交流"和"理性批判"，并"在一定程度上不依赖于他人而独立生存，更重要的是要有一种对公共事务保持热切关注的态度，特别是要有独立思考和批判的能力"②。在传统媒体平台上，受众是被动的；而在新媒体语境下，信息接收者与信息传播者之间是平等、互动的关系。跨界诗歌中最有影响力的"第一朗读者"便将受众与演员的界限打破，导演安排部分观众在舞台上与演员融成一片，而演员则在表演过程中穿梭于观众之间，与观众进行言语、肢体、感觉上的沟通与交流，这时候，受众其实已成为节目表演者，这显然打破了信息传播者与接收者的界限，将受众转变成了"公众"。在微信公众平台上的"为你读诗"中，每个听众都可以自己下载软件，自己录诗，上传到微信公众平台上，满足了大家做诗歌朗诵者的愿望，也使受众不再仅仅是"受"众。

四　从单向传播转向多元传播

传统媒体时代的传播基本上都是单向传播，而进入新媒体时代后，

---

① 方兴东、胡泳：《媒体变革的经济学与社会学——论博客与新媒体的逻辑》，《现代传播》2003 年第 6 期。

② 石义彬：《单向度、超真实、内爆——批判视野中的当代西方传播思想研究》，武汉大学出版社，2003，第 106 页。

"网络时代的文化核心就是互动"①，由于"互动性"，诗歌传播改变了单向传播形态，转向多元的互动传播，这改变了诗歌的传播惯例和传播系统。欧阳友权等曾指出："互联网结束了艺术审美的秘密空间，却创造了大众参与、交互共享的行动美学；网络文学终止了文学传统认同的过去的时间美学，而开辟出在线空间的'活性'美学。"② 确实，新媒体语境下的诗歌因网络、手机等新媒体的介入而呈现一种即时互动、双向交流的传播形态，从"单向传播"走向"双向传播"，从"线性传播"走向"多元传播"。在新媒体时代，有许多建立于微信平台的诗歌朗诵公众号，如"为你读诗""读诗""读首诗再睡觉"等。如果是收音机、电视时代的诗歌朗诵节目，听众就只是听众，朗诵者向听众进行单向传播，如果要反馈意见，听众要经过非常复杂而漫长的过程，因而大多数听众选择了沉默。而在新媒体时代，听众会直接在微信平台上留言进行评论，与朗诵者进行交流、沟通，不同听众的意见各有不同，彼此之间形成交锋、争论，而这种评论、交锋、争论，其实都在一定程度上对诗歌起到传播的作用，而且获得的是多元传播的效果。此外，新媒体诗歌的多元传播还体现在传播介质上，以前的传播大都限于一种介质的传播，如声音传播只限于声音，文字传播只限于文字，而新媒体时代的诗歌综合了声音、文字、图像、视频等各种传播介质，因而是多元传播。

由上文所述可知，在新媒体环境下，诗歌题材视域以及作者与读者的角色、关系都发生了转变，显然为"公共空间"的重建与拓展提供了可能。在新媒体时代，诗歌"公共领域""公共空间"的重建已成为可能。事实上，进入新媒体时代后，"网络诗歌""博客诗歌""微博诗歌""微信诗歌"等都是依据诗歌传播媒介而命名的新诗歌形态，实际上并非新的诗歌类型或范式。这些诗歌形态都依托于网络技术，而网络是新媒体的代表，属于公共领域中的公共媒介，相较于以前占据公共领域主流的报纸、杂志、广播、电视等传统媒介，网络为诗歌拓辟了新的"公共空间"。需要注意的是，"公众世界"与"公共空间"并非可以互换的相近概念，前者为"public world"，是以公众为主体的世界；后者为"public space"，即

---

① 〔美〕唐·泰普斯科特：《数字化成长：网络世代的崛起》，陈晓开、袁世佩译，东北财经大学出版社，1999，第111页。

② 欧阳友权等：《网络文学论纲》，人民文学出版社，2003，第90页。

"公共领域"的空间，是"公共领域"的衍生词，侧重的是场所、领域、平台。论述"公共领域"最权威的是美国政治理论家汉娜·阿伦特与德国学者尤根·哈贝马斯。阿伦特指出，"公共领域作为一个共同的世界，将我们聚集在一起"；"共同生活在世界上，这从根本上意味着，事物的世界处于共同拥有这个世界的人之间，就如同一张桌子的四周围坐着许多人一样；世界像每一个中间事物一样，都同时将人联系起来和分离开来"。① 可见，阿伦特认为"公共领域"是将人聚集在一起的"共同的世界"。而哈贝马斯则认为"公共领域"首先是指"我们的社会生活的一个领域"，这个领域"原则上向所有公民开放"，"作为私人的人们"来到这里便形成了"公众"，在这个"公共领域"公众平等对话，形成"公共意见"。② 在哈贝马斯看来，"公共领域"是向所有公民开放、支持公众平等对话的场所，即"公共空间"。可见，他们理论阐释中的"公共领域"侧重的都是"场所"，"公共空间"亦不例外。对于"公共空间"，不少学者曾论及其内涵，加拿大学者查尔斯·泰勒（Charles Taylor）的观点最为权威，他曾将"公共空间"划分为"主题性的公共空间"和"跨区域的公共空间"两种形态，前者是指区域性的集合，公众以共同关心的主题聚集在一起，那是一个有形的空间，比如沙龙、酒吧、广场、街道、学校、社团等；而后者则是包括报纸、书籍和电子传媒在内的公共传媒，是无形的、想象性的舆论共同体，以共同的话题将分散在各地乃至全世界的陌生人结合为现代的公众。③ 依照这些关于"公共领域""公共空间"的理论阐释，可以归纳出"公共空间"的主要特点在于"平等性""自主性""公开性"。在新媒体平台上，每个人都可以平等自由地发表评论、表达观点、交流意见，没有所谓的"权威"，实现了话语的权利平等、自由。对于"权威"，阿伦特说："权威的标志是被要求服从者的不加质疑的承认；无论是强迫还是说

---

① 〔美〕汉娜·阿伦特：《公共领域和私人领域》，载汪晖、陈燕谷主编《文化与公共性》，生活·读书·新知三联书店，1998，第83页。

② 〔德〕尤根·哈贝马斯：《公共领域》，载汪晖、陈燕谷主编《文化与公共性》，生活·读书·新知三联书店，1998，第125页。

③ 查尔斯·泰勒语，转引自张德明《网络诗歌与公民意识的培养》，《长沙理工大学学报》（社会科学版）2013年第3期。

服都是不需要的。"① 在新媒体平台上，不存在"权威"，权威已经被彻底
解构，人与人之间不是受众与传播者的关系，没有主客之分。而且每个人
在发表评论或表达意见时都可以自己决定内容、题材、体裁、形式、体
量、时间，具有充分的自主性。而大家在新媒体平台上发表的这些言论、
意见、内容都是公开的，一经发表在网上，就成为公开的秘密，即使最隐
秘的私生活，亦被公开化。因此，与以前占据公共领域主流的报纸、杂
志、广播、电视等传统媒介所能提供的"公共空间"相比，以网络为依托
的新媒体所提供的"公共空间"容量更大、传播速度更快、互动性更强，
公众的自主性更强，公众之间的交流更密切与迅捷，公共意见也更容易形
成，且由于网络交流的平等化，"公共性"也更充分，诗与公众世界的关
联则更密切。因此，世纪之交出现的网络为新世纪的诗歌开拓了广阔的
"公共空间"，正如有学者分析的："互联网在一定意义上正在成为一个可
以聚集各类人群、各种观点，并提供彼此间沟通交流渠道的公共性空间。
互联网之所以具有这样的潜质，与它的技术特性是分不开的。与传统媒介
的线性传播不同，互联网利用网络技术形成的是类似于'渔网'的网络结
构。在这种结构中，任何一个结点在理论上都是均势的，这一方面实现了
'去中心化'，另一方面也加快了各个结点之间的信息互动。所以，传统的
线性结构或层级结构中的'权力'势必被打破并分流。"② 这一"公共空
间"的出现，为诗歌与公众世界进行更密切的交往提供了平台与场所，
"网络诗歌""博客诗歌""微信诗歌"等都是"公共空间"拓展的实存
见证。

21世纪以来，中国的网络诗歌发展极为迅速，陈超指出："仅2005
年，中国就出现了百余家诗歌网站，在我印象中，质量较好的有不下50
家。而据统计，至今年，诗歌网站已超过1000家。……中国当代诗歌就发
表场地的开阔性而言，应该是处于历史上最好的时期。"③ 诗人李元胜则指
出："诗歌网络运动对中国诗歌的影响是非常深刻的，改变了整个中国诗

---

① 〔美〕阿伦特：《权力与暴力》，洪溪译，载贺照田主编《西方现代性的曲折与展开学术
思想评论》（第6辑），吉林人民出版社，2002，第432页。
② 宫承波、范松楠：《网络文化公共性建设中的知识分子作为》，《山东社会科学》2012年
第8期。
③ 陈超：《我看近年来的中国诗歌——在第二届亚洲诗歌节上的主题发言》，《燕赵学术》
2013年第2期。

歌的格局。为什么这么说？因为在网络诗歌之前，中国诗歌的认定标准或者诗人的认定标准，有两个圈子，一个是刊物的，具体说就是编辑的集体判断，还有就是民间社团。网络诗歌把这个彻底改变，应该是中国新诗第二次生产力的大解放。它提供了另外一个通道，优秀的诗人可以从这个平台出来，也就是说，为诗人的发现，或者说成长，提供了完全不同于传统的认证标准，而且这个认证者是读者、诗歌爱好者，更加平等和开放。网络诗歌运动对中国诗歌至少贡献了五十个优秀的诗人。"① 在他看来，在网络诗歌之前，中国诗歌的认定标准或者诗人的认定标准要么依靠刊物编辑的集体判断，要么依靠民间社团，而网络诗歌彻底打破这个标准，提供了另外一个更加平等和开放的通道，拓辟了一个由读者和诗歌爱好者做裁判的公众空间，为优秀的诗人提供了平等、开放的广阔平台。紧随网络诗歌发展而来的博客诗歌、微博诗歌、微信诗歌等所借助的博客、微博、微信等平台则将公共领域与私人领域之间的界限进行了一定程度的消弭，因为博客、微博、微信等都属于自媒体，诗人们可以在上面自由发表自己的作品，建立自己的朋友圈，形成自己的诗歌部落，和朋友自由交流、平等对话，形成广阔的"公共空间"。近年来，风生水起的诗歌微信平台无疑是依托网络发展起来的一个新的诗歌"公共空间"，在此平台上，诗人不仅可以在朋友圈展示自己的作品，配发评论家的评论或主持人的评点，还可供微信好友赏读、评点、转发，拥有一个由自己的朋友圈构成的"公共空间"。而诗歌微信公众号则搭建了一个更为广阔的"公共空间"，如"为你读诗""读首诗再睡觉""《诗刊》社"等影响颇大的诗歌微信公众号推出各种微信诗歌展，吸引了大量微信网友。其中"为你读诗"累积200多万用户，日均诗歌阅读量超过10万人次，最受欢迎的诗歌《我想和你虚度时光》播出仅一周便拥有194.5万阅读量，由此不难窥见微信平台与公众的密切关系。短短几年时间，微信提供的传播平台就发现和推出了一大批名不见经传的诗人，拉近了诗与大众的关系。可以说，在新媒体语境下，"和我们同在的公众世界已经'变成'私有世界了，私有世界已经变成公众的了"②。新媒体语境改变了过去公众世界与私有世界的对立局面，拓展了

---

① 雷平阳、张执浩、李元胜等：《五人谈：诗歌与公共生活》，《人民文学》2010年第2期。
② 〔美〕阿奇保德·麦克里希：《诗与公众世界》，朱自清译，载朱自清《新诗杂话》，作家书屋，1947，第170页。

"公共空间"的范畴。新媒体平台所拓展的"公共空间"，不仅改变了诗的传播方式而使诗抵达公众世界的时间更短暂、方式更简便，而且其交流的平等、自由更能凸显公共性，使公众更容易接受诗歌，让诗歌与公众世界的关系更密切，同时也为诗歌的公共性重建提供了可能。

小 结

毋庸置疑，依托于网络平台的各种新媒体与新诗的遇合，不仅为新诗提供了新的展示与传播平台，为其开辟出"第二生存空间"，拯救新诗于边缘化处境与"已死"的危机，亦在诗与公众世界之间让"公共空间"的重建与拓展找到契机与可能，让新诗在现实世界和纸质媒介之外找到自己新的生存空间，对于调谐诗与公众世界之间的关系以及新诗未来的发展无疑都具有重要意义。

第二章
"重新做一个诗人"：诗人姿态的调整

"重新做一个诗人"① 是王小妮于 20 世纪 90 年代在其诗和随笔中宣告的一种姿态。反对诗歌成为社会职业而强调诗歌是一种内心需要，标示着王小妮以"个人化写作"诗歌的姿态出场，这也成为当时许多诗人的共同心声。时至新世纪，这句话实际上又成为许多诗人状态的真实写照与特征，许多诗人纷纷重新调整自己与社会、现实的关系，但"重新做一个诗人"的具体内容指向却已发生反向迁移。20 世纪 90 年代的诗人们过于关注个人生活与私人事务，大都远离重大的社会现实问题与公共事件，由此林贤治认为 20 世纪 90 年代的诗歌是"喧闹而空寂"的"一座空山"，他批评道："从整体上说，九十年代的诗歌是'流行诗歌'，媚俗诗歌，'酷'的诗歌。这样的诗歌不问而知是缺乏深度的，或者可以认为，诗人从根本上便躲避甚至诅咒深度。……它们没有意义，有的只是含义。这些诗歌由于媚俗的需要而与独创性的美学相对立，表现为一种模拟美学，文化适应美学；不但缺乏思想，也缺乏激情和想象力。"② 虽然观点有些偏激，但大体上能反映出 20 世纪 90 年代诗歌的基本风貌。梁平则指出 20 世纪 90 年代盛行的另一种诗歌倾向，即注重纯粹诗歌艺术的技术至上主义诗歌："一个很长的时间里，我们的诗人深陷'怎么写比写什么重要'的误区，过分地强调了诗歌的技术性的重要，而忽略了诗歌作为一种文学形式的社会责任和社会担当。"③ 无论是个人化写作还是技术至上主义的诗歌写作，均丧失了诗人对公众世界的关注和对现实、公共事件的捕捉。而新世

---

① 王小妮：《重新做一个诗人》，《作家》1996 年第 6 期。
② 林贤治：《新诗：喧闹而空寂的九十年代》（上），《西湖》2006 年第 5 期。
③ 梁平：《诗歌：重新找回对社会责任的担当》，《扬子江诗刊》2006 年第 3 期。

纪以来的诗人面对新媒体盛行的时代语境，调整了自己与公众世界的关系，他们努力开拓视野，力求深入公众世界，接近现实生活，试图使个人情绪与公众的"共通性情绪"相通，正如张桃洲所指出的："进入新世纪之后，一些诗人开始寻求诗歌重返社会、文化中心的可能路径，从而引发了一轮新的充满'偏见'的'对抗'运动。"① 确实，许多诗人都在做这种努力，如《人民文学》杂志社便从 2009 年 9 月起连续三年举办三届"诗与公共生活论坛"，来自全国各地的诗人与诗歌批评家、诗歌研究学者，结合当前的诗歌现象与诗歌发展态势，从诗人自身、新诗文体、题材取向、受众素养与传播方式等诸多方面入手探析诗歌与公共生活、公众世界的多重关系，呼吁诗歌有效地介入公众生活。可见，诗人们都在努力调整自己与公众世界的关系，调整诗与现实、生活的关系。

需要区分的是，新世纪以来切入公众世界的诗歌与新中国成立初期的诗歌创作并不一样。在新中国成立初期的诗歌中，诗人们在国家话语的统领下书写"政治抒情诗""新民歌"等，上下统一的话语模式使真正的"公共领域"消失。新媒体语境下的诗人面对新媒体盛行的时代语境，调整了自己与公众世界的关系，其诗歌写作既不同于 20 世纪 90 年代之前盛行的宏大抒情诗般脱离公众世界的写作，又不同于 90 年代那种暴露个人私密生活、宣泄个人情绪、铺排个人生活现实的个人化写作，也不同于 90 年代的另一种倾向，即过分强调诗歌技术的重要性，而忽略了诗歌作为一种文学形式的社会责任和社会担当，陷入技术至上主义，而是力图重新做一个诗人，以寻求诗歌深入社会、文化中心的可能路径。这些诗人并非进行宏大的政治抒情或进行"大词""圣词"书写，而是不满足于婆婆妈妈、琐琐碎碎、唠唠叨叨的个人化写作，转向"及物"性的诗歌书写，贴近时代，深入公众世界。如李少君在 21 世纪初倡导"草根诗歌"，认为新诗"终于到了某种转型关口"②，梁平则吁求"诗歌作为一种文学形式的社会责任和作为诗人的社会担当"③，都明确宣告了诗人们与公众世界、现实之

① 张桃洲：《1990 年代诗歌"遗产"——新世纪诗界观察札记》，《理论与创作》2010 年第 4 期。
② 李少君：《草根性与新诗的转型》，载李少君主编《21 世纪诗歌精选·草根诗歌特辑》，长江文艺出版社，2006，第 285~286 页。
③ 梁平：《诗歌：重新找回对社会责任的担当》，《扬子江诗刊》2006 年第 3 期。

关系的转向。

第一节　新诗人的诞生与"老"诗人的"归来"

马铃薯兄弟编选的《中国网络诗典》封二和封底同时印上相同的广告词："网络改变了中国诗歌的生态和版图/网络扩张了中国诗人的活动空间与视野/网络激发了中国诗人生存的勇气和创造的活力/网络改变了诗歌的疲弱状态/甚至可以说，网络拯救了中国诗歌。"① 虽然这广告词有些过分强调网络对诗歌发展的作用，但网络在扩张诗人活动空间与视野、激发中国诗人生存的勇气和创造的活力方面确实发挥了重要作用。新媒体平台的自由性、开放性，使以前没有机会发表作品的诗人、诗歌爱好者重新点燃创作激情，数以万计的诗人或准诗人涌入各种新媒体平台，试图"过把诗歌的瘾"。正如张清华所感叹的："没有哪一个时代的诗歌写作者能够比现在更众多、更自由，1958 年的新民歌运动也没有如今这样多。"② 从诗歌年产量也可以看出诗人数量之多，陈仲义于 2006 年的统计数据显示，网络诗歌的"全国年产量不低于 200 万首。这个数字，是《全唐诗》的 40 倍，也是纸介诗歌年产量的 40 倍"③。当下，网络诗歌的范围比 2006 年更广，诗歌年产量更是远远超过 2006 年。微信是当前最受宠的新媒体，每天在微信朋友圈、微信群、微信公众平台上传播的诗歌有成千上万首。对于新媒体平台上出现的诗歌热潮，吴思敬指出："他们的写作更多的是基于一种生命力的驱使，一种自我实现的渴望，一种无法控制的率性而为。"④ 可以说，网络的自由性让创作、发表、传播和交流都变得无比自由，从而打破了诗坛长期以来因边缘化而陷于沉寂的局面，正如吴思敬所指出的："网络诗歌写作给了诗人充分的自由。……与公开出版的诗歌刊物相比，网络诗歌有明显的非功利色彩，意识形态色彩较为淡薄，作者写作主要是出于表现的欲望，甚至是一种纯粹的宣泄与自娱。……网络为任何一个想要写

---

① 马铃薯兄弟编选《中国网络诗典》，江苏文艺出版社，2002。
② 张清华：《持续狂欢·伦理震荡·中产趣味——对新世纪诗歌状况的一个简略考察》，《文艺争鸣》2007 年第 6 期。
③ 陈仲义：《新世纪五年来网络诗歌述评》，《文艺争鸣》2006 年第 4 期。按，该文发表时署名错为"陈仲仪"。
④ 吴思敬：《新媒体与当代诗歌创作》，《河南社会科学》2004 年第 1 期。

诗并具备一定文学素养的人洞开了一扇通向诗坛的门户。"① 确实，互联网彻底拆除了诗歌发表的层层障碍，新媒体为诗歌的发表与传播提供了更多更广阔的新平台和路径，诗歌网站、论坛、博客、微博、QQ、微信等都为诗人或准诗人们发表诗歌作品提供了极其便利的条件。新媒体发表的自由、自主性，以及低门槛性，让很多名不见经传的诗人拥有了自由发表作品的机会，甚至很多诗歌爱好者只要进入诗歌网站、论坛、博客、微博、QQ、微信，就可以发表自己的作品，而无须像20世纪90年代之前那样要经过编辑严格的层层审核才能发表。由于他们的发表欲望得到空前满足刺激了他们的创作兴趣，成千上万的诗人或准诗人涌现出来，争相在网络提供的平台上发表自己的"作品"，甚至有诗人达到不舍昼夜废寝忘食的地步，这些网络诗人被小鱼儿称为中国诗坛的"不速之客"。在新媒体平台上，一大批诗人或准诗人心中潜藏的诗意喷涌而出，正如小鱼儿指出的："华语诗歌进入2001年，网络使无数的无名者突然成为一颗颗耀眼的明星，同时，这种不受时空限制的现代工具使一度被读者遗忘的诗人和他们的作品重新面向了读者，在榕树下网站，有的诗歌作品竟然有了上万个点击，网络上起步或从网络上成名的诗人们终于获得了被传统诗人把持已久的话语权，可以这么说：进入2001年以后，中国真正的诗坛，其实已经移栽到了网络，网络诗人成为华语诗歌界的不速之客。"② 而且，新媒体平台为诗人与诗人、诗人与诗歌爱好者之间自由交流提供了空间，诗人在网上结交其他诗人和诗歌爱好者，最大限度地调动了他们的创作积极性和发表热情。一些从不写诗的人，由于在新媒体平台上与诗人的交流，也催生出写诗的欲望。这些便利条件催生了一大批新诗人，简直以裂变的速度激增，为诗歌队伍输送了庞大的新生力量，正如张德明所认为的："在互联网出现之后，中国新诗的发展似乎进入了一条快车道，新人、新作如潮水一般不断涌现出来。"③

　　每一次新兴媒体的诞生都会造就一代新人，新媒体时代产生了网络的一代，新媒体不仅改变了人们的生活方式、思维观念、心态，还形成了新

---

① 吴思敬：《新媒体与当代诗歌创作》，《河南社会科学》2004年第1期。

② 小鱼儿：《2001年华语网络诗歌不完全梳理》，《诗歌报》论坛，http：//www.shigebao. com.cn/viewthread.php？tid=164729。

③ 张德明：《新世纪诗歌研究》，暨南大学出版社，2013，第13页。

的社会群落。"80 后""90 后"的很多诗人都是从新媒体起家的，均属"网络原住民"（Digital Native）。所谓"网络原住民"，主要指出生于 20 世纪八九十年代伴随互联网长大的一代人。"80 后"的青春期正好与网络的成长同步，而"90 后"则一生下来就置身于网络世界，网络是他们的重要生存与成长空间，甚至被他们视为精神感官，其价值观、人生观的形成均受到网络的巨大影响。他们成长于一个经济迅速发展、社会氛围相对宽松的时代，时代造就了他们渴求表现与倾诉的张扬、另类、躁动的心灵，而互联网正好可以为之提供自由"秀"的平台，为他们发表、阅读和交流诗歌提供了便利，他们对键盘和新媒体更得心应手，更能将新媒体的各种优势全面发挥出来，属于真正意义上的"数字化生存"，他们对网络的熟悉和敏感显然具有天然优势，这使他们更能将新媒体与诗歌进行结合，写出真正符合网络精神、新媒体精神的诗歌。"80 后""90 后"诗人大都是校园网络上成长起来的。张德明对校园网络诗歌与"80 后"的关系做过一个专门的研究，他认为"80 后"是没有多大意义的文学概念，本存在很多不合理性，时间跨度过大，含涉对象过多，内涵极不确定，"不具备文学流派所要求的概念周严性、精密性以及对象的明确性和创作风格的近似性等条件"，但是从"校园网络诗歌"的角度进行考察却具有合理性："这一命名所隐含的文学史意义却能被鲜明地照亮"，"获得显在的意义赋予和功能释放"。[①] 张德明此言非常巧妙而敏感地把握住了"80 后"与校园网络诗歌的关联，确实，在当下诗歌界取得一定影响的"80 后"诗人丁成、阿斐、李成恩、三米深、嘎代才让、唐不遇、熊盛荣、茱萸、彭敏、杨庆祥、田荞、小凯、刘东灵、潇潇枫子、人面鱼、蓝色冰独、师永涛等都是在校园网络环境中成长起来的，都在大学期间主持或参与过校园网络诗歌的网站、网络刊物工作，曾见证校园网络诗歌的发展。正如熊盛荣所言："网络带动了一大批 1980 年前后出生的青年诗人的成长，他们在自己的领地上摩拳擦掌，要发表自己的'独立宣言'（事实上他们根本没有与前一代相对抗和断裂的资本）。因此，放眼整个网络诗坛，呈现出一派欣欣向荣的春天景象，成为传统诗坛新的增长点，并为之提供一种复兴的可能和

---

① 张德明：《新世纪诗歌研究》，暨南大学出版社，2013，第 28、29 页。

契机。"① "90 后"诗人跟"80 后"诗人的成长轨迹大体相似，他们在大学校园网站或论坛上发表诗歌、交流诗歌并进行争鸣，为当代诗歌场域输送一批批新的力量。

除了这些"网络原住民"成为新媒体语境下诗歌的主导群体，还有一部分"网络移民"亦被吸引过来。他们原本在平面媒体、有声媒体中生活，但随着互联网铺天盖地的发展与蔓延，他们不可避免地被裹挟进网络世界，逐渐养成网络生活的习惯，移居到网络中，成为"网络移民"。事实上，随着微信的普及，几乎无人不接触网络，即使之前不接触网络的老人，也成为"网络移民"大军中的一员。在诗歌领域就更加如此，无论男女老少，诗人和诗歌爱好者纷纷加入网络大军，成为网络诗歌场域的重要组成部分。许多曾经爱诗、写诗却一直未能在诗坛留下诗名的诗人，曾经被压抑多年的诗歌梦想、热情被新媒体激发调动起来，重新站到众多目光聚焦的舞台中心，新媒体成为他们"成名"的快捷通道，因此他们纷纷移民至网络上；还有一些不曾写诗的人，曾经认为写诗是遥不可及之事，但在网络平台上，任何人都可发表自己的作品，"人人都能当诗人"，人人都可以戴上"诗人"的桂冠，这极大地满足了他们的虚荣心和功利心，因而一部分诗歌爱好者亦移居网络，提笔写"诗"。如此，众多"网络移民"加入诗歌创作者队伍。

在"网络移民"中，有一批诗人被命名为"新归来诗人群"，其出现与新媒体的发展不无关系。所谓的"新归来诗人群"，即指在 20 世纪 80 年代发表过作品甚至风靡一时，由于经商、从政、生计等各种原因而搁笔多年，告别诗坛，网络提供的发表、阅读、交流的便利重新激活了他们诗意的神经的一批诗人。这些"新归来诗人"正是"网络移民"中非常重要的一群诗人。2009 年前，沙克、邱华栋、义海等诗人便先行提出"新归来诗人"的概念，洪烛等诗人则提出"归来者诗人"概念，还出版过"归来者诗丛"等，后来考虑到"归来者诗人"与艾青、流沙河等掀起的"归来诗潮"所形成的"归来诗人群"有重名之嫌，因而 2010 年邱华栋、沙克、洪烛、义海等商议，统一使用"新归来诗人"概念。这是当代诗歌史上第二批"归来者"，第一批是 20 世纪 70 年代末 80 年代初艾青等引领的"归

---

① 熊盛荣：《网络诗歌：狂欢后的浮躁和苍白》，《山西文学》2002 年第 9 期。

来诗人群"，其主要由于政治原因而一度被剥夺写作权利。而第二批"归来者"之前离开主要由于经济社会转型。在市场经济的冲击下，诗歌边缘化的处境和诗人们各自面临的家庭、生活、事业、学业等现实问题，导致一批诗人自动离开诗坛，而在 21 世纪初，这些诗人中的很大一部分都重返诗坛，进行诗歌创作，邱华栋、沙克、洪烛、潘洗尘、小海、李少君、默默、周瑟瑟、义海等为代表诗人。在此过程中，网络等新媒体的力量是不可忽视的。2011 年 6 月 23 日沙克在新浪网开设"中国新归来诗人"博客，发表的《从今天开始——中国新归来诗人官方博客开博启事》成为"新归来诗人群"的宣言，而这个博客上集结了一大批海内外具有相似人生与创作经历的诗人；2015 年底，沙克借助微信平台创立"中国新归来诗人"微信群和"新归来诗人"微信公众平台，更是集聚了大量"新归来诗人"。微信公众平台上的同题诗《我回来了》《我的老照片》《我是谁》《我往哪里去》《我的虚无日子》《我的灵魂呢》等都带有强烈的"归来"意识，在诗坛上引起强烈反响。沙克自陈"新归来诗人"的意义："'中国新归来诗人'微信群和新归来诗人微信公众平台同题诗的写作行为和同题诗作品，是新归来诗人对本体象征的一种造型和呈示，这不仅体现了新归来诗人自身的存在感，还体现了存在感所蕴含的自身象征，这是百年中国新诗命脉里的一份本体象征。"[①] 这个群体阵容强大，沙克、洪烛、邱华栋、卢卫平、雷平阳、刘川、大解、李少君、徐俊国、刘年、江非、李海洲、潇潇、张执浩、车前子、冰峰、柏常青、橙子、丛小桦、大仙、郭力家、郭建强、龚学明、林浩珍、倮倮、林雪、默默、尚仲敏、雪迪、许德民、严力、义海、叶匡政、尹树义、周庆荣、周瑟瑟、周占林等数百人都被纳入"新归来诗人群"阵营，涵盖了"50 后""60 后""70 后"等不同时代的诗人，而且人数还在不断增加。他们的归来与新媒体不无关系，新媒体提供的各种便捷、快速、自由的交流平台，新媒体平台上对诗歌热烈的交流，新媒体带来的诗歌热潮，重新激活了这些诗人心中潜藏已久的诗歌热情，于是一大批诗人纷纷回归诗坛，正如张德明所指出的："当网络作为新世纪的重要媒介出现在他们眼前时，其发表的快捷、传播的迅猛、品评

① 卢辉：《新归来诗人："集体通关"意识及其精神能量》，新浪博客，http：//blog. sina. com. cn/s/blog_49a976280102xi7m. html。

的及时等特性自然会刺激他们的思维神经，从而点燃他们心中一度熄灭的诗歌火种。"①

在新媒体语境下的诗歌热潮中，很多人感叹遇到了诗歌的最好时代和诗歌最繁荣的时期，他们纷纷参与各种诗歌热潮，加入诗人队伍，使诗歌在一定程度上从 20 世纪 90 年代的边缘化困境中突围出来，甚至出现了"全民化"热潮，诗人们似乎都面临诗歌从边缘化向全民化转变的境遇。但这种"全民化"真的是诗歌的"全民化"？真的是诗歌重新迎来发展的黄金时期与春天？

第二节　从边缘化到"全民化"

在新媒体时代，随着越来越多新诗人的诞生和"老"诗人的归来，一种"全民化"的论调开始充斥于中国新诗场域，2006 年有人宣告中国进入了一个"全民写诗大时代"，"一股全民写诗的风潮一发不可收拾"②。2012 年，学者焦仕刚认为："多年来新诗追求的平民化、大众化终于随着超级新媒介的出现而实现了，诗歌'全民化'的时代到来了。"③ 2015 年，李少君明确指出："自新世纪以来，在全球化的背景下，当代诗歌借助网络及 BBS、博客、微博、微信等新媒体的力量，进入了一个全民写作的'草根'时代。"④ 确实，面对网络、手机、户外新媒体等新媒体全面介入人们生活，中国新诗的发展格局、生态都随之发生巨大变化的时代语境，大部分诗人都从边缘化的梦魇中醒来，调整自己的写作姿态，积极参与到"全民化"创作中。但中国新诗是否真的已从边缘化走向"全民化"？在新媒体时代，中国新诗与公众世界的关系到底发生了什么变化？又是如何变化的？诗人们是如何调整自己的写作姿态，参与"全民化"创作的？这些都是值得探讨的诗学问题。

---

① 张德明：《新世纪诗歌研究》，暨南大学出版社，2013，第 6 页。
② 陈剑：《全民写诗大时代》，《温州晚报》2006 年 9 月 17 日。
③ 焦仕刚：《新媒介环境下新世纪十年中国新诗发展概述——新世纪十年中国新诗媒介化传播研究之一》，《山花》2012 年第 8 期。
④ 李少君：《网络催化了全民写诗的"草根"时代》，《新京报》2015 年 1 月 24 日。

一 从边缘化的梦魇里醒来

从 20 世纪 80 年代末 90 年代初开始，"诗歌边缘化"成为一个人尽皆知的定论，被广泛接受且几乎毫无争议，边缘化像一个挥之不去的梦魇，萦绕在诗歌身边。那么，何谓"诗歌边缘化"？洪子诚认为："诗歌'边缘化'主要涉及诗歌的处境，即诗歌在社会文化空间的位置问题。"① 奚密则细致分析了诗歌边缘化的原因："现代汉诗一方面丧失了传统的崇高地位和多元功用，另一方面它又无法和大众传媒竞争，吸引现代消费群众。两者结合，遂造成诗的边缘化。"② 可见，"诗歌边缘化"主要体现在诗歌的流通上，具体而言表现为：诗无法吸引消费群众，诗歌读者大量流失，"写诗的比读诗的多"，诗歌成为"为生产者而生产的产品"③，写诗成为极度"小圈子化"的自娱自乐，诗人被认为是神经有问题的人，连诗人自己都"已经没有勇气自称为诗人了"④。这种边缘化反映的其实主要是诗与受众的隔膜，诗不再像 20 世纪 80 年代的朦胧诗那样是大众关心的焦点、中心，而大都被冷落、遗忘："诗歌被冷落，诗人的存在已经被边缘、被遗忘甚至被鄙视。用最流行的说法，这是诗人'被寂寞'的年代。"⑤ 不仅如此，还不断有人质疑诗歌，认为"诗歌终结""诗歌死亡"。

然而，几乎与新世纪携手而来的新媒体，却颠覆了这个定论。新媒体对中国新诗领域的介入，重新把诗歌推到大众的前沿阵地，为改变诗歌的边缘化处境带来了新的契机。新媒体本身便具有面向公众的特性，它所提供的网络论坛、电子邮件、留言板、聊天室、博客、播客、微博、微信、社区网络、讨论区、MSN 及 ICQ 等不仅为网民提供快捷信息，还为网民提供评论事件的便利，网民可以随时通过跟帖、留言板、博客、QQ、论坛等互动平台，对自己关注的信息抒发感想、发表评论，因此吸引了大量网民积极参与信息的传播、评论、讨论等活动。新媒体与受众的关系不再是"一对一"或"一对多"的形态，而是"所有人对所有人的传播"，因此，

① 洪子诚：《当代诗歌的"边缘化"问题》，《文艺研究》2007 年第 5 期。
② 奚密：《从边缘出发——现代汉诗的另类传统》，广东人民出版社，2000，第 2 页。
③ 〔荷〕柯雷：《是何种中华性，又发生在谁的边缘？》，《新诗评论》2006 年第 1 辑。
④ 西川：《让蒙面人说话》，东方出版中心，1997，第 199 页。
⑤ 吴怀尧：《被寂寞的年代，诗人就潜伏在你身边》，《成都商报》2009 年 11 月 30 日。

新媒体语境下的媒体与受众之间是多向性、互动性传播，最为显著的特点是自由、开放、互动，突破了传与受的时空限制，打破了原有的话语格局和言论环境。网络是最典型的新媒体，有学者曾这样分析网络的特点："互联网在一定意义上正在成为一个可以聚集各类人群、各种观点，并提供彼此间沟通交流渠道的公共性空间。……与传统媒介的线性传播不同，互联网利用网络技术形成的是类似于'渔网'的网络结构。在这种结构中，任何一个结点在理论上都是均势的，这一方面实现了'去中心化'，另一方面也加快了各个结点之间的信息互动。"① 由于网络具有"去中心化"的特点，没有"中心"就没有"边缘"，也就没有"边缘化"；在网络所搭建的虚拟平台上，"均势"的受众之间形成平等对话、自由交流的关系。在此平台上的诗歌，也突破了"中心"与"边缘"的界限，消除了诗与受众的隔膜。张德明指出："网络不只是一种媒介，更是一个可以无限加载的虚拟世界，是前景广阔的'公共空间'，对于民众的公共意识生长和形成来说，网络这一'公共空间'具有其他空间难以比拟的技术潜能和话语优势。"② 可见，网络本身就具有面向公众与公众密切接触的特性，而在以网络为代表的新媒体语境下，诗人，除非是已经成名的诗人，如果拒绝新媒体，必然被快速淹没。而且，已经成名的诗人即使不亲自接触新媒体，也在"被新媒体化"，因为他们发表在刊物上的诗或出版的诗集，都无法逃脱新媒体，原因是当下的刊物大都有微信公众号，或博客，或论坛，或 QQ 群、微信群，即使诗人自己不上网，其发表的作品也无法拒绝进入新媒体的传播过程之中。甚至一个根本不会使用网络的诗人，其诗歌发表在刊物上后，由于刊物有微信公众号，或刊物上的诗歌被读者看到而传播到网上，亦会参与新媒体传播。当今时代，无论诗人接受还是拒绝网络，都无法拒绝"被网络化"。诗人廖伟棠曾说："无论你愿不愿意面对，网络都已经成为这个时代的一部分。一个真正的诗人是要去直面这些的。"③ 同样，无论你愿不愿意面对新媒体，都无法拒绝"被新媒体化"。

---

① 宫承波、范松楠：《网络文化公共性建设中的知识分子作为》，《山东社会科学》2012 年第 8 期。

② 张德明：《网络诗歌与公民意识的培养》，《长沙理工大学学报》（社会科学版）2013 年第 3 期。

③ 何晶、王佳：《诗歌跨界，重回日常？》，《羊城晚报》2015 年 12 月 6 日。

新媒体的大众性、自由性、平等性、互动性等特征先验地预设了诗歌场域中诗与公众的密切关联。因此，诗歌的边缘化处境在一定程度上成为"过去时"，诗歌从边缘化的梦魇里醒来了，诗与公众世界的关系出现了转型。

二 诗与公众世界的关系转型

"公众世界"是阿奇保德·麦克里希最先提出的一个概念，指由公众组成的世界，即作为"公众"的人所生活的世界，囊括了其中的人、事、情，是"公众的多数的生活"。① 需要注意的是，"公众世界"与"公共空间"、"公共生活"并非可以互换的概念，"公众世界"为"public world"，是以公众为主体的世界；"公共空间"为"public space"，即"公共领域"的空间，是"公共领域"的衍生词，侧重的是场所、领域、平台；"公共生活"为"public life"，指人们在"公共空间"里发生相互联系、相互影响的共同生活，侧重于"生活"。只有厘清了"公众世界"的含义，才能准确把握诗与公众世界的关系。诗与公众世界，既包括诗与公共生活的关系，也包括诗与公众的关系，不仅仅是内容题材的问题，还包括诗歌传播的问题。公众世界既是诗歌表现、呈现的内容，也是诗歌的接受对象。因此，诗与公众世界的关系主要表现在两个层面：一是诗歌文本的内容层面，即诗歌书写与公众世界的关系，诗歌是否介入了公众世界，诗歌是否与时代、现实、社会发生密切关联；二是诗歌传播层面，即诗歌在传播过程中与公众世界的关系。

（一）公众世界的介入式书写

20世纪90年代盛行的个人化写作曾引起一批批诗人竞相仿效，但当热潮过去，留下的是冷静反思。谢冕指出："个人化的结果是诗歌的与世隔绝，它只有'自我'，而无视社会与群体的诉求。诗歌从来没有像当前这样自私，它陷入自恋，沉迷于'自我抚摩'。"他怀念那种"与众人有关，与时代有关"，"充盈着那种与时代和社会息息相关的现世关怀"② 的诗。新媒体语境下的新世纪诗歌创作自觉反思"个人化写作"倾向的不足，试图重建担当意识，注重诗与现实、时代、生活的关系。如梁平在汶

① 〔美〕阿奇保德·麦克里希：《诗与公众世界》，朱自清译，载朱自清《新诗杂话》，作家书屋，1947，第170页。

② 谢冕：《世纪反思——新世纪诗歌随想》，《河南社会科学》2004年第3期。

川地震发生后的第二天晚上便书就长诗《默哀：为汶川大地震罹难的生命》，三年后，他又将自己亲历汶川地震灾难的发生、救援与重建的观察和思考写成长诗《汶川故事》，都是"重新找回对社会责任的担当"① 的努力。谢有顺认为，虽然写作是个人的事情，但"个人的事，如果不联于一个更为广阔、深远的精神空间，它的价值是微不足道的。写作是个人的，但写作作为一种精神的事业，也是面对公共世界发言的。……诗人要勇敢地面对自己，面对众人，面对现实；他写的诗不仅要与人肝胆相照，还要与这个时代肝胆相照，只有这样的诗，才是存在之诗，灵魂之诗"②。新媒体语境下的一部分诗人开始试图面对公共世界发言，面对众人和时代、现实，使个人情绪与公众的"共通性情绪"息息相通。雷平阳用刘文典说的"诗是观世音菩萨"启示自己的诗歌创作，而所谓"观世音菩萨"，"观世就是看世界，知道公共生活，也知道自己在这个世界上的坐标、方位；音是语言的音韵之美、诗歌传统；菩萨是每个诗人都应该有菩萨心肠，要懂得悲悯"。他认为这种说法在其写作经历中有"启示的作用"。③张执浩认为当下的诗歌缺乏处理"个人与时代、个人与民族（国家）、个人与公众之间复杂关系的能力"，并进而指出"我们之中没有扎加耶夫斯基，没有阿米亥，也没有达尔维什，以及阿多尼斯……在面对错综复杂的各种关系，面对尖锐的社会问题，面对人与自然这类命题时，我们还不会用文学来进行处理，更多的作品仅仅停留在事件的表象，缺少穿透现实的力量。我们的诗歌更多的还是情绪化的诗歌，没有上升为情感的诗歌"。④他的忧虑显示了他的思考和使命感，这也是他正在调整和努力的方向。"80 后"诗人郑小琼也意识到："作为现代公民，个体的独立思考和尊严最能体现现代公民的核心观念，而由此推及人与自然、人与社会、人与家庭、人与自我之间的关系，公民本身便是具有公共责任的人民，作为一个公民要承担这种公共责任，不逃避这种责任。"⑤ 可见，诗人们都在试图调整自己与公众世界的关系，试图介入时代、现实与社会。

---

① 西川：《让蒙面人说话》，东方出版中心，1997，第 199 页。
② 谢有顺：《乡愁、现实和精神成人——论新世纪诗歌》，《文艺争鸣》2008 年第 6 期。
③ 雷平阳、张执浩、李元胜等：《五人谈：诗歌与公共生活》，《人民文学》2010 年第 2 期。
④ 雷平阳、张执浩、李元胜等：《五人谈：诗歌与公共生活》，《人民文学》2010 年第 2 期。
⑤ 周发星：《独立行走的自由——郑小琼访谈录》，《创作与评论》2012 年第 4 期。

事实上，在新媒体语境下，公众世界与私有世界的界限渐趋模糊，大多数私有生活公众化了，正如麦克里希分析的："三十年前，公众世界是公众世界，私有世界是私有世界，这是真的；三十年前，诗就性质而论，与公众世界绝少交涉，也是真的。但到了今天，这两种情况并不因此还靠得住。"他认为："和我们同在的公众世界已经'变成'私有世界了，私有世界已经变成公众的了。""在这时代，公众生活冲过了私有的生命堤防，像春潮时海水冲进了淡水池塘将一切都弄咸了一样。私有经验的世界已经变成了群众、街市、都会、军队、暴众的世界。众人等于一人、一人等于众人的世界，已经代替了孤寂的行人、寻找自己的人、夜间独自呆看镜子和星星的人的世界。""再不是公众世界在一边，私有世界在一边了。"① 他分析的这种状态非常适合新媒体语境下的诗歌生态。在新媒体语境下，公众世界与私有世界的界限不再清晰明确，私有生活公众化成为常态，如何用"诗的私人的然而普遍的说法"表现公众世界的经验，是新媒体语境下诗人们面临的巨大挑战。对此，向天渊认为，不仅要强调人文关怀、启蒙精神、苦难意识、底层关注、悲悯情怀、国族想象等，更重要的是将这些道德、思想关怀与诗学原则、美学理想完美地融合在一起，而且他指出："诗歌的公共性与个人性并不是彼此否定的对立关系，而是相互促成的共建关系。离开了鲜明且富有个性的艺术表达，离开对个体生命价值的关注、对个人生存境遇的体验，所谓对群体、民族、国家的关爱，对自由、公平、正义的倡导与追求等，就会因缺乏艺术感染与美学支撑，而沦为空洞的口号与虚假的抒情。"② 这种建议为新媒体语境下诗歌介入公众世界，深入现实、社会与时代，提供了一条可供参考的路径。

（二）公众世界的深入传播

大众化与小众化、大众化与纯诗化、平民化与贵族化一直是相对的诗歌倾向，然而，在新媒体语境下，这些诗歌倾向已经无法成为相对的两极，无论哪种诗歌倾向，都由于新媒体的介入而面临如何处理诗与公众世界的关系问题，最小众化的诗歌也面临如何走向大众的问题，因为小众化的诗歌一经发表，即使是在纸刊上发表，也由于纸刊都有微信公众平台、

---

① 〔美〕阿奇保德·麦克里希：《诗与公众世界》，朱自清译，载朱自清《新诗杂话》，作家书屋，1947，第 169~170 页。
② 向天渊：《新诗"公共性"问题的学理背景》，《广东社会科学》2014 年第 1 期。

博客、论坛，或 QQ 群、微信群等，可能因为新媒体的介入而走入大众的视野。许多小众化的诗，却有很好的大众化效应。因此，新媒体语境下的诗歌与公众世界的关系必然呈现出跟之前不同的特点。

当前，中国使用网络的用户数量正逐年跃升，如"绪论"所提及的，2022 年 2 月 25 日中国互联网络信息中心（CNNIC）在京发布的第 49 次《中国互联网络发展状况统计报告》显示，截至 2021 年 12 月，我国网民规模达 10.32 亿，互联网普及率为 73.0%，而手机网民规模达 10.29 亿，网民中使用手机上网的人群达 99.7%。由此可见网络受众之多之广。新媒体的传播是媒体与受众及受众之间的互动性、多向性传播，是"多对多"的传播。尤其是当下已进入 5G 时代，手机媒体集各大媒体优势于一身，随时、随地多向传播，更加密切了传与受的关系。而候车亭、车身、地铁、机场、火车站、电梯等户外新媒体的使用，更是"掘地三尺"地深入大众发布信息。这样的新媒体语境为诗歌传播搭建了史无前例的自由、开放、互动、多向的广阔平台，毋庸置疑地密切了诗与公众世界的关系。

网络诗歌毫无疑问是新媒体语境下的诗歌主力，让诗歌在网络上以燎原之势扩张，各种诗歌网站、诗歌网络刊物、诗歌论坛、诗歌博客达近万家，如"诗生活""诗歌报""扬子鳄""诗江湖"等，"解构了文化的垄断，使得诗歌更加普及"。[①]"网络诗选"博客是网络诗歌的典型。郑正西于 2010 年 2 月开通"网络诗选"博客平台，每天一期，或选载网络诗歌中的精品；或选载引起争议的诗作，如刘年的《姐妹》、余秀华的《我爱你》等；或选载网络上正热议的诗歌现象，如施施然、代雨映抄袭事件，余秀华爆红事件等。这些博文都设置了主持人评点和网民跟帖评点，为大家发表意见、看法与争论提供了一个开放、自由的平台。这个博客丝毫不受当下流行的"红包批评"、人情文章、拍马屁、吹捧炒作等流弊污染，敢于言人不敢言，敢于向权威宣战，无论对象是谁，只认"好诗""真诗"，因此，这个博客每天吸引了众多诗歌界内外的网民，点击量达到 800 万人次，在网络诗歌甚至整个中国诗歌界的影响非常大，这无疑加深了诗与公众世界的关系。

---

① 张德明：《新世纪诗歌研究》，暨南大学出版社，2013，第 6 页。

　　近年来，诗歌微信平台也风生水起，如雨后春笋般争相涌现，几乎每一个诗歌刊物、诗歌群体都设有微信公众号或微信群。影响比较大的微信公众号有"为你读诗""读首诗再睡觉""《诗刊》社""诗歌是一束光""扬子江诗刊""大卫工作室""作家网""诗歌风赏"等。这些微信平台策划各种微信诗展，如"诗集秀""诗人才艺秀""女诗人展"等，在推出诗人诗作时配发主持人评点或评论家评论，还可供微信好友评点，吸引了大量微信网友，如"为你读诗"累积 200 多万用户，日均诗歌阅读量超过 10 万，其中最受欢迎的诗歌《我想和你虚度时光》播出仅一周便拥有194.5 万阅读量。此外，微信平台上还有各种大大小小的微信诗歌群，如"第一朗读者""'我们'散文诗群""明天诗歌现场"等，定期或不定期地讨论一些诗歌话题或诗人诗作。微信提供的传播平台，发现和推出了一大批曾经名不见经传的诗人，拉近了诗与大众的关系。余秀华是靠微信平台走向大众的典型。《诗刊》2014 年 9 月号下半月刊登载了余秀华的一组诗，但并未引起多大关注；而 2014 年 11 月 10 日《诗刊》官方微信平台以《摇摇晃晃的人间——一位脑瘫患者的诗》为题推出余秀华后却引爆一波接一波的"转载潮"；2014 年 11 月 11 日晚 10 时，即《诗刊》官方微信平台推介余秀华诗歌的第二天晚上，湖南文艺出版社副社长陈新文看到《诗刊》官方微信平台上的这条信息后马上联系余秀华，提出帮她出版诗集。于是，余秀华一夜走红，进入大众视野，网络上和全国各地都掀起关于余秀华的热议。评论家师力斌认为，"余秀华瞬间走红，是新媒体时代文化奇迹的又一个注脚"，"余秀华让人们看到了新媒体的威力"①，由此可见微信平台在诗歌传播过程中所起的加速器作用。难怪有人感叹："微信时代，诗歌已经不再'小众'。"②

　　跨界诗歌是诗歌借助新媒体进行传播的另一重要形式。杂糅新媒体的各种形式，将多媒体、影像媒介和文字媒介进行结合，从而将诗歌、戏剧、音乐、演唱等多种艺术元素打通、糅合，形成新的艺术形式，给人以声、光、色等方面的审美愉悦，调动了受众各个感官的审美震撼，并通过微信、微博、论坛、户外新媒体等各种新媒体平台进行广泛传播。

---

① 师力斌：《诗歌在新媒体时代重生》，《环球时报》2015 年 1 月 21 日。
② 刘小草：《"为你读诗"：新媒体时代的"手艺人"》，《新华每日电讯》2015 年 3 月 20 日。

没有新媒体的帮助，跨界诗歌实验就无法跳出传统诗歌朗诵会的窠臼。"中国诗剧场"和"第一朗读者"都是跨界诗歌实验的代表形式，在加强诗歌与公众世界的交流方面做出了重要贡献。吴思敬曾肯定"中国诗剧场"："诗剧场则借助剧场，借助一些重大题材，让诗面向社会观众，从形式上来讲是非常有意义的。"① 霍俊明也给予充分肯定："现在很多的朗诵会都体现了一种自言自语性，诗剧场重新体现了一种诗歌与受众的非常亲密的关系……诗剧场拓宽了诗歌传播的空间，回到了诗歌传播和创作的起源，来自于社会，来自于大众……"。② 而"第一朗读者"更是对"中国诗剧场"经验的聚合，脱离了"剧场"舞台的限制，走向沙龙、广场、咖啡馆等公众场所，直接面向公众，使公众"因朗读而听见诗歌、因戏剧而看见诗歌、因音乐而热爱诗歌、因点评而领悟诗歌"，让公众"在场体验、在场感受、在场参与，全方位领略当代诗歌的审美妙义"③，无疑有利于诗歌与公众世界的深度沟通。此外，"第一朗读者"通过各种努力，如选取最具感染力、震撼力的诗歌作品和表现形式，选择咖啡馆、中心书城、广场等更丰富、更广阔的公众场所，扩大参与诗剧演出的演员、诗人、朗诵者和观众阵容等，让诗更密切地与各个阶层和群体进行接触，让受众更近距离地接触诗人和视听诗歌。对此何向阳评价道："'第一朗读者'真正实现了诗歌与大众的深度交流。"④

三 "全民化"的乌托邦

新媒体介入诗歌后，许多诗人看到了新的希望，认为新诗迎来了新时代，雷平阳便认为当下是诗歌的"黄金时代"⑤，陈剑、焦仕刚、李少君等则认为中国已进入"全民写诗"时代。是否真的如此？事实上，新诗的"全民化"不过是一个乌托邦式的神话，是对诗歌寄予各种期望和想象而

---

① 《中国诗剧场〈穿越百年〉国内评审专家、诗人座谈会发言纪要》，《诗歌月刊》2012 年第 2 期。
② 《中国诗剧场〈穿越百年〉国内评审专家、诗人座谈会发言纪要》，《诗歌月刊》2012 年第 2 期。
③ 从容：《我与诗歌的跨界传播实验与探索》，《诗歌月刊》2014 年第 3 期。
④ 张德明：《当代诗歌的跨界演绎与视听阐发——2013 年"第一朗读者"诗歌活动综述》，《诗歌月刊》2014 年第 5 期。
⑤ 雷平阳、张执浩、李元胜等：《五人谈：诗歌与公共生活》，《人民文学》2010 年第 2 期。

形成的假象。新媒体是一柄双刃剑，在拉近诗与公众世界之关系的同时，也降低了诗的门槛，网络、手机、户外新媒体等新媒体平台的介入，使诗歌的发表与传播更为简单、快捷、容易，因而大大降低了成为诗人的难度，几乎人人都可成为诗人，诗歌在被高速地批量生产，因此陈超将这个时代命名为"泛诗歌时代"①。确实，当下正是一个泛诗的时代，在新媒体搭建的平台上，诗歌泡沫满天飞，泥沙俱下，好诗与"非诗""伪诗"的界限模糊，新世纪诗歌形成了矛盾、分裂的诗歌生态，因此，"全民化"其实是诗歌发展应当警惕的陷阱。

事实上，新媒体语境下的诗坛正处于"多种声音'奇怪混合'"②状态，各种诗歌体式如下半身写作、废话体、垃圾诗、梨花体、羊羔体、乌青体、啸天体、秀华体等接踵而来，令人眼花缭乱，各种诗歌载体如网站、论坛、博客、微博、微信、户外新媒体等此起彼伏，同时，各种诗歌朗诵会、诗歌节、诗歌奖、诗歌研讨会等制造了诗歌界一派"繁荣"与"全民写诗"的热闹景象，却不过是"丰富又贫乏"③的假象，不过是娱乐化、游戏化的集体狂欢。"狂欢"是巴赫金提出的重要理论概念："狂欢是荒诞的身体（grotesque body）的庆典：丰盛膏腴的筵席、烈性酒、纵欲。在这样的场景中，官方文化被完全推翻颠灭。狂欢中的荒诞不经的身体是不纯洁的低级身体，比例失调、及时行乐、感官洞开，是物质的身体，它是古典的身体（classical body）的对立面，古典的身体是美的、对称的、升华的、间接感知的因而也是理想的身体。"④巴赫金"狂欢"理论概括的各种特点在新媒体语境下的各种具有"轰动"效应的诗歌热潮中都得到了印证。2000 年"下半身写作"在网络的助推下横空出世，强劲地冲击诗坛，引得一批盲目的追随者争相模仿，但也遭来抨击、非议。对于这一网络上突然刮来的"奇异的风"，评论家彭卫鸿曾毫不客气地指出："下半身写作是网络时代的畸形产儿……下半身写作，从诗歌发生学上说，它是中国当代诗歌中的一次恶性的裂变，是八十年代中后期以来，那种反文

---

① 陈超：《"泛诗歌"时代：写作的困境和可能性》，《文艺报》2011 年 7 月 13 日。

② 张清华：《多种声音的奇怪混合——新世纪以来的诗歌状况与精神特征》，《文艺报》2011 年 7 月 6 日。

③ 谢冕：《丰富又贫乏的年代——关于当前诗歌的随想》，《文学评论》1998 年第 1 期。

④ 参见〔英〕迈克·费瑟斯通《消费文化与后现代主义》，刘精明译，译林出版社，2000，第 114~115 页。

化、反诗学写作的风气延续和膨胀性发展的结果，由于网络为他们提供了无所顾忌的自由表达的空间，他们比其前辈诗人们走得更远，陷得更深，对诗歌的破坏力更大。"① 他准确地道明了下半身写作与网络的关系，正是网络为下半身写作提供了狂欢的平台、为所欲为表达的空间和肆无忌惮宣泄的机会，才使下半身写作在新世纪初风卷残云般侵蚀整个诗坛，其强劲的冲击波造成诗歌界长时间的喧嚣与混乱。2006 年的"梨花体"事件又是一次全民参与的集体狂欢，网络上更是沸沸扬扬，大众大规模地参与其中。"梨花体"事件的焦点主要是网上流传赵丽华的诗歌《一个人来到田纳西》《我终于在一棵树下发现》等，诗中过度随意、过度口语化的大白话立刻在网络上掀起轩然大波，引起网民的集体质疑、谩骂、嘲讽与恶搞，不少网民模仿梨花体，粗制滥造了大量废话诗，以表达他们对诗与非诗之界限混淆的愤怒与嘲讽，其影响至今未绝。"羊羔体"诗歌是 2010 年 10 月第五届鲁迅文学奖揭晓时衍生的一个话题，鲁迅文学奖一揭晓，网络上便流传出车延高的一批以影视演员徐帆、刘亦菲、谢芳等为写作对象，偏于口语化的诗歌，并被冠名为"羊羔体"，一时之间，大量网民传播、复制并仿写这种诗歌，嬉戏、嘲讽、恶搞让"羊羔体"在网络上着实热闹了一番。乌青体、啸天体、秀华体等诗歌事件亦在网络的助推下成为大众娱乐、狂欢的噱头，时不时为诗歌界奉献一场全民参与的大戏。可见，所谓"全民化"，不过是网民与媒体合谋下的集体狂欢，不过是从边缘化的梦魇里醒来又进入另一个梦魇，不过是诗人和学者对诗歌生态的集体期待与美好想象。事实上，新媒体语境下诗歌的狂欢所造成的是诗歌精神的缺席，是真正诗歌的不在场，是诗歌本体的极度贫乏。新世纪以来，中国诗歌界没有出现特别优秀的诗人和诗作，诗歌精神、道德伦理均在快速"滑坡"，"非诗""伪诗"遍及诗坛，前景堪忧。因此，笔者曾提出"中国新诗需要一份伪诗榜"，引起许多诗人和诗歌研究者的共鸣，不少报刊和网站纷纷转载。中国新诗，正急切需要一份"伪诗榜"对抗"全民写诗"的陷阱，以正视听。

对于新媒体语境下的诗歌生态，评论家陈仲义曾指出："而今，从内

---

① 彭卫鸿：《"下半身写作"：网络时代的伪诗制造者》（下），天涯博客，http://blog.tianya.cn/post-489937-5742627-1.shtml。

部属性到外部生态，诗歌发生了天翻地覆的变化。幸运的是，诗歌没有走向绝路；不幸的是，诗歌消散了往日的荣光。"① 毫无疑问，新媒体为诗歌的发展与传播开辟了新的空间与平台，为中国新诗深入公众世界做出了重要贡献，在一定程度上缓解了诗歌的边缘化焦虑。但需要清醒的是，新媒体带来的"全民化"表象背后是更严重的"贫乏"，是诗歌荣光的消散。因此，如何跳出"全民化"的陷阱，恢复诗的荣光，让诗真正深入公众世界，传达公众世界的声音，正是新媒体语境下诗人们该进一步认真反思与努力探寻的重要课题。

第三节　现实的发明与再塑

诗与现实的关系问题自新诗诞生便存在，这是一个老生常谈而又常谈常新的话题。随着微博、微信、户外新媒体等新媒体全面介入社会、生活的各个领域，"现实"的内涵与外延发生迁移，因而诗与现实的关系也发生巨大变化。长期以来，诗歌介入现实、重返现实、干预现实等成为反复讨论的话题。但在新媒体时代，媒介即现实，进入诗中的"现实"不过是"现实"本体的镜像、"拟象"，无法真正呈现现实本身，也无法重返和"介入"，诗人只能调整与现实的关系，对现实进行再塑，发明新的现实。因此，现实的发明与再塑便成为新媒体时代诗与现实之关系的核心内涵，亦成为诗人们在面对和处理现实时必须调适的姿态与策略。

一　不是"重返"，是调整

新世纪初，文学界掀起"重返现实""重返现实主义"的文学思潮，许多刊物如《文艺研究》《南方文坛》《文艺理论与批评》《文艺争鸣》等都热烈讨论文学与现实的关系问题，传达着"重返现实"和"重返现实主义"的呼声。对此梁鸿分析道："'重返现实主义'正在形成强大的理论呼唤，对当下的文学批评格局和文学创作产生重要影响。"② 在"重返现实"

---

① 陈仲义：《诗歌的出逃、承载、挣扎——新世纪诗歌生态剧变》，《探索与争鸣》2007 年第 11 期。

② 梁鸿：《"重返现实主义"与中国当代文学的发展》，《现代中国文化与文学》2007 年第 1 期。

思潮的背后，是《思想界炮轰文学界——当代中国文学脱离现实、缺乏思想?》[1] 等文章对 20 世纪 80 年代后期以来的当代文学"脱离现实"状况的"炮轰"。

在"重返现实"的理论呼唤下，诗与现实的关系也在发生变化。20 世纪 80 年代后期尤其是 90 年代开始，个人化写作便席卷诗坛。个人化写作是为了反拨宏大叙事，是对公共意识形态化写作的悖反，但却走入了另一个极端，即深受"躲避崇高"口号的影响，大都书写柴米油盐、锅碗瓢盆、吃喝拉撒、鸡零狗碎、家长里短等个人的日常生活和"婆婆妈妈"的小情绪、小感伤，都是私人性、隐秘性的个人生活，因而遭到质疑："个人化的结果是诗歌的与世隔绝，它只有'自我'，而无视社会与群体的诉求。诗歌从来没有像当前这样自私，它陷入自恋，沉迷于'自我抚摩'。"[2] 梁平也指出 90 年代的诗歌"忽略了诗歌作为一种文学形式的社会责任和社会担当"[3]。于是，新世纪初，随着文学界"重返现实"思潮的涌动，诗歌界也不断讨论重新建立诗与社会、诗与现实、诗与时代的关系，正如张桃洲所指出的："进入新世纪之后，一些诗人开始寻求诗歌重返社会、文化中心的可能路径，从而引发了一轮新的充满'偏见'的'对抗'运动。"[4] 这种充满"偏见"的"对抗"运动就是"重返现实"的呼声。确实，诗歌界、学术界都做出了努力。2009 年 4 月首都师范大学召开关于诗歌与社会的研讨会，就如何处理与重建诗歌与社会的关系进行了深入研讨，张桃洲呼吁重新找回诗与社会之间的新的紧张关系、新的张力；陈超认为重大社会问题出现时，诗歌应该发出自己的声音，同时也应该保持自己的常态和基本品质；王光明认为应从包容世界的诗人情怀、生命价值立场、历史的记忆和语言的可能性等方面重建诗歌与社会的关系；谢有顺则认为地震诗潮为诗歌重返现实提供了新的可能性。

但事实上，我们从未脱离"现实"，只是"现实"的面貌有多种。20 世纪 90 年代诗歌中的个人生活是一种日常现实，而新世纪所强调的"现

---

[1] 《思想界炮轰文学界——当代中国文学脱离现实、缺乏思想?》，《南都周刊》2006 年 5 月 12 日。

[2] 谢冕：《世纪反思——新世纪诗歌随想》，《河南社会科学》2004 年第 3 期。

[3] 梁平：《诗歌：重新找回对社会责任的担当》，《扬子江诗刊》2006 年第 3 期。

[4] 张桃洲：《1990 年代诗歌"遗产"——新世纪诗界观察札记》，《理论与创作》2010 年第 4 期。

实"是一种公共现实，是社会公共领域的"现实"。对于"现实"的理解，杨春时曾指出在认识文学与现实的关系上所存在的误区："把现实仅仅当作国家政治领域或者公共社会领域，因此文学对现实的思考就限于某种意识形态的表达。实际上，现实即人的社会存在是一个广阔的领域，它除了指政治生活和公共社会以外，还包括私人生活领域以及精神生活领域。"① 在他看来，"现实"的内涵一直在变化：在新中国成立后至20世纪70年代末的一段时间里，由于一切都政治化，私人生活和精神生活被取消，甚至连公共社会也不存在，只存在国家政治领域，在"文学反映现实"的命题下，文学被政治化了；而从80年代开始，在国家政治领域之外形成一个公共社会领域，文学扮演了这个领域的启蒙者角色，对政治意识形态控制下的"现实"（其实是政治生活）进行了意识形态批判，使"现实"的内涵得到扩充和拓展；90年代以后，文学更加退出政治生活领域，甚至在一定程度上退出公共社会领域，"现实"的内涵由单一的政治生活转向更广阔的私人生活和精神生活。确实，"现实"已随社会生活的变化而发生分化，社会现实、自然世界、个人的内在世界都是"现实"的内涵范畴。对此，批评家王彬彬也曾说："现实主义要求作家面对时代，以现实生活为描写对象。但如果仅仅只说到这里，那还等于什么也没有说。现实是多层次的，文学应该把目光投射到哪种层次上？同时，人们可以站在种种不同的立场上关注现实，而作家应该把立足点放在哪里？——这些，是更值得追问的。""仅仅在一般意义上强调现实主义作品是关注现实的，还远远不够，还应该进一步说，现实主义作品关注的是现实中的人，是人的处境，人的灵魂。"② 诗人刘春也认为："'现实'这个词极具复杂性和包容性，并不只有改革开放、打工生活、种族冲突、六方会谈、炒股传销等等才是现实，它同样包括了一个人的精神生活和看待世界的方式。"③ 年轻学者王士强将"现实"分为内现实与外现实、大现实与小现实等形态。"现实"的分化与丰富，使梁鸿所言的"重返现实""重返现实主义"、张桃洲所说的"重返社会"都成为不可能，此现实已非彼现实，如何"重返"？因此，只能如赵薇所指出的："迫使着诗歌去找寻、调整自己的生

---

① 朱水涌、杨春时、俞兆平等：《文学：面对现实思考》，《东南学术》2002年第1期。
② 王彬彬：《当前文学中的现实主义问题》，《文艺争鸣》1996年第6期。
③ 刘春：《朦胧诗以后：1986~2007中国诗坛地图》，昆仑出版社，2008，第256页。

存位置。"① "现实"无法重返，只能"调整"，调整诗与现实的关系，就是找寻、调整自己在社会中的生存位置。文艺理论家 R. 韦勒克（R. Wellek）曾认为"现实主义"是一个"时代性概念"，是一个"不断调整的概念"②，"现实"也是如此，是一个不断"调整"的概念。"现实"其实一直在诗中，只是形态不同罢了，社会生活、公共事件是现实，日常生活是现实，个人的情绪、感受也是现实，诗与现实关系的调整是由日常生活的现实调整到社会生活、公共事件等社会现实，由内现实调整到外现实。洪子诚等认为："诗与现实关系的调整，不仅是一种政治关系的调整，也不仅是诗与外部世界的关系的调整，而且包括着诗人对自身内部世界应采取的态度的校正。诗人根据自己的生活位置和美学追求，寻找与这个复杂、丰富的精神世界建立独特的连接点这一问题，被提上日程。"③ 这与张桃洲思考的如何有效地开掘诗歌与时代语境的多层次的联系仍然是诗歌的当务之急④形成呼应。因此，重返现实、重建诗与现实的关系其实是个伪命题，诗与现实的关系不是重返、重建，而是"调整"。"现实"不是一个固定不变的实体，无法重返，只能对诗与现实的关系做出适当的调整。

在新媒体语境下，任何社会事件、灾难、问题一旦发生，都会因为新媒体的迅速传播而为大众周知，引发公共情绪。因此进入新媒体时代后的"现实"其实指涉的主要是"社会公共现实"，而非之前的"日常现实"、个人生活现实，这是"现实"内涵与外延的调整，也是诗与现实关系的调整，而非重返现实或重建诗与现实的关系。由于诗人离公共事件、公共生活更近，诗人对其的体验与思考必然更多，在诗中呈现、思考公共事件、公共生活的可能性也大大增加。那么，在新媒体语境下，如何调整诗与现实的关系？

从日常生活、个人现实转向公共生活、社会现实，笔者认为社会担当、使命感非常重要。谢冕曾深切怀念那种"与众人有关，与时代有关，

---

① 赵薇：《九十年代以来的新诗写作与公共性——对"地震诗潮"的再思考》，载《诗歌与社会学术研讨会论文集》，2009。
② 〔美〕R. 韦勒克：《批评的诸种概念》，丁泓、余徽译，四川文艺出版社，1988，第 241 页。
③ 洪子诚、刘登翰：《诗与现实关系的调整——八十年代新诗发展的一个侧面》，《福建论坛》（文史哲版）1993 年第 3 期。
④ 张桃洲：《90 年代诗歌"遗产"——新世纪诗界观察札记》，载张桃洲《语词的探险：中国新诗的文本与现实》，社会科学文献出版社，2012，第 124 页。

不论是怀疑精神还是批判精神，都充盈着那种与时代和社会息息相关的现世关怀"的诗，而批判 90 年代以来那种"与世隔绝，只有'自我'，而无视社会与群体的诉求"的诗，他认为只有重建担当意识，注重诗与现实、时代、生活的关系，才能真正"让诗回到它本来的位置上"，"作用于人的心灵"，"疗救人的精神而始终引导人向着前方行进"①。新世纪以来，有不少诗人和评论家都在做这种努力。梁平呼吁"重新找回对社会责任的担当"②。谢有顺则呼吁"诗人要勇敢地面对自己，面对众人，面对现实；他写的诗不仅要与人肝胆相照，还要与这个时代肝胆相照，只有这样的诗，才是存在之诗，灵魂之诗"③。黄礼孩、世宾倡导"完整性写作"，黄礼孩更号召诗人"敢于去担当，去照亮，去恢复人性的崇高"④。立人则呼吁"赶快走出戴望舒的小巷，走出博尔赫斯的花园，走出无谓争论的沙龙，走出人云亦云的怪圈，走出顾影自怜的低谷"⑤。陈超倡导写"噬心"主题，郑小琼则强调"见证"意识："一个没有勇气见证现实世界中的真相的写作者，肯定无法把握活在这种真实的现实生活中的人的内心。文学是因为人而存在，它应该关注人的丰富性，而'见证'意识正说明了写作者在贴近了人，贴近真实的人，而不是虚构的人、想象的人。"⑥ 正是由于诗人们对待现实的姿态有所调整，近年来才出现了底层诗歌、草根诗歌、灾难诗歌等写作诗潮，这些无疑都是诗人调整诗与社会现实之间的关系的努力。

二 不是本体，是"现实"的镜像

有关诗与"现实"之关系的讨论一直伴随着诗歌历史的发生发展，从《诗经》及至当下，几未间断，由此才有"现实主义""浪漫主义"和"现代主义""后现代主义"等范畴的划分，"真实""客观"成为"现实"在作品中的具体表征。但在新媒体时代，媒介即现实，"它不仅

---

① 谢冕：《世纪反思——新世纪诗歌随想》，《河南社会科学》2004 年第 3 期。
② 梁平：《诗歌：重新找回对社会责任的担当》，《扬子江诗刊》2006 年第 3 期。
③ 谢有顺：《乡愁、现实和精神成人——论新世纪诗歌》，《文艺争鸣》2008 年第 6 期。
④ 黄礼孩：《我们都是幸存者》，《诗歌与人》2018 年第 19 期（总）"5·12 汶川地震诗歌专号"。
⑤ 立人：《21 世纪：中国诗人的光荣与梦想》，《星星》诗刊 2000 年第 1 期。
⑥ 何言宏、郑小琼：《打工诗歌并非我的全部》（访谈），《山花》2011 年第 14 期。

是提供素材或支撑生活的工具，它也在塑造着我们的现实感"①。让-波德里亚（Jean-Baudrillard，也译作"让-鲍德里亚""让-博德里亚"）在《仿真与拟象》一文中用"拟象"（又译作"虚像"）概念指涉媒介社会的这一特点，他将电视中向千家万户复制传播的视觉影像视为"拟象"。在他看来，在媒介社会，"整个系统失去了分量，完全成了一个巨大的拟象，不是不真实，而是拟象，它将永远不能与真实之物交换，只能自我交换，在一个不间断的没有任何指涉或周边的回路里进行自我交换"②。依照让-波德里亚的理论，大众沉溺于其中看到的不是现实本身，而只是脱离现实的"拟象世界"。在他看来，"海湾战争从未发生"，对于观众而言，这不过是一个"媒体事件"，当他们观看这场战争时跟欣赏一部战争影片没有什么两样，因为观众所看到的电视影像，只是由持某一政治倾向的摄影师捕捉、剪接和变形的结果，大众看到的已远非真实的战争现场，而是被具有实时转播功能的媒体所"虚拟化"的纪实叙事作品。③ 由此可见，镜像与"拟象"具有相通性、相似性。

事实上，无论哪个年代，任何作品中的"现实"其实都是现实本体的镜像。"镜像"理论是后结构主义精神分析学派的关键人物拉康提出的，在他看来，由社会、文化、心理等因素建构而成的主体其实是个"镜像"，不是真实的本体。镜像性是诗及其他文学作品的重要特征，文学作品像现实本体的一面镜子，作品中建构的"现实"不过是现实本体的镜像。作家、评论家梁鸿曾指出："没有所谓客观的现实，只有主观的现实。"④ 在她看来，文学作品都经过作家自己眼光的过滤、主观的审查和艺术的加工，每个人会由于知识背景、生活背景和知识视野等的不同而使"现实"发生"变形"。诗人欧阳江河则认为"文本意义上的现实，也就是说，不是事态的自然进程，而是写作者所理解的现实，包含了知识、激情、经

---

① 杨晓帆：《媒介即现实：为时代"赋形"的文学》，《文艺报》2016年1月22日。
② 〔法〕让-鲍德里亚：《仿真与拟象》，马海良译，载汪民安、陈永国、马海良主编《后现代性的哲学话语——从福柯到赛义德》，浙江人民出版社，2000，第333页。
③ 参见〔英〕克里斯托夫·霍洛克斯《鲍德里亚与千禧年》，王文华译，北京大学出版社，2005，第3~4页。
④ 梁鸿：《文学如何重返现实——从"梁庄"到"吴镇"》，《名作欣赏》2015年第34期。

验、观察和想象"①，与梁鸿的认识大体无异。评论家周宁也指出："我们面对的不是现实，而是关于现实的某种叙事化的幻觉。我们生活中的大部分真实的东西是没有被意识到的，而我们意识到的大部分内容却是不真实的。"② 可见，真正的现实确实存在，不因任何外在因素发生变化，但诗中的"现实"却会因诗人而发生变化，同一个现象或事件，不同的诗人看的角度不同，所看到的内容可能不同，观点可能不同，因而诗中的现实其实都是"幻景"。因此，诗无论怎样跟现实对接，诗中的现实都只是幻景，是诗人以自己的喜好、眼光、世界观、价值观选取的"现实"的一部分，只是一种镜像，不是本体。因此，无论呈现现实还是重返现实，都是不可能的，只能体验现实，呈现作家体验的现实，而不能呈现"现实"本身。正如江一郎的诗《在低处，甚至更低……》中所发现的"多少庸常的事物/被我看见，又常常被我淡漠地/遗忘在生活的角落里"，除了被"看见"的部分现实，还有大部分未被看见的现实。因此，诗人所看到的只是部分现实，只是现实本体的镜像或"拟象"。郑小琼所能做的也只是"有效地扩展了诗歌写作中的生活边界，同时也照亮了那些长期被忽视的生存暗角"③。她无法把打工者所有的生活现实展示出来，反映的只是一部分人的一部分现实，只是她以其个人视野、目力关注到的现实，对此她自己曾表述："我们每一个人都在感受着这个时代，也许大家所在的位置与生活背景不同，感受的时代完全不一样，时代是一个庞然大物，我们每个人都只接触到时代的一部分。""我一直觉得自己的视角常常把一己所识的打工当作了唯一的真实的证词与证据，我的感受总是不断地与自己曾经眺望的有着太大的偏移与悖反。我知道打工生活的真实不仅仅只是像我这样在低处的农民工，同样还有一些在高处的老板们、管理层，但是我无法逃脱我在现实置身的具体语境，这种具体语境确定了我文字是单一向度的疼痛。"④ 郑小琼看到的是工厂、流水线、铁棚屋，是疾病、遗弃、流产，是拖欠工资、老板娘的白眼和工伤的血腥等各种生活现实，而这些只是打工

---

① 欧阳江河：《89'后国内诗歌写作：本土气质、中年特征与知识分子立场》，载欧阳江河《谁去谁留》，湖南文艺出版社，1997，第 247 页。

② 朱水涌、杨春时、俞兆平等：《文学：面对现实思考》，《东南学术》2002 年第 1 期。

③ 谢有顺：《分享生活的苦——郑小琼的写作及其"铁"的分析》，《南方文坛》2007 年第 4 期。

④ 郑小琼：《铁》，《作品》2006 年第 7 期。

生活的部分侧影。任何人所看到的现实都存在各种偏颇，郑小琼也一样。

在新媒体时代，现实的"镜像性""拟象性"相较于其他时代更加明显。正如杨晓帆所分析的："全媒体时代无疑为这种'现实感'的把握设置了重重陷阱。当挑剔的读者在文学创作与新闻报道之间建立竞争关系时，恰恰暴露出全媒体时代我们认知现实方式的改变，看似要求文学快速反映骇人听闻、不确定的现实生活，实际上却是将文学与景观社会的种种虚像同构。"同时，他认为："全媒体时代的生活本质就是'二手的'，各种新媒体一面极大地丰富着我们的生活世界，一面却以同质化、便携化的标配，消耗着我们的情感资源与想象力。"① 依照他的阐释，全媒体时代的现实不过是"虚像"，每个身处全媒体时代的人经历的生活其实都是"二手的"，因而进入文学作品的"现实"更不可能是现实本体，而是"虚像"，是被新媒体"同质化、便携化"甚至"标配化"的现实镜像。或许正因如此，诗人臧棣认为诗人可以"发明"现实："在今天这个时代，诗人的根本任务还是突出现实的差异。诗人的最根本的信念还是应相信诗有能力发明新的现实。通过发明新的现实，通过展现差异的现实来强化现实的差异，以抵消历史中'平庸的恶'试图强加给我们的那个唯一的现实。"② 当下许多书写底层、灾难、草根、苦难的诗，大都是根据新闻报道、网络等新媒体提供的信息而进行创作的，即使亲临现场，所看到、听到、感受到的也只是现实本体的一部分，是通过个人之眼与个人之心捕捉、体验到的，不是现实的全部，而是现实本身的镜像，而其他信息都来自各种媒体，因而"现实"摹本其实是"二手的"。诗人郑小琼曾反复谈及"文化先锋"网站对她的影响："那个网站对我影响太大，比如《人行天桥》里写到的一些社会现实，是我在'文化先锋'网看到的，不然，一个天天待在流水线，一个月没有一天休息，一天十二三个小时在封闭车间的女工怎么会知道那么多社会现实。"③ 这一网站提供的很多信息成为她写作的重要资源，而网站是新媒体重要且主要的形式，从上面获得的各种信息无疑是"二手转让"的现实生活。诗人黄芳的《所以你要惩罚

① 杨晓帆：《媒介即现实：为时代"赋形"的文学》，《文艺报》2016 年 1 月 22 日。
② 臧棣、茱萸：《必须记住，诗矛盾于现实——臧棣访谈》，《山花》2013 年第 22 期。
③ 王士强、郑小琼：《"我不愿成为某种标本"——郑小琼访谈》，《新文学评论》2013 年第 2 期。

我——写给沙兰镇中心小学的孩子们》是根据 2005 年黑龙江宁安沙兰洪灾师生遇难一事创作的，而她对这一悲剧事件的了解都是通过新闻、网络等各种媒体提供的"二手"信息。这是全媒体时代下诗人对现实发声的一种方式，他们没有亲临现场，但被各种媒体的报道、信息所触动，因而创作，是典型的现实镜像、"拟象"之作。程一身曾如此分析汶川地震："前几年汶川地震时，不少人并未亲临现场，只是通过电视或网络了解到相关画面和信息，感慨来袭不免口占一绝或赋诗数首，这固然反映了外现实或大现实，但大多未和内现实与小现实结合在一起，结果有些文字根本不能被称为诗，有些诗人无意中成了高高在上的旁观者或空洞粗疏的代言人。这很糟糕，诗歌毕竟不是新闻，不是简单的报道，写诗首先必须使现实渗透到写作者的心灵当中，令写作者感同身受，为之悲欣交集，只有这样才有可能保证写出来的是诗，不拙劣的诗。"[①] 底层诗歌和灾难诗歌是这些年来现实进入诗歌最主要的两种写作现象，但无论诗歌中纳入多少底层经验和灾难现实，这些底层和灾难的现实都是"现实"镜像。

　　既然进入诗中的"现实"不过是"现实"本体的镜像，那么，如何处理诗与现实镜像的关系？显然，仅仅"呈现"是不够的，因为诗永远无法真正呈现"现实"本体，无论怎样呈现都是"镜像"，关键在于通过体验现实以及对"现实"镜像的呈现，呈现人性、灵魂与终极意义的东西，正如谢有顺所提出的"从俗世中来，到灵魂里去"[②]，诗不能只停留于"呈现"层面，而应该揭开表层，提升到灵魂话语，要有价值判断和价值导向，增强现实的穿透力。正如陈超曾指出的："在自觉于诗歌的本体依据、保持个人乌托邦自由幻想的同时，完成对当代题材的处理，对当代噬心主题的介入和揭示。"[③] 这或许可以作为新媒体语境下诗人们处理诗与现实关系的重要参照。郑小琼的诗之所以引起高度关注，就在于她所书写的现实不仅仅停留在对现实的机械复制层面，而如张清华所指出的："她不仅仅是在写打工者的境遇，她所书写的，是一切人的境

---

① 程一身：《当代诗中的现实元素与结构分析》，《海燕》2013 年第 12 期。
② 谢有顺：《从俗世中来，到灵魂里去》，郑州大学出版社，2007。
③ 陈超：《深入当代》，载吕进、毛翰编《中国诗歌年鉴 1993》，西南师范大学出版社，1994，第 426 页。

遇，人的普遍的境遇。"① 近年来，柏桦、欧阳江河、蓝蓝、王小妮、灵
焚、李轻松、路也、周庆荣等诗人从现实出发，把个体对现实的体验提升
为人类普遍经验的表达，追求大情怀大境界，提倡"意义化写作"，显然
都是在处理诗与现实关系方面的调整与努力。

三 不是"介入"，是再塑

由于新媒体介入大众生活，大众可以更快更近地接触地震、矿难、冰
灾等公共事件。在新媒体的传播所造成的舆论声势下，诗人投注更多的目
光于这些公共事件，地震诗歌、打工诗歌、底层诗歌、矿难诗、洪灾诗、
冰灾诗等纷纷出现。但正如臧棣所警惕的"陷阱"："取材'现实'，会让
诗歌变得容易交流，引起更大范围上的生存共鸣。这或许是一种便捷，但
也可能是一种诱导诗歌变得势利的陷阱。"② 长期以来，学界、诗歌界都提
倡诗歌"介入"现实，介入公众世界的公共事件、公共生活，其实都是伪
命题，正如进入诗中的现实不过是现实本体的镜像，是无法重返的，诗也
无法真正"介入"现实。郑小琼的诗是新世纪诗歌与现实关系进行调整的
重要的例证，具有"指标性的意义"③。但在诗人郑小琼看来，相对于庞大
的现实而言，诗歌文字的力量是微弱的，诗歌无法"介入"现实，只能
"见证"现实："很多时候，文字对现实来说是无能的，也是脆弱的。但至
少，我认真地记录了我周围人群的感受，他们的幸福与不幸，虽然无力改
变，但是作为见证者，我们需要认真地记录与思考。"④ "我写作的《女工
记》，我从来不奢望她们真的能改变这个群体的焦虑或者底层处境，诗歌
没有这么大的力量，我只是希望自己的诗歌能表达什么，这种表达是我自
己的，有着属于我自己的立场，这才是我所需要的清醒。"⑤ 而且，现实具
有遮蔽性，所呈现出来的现实面貌永远只是现实本体的一部分，而非全

① 张清华：《关于诗歌与社会的思考二题》，载《诗歌与社会学术研讨会论文集》，2009。
② 臧棣、茱萸：《必须记住，诗矛盾于现实——臧棣访谈》，《山花》2013 年第 22 期。
③ 谢有顺：《分享生活的苦——郑小琼的写作及其"铁"的分析》，《南方文坛》2007 年第
   4 期。
④ 郑小琼语，转引自小哑《中国女工：一种更为现实的现实主义》，《法治周末》2012 年 3
   月 6 日。
⑤ 郑小琼、姜广平：《"我不断探索着事物与语言的可能性"》（访谈），《西湖》2015 年第
   6 期。

部，这更说明现实无法被介入。对此，郑小琼深有感触，她没有将打工题材的诗歌列入其最喜欢的作品，因为她觉得它们"只构成我在现实瞬间性的对外界的部分感受，没有构成我对外界完整的感受，它们是我诗歌理想的局部，我仍将打工题材的诗歌写作看作我写作的重要部分，并且会继续写下去。我更相信一个写作者有一颗完整而庞大的心灵，完整而庞大的心灵带给我完整而庞大的感受与表达，才是我的诗歌理想"①。确实，郑小琼塑造的只是打工者生活的某些部分，还有很多被遮蔽了，没有反映出来，郑小琼用自己的笔再塑了一种纸上的打工生活，她的文字所能构成的显然不是全部现实，而只是部分"现实"镜像，因此郑小琼觉得自己的力量是微弱的："我想的更多的是这些瘦弱的文字有什么用，它们不能接起任何一根手指。"② 可见，在现实面前，诗的力量如此微弱，诗如何"介入"现实？

诗歌既然无法"介入"现实，那么，诗与现实的关系是什么？杨晓帆指出："当我们在'中国往何处去'的焦虑中强调文学要介入现实时，这个时代也许格外需要强调'虚构'，文学不是要跟着新媒体技术网罗世界的高速度亦步亦趋地摹写生活，而是要模拟我们活着的感觉，甚至以新的形式感重塑我们对现实的认识与体会。"③ 臧棣则明确认为诗有能力"发明现实"："诗人的最根本的信念还是应相信诗有能力发明新的现实。通过发明新的现实，通过展现差异的现实来强化现实的差异，以抵消历史中'平庸的恶'试图强加给我们的那个唯一的现实。"④ 可见，"现实"是无法重返、无法介入的，诗人所能做的只能发明现实，再塑现实。

对于如何再塑，赵勇曾提出他的思考与建议："把现代主义和现实主义搞得如此水火不容你死我活的思路并不足取，也容易引起观念上的混乱。比如，我们不妨思考一下：现实主义就一定高于现代主义吗？现实主义本身难道就那么完美无缺吗？现代主义者果然是一种技巧层面的玩家因而放弃了介入现实的追求吗？问题恐怕没有这么简单吧。""如果必须在这两者之间进行选择，我倒是更希望两不偏废：在现实主义与现代主义之间

① 何言宏、郑小琼：《打工诗歌并非我的全部》（访谈），《山花》2011年第14期。
② 何言宏、郑小琼：《打工诗歌并非我的全部》（访谈），《山花》2011年第14期。
③ 杨晓帆：《媒介即现实：为时代"赋形"的文学》，《文艺报》2016年1月22日。
④ 臧棣、茉莉：《必须记住，诗矛盾于现实——臧棣访谈》，《山花》2013年第22期。

保持某种张力,在'写什么'和'怎么写'之间保持某种平衡,也许,这才是这场争论留下来的更值得思考的东西。"① 因此,所谓"再塑",就是把"写什么"与"怎么写"的问题统一起来,既涵盖"写什么"即写社会现实,又涵盖"怎么写",因为"再塑"必然关涉到写作技术的问题,如果技术不过关,必然无法"再塑"社会现实。

新媒体语境下的诗歌在"写什么"方面,将个体经验与公共现实相结合,通过个体经验呈现对公共现实问题的思考,这是诗人再塑现实的一种方式。程一身认为有必要记住贺拉斯的忠告:"你们从事写作的人,在选材的时候,务必选你们力能胜任的题材,多多斟酌一下哪些是能掮得起来的,哪些是掮不起来的。假如你选择的事件是在能力范围之内的,自然就会文辞流畅,条理分明。"他认为:"不是用外现实和大现实取代内现实和小现实,而是在外现实与内现实、大现实与小现实之间达成平衡,并使它们形成一个统一的整体:用小现实见证大现实,用内现实呈现外现实。"② 程一身所提出的建议其实就是个体经验与公共经验、个人话语与公共话语的调谐。

朵渔的《今夜,写诗是轻浮的》是从个体独特感受与经验出发对地震大灾难的发言,他对地震灾难最真切的感受不是痛苦、流泪,不是呼吁、宣泄,而是认为"写诗是轻浮的",认为没有亲身经历地震却书写地震诗的人们所做的一切与灾难本身比起来都是"轻浮"的,这是他独特的个体感受,他将之与大众泛滥的宣泄、愤怒、怜悯情绪区别开,却又与大众共同关注的"地震"这一社会公共事件相关联,其实是恰到好处地处理了个体经验与公共经验的关系。臧棣曾谈及他的诗与现实的关系。其诗常以日常生活现实为出发点,但诗中所涉及的却是公共话题,如《北京阴霾史丛书》《死猪丛书》《愚人节前的颂歌丛书》等诗都涉及公共领域的社会热点话题。他自己分析道:"我们面对的现实在很大程度上是由人与人之间的交际关系构成的,所以有时候,'现实'往往会变成一种公共领域的情绪,进而渗透到诗的题材。"③ 他的诗都以日常物象做参照,都基于真实的生活经历,但却常常触及社会热点话题和公共情绪。蓝蓝也曾指出:"诗

---

① 赵勇:《关于"重返现实主义"的通信》,《文艺理论与批评》2007年第1期。
② 程一身:《当代诗中的现实元素与结构分析》,《海燕》2013年第12期。
③ 臧棣、茱萸:《必须记住,诗矛盾于现实——臧棣访谈》,《山花》2013年第22期。

歌的本质是将个人极其微观的经验感受最大化地与世间事物以及时间发生广泛深入的联系,诗歌通过这种特殊表达和内在节奏引起读者想象力重视并达到最大感受认同的能力。"① 因此她写《真实》关注矿难,通过个体命运呈现人类的命运。郑小琼则是通过个体经验呈现群体甚至人的命运:"实际上,这些结论完全不一样的作品呈现的都是打工者的生活。但我与他们的关注点不同,他们可能关注的是一个群体性的问题,而我更关注一个个具体的人,一个个具体不同的人在面临现实时所呈现的或无力或奋斗或成功或失败的事实。我跟本身在打工的写作者的立场更相同一些,而与非打工者的作者在写作打工题材时的立场与观点差异较大。"② 如《女工记》通过一个个具体的女工,呈现打工女性的命运,甚至所有打工者的命运,乃至人类的命运,其意义不仅仅局限于"女工",郑小琼通过个体经验和个体话语呈现的是社会公共问题,如《内心的坡度》中的公共厕所问题、公款吃喝问题。

在"怎么写"方面,关键在于如何用语言再塑诗人所理解的"现实"样貌。臧棣认为:"诗人的天职是,通过使用语言,改变语言,创造出我们理解现实的一种新的方式。"③ 这种理解现实的新方式便是"再塑"现实。而面对同一社会现实场景和事件,不同的诗人再塑现实的语言艺术各不相同。郑小琼善于用隐喻,她抓住"铁""风""桥"等意象再塑她看见与理解的"现实"。"铁"隐喻了打工者,正如她在《生活》中表述的:"我在五金厂,像一块孤零零的铁。"铁是坚硬尖锐的,但在力的作用下会变形扭曲,经过切割、分叉、钻孔、卷边、磨刺头等工序便成为人们所需要的形状、大小、厚薄的制品,因此,郑小琼感叹:"在工业时代里,'铁'是如此的脆弱,它很容易被外力改造。"④ "铁在机台断裂着,没有了声音,没有了反抗,也没有了挣扎。可以想象,一块铁面对一台完整的具有巨大的摧残力的机器,它是多么的脆弱。我感觉一个坚硬的生命就是这样被强大的外力所改变,修饰,它不再具有它以前的形状,角度,外

① 蓝蓝:《不分裂的诗歌和诗人》,《北京文学》(精彩阅读)2012年第2期。
② 《郑小琼:〈女工记〉,被固定在卡座上的青春》,中国作家网,http://www.chinawriter.com.cn/2013/2013-05-20/162725.html
③ 臧棣、茱萸:《必须记住,诗矛盾于现实——臧棣访谈》,《山花》2013年第22期。
④ 郑小琼、姜广平:《"我不断探索着事物与语言的可能性"》(访谈),《西湖》2015年第6期。

观，秉性……它被外力彻底地改变了，变成强大的外力所需要的那种大小，外形，功能，特征。我从小习惯了铁匠铺的铁在外力作用下，那种灼热的呐喊与尖锐的疼痛，而如今，面对机器，它竟如此的脆弱。"① 可见，"铁"其实是工业时代最切实的见证者与亲历者，它在乡村是"柔软的乡村的强硬者"，有"灼热的呐喊与尖锐的疼痛"，但进入城市的工业文明后，经受了各种摧残却没有任何反抗、挣扎，这种秉性隐喻的无疑是打工者，"铁"与打工者在郑小琼内心具有同构性，所以她才执着地在诗中反复写"铁"。郑小琼的诗中"水"和"风"的意象也非常多，《河流》《水流》《完整的黑暗》《流水线》《零点，雨水》等诗中的"水"与《风吹》《西风》《碎石场》等诗中的"风"都展现了打工者无根的漂泊感与无助、迷茫的生存状态，无疑也是打工者生活的隐喻。郑小琼通过捕捉一些独特的意象，使用隐喻手法，建构了打工者生活的"现实"镜像。

任何一个时代都有自己的现实，因此每个时代的诗歌与现实的关系需要依据时代语境的不同而进行调整和重塑，在新的时代发明新的现实。新媒体时代的现实由于媒介技术的介入更为复杂，无法重返、无法呈现、无法介入，因此，诗人们需要努力穿透现实表象层面，抓住"噬心"主题重新发明与塑造现实，建构诗与现实的新型关系。

小 结

在新媒体提供的新语境与新平台上，诗人们重新调整姿态，以"重新做一个诗人"的姿态面对新媒体语境，纷纷参与到新诗与新媒体的结合之中，众多新诗人的涌现与老诗人的"归来"，为新媒体语境下的诗坛增加了生力军和新的主力军，为新诗从边缘化走向"全民化"提供了主体力量。面对这种境况，诗人们调整姿态，积极参与到诗歌的"全民化"热潮中，并调整面对现实的姿态，以重新发明与塑造的姿态对待现实，呈现出新世纪诗歌的新风貌与重要特征。

---

① 郑小琼：《机器，机器》，《岁月》2007 年第 3 期。

第三章
如何深入公众：文本策略的转变

在新媒体时代，由于信息过于丰富繁杂，传播过于迅速，更新过快，大众对身边所发生的事大都见怪不怪，诗中所写的内容若没有吸引人的情节、细节，无法震撼读者征服公众，则难以引起共鸣，深入公众世界。而且，新媒体语境下的每分每秒，诗歌都在如病毒暴发般地被批量"生产"出来，无出众之处的作品极易被遮蔽湮没。显然，是否具有审美震撼力是诗歌能否深入公众世界的关键质素。因此，进入新媒体时代后，为适应新媒体语境的发展，适应新媒体时代公众的审美需求，诗人们必然会调整文本策略。他们注重诗歌的穿透力、震撼力，在题材上对"噬心"题材进行"噬心"书写，在语言上对口语进行"驯服"与诗化，并且注重对公共题材进行公共书写，以"私人的然而普遍的说法"将公共话语与个人话语进行调谐，使诗既体现出公共性，又不陷入"假大空"的宏大抒情模式，在一定程度上对于调谐诗与公众世界的关系，使诗深入公众世界具有重要意义。

第一节 "噬心"题材的"噬心"书写

小说家黄咏梅在创作谈《小说家不是旁观者》中谈及她在媒体工作时的经历。跑社会新闻的记者，接到报料电话后，问对方的第一句话是："死人了吗？死了多少人？"做社会新闻的编辑会按死人的多少编排稿件，死5人者排头条，死3人者排第2条，死1人者排第3条，没死人也没新意的则无法刊出。这种新闻稿件诉求使得新闻缺少良心，完全成为一种数字竞争，缺少深度。中国当代文学很多作品亦是如此，仅流于表面故事与叙述，无法触及人的灵魂。黄咏梅认为小说应该追求"一笔，轻轻地将人的情感'放倒'，将人们的冷漠、隔膜、躁郁、疑虑等等情绪统统'放倒'。这样的作品才动人"①。黄咏梅在此所言的这种动人的力量其实就是一种"噬心"的力量，文学作品需要有"心"，需要能"噬心"，这样才能打动读者之心。诗歌同样如此，尤其是处在新媒体语境下的诗，更需要这种"噬心"的力量。

新媒体语境下的每分每秒，诗歌都在如病毒暴发般地被批量"生产"出来，真可谓诗海无涯，浩瀚无边。在这种语境下，诗歌文本要想力战"群雄"，浮出历史地表，为大众所知，就要能打动人、抓住人。对此，不少诗人和诗论家进行了一些探索，陈超认为要写"噬心"主题；海啸、马知遥等一直在倡导"感动写作"；而陈仲义则指出传统好诗的标准一向定位在"感动"，但他认为在"感动"之外还要增加"撼动""挑动""惊动"，即他提出的"四动"标准。在陈仲义的话语中，"撼动"是指"接受者的精神意识层面，诗歌对它发出的强烈刺激所引发的震慑、震动的效果"，"挑动"是指"在思维图式上，诗歌特有的诗性思维（诗性直觉、诗性感觉、诗性想象等）对于人们长期固守的惯性思维、实用思维进行挑逗，触发被工具理性长期麻痹的神经，诱发跳出常规常态的思路，拥抱新体验、新感觉、新想象"，"惊动"则是指"在语言层面上引发始料未及的快感"。②可见，陈仲义的"四动"标准除了"惊动"属于语言层面外，其余"三动"其实都是基于题材、主题层面提出的标准，属于"写什么"的范畴。笔者认为，陈超、马知遥、海啸、陈仲义等诗人、学者的诗学主张其实殊途同归，都提倡诗歌要"震撼""噬心"，而只有能引起大家疼痛、共鸣的作品才具有穿透力、震撼力，才能"噬心"。

一　"噬心"题材

虽然题材问题长期以来由于所关涉的是"写什么"而成为老生常谈的话题，但却是写作者无法回避的一个关键问题，优先占据题材所获得的胜利是作品胜利的关键。在新媒体语境下，每天都有海量文学作品被批量生产出来，"同质化"现象极其严重，让人产生审美疲劳，因此，优先占领

---

① 黄咏梅：《小说家不是旁观者》，《新文学评论》2017年第2期。
② 陈仲义：《中国前沿诗歌聚焦》，中国社会科学出版社，2009，第32页。

"噬心"题材成为作家们的当务之急。诗歌领域亦不例外,在当下这个只要会按回车键就可能成为诗人的年代,许多作品都似曾相识,作品具有"噬心"力量更成为作品"胜出"的关键质素,因此亦成为诗人们创作时的重要话语策略。

从"写什么"的题材角度而言,新媒体语境下的诗歌场域出现过打工诗歌、底层诗歌、草根诗歌、灾难诗歌等,分别对农民工问题、其他群体的民生问题、灾难事件等社会问题进行关注和书写,试图以此"噬心",震撼读者。

(一) 农民工问题

农民工是市场经济充分发展、城市化进程加速后出现的一个新群体,自 20 世纪 80 年代末 90 年代初开始,亿万农民工进城成为当代中国的一个重要社会现象。国家统计局对外公布的《2019 年农民工监测调查报告》(以下简称《报告》)显示,截至 2019 年底,农民工总量达到 29077 万人,比上一年增长 241 万人(2020 年由于疫情,农民工数量有所减少,但总量仍高达 28560 万人;2021 年情形有所好转,农民工总量增加至 29251 万人)。需要注意的是,农民工是一个特殊的群体,他们脱离了乡村却不属于城市,虽然进城务工或经商,以各种方式参与市场经济的整体运营,但本质上还是农民,即使进入工厂,也只是从事工业生产的农民。对此郑小琼非常清醒地指出:"他们(农民工)只是处于半进城的状态……农民工从身份上区别于工人,从生产上区别于农民,从情感、身份、生产等方面的归宿来说,与二者有着本质不同,这种本质的不同会投影在农民工身份的诗人的诗歌上,他们的诗歌与以工人身份写的诗歌在情感归宿上也完全不同。"[1] 进入新世纪后,新一代农民工队伍涌进城市,他们对自身的处境开始有清醒认识,开始关注自己与其他农民工的生存境遇、命运和身份,农民工问题也就浮出水面,不少农民工开始用《劳动法》维护自身利益。尤其是进入互联网以及手机等新媒体普及的时代后,农民工问题更成为全社会普遍关注的一个话题,农民工的工伤、残疾、死亡、超负荷的劳动强度、低廉的劳动报酬以及拖欠农民工工资等各种问题,都具有"噬心"力量。由此国家制定了一系列"三农"政策,关注"三农"问题,

---

① 秦晓宇选编《我的诗篇:当代工人诗典藏》,作家出版社,2015,第 417 页。

将解决"三农"问题作为中国现代化进程的重要时代课题。在这种时代语境下，"打工诗歌"应运而生，不少诗人开始关注并书写这个话题，如郑小琼、谢湘南、许强、罗德远、田禾、王夫刚等一大批诗人书写了大量关注农民工问题的诗歌，掀起"打工诗热"。正由于农民工题材具有"噬心"作用，打工诗歌才能火热起来，因为打工诗歌不仅关注个人，更关注群体的命运，正如打工作家周崇贤所言："平时，打工者可能是一盘散沙，到时就是铁板一块，具有震撼力。"[①] 郑小琼一直被奉为"打工诗歌"的代表诗人，《打工，一个沧桑的词》几乎写出了所有打工者的共通感觉——"写出打工这个词 很艰难/说出来 流着泪 在村庄的时候/我把它当作可以让生命再次腾飞的阶梯 但我抵达/我把它 读作陷阱 当作伤残的手指/高烧的感冒药 或者苦咖啡"，她的《挣扎》《耻辱》《完整的黑暗》《在铁具上》等诗亦都是代表作，尤其是其诗中所聚焦的"铁"意象，捕捉到了工业文明时代最典型的意象，击中了一个时代的心脏，是郑小琼诗歌中最具穿透力的文学符号，正如张清华所感叹的："谁触摸到了世界的铁？谁写出了时代的铁？谁写出了铁的冰冷和坚硬，铁的噬心和锐利，铁的野蛮和无情？郑小琼。"[②] 在张清华看来，"铁"是工业文明时代具有"噬心"力量的锐利意象。断指、伤残、跳楼、堕落、死亡，都是打工题材中的"噬心"主题，如"听说等买火车票的女孩被踩死了一只/她只不过想回家过个年/听说排队的人还不想给救护车让路/担心丢失了自己的位置/……在最后一刻，她/有没有怀念起在母亲子宫里的快乐时光/那时候她也是一条洁白的鱼/吮着脚趾，满怀着希望"（嗦罗蜜《等买火车票的女孩被踩死了一只》）；"也许他还要像诗人那样说，擦去灰尘/擦去多年的屈辱与沉重/但他突然羞于开口……后来孙二平站上了三十层楼顶/想象飞翔……他一下子感觉到了生命的崇高与轻盈/一阵风吹来/孙二平便成了一片归根的叶子/扑/向/大/地"（祁鸿升《洗墙工孙二平》）。这些诗中所呈现的现象触目惊心。"打工诗人"虽然是以"他者"的视角进行叙述，却都有一种切肤之痛，这种痛是身体受难的血肉之痛，读者即使不在现场，即使未曾目睹这样的死亡，读完诗句也都有一种身临其境的痛感，这

① 赵亦冬：《打工诗歌：时代与情感的特殊记录——首届中国打工诗歌高峰论坛综述》，载许强、罗德远、陈忠村主编《2008 中国打工诗歌精选》，上海文艺出版社，2009，第 314 页。
② 张清华：《谁触摸到了时代的铁》，《芳草》2007 年第 4 期。

是一种震撼人心的痛，属于典型的"噬心"书写。

（二）其他群体的民生问题

值得一提的是，对于余秀华的走红，许多学者、诗人分析为新媒体制造的"神话""奇迹"，但其实更多的是因为余秀华的残疾、命运遭际具有"噬心"作用，满足了很多人的同情心、好奇心，击中了大众。余秀华出生于农村，生活于农村，患脑瘫，一直对自己的生活不满意，但一直坚持写诗，这就给大众带来无限好奇，尤其是其"脑瘫"的缺陷紧紧地抓住了许多人的同情心，吸引大家关注其诗歌。其诗集出版后即售空，这是近年来诗坛不多见的"神话"。她参加了《鲁豫有约》节目，在全国各地举办座谈会、分享会，其经历还被纪录片导演范俭拍成纪录片《摇摇晃晃的人间》，并在第29届阿姆斯特丹国际纪录片电影节中获得 IDFA 纪录长片评委会大奖，其实最关键的原因在于她的经历具有"噬心"作用。她在诗中书写自己作为一个脑瘫者的遭遇、命运、感觉、情绪，引起了大众的好奇心、同情心，才拥有众多支持者。

（三）灾难事件

汶川地震、冰灾、旱灾、洪灾、动车脱轨事故等都是引起全民关注的事件，牵动全国上下无数人的神经，是真正具有"噬心"作用的题材，诗歌将之作为题材进行书写，在一定程度上无疑具有震撼力，能引发大众共鸣。

为什么地震后会涌现出地震诗潮？据香港《南华早报》报道，每天有超过 1.5 万首的诗歌及其评论通过互联网和手机短信在民间流传。汶川地震是新中国成立以来影响最大的地震灾难，其发生让人措手不及，灾难的毁灭性空前巨大，无数的房子坍塌、道路瘫痪、人员受伤或死亡，而网络、广播、电视、杂志、手机等各种媒体传播便捷而迅速，使汶川地震一瞬间便成为震撼全民的悲剧性事件，激发大众普遍的悲情和生存焦虑，是真正具有"噬心"、震撼作用的题材，人们亟须找到共鸣的渠道，写诗和读诗成为合适便捷的通道，由此形成一个全国性、全民性的"地震诗潮"。"由 2008 年汶川特大地震引发的中国诗歌大潮……出现的作品数量之多、感人作品之多，是近二十年来少有的景象。"① 李少君曾谈及地震来临时的

---

① 王干：《在废墟上矗立的诗歌纪念碑——论"5·12"地震诗潮》，《当代文坛》2008 年第 4 期。

状态，"感到精神越来越差，心力交瘁，接近衰竭"①，晚上难以入睡。可见，地震无论对整个社会还是个人，伤害都是巨大的。因此，如《孩子，快抓紧妈妈的手》之类艺术上并不高超却感人的诗作在网络上迅速传播，因为诗中母子之间的情感震撼了大家，具有"噬心"作用。诗如下：

孩子，快抓紧妈妈的手
去天堂的路太黑了
妈妈怕你碰了头
快抓紧妈妈的手
让妈妈陪你走
妈妈怕天堂的路太黑
我看不见你的手
自从倒塌的墙
把阳光夺走
我再也看不见
你柔情的眸
孩子　你走吧
前面的路　再也没有忧愁
没有读不完的课本
和爸爸的拳头
你要记住　我和爸爸的模样
来生还要一起走

妈妈　别担忧
天堂的路有些挤
有很多同学朋友
我们说　不哭
哪一个人的妈妈都是我们的妈妈
哪一个孩子都是妈妈的孩子

---

① 李少君：《大部分的中国人都患上了抑郁症》，《滇池》2008 年第 7 期。

> 没有我的日子
>
> 你把爱给活的孩子吧
>
> 妈妈　你别哭
>
> 泪光照亮不了　我们的路
>
> 让我们自己　慢慢地走
>
>
> 妈妈　我会记住你和爸爸的模样
>
> 记住我们的约定　来生一起走

该诗如果从纯粹的诗歌艺术、技巧而言是难以被划入好诗、经典诗歌之列的，但却成为当时最有影响力、流传最广的一首诗。谢冕也曾指出："汶川大地震的时候，我就记住了两首诗。两首都不是专业诗人的作品。一首是《生死不离》，还有一首是《孩子，快拉住妈妈的手》。"他在诗中读到了应有的"社会承担"，他还由此谈及他对当下诗歌缺少读者的看法："为什么老百姓不爱读现代诗？因为拿不出能引发共鸣的好作品。这么多年，能让大家记住的现代诗有几句？"[①] 事实上，谢冕是在指责当下诗歌缺少"噬心"力量。在2003年SARS病毒肆虐之时，诗人陆健用18天时间挥笔写就组诗《非典时期的了了特特博士》，一共96首，以戏谑的态度和幽默的风格呈现非典时期的人、事、物的种种情状。SARS病毒无论是在当时还是现在，其实都是听之悚然的灾难，许多电影、小说中都有所体现，诗人将之以大型组诗的形式写进诗中，显然具有"噬心"力量。但这种作品在当下诗歌中少之又少。2020年新冠肺炎疫情突袭而至后，成千上万首诗歌涌现，掀起"抗疫诗潮"，吉狄马加的《裂开的星球——献给全人类和所有的生命》、张执浩的《封城记》、李少君的《读封城中的武汉友人诗作有感》、陆健的《我想象》、李元胜的《没人想在二月死去》、骆英的《有的人活着》、梁平的《与万物和解》等诗以及黄亚洲的抗疫诗集《今夜，让我的心跟随你们去武汉》，带给疫情中的人们不少感动，具有一定的"噬心"力量。

---

① 刘莎莎：《北大教授谢冕批"口水诗"泛滥玷污诗歌语言之美》，《深圳特区报》2011年11月3日。

二　"噬心"的感觉

据笔者观察，这些"噬心"题材的共同关键词是"疼痛""孤独"
"漂泊"，这是最能"噬心"、震撼读者的三种感觉与体验。

（一）"疼痛"

无论是打工题材还是其他群体的民生题材、灾难题材，都贯穿一个至
为关键的词——"疼痛"。他们尽情书写、宣泄肉体上和精神上所遭受的
疼痛。

在打工题材和其他群体的民生题材的诗歌中，断指、断手、摔伤、摔
死等工伤事故时有发生，诗人们对这种身体上的疼痛做过大量呈现与书
写，如宋世安的《断指者 C》、谢湘南的《一起工伤事故的调查报告》、许
强的《今天下午，一名受伤的女工》、田禾的《一个农民工从脚手架上掉
下来了》、郑小琼的《疼》等诗都以此为题材，呈现打工者所遭遇的身体
伤害与疼痛。唐成茂在《把羽毛卖给凌晨——写给一名死于飞速的机器轮
转中的打工兄弟》中则呈现了一个死于机器轮转的打工者，"雄鹰自毁巢
穴/背着草原和沼泽飞翔/如我背井离乡出外打工的同乡/背着沉重家族兴
旺的使命/一脚踩醒千年的梦幻"，尤其是写打工者"把故乡卖给了远方/
把希望卖给了远行/把羽毛卖给了凌晨/把生命卖给了机器/把未婚妻卖给
了伤痕"等诗句中的"卖"字不能不令所有打工者共鸣，非打工者同情，
将打工者的血泪与疼痛写得深入骨髓，震撼人心。

郑小琼是书写与呈现打工生活"疼痛"的典型，她在诗中着重呈现
"疼痛"的体验，"她站在一个词上活着：疼/黎明正从海边走出来，她断
残的拇指从光线/移到墙上，断掉的拇指的疼，坚硬的疼/沿着大海那边升
起……//疼压着她的干渴的喉间，疼压着她白色的纱布，疼压着/她的断
指，疼压着她的眼神，疼压着/她的眺望，疼压着她低声的哭泣/疼压着
她……//没有谁会帮她卸下肉体的，内心的，现实的，未来的/疼/机器不
会，老板不会，报纸不会，/连那本脆弱的《劳动法》也不会"（郑小琼
《疼》）。由她的诗中可见，"疼"侵袭着打工者，无时无处不在。她的
《打工，一个沧桑的词》写出无数打工者的共同感受，《女工记》《流水
线》《生活》等诗则呈现了女工的疼痛生活。难怪有评论家认为郑小琼
"完全是以诗性的介入来述说一个打工者的生存图景和真实心态"，"她的

每一句诗，每一个字都是从打工生活中提炼出来的一滴血，或一滴泪，一段梦想与一声叹息"①。许强的《为几千万打工者立碑》、罗德远的《蚯蚓兄弟》、郑小琼的《铁》、徐非的《一位打工妹的征婚启事》、彭易亮的《第九位兄弟断指之后》等诗，也都呈现了打工生活的"疼"，这是工业文明带给打工者的"痛"和"苦"。

打工诗歌、底层诗歌中的疼痛不仅仅是身体、生理上所承受的"痛"，更是精神上的痛。打工者们在承受断指、受伤、残疾、死亡的身体之痛的同时，也承受着屈辱、迷惘、绝望的精神之痛。五金厂、纺织厂、玩具厂、印刷厂等为打工者提供的工作环境都是工业流水线，这些精细分工的流水线严重扼杀人的创造性，将人变成机器上的一个零件，成为一个没有个人感情、思想的"单向度的人"②。郑小琼对此进行了思考："在装配工厂的两年时光里，我这样看到进车间的女孩子们一天天变成流水线中的角色，变成流水线的一部分。我和她们一样，在逐渐丧失自我，有时会因丧失而感伤，因感伤而痛苦。但作为个体的我们在流水线样的现实中是多么柔软而脆弱，因为这种脆弱与柔软让我们对现实充满了敏感，这种敏感是我们痛觉的原点，它们一点一点扩散，充满了我的内心，在内心深处叫喊着，反抗着……"③。她意识到那是一种耻辱："我内心因流水线的奴役感到耻辱，但是我却对这一切无能为力，剩下的是一种个人尊严的损伤，在长期的损伤中麻木下去，在麻木中我渐渐习惯了，在习惯中我渐渐放弃曾经有过的叫喊与反抗，我渐渐成为流水线的一部分。"④ 于是她在诗中写道，"我们习惯了在耻辱的罅隙里生存/放弃曾经的理想，信念，内心/你借助着冬日独山的光与雪/辨认黑暗中游弋的文字/追随良民与鱼群，在时尚或者/专栏的戏谑中，如愿以偿地/做一个充满耻辱却是孤独的人"（《耻辱》）。诗人们还书写了打工生活对留守儿童的心灵伤害，《一个留守孩子的日记》写道，"今天上数学课/老师打了我两次粉笔头子/特准。第一次是因为一个女人从窗外经过/我看入了神。第二次是她返来/还是从窗外经

① 柳冬妩：《打工：一个沧桑的词》，载杨宏海主编《打工文学备忘录》，社会科学文献出版社，2007，第151页。
② 〔美〕赫伯特·马尔库塞：《单向度的人——发达工业社会意识形态研究》，刘继译，重庆出版社，2016。
③ 郑小琼：《流水线》，《黄河文学》2007年第8期。
④ 郑小琼：《流水线》，《黄河文学》2007年第8期。

过，我看入了神/老师骂我小小年纪不学好/他不知道她走路的样子/太像我的母亲了"。"留守儿童"是伴随打工潮在农村形成的一种普遍社会现象。年轻的劳动力纷纷涌进城市打工，高强度的劳动让他们无法将孩子带在身边进行照顾，只能留在老家交给老人带。不少年轻人生下小孩待其满月就外出打工，许多孩子自婴儿起就成为"留守儿童"，只有在过年时才能短时间与父母在一起，长期缺乏父母之爱，缺失正常的家庭伦理关系，受到严重的心理伤害。这种"痛"或许是最为"噬心"的痛，一经写出便能抓住大家的共鸣神经。

在灾难题材中，诗人书写的"疼痛"主要是精神上的疼痛。灾难中，亲人的离去是最大的痛，这种痛对于大众而言显然具有震撼、"噬心"作用。《孩子，快抓紧妈妈的手》之所以引起轰动，是因为诗行间用最朴素、最平静的语言传达了人间骨肉分离的至痛，虽然作者故意表现得平和、平静、淡然，但越是压抑的情感，其爆发力越大。笔者在一次讲座中播放此诗的朗诵，一位听众在下面痛哭流涕、捶胸顿足，使我不得不中断播放。讲座结束后问她，她说是诗中那种痛触及了她，她也有过丧子之痛，诗中所包孕的人间至痛袭击了她，让她情不自禁。因此，灾难带给死者的是一时之痛，而留给生者的却是永远无法抹去的精神之痛、心灵之痛。

（二）"孤独"

当下的生存方式本就让人感到无比孤独。虽然网络时代人们的联系方便了，但人却越来越孤独，正如一句诗所言，"世界很大，你的语言很少"（也瘦《你，或这个世界》）。由于新媒体的碎片化，以及人们对手机、网络的依赖，人与人在现实生活中联系、交流变少，人与人之间更冷漠，更难走进对方的内心，这使人更加孤独。尤其是网络诗歌的作者们，每天都要面对没有生命的电脑屏幕，长期离群索居，每天生活在一个狭小封闭的空间，无法不感觉孤独寂寞，孤独甚至已成为网络时代人们的一种生活方式和存在方式。

同时，当下人与人之间的关系状态也容易让人孤独。当下是商品经济社会，利益成为人际交往的纽带，一些人成为极端利己主义者，斤斤计较，耽于算计，缺少真情实意，甚至亲人之间、爱人之间、朋友之间也是如此，人际间的冷漠、麻木，容易使人产生孤独感。

这种孤独感被许多诗人感受到、捕捉到并写入诗中，如巫昂在《儿童牙刷》中将人与人之间不信任、淡漠的隔阂状态进行了呈现；熊焱的《这人间到处是病人》之"多年的邻居跟我素不来往/多年的朋友因为利益跟我反目为敌/多年来我面对他人的落难而幸灾乐祸"则呈现了人因冷漠、自私、狭隘而产生的孤独；朵渔的孤独则让自己在自己的城市中"流亡"，"出门，独自走进/黄昏的光里。光阴刺眼/一格一格的人群/皆与我无关。安静/也只是丛书般的安静/我在自己的城市流亡已久"（《咖啡馆送走友人后独自走进黄昏的光里》）；扎西的《每个人都有一次孤独的远行》、王九城的《城市沙漠》、晶达的《孤岛》、巫昂的《到处都是寂寞的生活》都对令人窒息的孤独进行了呈现。不少"80后"诗人尽情书写他们的孤独，如郑小琼直接呈露"水流漫步走向夜晚，黑暗中，我向它/寄存一颗异乡人孤独的内心"（《水流》），熊焱则"一个人饮长夜的黑，饮离乡的愁/饮我多年漂泊的苦和忧"（《孤独是一把钥匙》），徐萧"用雨水，丈量孤独的距离"（《栖止：赠 M》），都呈现了他们对孤独的深刻体验。

对于这种孤独情绪，人们试图通过爱情来稀释或摆脱。李元胜的《我想和你虚度时光》在微信公众平台上引起广泛关注，其实就因他击中了大家的普遍情绪——孤独。王家新认为余秀华的诗写出了"过剩时代的饥饿感"（见"网络诗选"博客），这是一代人普遍存在的一种精神上的饥饿，一种源于孤独而产生的饥饿。余秀华引发的争议颇大，尤其是那首《穿过大半个中国去睡你》产生不小的负面影响，这首诗其实传达出她情感缺失的孤独。而这种孤独，是当下许多人共通的情绪、感觉。其实，不唯余秀华如此，不少诗人都试图通过身体写作的极端方式稀释孤独，如巫女琴丝的《秘密》、郑小琼的《情欲之歌》、陈衍强的《色戒》、小引的《情色的节奏》、胡茗茗的《有关身体的一些反应》等。

（三）"漂泊"

打工者从家乡出走，又不属于城市，他们最容易感受到"漂泊"之苦。北京专门有"北漂"族，出版有四卷《北漂诗篇》。这批"北漂"族有部分人属于农民工，但更多的人是为了追逐自己的梦想，主要是作家、画家、艺人等，北京能提供给他们更广阔的发展空间、平台，因而他们放弃家乡的优越生活和工作，到北京寻求发展，他们也经历过农民工那样的物质困境和精神困境，但他们的梦想不仅仅是养家糊口，其中不乏事业、生活上的成功者，都拥有在北京的"漂泊"体验，都被划入"北漂"一族的范畴。

此外，"80后"总体上被称为"漂泊的一代"①，因为他们出生、成长于20世纪80年代，这正是中国农业社会向工业社会转型、计划经济向市场经济转轨的过渡时期，由此"80后"得以耳濡目染当时的各种方针、政策、举措对社会带来的"震荡"，并从20世纪90年代末至今承受这种"震荡"带给自己的影响。"80后"中无论是直接打工者还是求学者，都走上了"出走"之路，大多数"80后"远离故乡，处于"漂泊"之中，正如王彦明所指出的："历史的纵深背景，将80后这一代的成长历程，置入80年代这个宽阔的背景，是一种机遇，它关乎教育和信息接受等重要的层面。这个快速而动荡的背景，塑成了80后诗人'漂泊'的精神状态。这是一种生命的常态，在诗歌里，得到了极大的呼应。"②

可见，"漂泊"已成为当下普遍的情绪与感觉。在"漂泊"情绪中，无家可归是许多诗人着力书写的一种状态，如"我的家安放在它们身上：震动翅翼/或安息不动//家并非只有一个：处处都有家，但在旅行中/家又一次唤醒我的责任"（王东东《旅行中的家乡》）、"如你所料，我是一个无家的人/虽然家就摆放在身边/一个盛满家具的房子/挂钟做梦般滴滴答答/蟑螂在垃圾篓里溢出口水/天亮时，阳光将唤醒里面的一切/也将唤醒我，一名兼职父亲和丈夫/而我从来不曾属于这里/也不属于一千公里外的那座村庄/不属于村庄里住着我父母的青砖屋"（阿斐《窗外传来婴儿的哭声》）、李晃《我把家安在树上》等都传达了诗人无家可归的漂泊感。

诗人们还热衷于塑造"现代游子"形象，传达"漂泊"感。"现代游子"们所表达的不仅有对故乡的依恋、乡愁，更出彩的是他们对"回不去的故乡""融不进的异乡"的独特体验，在他们笔下，故乡已回不去，因为故乡已将在城市漂泊的他们视为异乡人，而同时他们又融不进异乡，尤其是对于打工者而言，"进城"其实只是一个幻觉，他们永远是看客和过客。因此，"游子形象"成为诗人们热衷的情绪寄托对象。郑小琼多次直接写到"漂泊"、流浪的"我"，呈现出一个长年漂泊的"现代游子"形象，如《雨水》中"我小心翼翼的孤独也正被雨水洗着/明亮而清新　犹

---

① 赵卫峰主编《漂泊的一代：中国80后诗歌》，中国文联出版社，2012。
② 王彦明：《一代人的精神脉象——〈漂泊的一代：中国80后诗歌〉初阅》，《太原晚报》2012年7月15日。

如这日益成形的命运/犹如清晨的幸福 也如同漂泊时身不由己的/脚步 全都随着雨水一起漫过清晨";《二十一点，位置》中"我们缓慢地生存/弯腰，妥协的漂泊，对爱人、亲人、朋友/充满了愧疚";《黎明》中"漂泊不定的岁月，愧对父母与乡恋/啊，原谅微薄的工资，原谅曾经的理想";《活在异乡的村庄》中"在曾经绿色的耕地的荒凉中/传来两三声古典的蛙语与虫鸣，我才发现它们/和自己一样，一年一年地活在不由自主的流浪中";《恋歌》中"我经年的疾病、漂泊、逃亡，怀想美丽的错误"。阿斐、张进步等也在诗中呈现"飘来飘去"的"现代游子"形象，如"我们从南飘到北/从北飘到南/在死后总有一天/我们就这样飘来飘去/谁都没有发出叹息/谁都不愿首先伤感"（阿斐《玫瑰西路》）；"漂来漂去的，/就这样漂来漂去吧。//直到把自己，/漂成了水上的木头"（张进步《漂》）。郑小琼亦淋漓尽致地呈现出其孤独体验，如《感伤》中"一个人站在拥挤的异乡，她觉得如蚁样渺小"，《给予》中"你不肯给我一个家的温暖""我只是一个路过的外乡人""黄麻岭，你给我的，只有疼痛，泪水/以及一个外乡人无法完成的爱情"，《除了》中"在异乡，我，一个五金厂的女工/还剩下什么啊！/除了带着自己日益消瘦的影子奔波/我仅仅目睹岁月的鞭子、枕上的憧憬"，《铁》中"我这外乡人的胆怯正在躯体里生锈/我，一个人，或者一群人/……渴望像身边的铁窗户一样在这里扎根"，呈现出游子身处异乡所遭遇的排斥、拒绝、冷漠。

同时，诗人们还反复以"风""柳絮"等意象呈现漂泊状态。"风"所象征的是漂泊不定，对此郑小琼曾表达："它更代表我那时生活的状态，无所来也不知所去……像'风'一样四处飘荡，那种无所依的感觉特别强烈，自己本身就是一阵贫困潦倒的风，不知吹身何处。"[1] 郑小琼对如"风"般漂泊不定的体验极为深刻，如"风吹着她们奔波流离的命运"（《风吹着》）；"风中的树木、纸片，随风摇晃起伏/它们不由自主的姿势多像我/一个流浪在异乡的人/在生活的风中踉跄"（《流浪》）。罗雨笔下也多次出现"风"意象，如"我在北国的风中/遗失了回家的钥匙"（《雨中忆江南》），"一程又一程地漂泊与出走/编制一个个命运的环/在异乡的风里，我飘成一朵苍白的柳絮"（《我并不在这里》）等，呈现出漂泊不

---

① 何言宏、郑小琼：《打工诗歌并非我的全部》（访谈），《山花》2011 年第 14 期。

定、无所依傍的心境。艾华林在《幻象》中写道，"除了风之外，我的心中没有别的什么了/在深圳漂泊的这些年/我一直都在寻找着一个温暖的词语　命运能给我的就只有这些了/我幻想着有那么一天/能像树叶一样乘风而去，乘风而来"，也是漂泊异乡的"现代游子""漂泊"状态与"漂泊"心境的真实写照。"柳絮"亦是诗人们热衷用以传达自己"漂泊"感的意象，如罗雨笔下的"每夜的梦里，我亲眼看见/另一个我站在对面，对我说：/'你的家在何方？'//我的家在何方？/我不知道，但我并不在这里/脚所站的地方，生了根，发了芽/柳树一样地临水而居/但柳絮，终归是要飘走的"（《我并不在这里》）。

此外，诗人们还表达过"愤怒"，如郑小琼的"起身吧，我们的愤怒与怨恨"（《胃》）、雷平阳的《贫穷记》《采访纸厂》《暴力倾向》、许强的《为几千万打工者立碑》、罗德远的《刘晃棋，我的打工兄弟》、王夫刚的《暴动之诗》《粥中的愤怒》和田禾的《路过民工食堂》等。江腊生对打工诗人的愤怒情绪做过专门研究，他通过打工诗歌的意象"感受到的是一种情绪的愤怒"，"浸漫打工者自身的由底层发出的愤怒情绪"[1]。诗人们还表达过"绝望"，如郑小琼的"而萧瑟的故乡，原本更令人绝望/揣着的是时代带给我们的阴冷"（《说出》）；许强的"溺水者对一根稻草 绝望中的渴望"（《现场招聘》）；谢湘南的"背对他/我将是一个绝望的死者"（《过敏史》）。他们还表达过"挣扎"，如"活在人间挣扎着灵魂，赐予我死亡却还让我挣扎于临死的人间/我从濒死的瞬间打捞着我裸躯/啊，在哑寂间，灰褐的天狼星/凄凉而空虚的海……啊，渴……啊，痛……啊，抽搐……啊，快点/啊，怨……啊，恨……啊，绞……/软弱的肉体在像野兽一样嚎叫"（《挣扎》）。此外，他们还表达过"耻辱感""虚无感""忧伤"等，这些感觉都具有"噬心"的力量。

三　"噬心"的原生态叙述

打工诗人们选择的是原生态叙述，他们将现场的各种细节如实呈现，如同拿着摄像机对准打工者的生活现场，直击人们的心灵，带来真相本身

---

[1]　江腊生：《亲历经验的书写和愤怒情绪的泼洒——当下打工诗歌的意象阐析》，《北方论丛》2010年第6期。

的震撼，而非经过语言、技法加工的震撼。郑小琼也曾以"摄像头"表达她的写作状态："诗歌本身有生存状态上渗透的可能性，而我只是把这种生存状态呈现出来，像装了一个摄像头，点击视频画面就出来了；或者把它回忆出来，在过往中，有点像从一支队伍里被点名者自动出列一样。一首诗歌的产生便是我摸着生活记忆的一记旅行。"① 许多打工诗人都采取"拍摄"的方式将生活录进诗歌，他们认为这种方式能呈现生活的真相，而这种真相是被遮蔽了的。对此，郑小琼认为夏榆的作品中"那种诚实的原生态的叙述让我感受真相构成的力量，以及这种力量给人的内心造成的震撼，给我留下极为深刻的印象"②。其实不唯夏榆的作品是一种"诚实的原生态的叙述"，打工诗歌、灾难诗歌、草根诗歌等新媒体语境下的很多诗都善于采用诚实的原生态的叙述方式呈现真相。这种没有任何虚饰的叙述方式呈现的是真相本身，还原了事件的现场感、原生态，从而使真相具有"噬心"的力量。如许强的《今天下午，一名受伤的女工》，诗人没有任何修饰，以零度叙述的姿态还原事件本身的各种细节、场景，让人如临其境，如感其痛。再如谢湘南的《一起工伤事故的调查报告》，诗中通过各种细节呈露事故真相，语言直白，完全是平铺直叙，直接呈现，仿佛公安部门对一场工伤事故的调查笔录。

除此之外，田禾的《一个农民工从脚手架上掉下来了》、雷平阳的《工地上的叫喊》、彭易亮的《第九位兄弟断指之后》、张守刚的《桥头巷》等诗都以原生态的无比直接的方式呈现打工者的生活真相，类似于新闻播报和现场直播，由此触摸现代性的残酷一面，阐释异化的世界。事实上，这些诗人所操持的就是后来被命名为"非虚构写作"的叙事方式。越是看似冷静的叙述态度，越是毫无修饰改动的内容呈现，越令人感受到真相的力量，越让人震撼。

当然，这种叙述方式也遭到不少批评家质疑，如霍俊明认为："这些诗歌显然是在借用'非虚构'的力量引起受众的注意，而这些诗歌从本体考量却恰恰是劣诗、伪诗和反诗歌的。"③

---

① 郑小琼：《郑小琼诗歌及诗观》，《诗选刊》2007 年第 Z 期。
② 何言宏、郑小琼：《打工诗歌并非我的全部》（访谈），《山花》2011 年第 14 期。
③ 霍俊明：《诗歌中的"下槐镇"离现实有多远——读李南〈下槐镇的一天〉及吊诡的中国诗歌》，《诗探索》2012 年第 4 辑。

　　无可否认的是，诗人们对"噬心"题材的"噬心"书写在一定程度上呈现出诗人们对"现实"的关注与介入姿态。狄德罗（Diderot）曾指出："什么时代产生诗人？那是在经历了大灾难和大忧患以后，当困乏的人民开始喘息的时候。"① 确实，正是这些大灾难和大忧患所具有的"噬心"力量能成就大诗人。但如何在处理"噬心"题材时让其更具有"噬心"力量和永恒的艺术价值，是有待诗人们进行反思和进一步探索的重要诗学话题。

第二节　日常口语的"驯服"与诗化

　　著名哲学家维特根斯坦早在 1938 年就指出，当我们进入一个新领域时，语言就会耍些新花样，不断给我们惊喜。以网络为主导的新媒体毫无疑问是一个全新的领域，语言自然会耍些新花样，可以说，这个新领域改变了人类的语言系统。当它与新诗相遇时，诗歌语言自然也会耍些新花样。那么，新媒体时代诗歌在语言上发生了什么变化？做出了什么新的探索与贡献？又存在什么问题？这些都是值得深入探述的诗学论题。

一　诗歌语言的"口语化"

　　中国古典诗歌句整言工，讲究对仗、平仄，讲究"推敲"，甚至"语不惊人死不休"，但新媒体平台上的交流是即时、快捷的，求新求快是新媒体的基本诉求，因而在此语境下写诗不可能字斟句酌，常在语言上为适应新媒体时代而发生改变，当然，这种影响不是直接的，新媒体通过改变人们日常交流的方式悄然改变着诗歌语言。20 世纪末 21 世纪初，新媒体时代全面到来，新媒体在语言上普遍"网话化"。所谓"网话化"，即指网络环境下使用的语言，将日常口语与网络用语杂糅于一体，人们在 QQ、微信、微博、博客等新媒体上都采用"网话"。当这种语言习惯蔓延到诗歌中时，诗人们大都自动放弃了佶屈聱牙的字句，而采取平淡、随意的口语入诗。因此，新媒体时代的诗歌在语言方面的主要特征是口语化，许多

---

① 〔法〕德尼·狄德罗：《论戏剧艺术》，转引自伍蠡甫等编《西方文论选》（上卷），上海译文出版社，1979，第 371 页。

诗人纷纷使用日常口语进行诗歌写作，而且不同于诗歌史上提倡的"口语入诗"，其不仅用口语进行诗歌写作，而且让诗口语化，这与新媒体密切相关。有学者将这种文学作品称为"网话文学"①，这种网话文学"不仅意味着文学传播形式的网络化，还意味着文学语言的网话化，它将使古老的文化在过熟之后迎来新生"②。可见，葛红兵等主要是从语言层面对网络文学进行划分的。对于诗歌而言，"网话"显然对新媒体语境下的诗歌产生了重大影响。

需要注意的是，很多人将诗歌口语化与"口语诗"混为一谈。所谓的"口语诗"，笔者认为其实是诗歌领域的"新写实"写作。小说领域曾出现"新写实小说"，但诗歌领域一直没有"新写实诗歌"的概念。事实上，所谓的"口语诗"就是"新写实主义"的一种典型表现，原生态的语言、原生态的生活体验、原生态的表现手法，都注重"原生态""现场感"。而纯粹的"口语诗"并不存在，如果有，那不是诗，只是口语，但口语化的诗，或曰诗歌的口语化倾向却是切实存在的。日常口语进入诗歌，所关涉的其实是诗歌的口语化问题，而不存在"口语诗"这一概念。诗歌界的"口语诗"派"高扬'口语'的先锋性和独立精神，已与诗歌无关，变成一种通过概念偷换进行诗坛话语权斗争的策略"③。因此，事实上不存在"口语诗"，而只存在诗歌语言的口语化问题。

当下诗歌口语化倾向的主要原因有两个，一为消费文化的影响，一为网络环境的影响。首先，当下是一个消费主义盛行的时代，快餐文化大行其道，"经济""效益"是大众首要考虑的问题，与此消费文化语境相应，诗歌在语言上也放弃字斟句酌，放弃"语不惊人死不休"的锤炼诗歌语言的过程，而追求轻松、愉快的消费快感，因此诗歌语言日益口语化。口语来自生活第一线，鲜活、自然，具有现场感。大多数诗歌语言采用通俗的词语、简单的句式，以平铺直叙为主，通俗化、平民化成为诗歌语言的普遍特征。网络的更新频率拒绝"深度"表达，追求"浅表达"。同时，网

---

① 葛红兵：《网络文学：新世纪文学新生的可能性》，见王宏图等《网络文学与当代文学发展笔谈》，《社会科学》（沪）2001 年第 8 期。

② 梁宁宁、聂道先：《网络文学：文学发展的第三历史阶段》，见王宏图等《网络文学与当代文学发展笔谈》，《社会科学》（沪）2001 年第 8 期。

③ 李子荣：《"朦胧诗"以来现代汉语诗歌的语言问题研究》，一站阅读，http://www.a-site.cn/article/88834.html。

络改变了人类日常的交流方式，也不可避免地改变了诗歌中的语言表达方式、语词组织规律。有人指出，每一次技术革命必然都会带来文学的变化，释放文化创造力，创造文化新潮流。① 在文字出现前，人们采用口耳相传的传播方式，因此要求诗歌朗朗上口；后来，文字出现，诗歌如唐诗宋词要求对仗、押韵、工整；而网络时代所依托的网络媒介，由于交流、传播的"快"之要求，且追求自由、随意、无拘无束，相应地在语言上自然要求日常化、口语化、通俗化，因此，这种语境下的诗歌，尤其是网络诗歌自然也就主要使用日常口语。在网络平台上，诗歌创作可以说已达到心手同一的程度，网络诗歌则言文一致、心手同一。电脑的键盘敲字比以前的雕刻、笔书都要快速、便捷，讲究速度、效率，便于诗歌写作者真正做到"我手写我心"，"手书"比"笔书"更随心所欲、自由随意、信手拈来，导致诗歌在语言上形成口语化、通俗化、随意化的特点。这种诗歌语言一方面降低了诗歌的门槛，让越来越多的人投身于诗歌创作者的行列，另一方面也给诗歌带来巨大问题。许多诗歌都成为过于随意、琐碎、平庸的口语甚至"口水"之作，遭到"非诗"的质疑。这些所谓的"诗"在语言上追求通俗化、速食化，完全解构了之前诗歌的"言外之意""韵外之致""含蓄"等诗味，强调一次性消费的快感、轻松快乐的消费体验。口语化的特点主要是语词上采用日常口语，句式上遵循常规性、惯性。古代诗歌使用文言语汇，并强调"语不惊人死不休"，极力炼字炼句，使诗歌作者和受众范围均受限。而新媒体语境下诗歌以其随意、自由、通俗化的口语表达使大多数人乐于接受，符合当下人们实用性、快节奏、娱乐化的生存要求，拉近了诗与大众的关系。

因此，新媒体时代的诗歌语言趋向口语化，甚至掀起"口语诗"的热潮，如"梨花体""羊羔体""白云体"等所谓的"口语诗体"。"口语诗"，是以日常口语进行创作的分行文字。所谓"日常口语"，是指人们日常交谈时所使用的生活语言，与"书面语"相对应。古典诗歌一直言文不一致，后来胡适主张言文一致，用白话写诗，但后来的现代诗歌在用现代汉语进行诗歌写作时都注重对诗歌语言进行锤炼。卞之琳注重对诗歌语言进行反复淘洗、锤炼；何其芳的诗歌"经过一千只精神手指的抚摸"；废

---

① 参见李少君《诗歌的草根性时代》，《诗探索》2011 年第 1 辑。

名则以禅语般的诗歌语言写诗，注重含蓄传统。因此，长期以来，中国诗歌的语言都是非交谈、非日常的，而"口语诗"则颠覆了这一诗歌语言传统，将那些带有隐喻意义的、意象化的、文学性的诗歌语言替换为纯粹的日常生活用语，具有直接性、鲜活性和原生性，由此呈现普通人的平凡、庸俗生活。这种诗歌拉近了诗歌与读者的距离，增强了诗的包容性，打通了诗歌与日常生活的关联通道，呈现出普通人对生活的感受、体验。对此，于坚曾分析道："口语写作实际上复苏的是以普通话为中心的当代汉语的与传统相联结的世俗方向，它软化了由于强调意识形态和形而上思维而变得坚硬好斗和越来越不适于表现日常人生的现时性、当下性、庸常、柔软、具体、琐屑的现代汉语，回复了汉语与事物和常识的关系。口语写作丰富了汉语的质感，使它重新具有幽默、轻松、人间化和能指事物的成分。"① 但同样存在的一个危险是，过分口语化的结果是制造出许多诗歌垃圾，不少诗歌由于语言趋向低俗、污秽，不堪卒读。由于新媒体所具有的即时性、自由性、随意性等特点，网络诗歌大都是对各种生活场景的呈现和对各种生活细节的罗列，或对日常情绪的宣泄，而缺少思考、体悟，难以上升到审美价值层面。因此，对于诗人们而言，新媒体时代的诗歌语言要求急需提高。在现代汉语诗歌写作中，书面语和口语的区别并不如文言文时代那么明显，真正具有高超语言艺术的诗人能将书面语与口语之间的界限打破，创造性地创作出真正能够撼动人心的诗篇。因此，要想创作出优秀的诗歌作品，诗人还必须对日常口语进行"驯服"和诗化，用朱自清的话说则为"求真与化俗"②。

阿毛是"驯服"和诗化口语的典型。2002 年，阿毛的《当哥哥有了外遇》一诗引发中国诗坛的"阿毛现象"，并引起诗歌界有关"新诗有无传统""口语诗是不是诗"的激烈讨论。这场讨论从 2003 年 5 月持续至 2004 年底，被列为 2004 年最重要的诗歌事件之一。在此"现象"和"事件"中，《当哥哥有了外遇》被视为"口语诗"的代表作。事实上，阿毛以"无技巧之技巧"的语言迷惑了众多评论者，她对口语的熟练操控并不能成为权衡其语言魅力的唯一标杆。阿毛对语言的驾驭有她自觉自为的锤

---

① 于坚:《诗歌之舌的硬与软:关于当代诗歌的两类语言向度》,《诗探索》1998 年第 1 辑。
② 朱自清:《踪迹·论雅俗共赏》, 万卷出版公司, 2015, 第 276 页。

炼过程，她激活了口语作为现代汉语之一支（另一支为"书面语"）的诗质潜力，并以锋利的语言之刃剖开生活的外壳，直抵核心，剖出了生活的"质"，冷峻客观、一针见血地书写生活体验，挖掘出日常生活中的智性体验，形成异质性的"冷抒情"风格和"叙事性话语"。因此，阿毛的诗歌在当代诗歌史上的意义远胜于"现象"与"事件"本身的意义。

阿毛于 1988 年开始发表诗歌，极为巧合地与"新生代"诗歌的突起处于同一时间。就在这一年，与非非主义者并驾齐驱地构成先锋诗歌运动主场的"他们"群体在创作上达到巅峰状态，韩东、于坚涌现出来。也许阿毛在无意识中无可避免地受到过当时诗歌潮流的影响，但她并不拘限于"新生代"们"口语化"的语言追求，而是非常自觉地锤炼自己的语言，激活口语的诗质要素，形成其独到的话语特质。

"口语化"的语言形式和实践是"新生代"诗人的艺术追求，他们以日常生活用语入诗，希望"以一种同时代人最熟悉、最亲切的语言和读者交谈，大巧若拙、平淡无奇而韵味深远"[1]。在他们看来，诗歌要回到语言本身，要"消解意义""拒绝隐喻"，必须采用原生态的口语，这体现了他们对诗歌语言的自觉探索。但事实上，口语本身并不能成为一种语言形态，口语只有上升为诗语，方能成诗。对此，王光明曾区分"诗语"与"口语"的语言功能，他认为"诗歌要顺应语言发展的趋势，要不断从日常口语中获得活力，这是没有问题的"，但"'口语'无法从一个民族的语言文字体系中独立出来作为一种语言体系，现代汉语的发展趋势是'语'与'文'的融合而不是'口语化'。'口语化'只是语言革命初期反抗文言的激进策略，在后来的发展过程中，既接受了西方语法的影响，也重新启用了文言中仍有活力的词汇，不仅不是'口语化'的，而且即使用'普通话'交流，日常汉语与书面汉语也还存在着差别"，因此他得出结论："诗当然要利用和提取口语，但从来不是迁就口语，而是以它的'艺术'驯服口语，让口语'雅化'。"[2] 可见，诗人应从口语中捕捉活力，但又必须以自己的语言艺术"驯服"口语，让口语"雅化"成"诗语"。只有这样，才能真正激活口语的新鲜诗质，以符合现代汉语自身特点的语言抵达

---

① 于坚：《诗歌精神的重建：一份提纲》，载陈旭光编《快餐馆里的冷风景：诗歌诗论选》，北京大学出版社，1994，第 262 页。

② 王光明：《现代汉诗的百年演变》，河北人民出版社，2003，第 398 页。

诗的境界。

阿毛对诗歌语言的感觉能力颇强，能自觉根据现代汉语自身的特点去完成诗歌行与节的架构，善于以自己的语言艺术"驯服"口语，自然衔接"写诗"和"说话"的节奏，把口语自然而巧妙地转化成"诗语"。因此，阿毛所使用的口语已不能简单地视为纯粹的日常口语，而是能在"语"与"文"、"口语"和"书面语"之间自如穿梭转换、制造美丽语言风景的诗语。阿毛在表达她的诗观时说："如果一首诗写得朴素、明白，却不肤浅，不简单，还卓尔不群，我一定从心底里佩服这位诗人，佩服这位诗人在诗歌创作中的'无技巧之技巧'。"[1] 其实她自己就是一位这样的诗人。其以朴素明白的口语入诗，剔除了当代许多诗歌中人为强加的伪饰成分、与诗人无关的繁复语法，以现实的本真语言呈现生活的原生态，"消除所有华而不实的东西，达到结构简练和语言精确的完善境界"[2]，但又不落于日常用语的"俗"化，如《我们不能靠爱情活着》中"除了伤心，我们还能说些什么呢?"仿佛日常生活中聊天时的感叹，《风性》中"又是风，/吹动那好东西，乱东西"则仿佛琐碎的唠叨，极其自然朴素。然而，阿毛的诗并不肤浅和简单，她一直"在文字中奔跑"，捕捉口语内在的节奏性和寓意性，成功地把口语转化成诗语，形成了直指人心的语言魔力和独到的情绪节奏，真正做到了卞之琳所说的"以说话的调子，用口语来写干净利落、圆顺洗炼的有规律的诗行"[3]。如《风言》这首短诗，开篇是顺口而出的感叹，"刚刚还是蕾，此刻便是花了，/毫无疑问，下一秒会是落英"，如口语般熟悉而平实，但又并非日常生活交流中所使用的口语的那种琐碎凡俗，平实中自有一种诗韵潜藏于词语流中，以至接下来的"真快啊! /墙还没有腐朽，就开始透风了""这令我们一生都在拆东墙补西墙，/都在亡羊补牢"似口语又内蕴深意，看似无意的叙述其实言近而旨远，朴实之中自有耐人寻味的语言内核。就算是最有争议的《当哥哥有了外遇》，虽然阿毛确实在诗中运用了不少日常口语，以至有人认为此诗是"连散文都

---

① 阿毛：《阿毛诗歌及诗观》，《诗选刊》2006 年第 Z1 期。
② 阿毛：《阿毛诗歌及诗观》，《诗选刊》2007 年第 Z1 期。
③ 卞之琳：《完成与开端：纪念诗人闻一多八十生辰》，载卞之琳《人与诗：忆旧说新》，生活·读书·新知三联书店，1984，第 10 页。

不够格"的"庸诗""假诗"①，但其实这些口语都已经过阿毛语言艺术的包装与整合，转化成语感颇强的"诗语"，如"谁都不会想到/他会在亲戚朋友中扔进一颗炸弹""在家里他成为一个/被极力挽留的躯壳/在亲人中他成为一个谎言/他不回头了""对于现实中活生生的一次/我早已不用笔去杀它/而是用一个妹妹的嘴/吼着，去死吧，你"，这些语言其实并非日常生活用语的原样复制，而已经过阿毛语言艺术的"驯服"，这种经过提炼的语言介于口语与书面语之间，既真实地再现生活场景，具有在场感和鲜活性，又具有诗语的质素，激活了口语的诗质力量，达到了内心世界与语言的高度合一。

但能如阿毛一样主动"驯服"与诗化口语的诗人并不多。大多数诗人走进口语中却无法超脱，如"乌青体""梨花体""羊羔体"等所谓的"诗"，虽采取分行形式，却完全是对日常语言的复制，沦为白开水式的口水诗、废话诗，用词简易、直白、随意，毫无诗性自律与创作难度，纯属文字游戏、语言垃圾。许多诗人大量运用口语、大白话、方言、土语甚至俗语，解构了诗的审美特性，使诗成为失去灵魂的粗鄙化、滥俗化语言。在他们眼中，无事不可入诗、无人不可入诗、无细节不可入诗，诗完全降格成毫无节制的口语表达。如张进步的《有病》，"大街上的人都怎么啦/有人卖油炸臭豆腐/有人买油炸臭豆腐/有人卖夹馍/有人买夹馍/有人卖甘蔗/有人买甘蔗/有人卖水果/有人买水果/有人卖衣服/有人买衣服/有人开车/有人坐车/有人走路/有人走路还勾肩搭背……这些人是怎么了/有病啊"，简直不知所云，完全为揪住某个字眼而组词造句的梦呓和胡言乱语。黄永玉的《不准》、乌青的《对不起》、张小云的《憋吧》等都有过之而无不及，完全解构了诗歌语言的洁净、高雅、优美、含蓄等特质，沦为"口水诗"。

二 从"口语"到语言的张力

那么，如何进行日常口语的"驯服"和诗化呢？如何让纯粹的口语具有诗的韵味？笔者认为"张力"非常重要。陈仲义专门写就一本《现代诗：语言张力论》，探讨张力对于诗歌的重要性。诗歌语言主要靠语言张

---

① 朱子庆：《无效的新诗传统》，《华夏诗报》2003 年 5 月 25 日。

力呈现语言的魅力，即使使用的是日常口语，内在语言张力的建构也会让诗歌语言平中有奇，令人熟悉而陌生。不少诗人善于通过单纯质朴而深入浅出的语言拓展诗歌的可能性，在张力性语言中挖掘生活本质，虽平白如话却极具陌生化效果和感染力。

诗歌语言的张力对于诗歌的诗意、魅力至关重要，陈仲义将其视为现代汉语诗歌最重要的质素之一，他认为张力是"通向诗意的'引擎'"①，"诗语的张力越强，诗意越浓；张力越弱，诗意越淡。当张力无限扩大时，诗语趋于晦涩；当张力无限解除时，诗语落入明白"②。其所言凸显出张力的重要性。

悖论语言是诗歌语言张力展开的重要方式。所谓悖论（paradox），是"似是而非，似非而是"，即将相反层面、相反维度、相互抵触的东西进行突兀的结合同时进行突兀的消解。③ 美国新批评家克林斯·布鲁克斯于1947年发表论文《悖论语言》，认为诗歌的语言是悖论语言，诗歌语言的"各种平面在不断地倾倒，必然会有重叠、差异、矛盾"，他将悖论语言视为诗歌区别于其他文体的最本质特征，因而他指出："诗人要表达的真理只能用悖论语言。"④ 不少诗人喜欢对语言进行反常规使用，用一种表面上荒谬而实际上真实的陈述，把逻辑上毫不相关甚至相互对立的词语镶嵌于一体，让诗意在相互碰撞和不协调中呈现。诗人阿毛善于对语言进行反常规的使用，总出其不意地把平淡无奇的词语和滥俗庸常的比喻转换成新奇甚至令人震惊的"白纸黑钻"，如"一群被割了耳朵的听众""丝绸的喉咙"（《诗朗诵》）、"一出生就老了"（《引力》）、"一个是天使，一个是天使一样好看的魔鬼"（《早春的唯美》）、"我出发，我返回，/我是自己的他乡"（《春天来了》）等都是从普通的日常生活中择取事件、场景、细节、感觉，却以非常状态呈现于诗行，把读者的感觉从习惯式的"嗜眠症"中唤醒；"不是说被束之高阁的好命运——/踮着脚尖够不着，够着了就会被砸坏脑袋的/传统"（《美德》）、"高山仰止的建筑学，/被摇滚乐剽窃的重金属与晶片的意外之喜"（《更坚定地写诗》）等则是大词小用、

---

① 陈仲义：《现代诗：语言张力论》，长江文艺出版社，2012，第76页。
② 陈仲义：《现代诗：语言张力论》，长江文艺出版社，2012，第87页。
③ 参见陈仲义《现代诗：语言张力论》，长江文艺出版社，2012，第179页。
④ 赵毅衡编选《"新批评"文集》，中国社会科学出版社，1988，第313页。

虚词实用、化深为浅、化难为简，以语词新的、突兀的结合糅合矛盾的语义，表现平常事物的不平常，达到陌生化效果。盘妙彬笔下亦处处是悖论语言，许多诗的标题便充满悖论，如《此地在，此地不在》《大理在，大理不在》《没人看到，它的确存在》《现实不在这里，不在那里》等诗的标题中便蕴含相对、相反的两极，形成内在的矛盾、冲突。诗行间这种悖论更是俯拾即是，或正反相对，如"于生活中不在，或者在""小镇在流水和石头中，去或者不去"（《此地在，此地不在》）、"让一条河生活在别处/让看不见的看见，像三百年前，像三百年后"（《江山闲》）；或主客相对，如"我拿绳子，丈量阳光"与"这又好像我拿的是阳光，丈量的是一段绳子"（《尺寸》）。这种悖论语言犹如禅宗"公案式"的非逻辑思维方式。禅宗的"公案"是指禅师与弟子对答、提问或质问等开发比较缺乏天分的弟子心中禅理的手段[1]，这种问答法在思维方式上突破了逻辑思维的定式理解与解释，从言语上树立一种奇特而全新的观物方式，如按逻辑的二元思维方式本应为"A 是 A"，但禅宗的公案式思维则为"A 是非 A是 B"，所谓无缚；或者"A 同时是 A 和非 A"，所谓自身，又不是自身。盘妙彬在其诗中淋漓尽致地演绎了禅宗的公案式思维，"在"与"不在"、"是"与"非"或"不是"、"见"与"不见"、"这边"与"那边"、"去"与"不去"等悖论逻辑的镶嵌缠绕形成独属于盘妙彬的悖论修辞手法，禅趣盎然而别具张力，形成了其独特的语言方式。

隐喻修辞也是构造语言张力的一种重要手段。倡导口语写作的诗人们从 20 世纪 80 年代后期开始便都"拒绝隐喻"，遵循"诗到语言为止"的理论主张。进入新媒体时代后，面对口水诗泛滥而毫无诗意的情形，一些诗人虽也用口语进行写作，但都引入隐喻手法构造语言张力，从而对口语进行"驯服"。隐喻是对标准语言的叛离，通过语义空间的物理性位移实现语言指涉空间的转移，使毫不相干的语词化为同源性所指，迂回曲折地增强语言的魅力。阿毛在《女人辞典》中引入了《圣经》中夏娃在蛇的诱惑下偷吃禁果的神话原型，因此其诗中的蛇、夏娃、果子、智慧、羞涩、疼痛、贪婪等都带有文化隐喻内涵，不能仅从一般语义层面去理解。《人面》中的"人面""桃花"，《肋骨》中的"肋骨""蛇""智慧"，《夏娃》

---

[1]　参见〔日〕铃木大拙《通向禅学之路》，葛兆光译，上海古籍出版社，1989，第 86 页。

中的"肋骨"等都是隐喻语词,其背后潜藏着能指之外的外延性内涵,这些语词的使用构成了诗歌内涵与外延之间的张力,常常一种意识隐匿着另一种意识,一种生命轨迹隐匿着另一种生命轨迹。打工诗人常使用隐喻,以此呈现当下打工者群体身处现代化进程中所感受到的荒谬、困惑与疼痛,鼠、蚂蚁、蚊子、青蛙、哈巴狗等动物意象都被用作隐喻,如"我很卑微/让不该入诗的老鼠/爬进纸格/然后对它们大加赞赏/我早已被它们感动/看它们夜以继日/找寻求生门路/迫于无奈/干些偷鸡摸狗的事"(张守刚《老鼠》),"鼠"显然隐喻"我"及跟"我"一样从农村来到城市打工的劳动者,"我"与老鼠都"夜以继日/找寻求生门路/迫于无奈/干些偷鸡摸狗的事",因此同病相怜,将自己一腔苦衷附着于老鼠。再如徐非的《与一只蚊子同居》:

　　　　落魄南方的都市
　　　　与一只蚊子同居
　　　　这只羸弱如斯的蚊子
　　　　午夜飞入我感情虚掩的门
　　　　它饥寒交迫的战抖
　　　　却注目息心入梦的睡姿
　　　　然后依偎在我胸上嘤嘤诉说
　　　　咽咽地哭泣

　　　　泪水湿透了黎明
　　　　奇怪这只蚊子
　　　　怎么不曾给我小小的伤害
　　　　我蓦然瞧见它瘦削的翅膀
　　　　肯定漂泊了流浪的旅程
　　　　于是构思了关于蚊子的散文
　　　　开篇与结局都出人意料
　　　　可这只蚊子却凄然远飞

　　　　我想念这只蚊子

出污泥而不染的蚊子
饮露珠和阳光的蚊子
它不寄生烟花柳巷
它不寻找阔佬的赤臂狠命一扎
以吸血为生
以奢侈为乐

我想念这只蚊子
其实是想念一个姓文名子的女孩
我想与她
一生同居

诗人呈现了自己在落魄的打工生涯中与一只羸弱的蚊子同病相怜，蚊子的"羸弱""饥寒交迫""瘦削的翅膀""流浪的旅程"等形象刻画其实是诗人运用拟人的修辞在以"蚊子"自喻，蚊子的命运、品性与"我"相互映照，呈现了诗人作为打工者的卑微、落魄与孤独。

诗人们还常使用变形手法构造语言张力，或故意扭曲、变形，或制造荒诞、荒谬的场景形成特异的诗歌效果，从而营造语言张力。"太阳从西边出来""日不落""明月有两只"等都是现实生活中不可能出现的场景，但诗人却分别在《太阳从西边出来》《日不落》《西江好》中制造了这些荒诞的"事件"。《我给英国打电话的时候》更是用超现实、魔幻现实主义的手法制造了一场场"意外"，在"我"打电话的时候，"远山不见了"，"大河不见了"，"英国不见了"，"崇祯十七年不见了"，"民国不见了"，"古代不见了"，"东半球不见了"，从空间的消失跳跃到时间的消失，再回到空间的消失，完全是采用魔幻现实主义手法对场景、事件进行变形、夸张、扭曲，营造"惊奇感"，形成张力。《一座木桥造在三十年之上》《我血管里的鱼》《落叶漫卷时》《阳朔一去十九年》《不能阻止一列火车向天上爬去》《一头狮子有它的宁静》《好像那座石桥过了桥》等诗都通过变形、扭曲等手法制造出荒诞、荒谬的奇特场景或意象，从而构成强劲的内部张力。

当然，构造张力的手段还有多种，每个诗人都各有其自己的张力构造方法。

三 "大道至简"：口语的智性打磨

真正的好诗其实无须刻意进行语言雕琢，却能以一种"大道至简"的境界天然去雕饰，以一种内在的哲思将平白的口语串起来，虽是日常口语，却大智若愚、大道至简。虽用口语写作，但字里行间深蕴着哲理、哲思，耐人寻味。

阿毛常用口语入诗，但她总以通俗、质朴的口语抵达生活的本质，以智性传达的话语策略激活口语的诗质，以质朴的语言传达出深刻的人生体验，取之于日常经验却超越日常经验，把日常生活体验提升至哲理性层面。她在《一生》中以"一些散乱的笔墨和错别字，占据了一页纸洁白的余生"传达她对人之一生的体验；《女人辞典》则传达出她对女人一生命运与遭际的感受，"多俗的比喻，可永远只有俗/才切中现实""她凋零着，让灵魂最终跨出肉体/还原成来处的一朵花，/或一只鸟，栖息在时间里"。阿毛的诗虽然并不使用高深的语言，并不运用玄妙的修辞，却剖开生活外壳，抵达了生命的"质"与"智"。《人生是一种受伤的婚姻》《世界是自言自语的盲者》《往事是一面不碎的镜子》等诗仅从标题看，便都像哲理箴言般传达出她对生活的智性体验。且看《中年》这首诗：

> 都这把年纪了，
> 我不会一大早醒来，就盘点。
>
> 爱，不可以，
> 我没这闲工夫：
>
> 我早晨要买菜，中午要小睡，
> 晚上要记事，记下蝴蝶对花的态度：
>
> 那么容易爱，又那么容易放弃。
>
> 即使狭路相逢，我也不会

把大把的时间花在伤疤上。

我上有老，下有小，
中间还有我自己，和不治的顽疾。

宁愿忍痛成为一个孤僻的怪物：
骨骼里长刺，毛发都长成钉子。

也不要你救我。
——你，这毒药！

全诗无一句不采用日常口语，都是日常生活中时常挂在嘴边的话，但被阿毛串联起来，加以智性的组合，便传达出中年人在历经生活磨砺后对人生的认识。与富有小资情调的散文家董桥曾把中年比作"下午茶"的沧桑而浪漫不同，阿毛撕破了生活表面罗曼蒂克的面纱，一针见血又入木三分地勾勒出一个中年人的无奈。阿毛把"爱"比作"毒药"，宁愿"骨骼里长刺，毛发都长成钉子"也不要"爱"，极其犀利地呈露了中年人的精神图景。

王夫刚的诗可以说是生活的随感录，其标题大多现场感十足，但与同属山东籍诗人的邰筐致力于做时代和心灵双重的记录员不同，其诗还原生活本相，却不停留于本相，试图"还原"，却不限于"还原"，他并不刻意"零度"地铺陈事实，并不陈列表象世界，而是掺入诗人的凝视与思考，糅进诗人的价值判断与叩问，许多思考甚至抵达终极旨趣。王夫刚的诗与冯至"吐露内心感""是属于个人的诗"[①]一样，思考一切社会现象、日常生活细节、人物琐事，从形而下的日常性事物中发掘出形而上的哲思，让诗中所呈现的生活经验拥有哲学的内质，使其成为浸润着哲学沉思的智慧空间。比如《桥，桥上，站在桥上》这首诗的第一节：

没有哪一座桥，不留有漏洞
否则，桥便失去了存在的

---

① 王佐良：《中国新诗中的现代主义———一个回顾》，《文艺研究》1983 年第 4 期。

意义。没有哪一座桥
不蕴含着两个以上的方向
与其说这是一个问题
不如说，这不是一个问题。
我们从道路那里找到的
答案，允许用在桥身上。
生活可能有桥，也可能没有
可以修建，也可以拆除它。
所以，并不是每个人
都见过桥；见过桥的人
都注意过桥；注意过桥的人
都曾把桥放在心上。
所以，请理解桥与漏洞的
小小误会，由此及彼
请多看一眼漏洞，就像
从针孔里观察需要缝补的世界。

诗人以"桥"这个日常生活中人们所熟悉的事物为基点而生发思考，他所呈现的不是桥的外观状貌或存在价值，他并不赞美其功用或壮美，而是深入思考桥与漏洞的关系，还涉及桥与人的关系，几乎每一句话都蕴含哲理，"没有哪一座桥，不留有漏洞/否则，桥便失去了存在的/意义""生活可能有桥，也可能没有""并不是每个人/都见过桥；见过桥的人/都注意过桥；注意过桥的人/都曾把桥放在心上""请多看一眼漏洞，就像/从针孔里观察需要缝补的世界"等诗句都仿佛名言警句般引人深思，却又并不流于说教或纯粹的说理，而是在"桥"这一人人熟悉的具体物象上就"桥"而思，自然生发，顺理成章，于精微处现哲理。这便是王夫刚的诗径"秘方"。其《纪录片》以"纪录片"为端点思考人的生命过程与意义，《围绕一部电视剧探讨历史的真实》通过"电视剧"的话题思考历史的真实性问题，《话筒之歌》则从"话筒"延伸到人的问题——"话筒的问题其实是人的问题"，《肖像：一个女人》思考了女人作为生命个体存在的命运问题，《草垛再忆》则通过"草垛"追念过去、往事与青春，《为姨妈去世而作》中因姨妈去世而触及对死亡与生命存在意义的思考，《钟表之歌》中对时间进行思考，都以沉思取代抒情，诗意地传达出他对身边事物的个人化的新发现，对命运无常、生命多艰的深刻体验，既蕴含深广的历史内涵与深沉的人道关怀，亦提升到对人类命运的关注和对生命意识与宇宙意识的哲学体悟。王夫刚的许多诗句都富含哲理，耐人反复咀嚼品味，如《阴影》中"生活/已经从未知变成已知，而时光/已经从可能变成了不可能""生活是不会欺骗我的/除了我欺骗我，我们欺骗我们"，《寻人启事》中"寻人启事，是没有丢失的人/搞出来，搞给没有丢失的人/看的——简单地说吧/因为生活需要不断地寻找，所以/生活必须不断地丢人，不断地/制造关于丢人的阅读"等诗句。难怪陈超认为王夫刚的诗"将诗与思融合表达，智性与感觉同时到场，能于波澜不惊中触及悖论。这是'用具体超越具体'的诗"[1]。毋庸置疑，此可谓对王夫刚诗歌的精准把脉，王夫刚的诗将诗与思、感性与智性、诗意与哲理熔于一炉，于沉思中富含哲理。

盘妙彬也常用口语进行智性抒情，如《一座木桥造在三十年之上》中"三十年了/很多鱼上了岸，一些鱼去了其他河，一些鱼还在这里/一条鱼这么老了""三十年了，树长大了，长高，他远远看见，越看又越像自己/他要去把自己砍下来/做一座桥""一座木桥/造在三十年之上，从桥的这头走到那头要三十年/他过河，他去伐木/不久将来，一条鱼从桥上走过"等虽采用纯粹的口语，却以一种"讲故事"和感慨的口吻进行寓言式叙述，富含哲理于其中。

四　反讽：口语的变形呈现

"反讽"（irony）是西方舶来品，袁可嘉译为"讽刺"，最初源自希腊语 eironia，是指希腊戏剧中一种佯作无知者的角色类型，即在自以为高明的对手面前说傻话，但最后这些傻话都被证明是真理，从而使"高明"的对手大出洋相。可见，"反讽"最初是指戏剧表演中的一种角色，后来被法国诗人波德莱尔挪用于诗歌创作，成为"正话反说""所言非

---

① 陈超：《王夫刚作品·评委评语》，载《诗刊》社编《第四届华文青年诗人奖获奖作品》，漓江出版社，2006，第8页。

所指"的一种创作方法，后来又被现代语义学与新批评派作为重点研究的语言现象，主要指语词受到语境的压力而使语言的意义扭转，所说的话与所要表示的意思正好相反，所言与所指之间形成对立。陈仲义从语言层面将反讽分为"口非心是"型反讽、"正话反说"型反讽、"克制/夸大"型反讽、戏仿型反讽。① 可见，反讽是一种将语言"变形"的表达方式。

王家新曾指出，20世纪90年代以来甚至五四以来，"中国现代诗真正达到成熟的标志之一应是反讽意识的出现"，他认为正是反讽式写作引领诗人们"从一个'过于悲壮的时代'，进入到一个更为开阔的诗学世界"。② 虽然这种观点不无偏颇，却彰显出"反讽"的重要性。诗歌进入新媒体时代后，由于网络所提供的自由空间和网络世界的狂欢化特征，正如谢向红指出的："以'网名'出场的诗人可以抛弃'社会面具'和'审美承担'的焦虑，以抒情写意或游戏娱乐为目的。"③ 确实，新媒体时代的大众阅读转向读屏，原来的纸质书本转向屏显电子文本，文学消费变成"视觉消费"，而为达到迅速吸引网民眼球的目的，一般网络原创作品都"篇幅短小、句式简单、诙谐搞笑"④，新媒体诗也不例外，采取反讽、调侃的语言方式，将大众耳熟能详的成语典故、名言警句、影视歌词等，翻新为或调侃或噱头，将其纳入新的语境，以制造一种"戏剧性的反讽效果"⑤。

"反讽"亦成为新媒体诗的重要特征，诗人们常常通过自嘲、调侃、戏谑、游戏构筑诗歌文本。新媒体诗大多使用口语，平白、波澜不惊，大部分作品令人过目即忘，但"反讽"意识的介入却让诗歌脱离平庸而自成一格。如盘妙彬的《鱼不知道》中的一节：

> 大坝高十五米许，钱比坝高，这是老板说的
> 鱼不知道

---

① 陈仲义：《反讽：基于表里内外语境的"佯装"、"歪曲"——张力诗语探究之四》，《中国文学研究》2012年第2期。
② 王家新：《当代诗歌：在确立与反对自己之间》，载《没有英雄的诗：王家新诗学论文随笔集》，中国社会科学出版社，2002，第96~97页。
③ 谢向红：《网络诗歌的优势与面临的挑战》，《河南社会科学》，2004年第1期。
④ 欧阳友权等：《网络文学论纲》，人民文学出版社，2003，第308页。
⑤ 欧阳友权等：《网络文学论纲》，人民文学出版社，2003，第308页。

一条河消失，河不知道

最后，明天会更美好，谢谢
最后，大家去用餐
鱼非常小，风光非常大，后来坝非常高
后来鱼爬上梯子看月亮

所采用的语言是绝对的口语，但诗人通过"鱼不知道"和"河不知道"对内幕、真相进行了尖锐的讽刺，揭露了一座电站开工的内幕。虽然民工代表在副县长和业主致辞后也发言了，表面上似乎是"惠民工程"，内幕却是官商勾结；而接下来的诗句"最后，明天会更美好，谢谢/最后，大家去用餐/鱼非常小，风光非常大，后来坝非常高/后来鱼爬上梯子看月亮"则以戏剧性对白戏谑地讽刺了电站开工这一风光的事件背后所隐藏的肮脏交易，最后一句诗制造的反讽效果简直已登峰造极。盘妙彬的《黄花》《三十年一堆尘土》《明月在》《晚街》《蚂蚁的出路在工厂路》等诗也都采用反讽、戏谑等手法构造诗歌语言的张力。诗人陆健在 SARS 病毒肆虐的时候用十八天时间创作组诗《非典时期的了了特特博士》，这组诗共 96 首，以了了特特博士的所见、所闻、所思、所想，呈现非典时期的众生相，反讽手法被用得淋漓尽致。

阿毛亦喜欢在诗歌中使用反讽手法。她的《美德》以"美德"这个褒义词为标题，诗中却完全背离审美定式，拆开"美"与"德"进行反讽言说。而在反讽言说中，诗人完全采用自然的日常语言："我在说美德。//不是说被踩在脚下，或已经扔垃圾桶的/脏围裙、破抹布。"在常俗的"唠叨"式言说中，"美德"与"脏围裙、破抹布"形成鲜明的对比，给人以强劲的视觉冲击。"世风省去德，只爱美：//一些美专吃青春；一些美吃他人的嘴唇和下巴、口袋——吃了血，还吃心"，这种特殊的用词、用句技巧显示了惊人的"文化的转化力"（西川评海子语）。《早春的唯美》《艺术论》《发展史》《规则》《野马》《中秋节变奏诗》《我们的平安夜》等诗都使用了反讽手法，在巧妙引入的日常词汇、经验间"化腐朽为神奇"，用语言的利刃剖开生活硬壳，直抵本质层面的残酷真实。

当然，需要注意的是，反讽容易导致"游戏化""娱乐化"，若在诗中过分凸显这种语言手段，必然削减其审美追求。因此，诗应恰如其分地运用反讽手段。

五　镜头语言的蒙太奇组合

在新媒体时代，尤其是自媒体广泛普及后，谁都可以使用镜头对自己所见闻的现场进行拍摄，这种镜头使用的便利使很多诗人开始在创作中采用镜头语言，如冯娜、李成恩、郑小琼等都常在诗中采用镜头组接的镜头语言进行叙述、书写。

冯娜没有学过电影制作或电影学，但她的诗却喜欢采用镜头语言，将移动镜头、长镜头等各种镜头语言进行奇幻组合，并使用蒙太奇手法将毫不相干的场景组合到一起。她总能看到别人看不到的场景、细节，常铺陈一幕一幕的电影场景，并将之组合起来，形成奇幻的诗歌影像。《美丽的事》一诗，乍看标题以为诗人要回忆或叙述一件美丽的事，但事实上，诗人从头至尾未曾言明"美丽的事"具体指什么，而只是呈现了一组镜头："积雪不化的街口，焰火在身后绽开"是第一个镜头，"一只蜂鸟忙于对春天授粉"是第二个镜头，"葡萄被采摘、酝酿，有一杯漂洋过海/有几滴泼溅在胡桃木的吉他上"是第三个镜头，"星辰与无数劳作者结伴"是第四个镜头，"年轻人只身穿越森林"是第五个镜头，"雨水下在需要它的地方"是第六个镜头，"一个口齿不清的孩子将小手伸向我"是第七个镜头，这七个镜头之间几乎没有任何关系，但诗人却将它们铺排于诗中，不做任何提示和说明，而任其自然地摆在那里，由它们自己组合成一组镜头，统摄于"美丽的事"这一标题下，镜头则在内在的诗意流转中自然切换，构成一种蒙太奇式的奇幻组合。

所谓"蒙太奇"，是法语"montage"的音译，这个词语最初来自建筑学，是构成、装配的意思，后来被挪用到电影领域，成为电影的主要表现手段之一，主要指剪接，具体而言，就是指把一系列镜头排列组合起来的一种手法，这些镜头是在不同时间或地点、从不同距离或角度、以不同方法拍摄的。这些镜头的组合会产生单个镜头本身所无法产生的效果，因而蒙太奇手法被广泛用于电影。后来，蒙太奇手法也被广泛挪用于文学创作，让意象在撞击和迅速转换中制造想象和空白，丰富文学作品的艺术空间。

　　冯娜擅长运用这种手法，《美丽的事》中的七个镜头，是在不同时间和地点、不同距离和角度捕捉的镜头，却被诗人以蒙太奇手法组合于同一首诗中，将镜头式的场景进行切换，由它们自己呈现诗意，而非言明，形成了"美丽"的效果。《诗歌献给谁人》也采用蒙太奇手法，诗中并不言明诗歌到底要献给谁，而是呈现一组镜头："凌晨起身为路人扫去积雪的人""病榻前别过身去的母亲""登山者，在蝴蝶的振翅中获得非凡的智慧""倚靠着一棵栾树，流浪汉突然记起家乡的琴声""冬天伐木，需要另一人拉紧绳索""精妙绝伦的手艺/将一些树木制成船只，另一些要盛满饭食、/井水、骨灰""多余的金币买通一个冷酷的杀手/他却突然有了恋爱般的迟疑""一个读诗的人，误会着写作者的心意/他们在各自的黑暗中，摸索着世界的开关"。这些镜头与场景之间并无任何关联，尤其是前七个镜头，几乎看不出这些场景与"诗""献诗"有何关系，乍一看还以为诗人在描摹一系列景象，但诗人始终不做任何说明地把它们组合叠放在这首诗里，任其"桃李不言，下自成蹊"，"其义自见"、不言自明。如果说前面两首诗都是以空间为脉络进行的镜头组合和场景切换，《雪的意志》则是以时间为经纬组合一系列镜头："二十多年前，失足落崖被一棵树挡住/婴孩的脑壳，一颗容易磕碎的鸡蛋/被外婆搂在心口捂着""七年前，飞机猛烈下坠/还没有飞离家乡的黄昏，山巅清晰/机舱幽闭，孩子们痛哭失声""五年前，被困在珠穆朗玛峰下行的山上/迷人的雪阵，单薄的经幡/我像一只正在褪毛的老虎，不断抖去积雪/风向不定　雪的意志更加坚定/一个抽烟的男人打不着火，他问我/你们藏人相信命吗？"这组镜头随着时间由远及近推移，每一幕中呈现的危险都触目惊心，虽然这些镜头表面上看似乎关联不大，但由于有时间的线将它们贯穿起来，又统摄于"雪的意志"这一标题下，其实不难看出内在的情感流脉，诗人以"雪的意志"为题，其实是顾左右而言他，每一幕都在呈现人的意志和生命力的顽强，呈现人在与突如其来的灾难、不期而遇的苦难、不由自主的命运进行搏斗时的意志力。《树在什么时候需要眼睛》《赝品》《松果》等诗中都用不同的方式、视角进行镜头式场景的蒙太奇组合，形成其诗歌的独特性、奇幻性特征，显现出独特魅力。

　　在镜头语言的具体使用中，冯娜运用了移动镜头、长镜头等取像手法。

　　所谓"移动镜头"，是"运动镜头"的一种，是一种"把摄影机架到一个运动着的工具上，一边移动一边拍摄的镜头"，"不管它表达的是主观镜头还是客观镜头，它所造成的视点都是不断运动的，所以移动镜头给画面造成强烈的动感"①。这种移动镜头由于可以在一个镜头内不断移动，连续不断地变化视点、视角、方位和目标，取景是全景式的，可以获得全方位的视觉效果，如《乡村公路上》中呈现的镜头"提着一盆猪笼草的男孩/背着满筐山梨的老倌/奶孩子的妇人，孩子手上的银锁/和，上面刻写的字——/'长命''富贵'""稻子忙着低穗/我忙于确认一个又一个风尘仆仆的村庄/哪一棵柿子树，可供寄身/上车的人看我一眼/下车的人再看我一眼"，将乡村公路上"我"目睹的场景以移动镜头的形式呈现出来，各种景、物、人都收纳于镜头，形成一幅多层次多景观多构图的乡村画面。由于镜头不间断地在不同的人、景、物、事之间移动，诗中所呈现的乡村图景是动态的，具有强劲的视觉冲击力和鲜活的现场感。《红色》一诗也采用移动镜头，如"载满西红柿的卡车在罐头厂前排队/干燥的风吹着戴头巾的女人/在新疆，一开口就会吐出红色的天气/滚烫的沙子把星星燃尽/我对着汽车后视镜/在上亿个西红柿中间涂抹着嘴唇/——就在不远处/一个维吾尔族妇女告诉我，那些胭脂口红的染料/来自她们正在采摘的红花"，诗人"我"也成为镜头的聚焦对象之一，镜头在卡车、风、人等目标间移动，构成一幅多层次多景别的鲜活图景。

《矿场回来的人》《珍珠项链》《群山》《对岸的灯火》等诗则采用长镜头进行取像。所谓"长镜头"，是指"在一个统一的时空里不间断地展现两个以上的动作或一个完整事件的镜头"②，这种镜头由于在同一时空里不移动，捕捉到的事件、动作、场景比较完整，使镜头内的内容富有现实感、现场感。如《矿场回来的人》中，"他们眯着眼穿过松枝，走到我父亲的村子/他们佝偻着背用瓜瓢舀水喝/父亲给他们传烟，他们对着西边的太阳咳嗽/——在那里，有他们熟悉的黑暗要来"，长镜头始终追随着诗中的主角"他们"，追随着他们的动作和活动，使诗中的场景和各种动作、细节具体、鲜活，富有现场感。《珍珠项链》中镜头则追随着海豚，"'白色的肚皮，像悉尼歌剧院的弧形穹顶/跃出水面时，驮起整面深青色的大

---

① 李稚田：《影视语言教程》，北京师范大学出版社，1999，第135页。
② 姜静楠、田川流主编《电影学概论》，山东文艺出版社，2004，第271页。

洋'/一群接一群，绕着船跳舞/还有叫声，像婴儿没有饮过盐水"，亦现场感十足。值得注意的是，长镜头的使用常常跟移动镜头相结合，并且常常借助蒙太奇手法，三者的结合可以创造出完整而又动态的审美效果，构成丰富的审美空间。

李成恩亦在其诗中使用镜头语言，她被邱华栋称为"一个独特的拥有电影镜头语言的诗人"①。李成恩出身于影视编导专业，曾在中央电视台担任过两档节目的编导，主要拍摄纪录片。或许是专业训练与职业经验的缘故，李成恩诗中经常用电影镜头语言进行诗意叙述，其诗经常在一个个镜头的切换、组接中展开，她早期的"汴河"系列诗歌便都以电影镜头呈现"汴河"的风土人情，善于抓住一些景象，如《汴河，巫术》是在"鱼虾汇聚，炊烟里浮现女人的脸""热闹的集市上升起咒语""姐姐病了，桃木在身上抽打""木船上唱歌，巫师下水摸鱼"等镜头的切换中呈现汴河的巫术的，每一节诗成为一个镜头，语言朴实，仿佛只是对镜头的"说明"而已，但在这些镜头的切换与组接中，诗意却凸显出来。

第三节　公共书写的重建

20 世纪 90 年代，由于诗人们几乎集体"向内转"，退守自我，诗歌创作变成一种"私语"式的个人化写作，诗坛被个人化、私语化的作品覆盖，事无巨细，鸡毛蒜皮、吃喝拉撒、琐碎点滴无不入诗，诗歌几乎成为每个人的个人流水账，诗歌的公共性消失殆尽。而进入新媒体时代后，如第一章第三节所述，新媒体为诗歌开拓了新的"公共空间"，使诗的公共书写和公共性成为可能，在一定程度上规避了个人化写作的各种弊病。在网络提供的公共平台与信息传递平台上，诗人们开始有意识地转向一些具有公共性的题材，在个人化与公共性、个人话语与公共话语之间进行调谐，试图重建诗歌的公共书写，但又不限于假、大、空的宏大抒情模式，而是"用诗的私人的然而普遍的说法表现给我们看"②。当然，这种公共书

---

① 邱华栋：《"电影镜头语言诗人"李成恩：80 后女诗人中的异数——序〈汴河，汴河〉》，《诗歌月刊》2008 年第 5 期。

② 〔美〕阿奇保德·麦克里希：《诗与公众世界》，朱自清译，载朱自清《新诗杂话》，作家书屋，1947，第 171 页。

写也存在其限度。

一 "公共性"的重建

何为"公共性"？这是尤根·哈贝马斯在《公共领域的结构转型》中论述"公共领域"时所提及的一个概念："公共性本身表现为一个独立的领域，即公共领域，它和私人领域是相对立的。有些时候，公共领域说到底就是公众舆论领域，它和公共权力机关直接相抗衡。"① 在哈贝马斯的话语场域中，公共领域分为政治公共领域和文学公共领域，文学公共领域是政治公共领域的前身和雏形，二者均由有主体性的、由法律保障的自律个体（私人）组成，他们对公共事务进行政治讨论和理性而公开的批判。由此可窥知，在公共领域，个人作为主体可以通过对话、讨论和理性的公开批判干涉公共权力，而文学公共性则主要是"文学活动的成果进入到公共领域所形成的公共话题（舆论）。此种话题具有介入性、干预性、批判性和明显的政治诉求，并能引发公众的广泛共鸣和参与意识"②。

在文学领域，公共性曾一度消失，正如陶东风所指出的："改革开放前30年基本没有（虽然各个历史时期存在差异），70年代末到80年代初开始建立，90年代以后面临新的危机。"③ 他大体梳理出当代文学公共性存亡的历史脉络，当代诗歌亦如此，唯有在20世纪70年代末80年代初的朦胧诗时期有过一定的公共性复苏，但很快被90年代泛滥的个人化、私人化写作的私人性取代。赵勇更为悲观地认为公共领域已经消亡，而且文学公共领域的恢复与重建已不可能。④ 两位学者都敏锐地发现了20世纪90年代文学公共性的减弱甚至消失和文学公共领域的一蹶不振，但事实并非如赵勇所认为的"只能到文学之外的经济、法律、历史、哲学、社会学、传播学乃至于科学界去寻求重建的基础"，无论在哪个历史时期，无论私

---

① 〔德〕尤根·哈贝马斯：《公共领域的结构转型》，曹卫东等译，学林出版社，1999，第2页。

② 赵勇：《文学活动的转型与文学公共性的消失——中国当代文学公共领域的反思》，《文艺研究》2009年第1期。

③ 陶东风：《当代中国文学的自主性与公共性的关系》，载《中国中外文艺理论学会年刊》，2009。

④ 参见赵勇《文学活动的转型与文学公共性的消失——中国当代文学公共领域的反思》，《文艺研究》2009年第1期。

人性、个人化写作或一体化写作如何大行其道，依然有一些作家在默默坚守自己的探索与尝试，试图建构"公共性"。诗歌界同样如此，不少诗人反拨个人化、私语化写作潮流，试图通过自己的诗歌建构诗歌的公共性品质。对于何为"文学公共性"，李建军指出，这是指一种责任意识、担当精神和批判精神，要求写作者积极介入公共生活，以反思、反讽甚至反抗的方式，表现自己对时代生活和社会问题的思考与判断、不满与希望；懂得爱和怜悯的价值，同情无助的弱者和陷入不幸境地的人，关注生与死、苦难与拯救的大问题。①

新世纪以来，随着新媒体提供的公共平台敞开阔大的"公共空间"，不少诗人一改 20 世纪 90 年代诗人的"私语"式个人化写作风格，秉持强烈的责任意识、担当精神和批判精神，关注公共事件，对时代生活和社会问题进行反思、反讽甚至反抗，由此，诗歌公共性得到重建，诗与公众世界的关系得到一定程度的修复。之前诗歌因过于个人化、私密化，遭到"难懂""边缘化""诗歌已死"等质疑，而现在，诗歌深入公众世界，书写公共话题，重新获得公众关注。究其原因，关键在于，在新媒体语境下，任何公共事件一经发生便迅速传遍世界每一个角落。诗人们对公共事件的关注明显比以前更为快捷、方便，即使不想了解和关注，也会被各种新媒体"强迫"了解和关注，因为网页、各种平台会自动弹出各种新闻热点、头条。新媒体时代是一个人们被"强迫"知道各种公共事件的时代。2008 年汶川地震后，互联网在第一时间将此讯息传遍全国甚至全球。地震诗潮的兴起与互联网的发达密不可分。诗人们在第一时间接收到地震的相关讯息，震撼、悲伤、痛苦、同情、感动等各种情绪交杂，因而纷纷提笔写诗。尤其是网络上流传的诗作对全国各地的人们都形成一种情绪的感染，产生连环效应，导致更多诗人提笔写诗，参与到地震诗潮的"制造"之中。灾难诗歌、底层诗歌、打工诗歌、草根诗歌中涌现出许多关注公众世界、公共事件并引起公众强烈反响的作品，具有明显的"公共性"。新媒体时代诗人们普遍关注公共话题，并书写大家关注的公共话题，以此重建诗歌的"公共性"。如温州"7·23"动车事故发生后，荣荣的《头七》《横良知——给 723 遇难的中国人民》、池凌云的《死亡列车》、洪烛的

---

① 参见李建军《"公共性"与中国文学经验》，《文学评论》2014 年第 6 期。

《祖国哭了》《假如屈原坐在这趟列车上》、李成恩的《哀悼之诗》、马知遥的《祖国，我的妹妹丢了》等大量诗作涌现。冰灾、SARS 病毒等灾难发生后，不少诗人纷纷提笔写诗。雾霾是当下许多诗人关注的公共题材之一。雾霾是现代物质文明快速发展所造成的环境危机，已成为生活在大中城市中的现代人无法逃避的常态，不少诗人对此做出自己的"应激"反应，如臧棣写下《雾霾时代入门》：

> 入夜后街灯如发光的螺母，
> 将古都的神经固定在
> 世界的尽头。就好像时间的洞穴
> 被盗墓贼挖开了，它准时如同
> 每隔几天就要重洗一次牌。
> 落叶的歌吟中，那曾经迅速分辨出
> 西北偏北还是西北偏西的
> 心灵的钟楼，此时戴着
> 厚厚的口罩，慢慢沉入
> 比海底还广大的海淀。
> 拐角处，古老的寒冷掀翻了
> 不止一个比坟墓还寂静——
> 只留下呛人的阴冷，在圆明园附近
> 激进弥漫的煤烟味如同
> 新上市的防腐剂，裹紧
> 我们是我们唯一的替身。

这首诗宣告了"雾霾时代"的到来，杨克的《灰霾》、徐江的《柯南道尔：在大雾的那一边》、冯娜的《雾中的北方》都对雾霾这个影响公众的公共话题进行了关注与书写。正如向天渊所指出的："围绕这些突发性的灾难与事件，诗人们创作出大量既不同于 1980 年代排拒主流意识，也不同于 1990 年代个人化乃至于极端个人化，更不同于世纪交替之际消费至上娱乐至死的诗歌作品，让广大读者感受到久违了的诗歌与人民、社会、民族、国家之间的密切关联。"① 确实，新媒体时代的诗歌在一定程度上重新建构了诗的公共性，从而不可否认地在一定程度上修复了诗与公众世界的关系。

二 公共性与个人性的融合

在新媒体语境下，要构建新诗的"公共性"，就必须将公共性与个人性进行融合。阿伦特认为人类在本质上是政治的，因为人类不是孑然独立的，而是群体的人，总是生活在公共的世界中；同时，追求有限生命之永恒价值的活动也只能在群体中显得与众不同而得到承认，只有在公共领域的生活之中，才能显现人的自由②，这是对人类所具有的天然公共性的肯定，但同时也肯定了个体的"与众不同"和人的"自由"，即对"个人性"进行了肯定。长期以来，学界将公共性与个人性进行对立，似乎二者是非此即彼、水火不容的关系。但事实上，公共性与个人性是一体两面，其关系为一而二二而一的互相依存关系，正如唐晓渡所认为的，在一个诗人的作品中，公共性与个人性常常是难以割裂抽离的："如何定义'公共诗人'或'诗歌的公共性'或许是一个更复杂的问题。""极端地说，无论某一公共问题怎样尖锐和紧迫，牺牲诗美和个人风格都未必是一个诗人不得不付出的代价，因为他完全可以采取其他方式；反过来，一首即便是具有充分公共性的好诗，其中也必定有无法以公共方式解读的、类似隐私那样的语言成分。"③ 可见，公共性与个人性在诗中常常混杂难辨，二者其实是和谐统一的同构统一体。因此，唐晓渡在《诗·精神自治·公共性》《内在于现代诗的公共性》等文章中提出"内在的公共性"，试图弥合公共性与个人性之间的对立，他认为诗歌是人类文明一个不可或缺的精神维度，本身具有公共性，但需要通过诗人个体的心灵才能实现公共性。在他看来，"这是现代诗存在的自身理由，也是诗人不可让渡的自由。是他唯一应该遵从的内心律令，也是他作为公民行使其合法权利的最高体现"④。

---

① 向天渊：《新诗"公共性"问题的学理背景》，《广东社会科学》2014 年第 1 期。

② 〔美〕汉娜·阿伦特：《人的条件》，竺乾威等译，上海人民出版社，1999，第 42 页。

③ 唐晓渡、〔韩〕金泰昌：《诗·精神自治·公共性》，茹杨译，《渤海大学学报》（哲学社会科学版）2007 年第 5 期。

④ 唐晓渡：《内在于现代诗的公共性》，《郑州大学学报》（哲学社会科学版）2014 年第 1 期。

他的"内在的公共性"既有对公共性的肯定，也有对个人性的倡导，是对公共性与个人性进行调谐的一种理论努力。

那么，在诗歌创作中，诗人们如何将公共性与个人性进行融合调谐？公共话语与个人话语的结合无疑是至关重要的书写策略。需要注意的是，书写公共题材是需要策略的，一不小心便会陷入新中国成立之初的宏大抒情模式。麦克里希曾在二战背景下指出，还没有一个诗人"将我们这一代人对于政治世界的经验，用诗的私人的然而普遍的说法表现给我们看"，在他看来，"公众世界与诗的关系那么多，诗里会说得那么少"①。麦克里希所指出的其实是诗歌表达方面的缺陷，诗人无法用"诗的私人的然而普遍的说法"表现"一代人对于政治世界的经验"，诗与公众世界的关系虽然很多很密切，但是诗"能"表达出来的却非常少。因此，诗的传达方式、文本书写策略是传达诗与公众世界之关系的关键质素。一代代诗人都在努力写出自己心中最好的那首诗，其实就是在寻找诗最恰当的表达方式与文本书写策略，而麦克里希早已非常明确地指出了方法，即用"诗的私人的然而普遍的说法"，只是长期以来极少有诗人能做到。进入新世纪后，新媒体语境为诗人们提供了良好的公共平台和公共话语空间，有利于公共话语和私人话语之间的调谐，因此诗人们试图反拨 20 世纪 90 年代以来盛行的个人化写作所采用的自言自语、梦呓式的自白方式，深入公众世界，调整文本书写策略，将公共话语与个人话语相调谐，形成多声部的传达方式，拉近诗与公众世界的关系。

写诗本是私人性的行为，但诗人属于公众世界的一员，因而真正进入诗歌领域的不应该是"局限于内在的、私人的、情感的、神奇的、晦涩的世界，而应该把这个狭小世界与公共的、理性的、社会的世界结合起来"②，应该是诗人与世界、他人的对话，而且应是平等的对话；不应该是私人的呓语、个人生活琐屑的叙说，而应该是用"私人的然而普遍的说法"将"我们这时代的公众的然而又是私有的生活组织成篇"。③ 在新媒体

① 〔美〕阿奇保德·麦克里希：《诗与公众世界》，朱自清译，载朱自清《新诗杂话》，作家书屋，1947，第 172 页。

② 张松建：《现代诗的再出发：中国四十年代现代主义诗潮新探》，北京大学出版社，2009，第 292 页。

③ 〔美〕阿奇保德·麦克里希：《诗与公众世界》，朱自清译，载朱自清《新诗杂话》，作家书屋，1947，第 172~174 页。

语境下，在网络论坛、博客、微博、QQ 空间、微信等公共平台深入公众生活的话语环境中，写诗更成为公众化的私人行为，因此，将私有的生活经验表现为"普遍的说法"，是诗人们的当务之急。对此陈超曾指出："在艺术领域的公共话语和个人话语之间，我们不能以其中任何一项来压抑另一项，在健康民主自由的社会，它们都是必要和重要的。"① 当下不少诗人善于将个人话语与公共话语相结合，将个人的、私有的体验表现为"普遍的说法"，吉狄马加、郑小琼、臧棣、灵焚、周庆荣、哑石、蓝蓝等诗人都是典型。

吉狄马加善于将公共话语与个人话语相结合，他的诗既有自己的独特体验和个体情感，更担当着民族、国家、世界与人类使命对现实、人生、社会进行打量与审视，因而其诗中个人性与公共性得到很好的结合，既超越了个人性，不落于个人化的弊端，同时又不陷入宏大抒情的模式，却传达出他对民族、国家、世界与人类的观照。吉狄马加善于将个体经验进行提升、超越，上升为普遍经验、群体经验，将公共性与个人性交融于一体，他的《我，雪豹……》是公共性与个人性统一和谐的典范。一方面，"雪豹"是诗人自我的隐喻与外在的对象化投射，与诗人自我几乎同一对应，霍俊明认为雪豹的形象"甚至某种程度上更接近于诗人的原型和精神象征"②；另一方面，雪豹还是一个公共意象，被赋予英雄主义、生态主义、自然主义等公共内涵，尤其是雪豹身上所附着的英雄隐喻意义，是吉狄马加所创造的"雪豹"的独特之处。在一个缺少英雄的年代，吉狄马加依然在塑造英雄形象，试图复苏人们身上的英雄气概。如"我是雪山真正的儿子/守望孤独，穿越了所有的时空/潜伏在岩石坚硬的波浪之间/我守卫在这里——/在这个至高无上的疆域""我的诞生——是白雪千年孕育的奇迹/我的死亡——/是白雪轮回永恒的寂静""我也是一个将比我的父亲/更勇敢的武士/我会为捍卫我高贵血统/以及那世代相传的/永远不可被玷污的荣誉/而流尽最后一滴血"等诗句都奔涌着英雄的英勇无畏、高贵高尚、不可侵犯等特质，甚至猎人和雪豹的死都带有一种英雄气概。李震认为，"雪豹作为一个极具隐喻性的意象，与彝族史诗中的英雄有着某种结

---

① 陈超：《有关"地震诗潮"的几点感想》，《南方文坛》2008 年第 5 期，第 30~31 页。

② 霍俊明：《精神困境与"自我救赎"之歌——读吉狄马加长诗〈我，雪豹……〉》，《扬子江评论》2014 年第 4 期。

构上的同一性"，并进而触及民族历史和民族史诗中英雄之死的悲剧原型。① 这是吉狄马加对"雪豹"这个公共意象上所附着的公共内涵与英雄气概的发掘，重建了当今社会的一种英雄气质。可见，"雪豹"这一意象上附着了公共性与个人性，"雪豹"巧妙地在公共性与个人性之间跳接、穿梭，真正打通了公共性与个人性，使"雪豹"具有"普视性"。吉狄马加所塑造的"猎人"形象亦是现代文明背景下难以体验到的，如《最后的召唤》《一个猎人孩子的自白》《森林，猎人的蜜蜡珠》《梦想变奏曲》《猎人岩》《孩子的祈求》等诗都塑造了"猎人"形象，这是充满野性、勇敢的英雄，同时又具有悲悯情怀，正如少数民族史诗中传颂的英雄故事，这些"猎人"形象共同形成一个英雄形象系列。而且，他在诗中将猎人与被猎杀的动物由敌对转向复杂、矛盾的关系，呈现出他在对人与自然关系的思考与处理中的困惑、担忧和矛盾，从而呈现出吉狄马加对诗歌"普视性"的努力。对马雅可夫斯基的形象塑造同样如此，他在《致马雅可夫斯基》中塑造了一个被误解、诋毁与扭曲的"马雅可夫斯基"，在其笔下，这是一个天才般的预言家、英雄，"然而天才总是不幸的/在他们生活的周围总会有垃圾和苍蝇/这些鼠目寸光之徒，只能近视地看见/你高筒皮靴上的污泥、斑点和油垢"，这个英雄被形形色色追逐名利的人用各种理由遮蔽，但"光芒势不可挡"，是一个富有思想和英雄气概的形象。同时，这个人物又极具个人色彩，如前文所述，他是吉狄马加"自我"的隐喻，是灵魂的对话者、外在映射体，他身上附着了吉狄马加极为个人化的情绪、情感和意志。可见，吉狄马加诗歌中"公共性"与"个人性"是同体共生、相辅相成的，二者共同建构出吉狄马加诗歌的公共性。

郑小琼亦善于通过公共话语与个人话语的融合书写公共题材。她一直被贴上"打工诗人"的标签，众多学者、评论家或媒体从底层叙事、打工诗歌、草根叙事等角度阐释她的诗，但事实上，如果郑小琼诗的意义仅止于此，那就跟以前的伤痕书写、苦难书写区别不大，毫无突破之处了。在郑小琼之前，已有许多诗人在写打工生活，如许强、刘大程、罗德远、谢湘南等；在她之后，则有更多人跟风大批量地写打工诗歌。但最有影响力

---

① 李震：《雪豹：英雄、诗人、种族的同构性隐喻——论吉狄马加长诗〈我，雪豹……〉》，《当代文坛》2015 年第 3 期。

的为什么是郑小琼？其重要原因在于她并非仅仅书写打工生活的生存境遇和命运，而是在呈现这些个人生活遭际的同时，以个人的方式想象历史，见证历史与时代。她一直在超出时代与年龄地思考历史、时代、国家与存在，这正符合陈超在 20 世纪 90 年代中期提出的"历史想象力"的概念。陈超后来呼吁新世纪诗歌要有"历史想象力"，这种历史想象力"要求诗人具有历史意识和当下关怀，对生存、个体生命、文化之间真正临界点和真正困境的语言有深度的理解和自觉挖掘意识，能够将诗性幻想和具体历史语境的真实性作扭结一体的游走，处理时代生活血肉之躯上的噬心主题"[①]。郑小琼将真切的个人生活与具体的历史语境同步展示，将历史和时代的重大命题糅入打工生活的生存经验的呈现之中，细节的个体经验中隐藏着历史品质。她在加班、职业病和莫名的忧伤里"摊开一个时代的幸与不幸"（《钉》），让文学话语与历史话语相融合，让个人化的形式技艺与生存关怀、人文关怀彼此激活，公共话语与个人话语相调谐，形成其诗歌对历史的独特想象力。郑小琼的打工系列诗歌，写农民工进城，写他们断指、堕落、死亡、被拖欠工资等问题，这既是她个人打工经历中的见闻与个人体验，又是社会普遍关注的公共话题，她以个人体验和个人话语对公共题材进行书写，呈现社会公共话题，以"私人的然而普遍的说法"[②] 进行书写，将个人话语与公共话语结合，从个人打工的切身体验出发，呈现的却是所有打工者群体共同的情感经验，个人情绪与公共情绪相通，因而在网络的助推下迅速走红。郑小琼最为独特之处便在于她一直在自觉地将自己的叙述话语织入一张更广阔的历史、社会和文化谱系中，将公共话语与个人话语进行巧妙"缝合"。难怪张清华认为从郑小琼的诗中读到了现在所处时代的"所有秘密"[③]。郑小琼的诗是她作为个体与历史、时代相遇的碰撞，是她对个体存在、历史、时代境遇深入思考的结果。《2008 年庄重文文学奖授奖词》评价郑小琼："她的诗与散文，既是对声音微弱的无名生活的艰难指认，也是对自我、世界和工业制度的深刻反省。她通过对自身经验的忠直剖析，有力地表达了这个时代宽阔、复杂的经验，承担生活的苦，披陈正直的良

① 陈超、李志清：《诗的想象力及其他——问与答》，《山花》1996 年第 5 期。
② 〔美〕阿奇保德·麦克里希：《诗与公众世界》，朱自清译，载朱自清《新诗杂话》，1947，第 172 页。
③ 摘自《纯种植物》封面语，见郑小琼《纯种植物》，花城出版社，2011。

心。她痛彻心肺的书写，对漂泊无依的灵魂深怀悲悯，她的作品因而具有让失语者发声、让无力者前行的庄严力量。"① 这评语，正是对郑小琼将公共话语与个人话语、公共性与个人性相结合的话语方式的充分肯定。

此外，哑石的《日记片断》、周庆荣的《有理想的人》、臧棣的《北京阴霾史丛书》、蓝蓝的《真实》等诗都在公共话语与个人话语的多声部合唱中从个体经验与感受出发，上升到对同一类人、同一代人甚至整个人类的生存经验的揭示与关注。

在公共话语与个人话语的结合方面，"地震诗歌"中也有不少诗处理得不错。地震诗歌虽然属于灾难叙事的"大抒情"诗歌，但其将公共话语与个人话语互相嵌入，在抒情主体上把"我"的个人体验、感受融入国家、民族、人民的宏大主题中，将"我"与"我们"，"你"与"你们"，"我"与人民、国家、民族叠合在一起，如傅天琳的《我为什么不哭》；在抒情模式中将宏大叙事与个人化叙述相结合，如陈祖芬的《中国不哭》抓住 2008 年 5 月 19 日 14 时 28 分的天安门广场，实录了现场一个个细节，把"中国不哭"这一宏大主题化解于一系列微小的个人化细节；在诗歌情境的营造上则将集体记忆与个人记忆相交织，如赵雅君的《呼吸，呼吸……》在记录地震到来的感觉时将集体记忆与个人记忆相结合，较好地处理了公共话语与个人话语的关系，也确证了诗深入公众世界的可能性与必要性。《孩子，快抓紧妈妈的手》是地震后网络上流传最广的一首诗，在诗歌界争议也非常大，但笔者认为它成功的原因在于巧妙地处理了个人情绪和公共情绪的关系，以个人的情感体验宣泄了大多数人甚至所有人的情绪经验，做到了将个人的、私有的体验表现为"普遍的说法"，因此能打动人，从而能流传广泛并深入公众。

三 "公共性"的限度

需要注意的是，公共性不是公众性。陶东风曾指出有些学者一提到文学的公共性就将其理解成"为政治服务"，或与文学的自主性相对立，并认为这是一种"望文生义"产生的理解偏颇。他指出："文学的公共性必

---

① 《第十一届"庄重文文学奖"获奖者简介、评语》，中国作家网，http：//www.chinawriter.com.cn/2009/2009-10-26/78474.html。

须有文学公众的真正参与并就文学以及其他重大的社会文化议题进行公开
和理性的讨论。"① 在他看来，"真正"参与是指这种参与必须平等、自主，
必须体现参与者对公共权力之使用的独立的监督权和批判性。他还指出，
公共性的重要特点是差异和共在的统一，所谓"共在"，是指人共同存在
于同一个世界；所谓"差异"，是说共在于这个世界的人，他们看待世界
的方式、立场和视野是千差万别的，并不需要完全变得千篇一律才能共处
于公共世界，相反，差异性的消除必然导致公共世界的极权化，亦即公共
世界的消亡。② 可见，公共性是将个人的差异性包括在内的，以个人性为
前提，充分尊重个性、个人言说能力。因此，新媒体语境下诗与公众世界
的关系并非要"公众化""公众性""大众化"，而是提倡"公共性"，但
这种公共性又离不开个人性，而个人性不同于个人化、私人性。向天渊曾
指出："诗歌的公共性，不仅仅是强调人文关怀、启蒙精神、苦难意识、
底层关注、悲悯情怀、国族想象等，更重要的是要将这些道德、思想关怀
与诗学原则、美学力量完美地融合在一起。"③ 可见，要达到公共性与个人
性的融合，在具体的诗歌创作策略上，按照麦克里希的意思，诗人应该以
"私人的然而普遍的说法"表现"一代人对于政治世界的经验"。因此，对
于诗人们而言，应注重诗歌的"公共性"，但不把诗歌创作朝"公众性"
"大众化"方面发展，同时要提防低俗化、口水化。一首诗一写出来就引
起轰动，并不一定表明这首诗写得好，而只是迎合了大多数人，正如艾略
特所言："假如诗人所反映的恰好是他那个时候大众所持的观念，那么拙
劣的诗也可能会风靡一时，但是真正的诗不仅经受得住公众意见的改变，
而且经受得住人们完全失去对诗人本人所热烈关注的问题的兴趣。"④ 余秀
华的《穿过大半个中国去睡你》一经网络传播便成为诗歌圈内外无人不知
无人不晓的"诗"，引起一轮又一轮热议，但余秀华自己从未将其收入诗
集中，出版商、杂志、报纸也从未将其正式发表。

---

① 陶东风：《中国当代文学的自主性与公共性的关系》，《中国社会科学院报》2009 年 4 月
　　23 日。
② 陶东风：《中国当代文学的自主性与公共性的关系》，《中国社会科学院报》2009 年 4 月
　　23 日。
③ 向天渊《新诗"公共性"问题的学理背景》，《广东社会科学》2014 年第 1 期。
④ 艾略特：《诗的社会功能》，载《艾略特诗学文集》，王恩衷编译，国际文化出版公司，
　　1989，第 240 页。

同时，在新媒体语境下，新诗的发展也需要提防政治化，提防被权力和市场捆绑。新媒体大多受权力和市场操控，因而存在许多问题，这就需要诗人自律，不要让诗受权力和市场操控。

此外，新媒体是一柄双刃剑，诗人们需要保持清醒，不被新媒体绑架而完全盲从新媒体的各种观念、潮流。网络等新媒体所提供的只是一个相对自由、平等的公共话语空间，但在这个公共空间内，其实依然存在"等级"、权力。比如在论坛上，有网管、斑竹（版主）、资深网民、普通网民等级别，网管与斑竹是管理者，他们拥有帖子的生杀大权，因而拥有一定的话语权，而资深网民和普通网民都要受网管和斑竹的管理。在博客、微博、微信等自媒体中，网民不受网管与斑竹的监管，但放任自流的后果便是泥沙俱下、良莠不齐，甚至出现"混乱"局面，正如向天渊指出的："个人性诗歌范式的确立是诗歌公共性存在之前提，但是，个人性的诗歌范式建立之后，不仅为公共性的建立敞开了大门，随之而来也出现了许多问题，如'口语化写作'演变成'口水诗'，'书写日常生活'演变成'私人化写作''身体写作'，拒绝隐喻、反崇高的写作导致诗歌成为一种'语言游戏''反懂诗'等等。"① 因此，在重构诗歌的公共书写的同时，需要警惕新媒体自身局限。

小　结

可见，在新媒体语境下，诗歌文本的审美价值与艺术价值依然至关重要，是诗歌能否真正深入公众世界并被历史留下来的关键质素。虽然新媒体语境喧嚣纷闹，为不少投机取巧的诗人提供了成名的"捷径"，但时间不会依靠"捷径"，历史不会依靠"捷径"，在时间与历史的公正淘洗下，只有文本自身过硬，才能真正存在于历史长河中。因此，具有艺术自觉的诗人面对新媒体语境的各种新变化，会调整文本策略，但不"迎合"或取巧，而是潜心于诗歌文本艺术的锤炼，打磨出一批真正具有震撼力、穿透力和艺术价值的"噬心"作品，为深入公众世界提供文本保障。

---

① 向天渊：《中国新诗：现象与反思》，人民出版社，2016，第 134 页。

第四章
从作品中心到媒介中心：
诗歌传播方式的革新

学者吕进指出："作为公共、公开、公平的大众媒体，可以说，网络给诗的传播带来革命性的变化。"[①] 诗人江非亦指出："新世纪中国诗歌十年中具有革命性的行动不是诗学观念的变革，而应该是传播方式的革新。"[②] 确实，在以网络为技术依托的新媒体平台上，诗歌的传播方式已发生天翻地覆的变化，命名传播、事件传播、跨界传播等成为传播的主要策略。传播方式的革新，促进诗歌传播力度、广度和效果的扩大与增强，为诗歌深入公众世界提供了可能。

命名传播在新媒体语境下的诗歌传播中发挥了重要作用。"命名"，即给予某个事物、人、事情、现象等一个名字或头衔，体现的是人类对世界万事万物的认识。在新媒体语境下，"命名"已成为传播的一种重要方式。

进入新媒体时代后，"知道主义"盛行。所谓"知道主义"，即只知道名字，却不知其内涵；只知道局部，而非整体；只知道有其事或其人，而不知背后所隐藏的具体详细信息。当下人们为生活、工作劳累奔波，根本没有太多时间和精力了解背后的详情，对很多事情、事物都只看个题目，"知道"个大概即止。尤其是对于各类传媒而言，"命名"已成为一种艺术，名字命得好，就成功了一半。命名需要吸引大众眼球，聚焦大众注意力，等到注意力带来影响力，影响力带来知名度，传播的效力便可达成。

---

① 吕进：《论中国现代诗学的三大重建》，《文艺研究》2003 年第 2 期。
② 江非：《网络传播革命带来"诗场"巨变：谈新世纪中国诗歌十年"诗场"流变之一种》，《星星》诗刊 2010 年第 3 期。

正如郑慧如所指出的:"从政治、社会,到文化、文学,一以贯之的真相是:先占据版面再说。有以名之,曰,'搏版面'。"① 在她看来,取的名字冠冕堂皇,却只是学术化妆,纯属一个人的喧天锣鼓。因此,"命名"成为各种传媒最重要的传播手段之一。对此刘春曾分析指出:"对命名的迫切感可能与中国的社会日渐开放和传媒业的日渐发达有关,现在的年轻人比他们的长辈更懂得宣传和自我推销的重要性,也比他们的长辈更迫切地期望独立,对命名的需求客观地反映了社会的进步与人心的变迁。"② 各种传媒正是利用了大众对传媒的这种心理,才掀起"命名热"。正因如此,命名被大众广泛接受,而诗歌界同样如此。近年来,诗歌界已进入"命名热"的旋涡,"打工诗歌""底层诗歌""草根诗歌""灾难诗歌""城市诗歌""诗歌地理""新红颜写作""梨花体""乌青体""羊羔体""脑瘫诗人"等各种命名你方唱罢我登场,各领风骚三五年。而一个命名无论是否正确,是否存在局限性,都是"先占据版面再说"。于是诗歌界巧立各种名目,对名字有多少局限性根本不管不顾,而是先把旗帜树起来,并以此为标签进行广泛传播。越能引起争议,就越能增加注意力。一些诗人为吸引公众眼球便以最具有爆炸性、争议性、震撼性的词语巧立名目,哗众取宠,以期引起公众关注。其实许多命名只是诗人为了出名,只是研究者为了寻找诗歌研究新的生长点,甚至是为了博得关注,争夺话语资源,这些都隶属于话语权的争夺。如"诗歌地理"便是一种典型的命名传播,自2006 年一批学者提倡"诗歌地理学"并加以讨论后,许多杂志、报纸、出版社、网络平台便以"诗歌地理"为旗号,策划各种栏目、选题,出版各种专题、选集。其实很多执事者并不懂"诗歌地理"的内涵究竟是什么,导致这一概念被泛用、滥用,可以说,近年来,以"诗歌地理"为名头的出版物纷至沓来,这使"诗歌地理"这个原本是学术概念的词语成为一种诗歌传播手段。"新红颜写作"也是如此,刚命名出来之时遭到很多人反对,网络上一片哗然,有骂声,也有支持声。不过,其达到了传播的效果,这个名字或许会随着时间流逝而被埋进历史尘沙,但这一命名下的几个诗人出名了,命名这一名称的几个评论家也出名了。一个命名可以带动

---

① 郑慧如:《台湾当代诗的命名效力与诠释样态——以"超现实"在台湾诗歌中的流变为例》,《江汉学术》2014 年第 3 期。

② 刘春:《朦胧诗以后:1986~2007 中国诗坛地图》,昆仑出版社,2008,第 225 页。

一批诗人作品及相关人员名声的传播。正如燎原指出的："在诗歌写作中，任何群体的集结和自我命名，本质都是自我彰显与自我推销的。而一部诗歌史的生成，除了其核心部分的作品实体外，也许的确需要一些事件——一些群体流派的对撞和涡流搅动。正是这些动态元素，构成了一部诗歌史的活跃。"①

在传统的诗歌传播过程中，诗歌作品是传播的核心。而在新媒体语境下，诗歌传播的主要内容已转向各种吸引眼球、撼动神经的诗歌事件，而非作品本身，诗人的性别、外貌、年龄、经历、生活习惯、生活方式、奇闻轶事、绯闻官司等文本之外的信息成为"热点卖点"。对于新媒体而言，"知道主义""标题主义""信息主义"是其诗歌传播的重要策略。张邦卫等对"作品传播"和"事件传播"进行了界定，认为所谓"作品传播"，即关于作品文本的传播，在传播过程中"唯作品是瞻""作品至上""作品中心"，经典作品的流传不是靠"诗外的功夫"而是靠"诗"本身；所谓"事件传播"，则是关于文学事件的传播，这些事件可能与作品有关，也可能与作品无关，但总与作家直接相关，它们既可能关涉作家的公共性与神圣性，也可能关涉作家的隐私性与世俗性，由于这些事件大多源于媒介的策划与炒作、聚焦与放大，张邦卫等称之为"媒介文学事件"。② 新世纪以来，诗歌是所有文学类别中最热闹的文体，各种诗歌事件不断引发人们对诗歌的热议。下半身写作、梨花体、羊羔体、啸天体、乌青体、余秀华爆红等诗歌事件你方唱罢我登场，这些诗歌事件中都有调动大众兴趣、口味，吸引大众眼球的爆炸性、轰动性奇闻或悖常性信息。这些事件都是媒体通过精心策划、炒作而聚焦与放大的，其抓住作品能满足大众猎奇心理的热点、卖点进行大力炒作，形成全民狂欢性事件，从而达到传播的效果。但这与作品本身关系不大，而且大多数诗歌事件最后以丑剧散场。

同时，由于新媒体可以糅合多种媒体的特点，将声音、文字、图像等各种元素糅进诗中，在诗歌的呈现与传播上，诗歌界不少诗人进行了跨界诗歌的尝试，对诗歌进行跨界传播。具体而言，诗歌的跨界传播是通过各种多媒体技术和新媒体的结合对诗歌进行多种艺术形式的演绎和传播，是

---

① 燎原：《为自己的历史命名——关于"中间代"的随想》，《诗歌月刊》2002年第8期。
② 张邦卫、郑朝霞：《媒介化与新世纪文学传播方式的转型》，《浙江传媒学院学报》2014年第3期。

一种新的诗歌传播范式。最典型的跨界诗歌实验是"中国诗剧场"、"第一朗读者"和《诗歌之王》。长期以来，诗歌朗诵会都是诗人一个一个上台朗诵，仅仅通过声音对自己的作品进行演绎，有些诗歌朗诵会甚至不是诗人自己上台朗诵，而是由专门的朗诵者代为朗诵，均为普遍的单一形式。但诗歌的跨界实验却将诗歌与戏剧、音乐、舞蹈、表演等各种艺术形式进行杂糅，并将多媒体技术和电视节目的录制等相结合，既可通过电视直播或重播，也可留存于网络空间，如网站、微信公众平台等，还可录制成CD 或 DVD，以供随时播放。在节目录制的同时，现场或场外的观众还可利用网络、手机与演员或其他观众进行交流互动。"中国诗剧场"、"第一朗读者"和《诗歌之王》都设有网站、微信群，可即时交流、互动。此外，优酷、土豆、腾讯等各种网络视频网站亦有这些节目视频。这些传播路径对于诗歌深入公众世界而言都是有效路径和新的传播策略。

可见，无论是事件传播、跨界传播还是命名传播，其实都已从"作品中心"转变为"媒介中心"，强调的是媒介效果，而作品本身不过是媒介效果发生的起点。因此，传播策略、方式成为新媒体语境下诗歌传播的重头戏。

第一节 "命名热"与命名传播的流行

每一部文学史其实都是一部命名史，是通过一个又一个的命名定位作家作品的历史位置而建构起来的，诗歌史亦然。在过去的纸媒时代，各种命名需要经过漫长的过程才能抵达大众，尽管如此，20 世纪八九十年代的诗歌界也曾掀起过"命名热"，"后朦胧诗""第三代诗""后新诗潮"等各种诗歌命名接踵而来。进入新媒体时代后，由于新媒体与大众的零距离接触，各种命名能直接、快捷地抵达大众，更是掀起一轮又一轮的"命名热"，"梨花体""羊羔体""打工诗歌""新红颜写作""草根诗歌""80后""70后""中间代""中生代""垃圾诗派"等各种命名纷至沓来，形成空前的命名热潮。在新媒体语境下，命名已不仅仅是"名"的拟定，更是为了博版面，纯属话语权的"圈地"运动。对诗歌传播而言，命名本是整个传播行为过程的开始，但在新媒体时代，由于人心浮躁，"信息主义""知道主义"大行其道，大众已不关心"名"背后的作品内容和艺术技巧，而只对"名"有印象，只围观命名引起的争议、热闹；命名者亦不关心诗歌本体层面，而只是以"名"为传播基点和传播旗帜，高举"名"的旗帜四处抢占山头，希望引起媒体关注与炒作，从而借助被炒热、炒红的"名"走进大众视野，走进诗歌史。因此，"命名"实际上已不仅仅是传播的开始，而已成为新媒体语境下的一种新型传播策略。

一　关于"命名"

所谓"命名"，海德格尔认为是"给一个事先已经熟知的东西装配上一个名字"，并"说出本质性的词语"①；语言学家哈特曼在《语言与语言学词典》中则认为"命名"是"寻找一个合适的语言符号（语音序列或词），用以指一个新的物质实体或抽象概念"②。总而言之，命名，是对现象内涵和外延的界说，不仅成为人类理解与认识世界的重要方式，也是建构人类文明的核心行为。海德格尔曾指出："语言，凭借给存在物的首次命名，第一次将存在物带入语词和显象。"③确实，离开命名，人类对于世界的认识将成为虚妄之事。我们每天都生活在各种纷繁复杂的"命名"与"被命名"行为中，通过"命名"和"被命名"与世界和他人建立关系，参与人类文明的建构。

然而，命名的意义绝非仅止于此，它更意味着一种权力，正如皮埃尔·布尔迪厄（Pierre Bourdieu）所指出的："命名，尤其是命名那些无法命名之物的权力……是一种不可小看的权力。……当'命名'行为被用在公众场合时，它们就因而具有了官方性质，并且得以公开存在。"④在文学、诗歌场域，命名意味着价值判断，意味着话语权力。面对一个新出现的文学现象或作品，人们纷纷命名，其实是为抢夺话语权，划定话语势力范围。

当下是一个"无名"的时代，观念呈现多元化状态，话语权力趋向多

---

① 〔德〕海德格尔：《荷尔德林和诗的本质》，载〔德〕海德格尔《荷尔德林诗的阐释》，孙周兴译，商务印书馆，2000，第44~45页。
② 〔英〕R. R. K. 哈特曼、F. C. 斯托克：《语言与语言学词典》，黄长著等译，上海辞书出版社，1981，第226页。
③ 〔德〕海德格尔：《艺术作品的本源》，载〔德〕海德格尔《诗·语言·思》，彭富春译，文化艺术出版社，1991，第69页。
④ 包亚明主编《文化资本与社会炼金术——布尔迪厄访谈录》，包亚明译，上海人民出版社，1997，第91页。

元化分裂，共同的文学理想破灭，整个文学界没有一个共同的中心，各自为营，因此人们都希望通过命名抢占山头，亮出各自的旗帜，形成自己的话语圈，进行圈地战争，从而建立自己的话语权范围，因此涌现出各种纷繁混乱的命名。陈晓明曾指出："过去我们认为是由上帝'命名'的，是从圣经或某一部经典著作中拿到的，人只有通过'倾听神的声音'，才能对世界命名，现在不需要'神'，也不需要绝对的权威、绝对的经典，小人物通过他的想象力，他就可以命名。"[①] 这种认识敏锐深刻地洞悉了当下命名已丧失权威性而趋向泛滥的状态。确实，当下的许多命名都是被小人物制造出来的，处于新媒体语境下的小人物有命名并使之广泛传播的权利，因此他们希望通过命名浮出历史地表，因而有关诗歌的各种命名层出不穷。事实上，这不仅是为诗歌寻找新的"生长点"，更反映出诗人和学者们的文学史焦虑。

葛红兵曾指出命名行为的悖论性，在他看来，一方面，"每一个命名出来以后都有它的局限性，都丢失了其中的很多信息"，但另一方面，"如果没有命名，我们就无法来定义文学史，无法来表达我们的认识"，因此，"命名是一种变色镜，只有拿这个变色镜去看历史，同时又只能受到这个变色镜的影响，只能以先前的视野来看历史"。[②] 可见，人类世界的各种信息和人类对世界的认识只有通过命名才能进行传播，并且是在命名的局限性中进行传播。在新媒体时代，各种信息、知识、观点、思想更加繁多，时时有被淘汰埋没的危险，因此，命名成为传播的"护身符"和"尚方宝剑"，成为一种新型的传播方式。诗人们通过命名组织、建立自己的话语场域，希望以此介入历史，建构历史的一个组成部分，同时也成为呈现历史和反思历史的一个角度。

二 新媒体语境下的"命名热"

在新媒体时代，新媒体技术强势介入人们日常生活的各个方面，为人们提供了新的媒介环境，自由、平等、开放是其核心精神，去中心化、多元化、无主节奏则是其重要特点，这使人们处于典型的无名状态。在这种

---

① 谢冕、雷达等：《状态·理想·过渡——九十年代文化与新状态恳谈会纪要》，《钟山》1996 年第 2 期。

② 《20 世纪文学命名的合法性及其功能》，《文艺争鸣》1997 年第 1 期。

状态下，各种命名席卷而来，铺天盖地，诗歌界异常热闹，一不小心就有被命名的风险。这些命名大体可分为以下几种。

（一）以时代命名

进入新媒体时代，"70 后""80 后""中间代""中生代"等以时代为标准划分的命名层出不穷。"80 后"主要指 1980~1989 年出生的人，这一代人是伴随网络成长起来的。在网络这一无名状态下，这代人自我命名为"80 后"，最先由诗坛原创，而最早亮相的刊物则是 2000 年 7 月的《诗参考》。在这期民刊上，"80 后"以"80 年代出生的诗人的诗"为专栏亮相。此后，"80 后"概念逐渐拓展其势力范围，为整个文坛乃至整个文化界挪用，后来于 2002 年 9 月前后在"诗江湖""春树下""扬子鳄""漆"等网络论坛上引发激烈争论。这一命名在 20 世纪 80 年代出生的部分同龄人和六七十年代出生的诗人中引起争议，或赞成或反对，在网络上掀起轩然大波。虽然这一命名无论从时间限度还是内涵上都有不合理性和局限性，却反映出新媒体时代年轻一代的文学史焦虑和争夺话语权、历史位置的自觉与努力。"80 后"几乎与网络同步成长，是驰骋网络的最早"骑手"，他们将命名聚焦点转向时代，深刻地意识到时代变化的快节奏，在对自己的身份进行确认时希求以时代命名的方式获取合法性。他们的自我命名虽然遭到不少人反对，但在网络热炒后却被很多选本或不少刊物栏目接受，《诗刊》《诗潮》《诗歌月刊》《诗选刊》等刊物与一些论坛、网页、博客、微信公众平台都曾以时代划分诗人群体，推出"80 后"诗人或作品。如《诗刊》微信公众平台曾于 2015 年 3 月 15 日起推出"80 后诗歌大展"，以专题形式对胡桑、唐不遇、王东东、熊焱、郑小琼、荣荣等有影响力的"80 后"诗人进行推介与展示。此外，还有"80 后诗歌联展"、"陕西 80 后诗人诗歌展"、西川主编"中国 80 后诗系"、《中国 80 后诗全集》等各种形式对"80 后"的推介，使"80 后"的命名得到诗界认可，也对"80 后"部分诗人及其作品进行了比较广泛的传播，显然成为传播"80 后"诗人及其作品的一种重要方式。这一命名方法不仅适用于 20 世纪 80 年代出生的诗人，甚至被推广到不同时代的诗人，如"50 后""60 后""70 后""90 后""00 后"。一些诗歌大展、栏目或诗歌选本都以此为划分方法，如《南方诗人》设置"四世同堂"栏目，分"50 后""60 后""70 后""80 后"几个版块，以时代为标准选出各个年代出生的诗人中最优秀的几位代表诗人进行作品展示，并设有"90后诗人专栏"推介"90后"诗人及其作品。"50后""60后""70后""90后""00后"实际上是"80后"衍生出来的概念。此外，由福建诗人安琪和广东诗人黄礼孩提出的"中间代"、从台湾挪移过来的"中生代"等命名也都是以时代划分的，它们在纸质刊物和网络上引发争议，在争议中圈定各自的"势力范围"，在诗歌史、文学史上占据一席之位。

（二）以诗人名字命名

"梨花体""羊羔体""乌青体""啸天体""秀华体""浅浅体"等都是以诗人的名字对某一类作品进行命名。"梨花体"是取赵丽华的谐音进行命名，2006年网上流传赵丽华的诗歌《一个人来到田纳西》《我终于在一棵树下发现》等，这些过度随意、过度口语化的大白话立刻在网络上掀起轩然大波，引起网民的集体质疑、谩骂、嘲讽与恶搞，不少网民模仿其风格粗制滥造了大量废话诗，以表达他们对诗与非诗之界限混淆的愤怒与嘲讽，被网民命名为"梨花体"。"羊羔体"则取车延高的谐音，是2010年10月第五届鲁迅文学奖揭晓时衍生的一个话题，"鲁迅文学奖"一揭晓，网络上便流传出车延高的一批以影视演员徐帆、刘亦菲、谢芳等为写作对象的偏于口语化的诗歌，被命名为"羊羔体"，一时之间，网络上大量网民传播、复制并仿写这种诗歌。"乌青体""啸天体""秀华体""浅浅体"等则分别以乌青、周啸天、余秀华、贾浅浅等诗人的名字进行命名。

（三）以群体特征命名

由沈浩波、朵渔等诗人于2000年夏天提出的"下半身写作"，李少君、张德明等提出的"新红颜写作"，洪烛等命名的"新归来诗人群"也在诗坛上人尽皆知，在纸刊和网络上都曾掀起轩然大波。这些是以群体的共同特征进行命名的。

沈浩波等人提出的"下半身写作"是对长期以来的严肃文学的反叛，在网络的助推下强劲地冲击诗坛，但遭到很多抨击、争议，也引得一批盲目的追随者争相模仿。这一命名所涵盖的是书写"下半身""肉体"，强调"感官洞开""及时行乐""纵欲"等特点的诗歌，这一命名惊世骇俗，其强劲的冲击力造成诗歌界长时间的喧嚣与混乱。而在各种批评、争议的混乱中，沈浩波、尹丽川等代表诗人浮出历史地表，成为"下半身写作"的标杆，他们的诗名也得以确立和传播。虽然有争议，却成为诗歌史上不可绕过的一个标签。诗歌界各种命名层出不穷，其意义或许正在于此。

此外，各种以"新"和"后"命名的概念纷纷出现，如"新归来诗人群"套用了"归来诗人群"的概念，指一批 20 世纪八九十年代因各种原因离开诗坛，于新世纪初又重新回归诗坛的诗人，有邱华栋、沙克、洪烛、李少君、潘洗尘等，但他们在刊物上的露面在当时未引起足够关注。及至 2011 年 6 月 23 日，"中国新归来诗人"博客在新浪网开通，将海内外一大批具有类似创作经历的诗人会聚起来，2015 年底，"中国新归来诗人"微信群和相应的微信公众平台建立，中国作家网、中国诗歌网等知名网络媒体纷纷推出作品展，这一命名才渐渐得到认可。"新红颜写作"同样如此。对于什么是"新红颜写作"，张德明指出："受网络的自由化特征和开放性氛围的影响，诗歌博客时代的女性诗歌写作最为真实地呈现了女性情感世界的方方面面，也最为丰富地展示了女性在诗歌艺术探险和审美呈现上的不拘一格，一个时代多维而生动的女性形象得以精彩地展示在我们面前。"[1]此命名一出，网络上和纸质刊物上都炒得沸沸扬扬，一些在博客上寂寞写作的女诗人突然一夜走红，虽然这一命名在热闹一番后归于沉寂，但这一命名下的几位代表诗人如金铃子、重庆子衣、施施然等却由此从众多女诗人中脱颖而出。这就是"新红颜写作"命名的存在意义。命名是暂时的、权宜性的，但对诗人的诗名与作品的传播却贡献不小。热潮一过去，所命之名就完成其使命而归于沉寂，曾经顶着这些"名"的代表诗人却抱得声名归。

（四）以载体命名

"女子诗报诗群""扬子鳄诗群"等诗歌群体都是以载体命名的，刚开始这些群体都有自己的刊物，而后在此基础上开辟网络上的阵地，在网络上集结一大批诗人和读者，并以原有刊物进行命名。《女子诗报》本是"女子诗报诗群"这个女性诗歌群体在 1988 年创办的一份报纸，是女性诗歌的依托载体和展示平台。1994 年，《女子诗报》在强令禁止出版的压力下停止了出版，"女子诗报诗群"也失去了阵地。但 2002 年 6 月"女子诗报"论坛的建立，又将许多女性诗人重新会集于"女子诗报诗群"，2002 年 9 月出版的

---

[1]　张德明：《新世纪诗歌研究》，暨南大学出版社，2013，第 156 页。

《女子诗报年鉴》成为"女子诗报诗群"新的阵地,是1988年《女子诗报》铅印对开大报报纸的改版和另一形式的延续。从此,"女子诗报诗群"便以论坛和《女子诗报年鉴》的双重形式为活动平台和载体。"女子诗报诗群"集结了国内外300多名女诗人,为中国当代女性诗歌写作提供了一个广泛、全面的聚集地,也成为传播女性诗歌的一个重要平台。"扬子鳄诗群"则以《扬子鳄》诗刊和"扬子鳄"诗歌论坛的双重形式存在。《扬子鳄》是1988年由麦子、阿权等人创办的一本民间诗刊,20世纪90年代中期,诗人刘春加盟后与麦子共同编辑两年,后来停刊。2001年2月,刘春出资将《扬子鳄》改版为诗刊继续出版,出版6期后于2007年被迫再次停刊。其间,即2000年6月,刘春创建"扬子鳄"诗歌论坛,在诗界产生广泛影响,集结了一批全国各地的诗人和诗歌爱好者,被称为"扬子鳄诗群",显然是以《扬子鳄》诗刊与"扬子鳄"诗歌论坛为载体进行的命名。"网络诗歌""微信诗歌""地铁诗""手机诗歌"等也都是以载体形式为依托进行的命名。

此外,当下诗坛还存在许多以地域或诗歌风格命名的诗群、诗派。无论是哪种性质的命名,所命之名都成为诗人们头戴的一顶"帽子",诗人们集结于"帽子"之下,集体亮相于各种刊物、选本等纸质媒体与论坛、博客、微信朋友圈和公众平台等新媒体。这些"帽子"成为他们出入各种诗歌圈子的门票,为他们抱团取暖提供了便利,集结于"帽子"下的诗人尤其是主导者,其作品也传播得更快更远。由此看来,命名成为抱团取暖的一种方式,为诗歌的传播做出了重要贡献。

三 命名作为一种传播方式

新媒体的出现,并非仅仅为人们提供新的传播、交流平台,而是从根本上改变了大众观察、把握世界的方式和观念。同样,在新媒体语境下,命名不仅仅是对世界的认识和理解,还成为一种传播方式。有学者指出:"命名的合法性它既不是来自于命名的对象,也不是来自于命名者自身,而是相反,它来自另外的东西。"① 所谓"另外的东西",其实就是传播。命名是为了在文学版图上占据一定地盘,从而占据一定历史地位,但其能否挤

---

① 王世诚语,见《20世纪文学命名的合法性及其功能》,《文艺争鸣》1997年第1期。

进历史序列，取决于其传播效力的大小。命名只有被认可，并形成比较大的影响力，才能进入文学史序列，亦才能反过来证明命名的合法性。

在新媒体传播中，"名"的重要性非同寻常。好的"名"是吸引大众眼球最直接的广告，名字取得好即成功一半。对于命名的重要性，鲁迅先生早在《谈皇帝》一文中便讲过一个故事：一个老仆妇告诉过他一个对付皇帝的办法，即在给皇帝吃菠菜的时候，如果说那是便宜的菠菜，掌握生杀大权的皇帝便会生气，所以不能说那是便宜的菠菜，而是另取一个名字"红嘴绿鹦哥"，名称一变即可让皇帝吃得心甘情愿、开开心心。由此可见命名之重要性。在新媒体语境下，"名"如果不够新奇、敏感、刺激，不够吸引眼球，大众就会像吃菠菜一样毫无胃口，而若将其变更一下名称，其命运便迥然不同。新媒体语境下的诗人们深谙其妙，便以热点、卖点和敏感词语进行命名，以此引起关注、热炒，无论是被捧还是被骂，只要能被大众记住，目的就达到了。因此，新媒体时代的命名热潮此起彼伏，使渐趋边缘化的诗歌频频引人注目，让人感觉到诗歌的春天来了，但其实，诗歌的"升温"并非因为创作水平和艺术水准的提升，而是与名称引起的争议和热闹程度有关。

在新媒体语境下，海量信息的存在使各种"名"一不留神就会被湮没，因此命名无法遵循自然生成而至成熟的规律，需要主动出击触发舆论关注。而需要注意的是，由于新媒体平台的即时性，命名大都缺乏理性思考，更倾向于情绪的宣泄，因此无法让有共同利益诉求的大众形成完全一致的意见，更不能奢望有不同利益诉求的大众一致地支持某一命名。因此，新媒体只能发挥自身媒介传播优势，诗人们在命名时亦只能遵循媒介传播的规律和逻辑，不是依靠符号和象征存在的价值与号召力，而是寻找"曝光点"，通过曝光事件获得广泛关注与支持，无论是肯定还是否定，都是对命名传播的推动。只要大众有反应，就是传播效力的体现。只要反应强烈，无论正负，对所命之"名"而言都是一种推动。如何寻找"曝光点"？"炒"是关键词。新媒体语境下的许多命名，大部分都是诗人、批评家、学者、媒体鼓吹与"炒"热的，炒话题、炒隐私、换标签等成为"命名热"的重要炒作方式。

（一）炒话题

进入新媒体时代后，诗歌要想提高关注度，形成影响力，就需要不断制造热点话题，因而大多数命名都会制造一些吸引大众眼球的话题。在"梨花体"命名中，"裸体朗诵"显然成为炒作的热点话题。由于"梨花体"遭到诸多网民炮轰，为力挺赵丽华，数十位诗人以"支持赵丽华，保卫现代诗歌"为口号，于2006年9月30日在第三极书局举办诗歌朗诵会。当朗诵会进行到一半时，诗人苏非舒全裸上台朗诵其诗歌《仅此而已》，但未及朗诵完毕即被第三极书局的管理人员关灯制止。随后，苏非舒被派出所拘留十天。这一事件被媒体曝光后，立刻吸引大众的注意力，成为各媒体争相报道与讨论的热点话题。在此过程中，由于媒体曝光、报道和舆论热议，"梨花体"为更多人所了解，引发了关于口语诗歌的热议。在"羊羔体"命名中，第五届鲁迅文学奖诗歌奖得主车延高给当红演员写诗成为炒作的热点话题。2010年10月19日晚，诗人、文艺评论家陈维建在微博上转发《徐帆》一诗的部分内容，并因车延高的名字将这类诗命名为"羊羔体"，引发网民对"羊羔体"的热传和热议，微博、网络上掀起对"羊羔体"、鲁迅文学奖和诗歌发展生态的讨论热潮，各大媒体也获得热点新闻与可供爆炒的热点话题。而在"秀华体"命名中，"脑瘫"、"农民"以及诗歌《穿过大半个中国去睡你》等都成为媒体反复炒作的话题。可见，在新媒体语境下，只有能提供热炒话题的命名，才能传播得更远，其传播效力才能更持久。

（二）炒隐私

"秀华体"的命名不仅依靠热点话题的制造，还依靠对隐私的热炒。余秀华走红后，各媒体纷纷掘地三尺深挖其隐私，对其成长经历、感情、婚姻、当前生活状况等各种细枝末节都予以关注，而这些信息也都引爆了大众的注意力，余秀华家被"踏破门槛"。一个名不见经传的普通女诗人，被媒体深挖各种隐私，关于其身体疾病、平时生活起居、父母、丈夫、儿子等各种细节都被曝光，甚至她与王法等人的纠葛都被暴露出来。隐私的炒作虽然给她带来很多负面争议，但她的诗名正是在激烈的争议中得到传播的。而媒体的关注点总是会转移的，当大众的注意力成为过去时，余秀华开始主动兜售自己的隐私。她接连在诗中呈现自己跟朵渔、何三坡、陈先发等知名诗人的交往，诗中透露的隐私给媒体尤其是新媒体提供了持久不歇的热点，让"秀华体"以及"脑瘫诗人"的命名成为当下诗坛无法忽视的一个诗歌现象。

（三）换标签

各种命名其实都是贴标签的行为，但贴标签亦有黔驴技穷之时，各种命名此起彼伏，但能吸引大众眼球的毕竟是少数，因此命名者们便将已有的标签改头换面，虽然历史总是惊人的相似，但换一个标签，便又重新引发大众的兴趣，比如"新红颜写作"这一命名。一些在博客上写诗的女诗人已写诗多年，一直默默无闻未能引起关注，但 2010 年 5 月 1 日李少君和张德明将这种写作现象贴上"新红颜"的标签后，在各种争议中，一批女诗人突然走红。其实所谓"新红颜写作"，即指女性诗歌写作，具体而言是博客时代的女性诗歌写作，只不过是将"女性诗歌写作"更换一个新的标签而已。但旧标签被命名者稍微一改，就如将菠菜改成"红嘴绿鹦哥"一样，立刻被新媒体语境下的大众广泛接受和喜爱。如河北的施施然，在新浪开设个人博客并于 2009 年 11 月开始写诗，半年时间便写出 60 多首诗，虽然跟帖者众多，却并未因此"红"起来；但贴上"新红颜写作"的标签之后，这位女诗人便迅速成为各种刊物、媒体和奖项的宠儿。虽然引来诸多争议，但在新媒体时代，争议意味着关注度，意味着影响力，在一定程度上提升和传播了施施然的诗名。金铃子、重庆子衣等女诗人的成名过程亦然。"打工诗歌"是新世纪以来一个非常重要的诗歌标签。有人认为打工诗歌其实就是以前的左翼诗歌，郑小琼的诗歌"深层次地衔接和打通了新世纪诗歌与上世纪左翼诗歌关注底层、书写现实的优良传统"[①]，显然是在新时代新的语境下将底层诗歌、左翼诗歌更换一个名称，以重新获得关注。"秀华体"亦是新媒体时代命名换标签的典型。余秀华曾在《诗刊》2014 年 9 月号下半月刊"双子星座"栏目发表组诗《在打谷场上赶鸡》，一直未引起反响，而在微信平台上推出时被贴上"脑瘫诗人"的标签后，余秀华立刻走红，显然不乏"红嘴绿鹦哥"效应。

四　命名的尴尬

如此命名，以及命名的如此传播，不可避免地会带来命名的尴尬。各种命名本是对特征、主题、美学风格或思想趋向的概括，或对现象、流派、诗体的总结，但新媒体语境下的许多命名并非如此，而是以先入为

---

① 　王琳、向天渊：《郑小琼诗歌与左翼文学传统》，《文艺理论与批评》2016 年第 1 期。

主、先发制人、横空出世的姿态先行命名，甚至许多命名都是随意为之的行为，正如有人指出的：“网络赋名形成过程不同于以往民间舆论的缓慢潜在发展，而凭借新媒介技术平台呈现出强有力的显性影响，甚至直接触发事件以出乎意料的方式推进。”① 在新媒体语境下，各种命名主要是为博取注意力，提高关注度和点击率，圈定话语势力范围，因此，命名的最大尴尬是名与实不符，是概念炒作大于实践，所命之名大都与诗体、诗作或诗风没有必然关联，命名者并不关注名实是否相符，而主要关注能否引爆大众的注意力与关注度。因此，当下很多命名都不过是话语的泡沫，各种新名目、新旗号都不过是在自说自话，成为“乱花渐欲迷人眼”的肇事者。郑慧如曾指出台湾的诗学界状况：“各类的‘诗学’名字取得隆重堂皇，虚实掩映，却未必有知识性的基础作为后盾，而往往只是诗运动的学术化妆，或是一个人的喧天锣鼓。”② 大陆的诗歌界更是如此。“梨花体”“脑残体”“知音体”“红楼体”“排比体”“走近科学体”“蜜糖体”“鹅毛体”等各种命名层出不穷，但大多数都是一个人或少数人的喧天锣鼓，是粗制滥造的话语泡沫。“鹅毛体”的命名不过是因为唐国明写有《雪白的鹅毛雪白的墙》和《鹅毛床》等有关“鹅毛”的诗，诗中写道，“假如一天我累倒了/不要把我的名字刻在雪白的墙上/要把我用雪白般的鹅毛/用雪白般的鹅毛埋葬”，有网友戏称其为“鹅毛体”。这一名称被唐国明和媒体采纳，再加上唐国明因痴迷《红楼梦》而隐居 11 年续写《红楼梦》为媒体提供了炒作话题，使“鹅毛体”曾获得一些媒体关注，但影响一直不大。“乌青体”则纯属哗众取宠，为诗歌抹黑。乌青的《怎么办》《对白云的赞美》《假如你真的要给我钱》等诗被网友发布在微博上后一夜爆红，被转发一万多次，并引发网友竞相“模仿”和恶搞，这类诗被命名为“乌青体”，后于 2014 年在网络上再次走红，由此“乌青体”成为继“梨花体”“羊羔体”之后的又一诗体名称。但这些命名的话语泡沫就如肥皂泡一般，在大众的眼前飘荡几下即销声匿迹。

有些命名虽然并不完全是话语泡沫，但也存在很多局限。荣光启曾对

---

① 高宪春：《新媒介环境下的“网络赋名”与“官方命名”——场域视域下的舆论生成分析》，《南京社会科学》2013 年第 11 期。
② 郑慧如：《台湾当代诗的命名效力与诠释样态——以“超现实”在台湾诗歌中的流变为例》，《江汉学术》2014 年第 3 期。

以时代命名的方法进行反思："我们的诗歌命名通常只在时间和历史上做文章，只对一代一代的写作者负责，很少触及到本体意义上的诗歌内在状况。""不是追求自己在诗学上对前辈的超越，而是急于成立集团公司来最大限度地获得诗歌市场份额，诗写得好不好是次要的，关键是能否借着这个时代的文化传播机制满足这一代人的文化明星梦想。"① 确实，以时代进行的命名无法真实反映诗歌发展的复杂生态和诗人个体的诗歌特质，无法形成一代与另一代诗歌的标识性特征，因而，以时代命名的方式显得过于简单粗暴。其他命名方式其实也同样如此，并非根据诗歌界正在发生发展的诗歌现象、问题进行概括，而大都是为了"占位"、划定话语势力范围，命名者试图将诗人安放进诗歌史序列中，依靠头顶的"名"占据一个位置，重视"名"而忽略了诗歌本身的技艺、内质，造成名实不符。这些命名其实不是对诗歌本体价值与意义的归纳概括，而是各种机构、媒体甚至批评家、诗人个体为占据诗歌市场份额所采取的传播策略。各个命名者像诗歌市场的投机者，先提出一个命名，然后按照命名炮制一批作品，拉上一帮媒体、书商、评论家、学者和诗人吹捧一番、热炒一番，如此将所命之名挤入文学史、诗歌史家的视野，从而挤进历史序列。这些命名大都从诗歌外在的因素出发，以挤进文学史、诗歌史序列为目的，而非以"诗"的本体探寻为目标。需要注意的是，这些命名其实能留下来的并不多，大部分惨遭淘汰，而且，即便"名"留下了，亦并非这个"名"下所有的诗人都能进入诗歌史、文学史，能留下的只是极少数优秀的诗人个体。

因此，在新媒体时代，诗歌命名虽然在一定程度上已成为一种有效的新型传播策略，但"名"背后的"实"，即诗歌文本的艺术水平、审美价值、思想含量等文本魅力才应是诗人、学者和媒体主力打造与传播的主体。只有名实相符，诗人、诗歌群体、诗歌文本才能经得起时间考验和历史检验。

五 命名传播中的"诗歌地理"

2006 年在长春、兰州、成都相继召开的"2006 中国诗歌学术论坛"

---

① 荣光启：《对当代中国诗歌命名问题的反思——从"中间代"开始》，《诗歌月刊》（下半月刊）2006 年 10~11 月合刊"中间代理论特大号"。

对"诗歌地理学"的提出和讨论,与《诗歌月刊》2006年8月下半月刊推出的"诗歌地理专号"对"诗歌地理"的学理探讨,将"诗歌地理"这一诗学概念正式提出,张清华、张立群、赵思运、林童、北塔等一批学者发表系列论文、出版相关著作研讨此论题,推广此理论,将"诗歌地理"作为一门"学"挤进诗歌史序列。由此,各大报刊、选本、媒体纷纷套用"诗歌地理"概念,高举"诗歌地理"旗帜,使"诗歌地理"成为介入诗歌创作与研究的一个重要方法与视角,甚至已衍变为一种新的传播方式,为新媒体语境下的诗歌发展带来了新的面貌。

(一)"诗歌地理"作为一种传播方式

虽然"诗歌地理"已走过十余年历程,但甚少有学者、诗人或编辑仔细审思这一概念合理与否,亦未探究其内涵与外延的确切性,而是不加辨别地搬用这一概念,在各种杂志、报纸、书籍上挥舞"诗歌地理"的旗帜,使"诗歌地理"的面孔一直处于暧昧模糊的状态,同时也使"诗歌地理"在一定程度上抽去其内涵与外延,衍变为一种传播诗歌的方式与策略。

到底什么是"诗歌地理"?在学者、诗人和编辑们的使用中,这一概念的所指显然有些混乱。《论"诗歌地理学"及其可能的理论建构》《地域学视野中的当代中国诗歌》等论文中的"诗歌地理"是指诗歌的地域性,而《诗歌地理与诗人的命运》《当代诗歌的"地方性"》《走不完的诗歌地理》等文章中主要是指地理诗,《上海文学》《时代文学》等刊物开设的"诗歌地理""中国诗歌地理巡展"等栏目和以"诗歌地理"命名的《中国当代民间诗歌地理》《中国诗歌地理:贵阳九人诗选》等选本中则是指地方诗歌与民间诗歌群落。

在张清华为《中国当代民间诗歌地理》所写的序言中,前半部分从理论渊源上梳理古代诗歌如《诗经》、《楚辞》、南北朝民歌等的地域特色,以论证诗歌地理并非空穴来风,而是有深远的历史渊源,但他在以一句"中国当代诗歌的文化地理特性是在'体制外'的民间诗歌群落中发育和体现的"作为承上启下的过渡句之后,将诗歌的地域性阐述转向了民间诗歌群落,由此"诗歌地理"的内涵也由地域性悄然转向民间诗歌群落和地方诗歌。但这些民间诗歌群落和地方诗歌并不一定与地域性有关,张清华似乎也无意挖掘这些诗歌群落与地域性的关系,而只是阐述民间诗歌群落与诗歌地理的关联。而且这个选本所选的具体诗歌作品基本与诗歌的地域性无关，而是更多倾向于以地方诗歌与民间诗歌群落为单位做"诗歌选"。

《诗歌月刊》的"诗歌地理专号"也存在这个问题，除了刊登五篇讨论诗歌地理的文章外，还选登了一些诗人的诗歌作品，但这些作品大都跟诗歌的地域性无关，也不是地理诗，而只是以地理区域为区分标识所选的诗。其他报刊都循此套路，《时代文学》中的"诗歌地理专号"以省为单位，巡展式地展示不同省份诗人们的作品；《江南晚报》的专版《文艺范》开设了"中国诗歌地理"栏目，该栏目每月出一期，每期四版，用一年时间对中国诗歌进行了粗略的扫描，虽然冠以"诗歌地理"的名称，却主要是以城市、省份或地区为单元选刊一些诗歌，所选的诗歌均跟"地域性"无关；《诗潮》《江南时报》《黄河文学》也开辟了"中国诗歌地理"专栏，甚至有专门的诗歌地理杂志，如双月刊《国家诗歌地理》，都是以城市或省份为单位展示不同地区诗人的诗歌，是诗歌展示的一个"噱头"。

诗歌界还出现一些以"诗歌地理"命名的专著或选本，如《四川诗歌地理》一书，其征选对象"为长期在四川生活、工作的和出生地在四川的海内外诗人。每人自荐近5年来创作的3至5首代表性诗歌"，并不注重地域性；甚至还有儿童诗选以"中国诗歌地理"命名，如《中国诗歌地理：郭思思儿童诗选》，诗集中的诗亦与地域性无关。可见，大家对"诗歌地理"的认识其实并不一致，甚至暧昧不清。这反映出学界和诗歌界的一个普遍现象，即一个学者或诗人亮出某个理论旗帜，其他学者和诗人并不去探讨这个理论合理与否，合理性何在，更不去质疑这个概念本身存在的问题，而是接过旗帜，把这面旗帜举得更高，至于旗帜上写的是什么，没有人认真去看去思考。许多诗歌大展、专题、选本等都打着"诗歌地理"的旗号，但里面的诗歌却都跟地理没有任何关系，而只是将大展、专题、选本中的诗人按地区归类、排列。

可见，就"诗歌地理"概念的使用情况而言，这一概念涵盖了地域性、地方诗歌与民间诗歌群落、地理诗三个方面。表面上，这个概念似乎覆盖面很广，但其实也反证了其概念内涵的模糊性、不确定性，其外延的宽泛性、无边界性。因此，"诗歌地理"概念的使用混乱不堪，其内涵暧昧多元，甚至互相矛盾、缠杂与纠结。但这正反映出"诗歌地理"已不仅仅局限于其内涵与外延所指涉的内容，而被诗人、学者和刊物编辑们作为一种推介诗歌的方法、策略广泛运用，无限地扩大了其所指范畴，成为一种传播、推广诗歌的方式。

那么，在新媒体与"诗歌地理"的联手下，诗歌的发展状况如何？无可否认，新媒体为地方诗歌与民间诗歌群落的兴盛提供了平台，也促进了地理诗的书写，但并不意味着增强了诗歌的地域性，三者之间似乎并不存在必然的联系，而且，新媒体的存在使地球成为"村"，人们对异域的好奇与想象有所削弱，甚至有冲淡诗歌地域性的趋势。

（二）地方诗歌与民间诗歌群落的"兴盛"

在诗人、学者、刊物或媒体编辑的叙述中，以"诗歌地理"为旗号对地方诗歌与民间诗歌群落做诗歌集体展示似乎已成为一种约定俗成的事情，因此，在某些叙述或语境中，诗歌地理即指地方诗歌与民间诗歌群落。在纸媒时代，地方诗歌主要以民刊为展示平台，围绕民刊集结了一批诗人而形成民间诗歌群落，但这些民间诗歌群落有些以地区为界，有些则超越了"地方"的局限。在新媒体语境下，以往的民间诗歌群落以纸刊与新媒体相结合的方式继续存在，更多的新生民间诗歌群落则借助于新媒体诞生、成长起来。在学者、诗人们对"诗歌地理"的阐述中，地方诗歌与民间诗歌群落并没有明显区别，不同刊物或选本都以"诗歌地理"为旗号，但有的是以省、市、县等为单位进行诗歌选用和展示，有的则是以民间诗歌群落为单元进行。毫无疑问，新媒体的出现为地方诗歌与民间诗歌群落的发展提供了快速、便捷、有效的平台。

地方诗歌与民间诗歌群落在新媒体上的兴盛主要体现在网络论坛、网站和微信中。2001 年是诗歌网站发展最快的一年，正如小鱼儿指出的："进入 2001 年，华语诗歌界一下子风景直转，新老诗人们纷纷上网，或者说更多的人直接从上网开始写诗，网络诗歌时机逐渐成熟，出现了大批优秀的诗歌网站，诗歌论坛数量也以爆炸速度增加。"[①] 许多地方诗歌群体在网络上遍地开花，重庆、北京、上海、广东、山东、贵州、江苏、广西等地方诗歌网站纷纷成立，各地的民间诗歌群落纷纷开设诗歌论坛、网站，各个地方的诗歌都得到展示，民间诗歌力量得到迅速发展。正如张德明所

---

① 小鱼儿：《中国网络诗歌的现状与未来》，《诗歌报季刊》（民刊）"2002 华语网络诗歌大展专号"。

说的："网络使民间的诗歌力量再度浮出水面，中国新诗的舞台从民间搬演到网络上来。""网络也是各种民间诗歌团体、诗歌流派的集散地。"① 欧阳友权等则认为，网络诗歌"是网络时代的民间文学，是民间话语的广场狂欢"②。确实，各大网站集聚了许多民间诗人，这些诗人都是各个地方有影响力和创作潜力的诗人，如重庆的"界限"集聚了李元胜、何房子、欧阳斌、董继平、西叶等，广西桂林的"扬子鳄"集聚了刘春、黄芳、丘清泉等诗人，网络成为最大的"民间"，有利于民间诗歌群落的活跃与发展。对此王本朝指出："有多少诗歌网站就有多少网络诗歌流派。"③ 2011 年微信出现后，地方诗歌与民间诗歌群落的发展更为迅速。微信平台拥有比网络论坛、博客、微博更大的优势，在形式上既可以在朋友圈内部交流，也可以创建微信公众号对外推广，在信息发布上则可以将文字、声音、视频集于一个文件里进行推送，因而迅速成为人们的一种生活方式，不少诗人纷纷使用微信，许多地方诗歌群体纷纷建立微信群，如以地域命名的微信诗群"湘西南诗群""邵阳诗人群""诗意岭南"等，这让诗人们更有集体归属感，因为大家可以随时在群里分享作品，打破了空间、时间的局限。

　　"网络+民刊"成为新媒体语境下地方诗歌与民间诗歌群落的一种典型生存方式。所谓的民刊，就是由于经济、政治等各种原因而没有取得公开刊号出版、发行的诗歌刊物。在纸媒时代，民刊是地方诗歌与民间诗歌群落赖以生存的主要阵地，而新媒体出现后，这一景观有了新的发展，正如王本朝所指出的："在没有网络出现的年代，民刊是先锋诗歌的基本现场，当网络出现以后，民刊与网络相互合谋，一般情况下，网络成为诗歌的实验场和培训基地，便于互动和交流，带有现场感，民刊则带有正式产品的性质，便于保存和讨论，成了网络诗歌的博物馆。"④ 伊沙也指出："网络加民刊，包括由诗人在相对的自由中操作的正规出版物，将会是新世纪中国诗歌继续向前发展的最大保障。"⑤ 确实，网络一经介入诗歌现场，就成

---

① 张德明：《新世纪诗歌研究》，暨南大学出版社，2013，第 15 页。
② 欧阳友权等：《网络文学论纲》，人民文学出版社，2003，第 195 页。
③ 王本朝：《网络诗歌的文学史意义》，《江汉论坛》2004 年第 5 期。
④ 王本朝：《网络诗歌的文学史意义》，《江汉论坛》2004 年第 5 期。
⑤ 伊沙：《民刊对中国诗歌的意义》，《南方都市报》2003 年 8 月 25 日。

为最广阔的民间，其自由、开放等特点正好契合"民间"的立场与态度，得到了民刊与民间诗歌群落的热情拥抱，一些诗歌民刊、民间诗歌群落纷纷在网络上创建相应的网站、论坛、博客、QQ群、微信群，为地方诗歌的发展提供了有力支持。以广西为例，20世纪80年代中后期广西第一家民间诗报《扬子鳄》创办，随后与90年代创办的《自行车》《漆》形成"三足鼎立"的局面。这些民刊进入21世纪后与网络诗歌论坛同时发展，分别形成桂林刘春主持的"扬子鳄"诗歌论坛、贵港高瞻主持的"南方"诗歌论坛、玉林方为主持的"小长老"诗歌论坛，网络诗歌论坛与民刊并驾齐驱，相得益彰，无疑在一定程度上大力推动了广西诗歌的发展。

关于新媒体与地方诗歌的发展之间的关系，李少君曾对照20世纪80年代指出："那时候朦胧诗一枝独秀，集中在北京，至第三代，情况稍有好转，但也还是只有四川、华东两三个中心，四川诗人更是靠游走、诗歌串联来自创传播流通的渠道。如今，尤其是互联网诞生后，却是处处皆中心，反过来也可以说处处无中心，诗歌在各地顽强茁壮成长，地方性诗歌团体如雨后春笋，向上争夺生存发展空间，充满生气活力。""各地诗歌团体互相应和、竞争，正形成一个良好的既互相激发又互相融汇的诗歌氛围，可以说是新诗九十年以来最好的时期，并最终推动当代汉语诗歌走向一个新的创造高潮。"① 确实，湖北、广东、陕西、广西、安徽等各地诗人都在新媒体的平台上大展身手，地方诗歌与民间诗歌群落得到蓬勃发展，呈现一幅繁荣景象。

在新媒体的刺激下，地方诗歌与民间诗歌群落蓬勃发展，丰富了"诗歌地理"的内容，但这是否意味着诗歌对"地理"的书写也得到同步的发展？事实上，地方诗歌与民间诗歌群落中有些诗人的诗歌或许与地方、地理、民间有关，但大多数诗人并不专门书写某一个地方，在他们笔下，诗歌与地理之间的关系并未切实地道明，甚至诗歌与地理没有任何关系，因而从"诗歌地理"的角度切入他们的诗歌进行研究有点理念先行、捕风捉影之嫌。因为环境对人的影响是潜移默化的、渗透式的，我们无法辨认哪一个诗歌特点是受地理环境的哪一点影响，尤其是对于那些不断迁徙的诗

---

① 李少君：《诗歌的草根性时代》，载吴思敬主编《诗探索·理论卷》2011年第1辑，九州出版社，2011，第98、100页。

人而言，根本无法辨认其作品中的特点源自哪种地理因素。诗中的许多地名只是支点，并没有特别含义，换成别的地名亦无不可。那些将诗歌地理和地方诗歌与民间诗歌群落混为一谈的操作，更是对诗歌地理学的解构。许多地方诗歌群落或以地方标记的诗人，其诗歌中的地名其实与地域性特点无关。因此，在新媒体平台上，"诗歌地理"更多发挥了它作为传播策略的功用。

（三）"地理诗热"的发生

对于地理诗，从内涵维度看地理与诗歌的关系最为显明，从庐山、泰山到岳阳楼、神女峰、德令哈、汴河、黄麻岭，都是诗歌与地理关系的力证。进入新媒体时代，许多地方更加意识到新媒体与诗歌相结合产生的影响力，纷纷邀请名家采风后以当地风景、历史、风俗等为题材写诗，所写的诗不仅发表在各种纸媒上，还扩散在网站、微信、微博等平台上，形成"多管齐下"的多重传播效应，更发挥了"诗歌地理"作为一种传播方式的作用，使地理诗一再掀起热潮。

"中国诗歌万里行"系列活动是最典型的诗歌地理活动，于 2004 年在湖北秭归启动，计划走一百个城市，现已走遍天南海北，每到一地，诗人们都会写出大量与当地有关的诗歌，有关地方、地理的诗集、选本、专题纷纷出世，显然是地理诗的代表。三沙市可谓在地理诗方面投入最大的地方。其由于新成立，为树立形象而大搞诗歌活动。三沙市于 2015 年举行"三沙梦·中国心"诗歌征集活动，由三沙市委宣传部、海南省作家协会共同主办，以"一等奖 1 名，奖金 3 万元；二等奖 2 名，奖金 1 万元；三等奖 3 名，奖金 5000 元；优秀奖 20 名，奖金 2000 元"[①] 的高额奖金征集书写三沙的诗歌，历时 50 天，共征集诗歌 1021 首。2016 年，三沙市又与《诗刊》联合主办"我为三沙写首诗"主题诗歌活动，其内容明确为"以三沙市人文历史、风土人情、旅游地理、社会发展、建设成就等为主题"[②]，评奖分为一、二、三等奖和优秀奖，一等奖 2 名、奖金 3 万元，二等奖 3 名、奖金 1 万元，三等奖 10 名、奖金 5000 元，优秀的获

---

① 《"三沙梦·中国心"诗歌征集初评结束 178 首作品入选》，南海网，http：//www.hinews.
cn/news/system/2015/07/07/017669721.shtml。

② 《"我为三沙写首诗"征稿活动 新闻发布会在京举行》，北晚新视觉，https：//www.takefoto.
cn/viewnews-984492.html。

奖作品将刊登于《诗刊》。在高额奖金和作品发表的诱惑下，许多诗人纷纷围绕三沙写诗。征稿启事在中国诗歌网和《诗刊》新浪博客上公布，一个月的时间，吸引了6000多名诗歌爱好者参加，共收到诗歌5万余首，可谓掀起"三沙诗热"。三沙市举办的各种诗歌活动所征集的众多诗歌，无疑又是地理诗的一次印证。此外，还有其他地方也纷纷邀请知名诗人书写关于当地的诗。青海湖国际诗歌节以诗歌节的形式邀请各地著名诗人，其中一个重要环节便是带他们到青海著名景点采风，活动结束后诗人们书写的一些关于青海的诗被收进《青海湖诗刊》。重庆忠县和巫峡镇、广西北海市、湖南桃源县和岳阳市等都以各种形式邀请知名诗人参加活动，进行采风、写诗，毫无疑问，这些诗都可归属于地理诗。这些活动与作品都在网络、微信公众号等平台上同步推出，一再掀起地理诗热、风景诗热。

但其实，因纯粹书写地理而成功的诗歌作品非常少，大多数因写地理而优秀的作品，其中的"地理"不过是背景、支点，本意不在地理，而在其所要借景抒怀的"怀"，所谓的"景"和"地理"不过是触发点而已，诗人们的主旨并不在于写这些地方的地理风貌，甚至人文地理也只是一个背景，因此诗中的地域性并不明显，可以说，在地理名词的支点上，诗歌所敞开与支撑的是博大、宏阔的另一诗歌世界。安琪自己曾坦言，她写过很多地理诗，如《九寨沟》《张家界》《野山寨》等，几乎是每去一个地方便写一首或几首与那个地方相关的诗，但她的地理诗"不是对某一地自然山川的描绘，而更多的是发生在当时当地的文化、现实的串接、联想和意识形态的批判"，她不主张单纯描摹景物，也反对传统的借景抒情，而是希望在地理中融入无限多的东西。① 事实上，大凡成功的、优秀的所谓"地理诗"都是以"地理"之酒杯浇心中之块垒。林庚早在20世纪30年代便指出，"风萧萧兮易水寒，壮士一去兮不复还"的诗句常被人们分别时引用，但这其实是荆轲刺秦王前在易水边与太子丹分别时的情景，可人们在引用的时候只在乎其中包孕的那种相似的别离感，而不在乎是不是形容荆轲刺秦王，不在乎是不是在易水边分别，不在乎是不是真的一去不复还。"劝君更尽一杯酒，西出阳关无故人"也是如此，人们引用时根本不管人家是否要出阳关，而只在乎与诗中所呈现的那种分别的感觉相似。因

---

① 安琪：《地理也在选择它的诗人》，《江南时报》2012年9月26日。

此，诗中的"地理"其实已被淡化，共通的感觉、经验才是诗歌打动人的地方。盘妙彬笔下常出现一些地名，如"乌镇""小镇""平川""西江三路"等都是切实具体的地理信息，但事实上都已经过虚化，对此程光炜敏锐地指出："他写晚风中的乡村小站、空空铁道、海上吊桥……他所构造的实际是一个虚拟的世界。"① 这些地理名词已脱离其所指涉的地理信息，指向诗人想象的"远方"，成为其所要构筑的"远方"世界的一个支点。

地理诗需要警惕的陷阱是文化功利主义，当下大多数地理诗都成为旅游宣传的工具，其意义与价值极其有限。现在很多地域题材的创作，尤其是命题作文的地理诗，都是地方政府出资搞诗歌活动，以稿费、出场费等形式邀一帮诗人写跟当地有关的一批作品，然后集中发表或结集出版，从而被当作当地文化建设和旅游宣传的一张名片，甚至被领导当作文化政绩。这种地理诗的写作其实已沦为新时代的歌功颂德之作，如"三沙梦·中国心"诗歌征集活动，明确要求"描绘三沙美丽的自然风光和璀璨的历史人文，讴歌三沙建市以来的建设发展成就，弘扬三沙建设者的精气神，以进一步宣传三沙形象，激发人们爱我三沙、爱我中华的情感，为加快三沙建设发展汇聚强大动力"②。《"我为三沙写首诗"征稿启事》中亦明确要求"吟诵三沙，赞美三沙，讴歌三沙"，其目的非常明确："为推介宣传三沙，进一步激发全国人民及海外华人对三沙的关注和热爱，更好地为三沙发展建设聚集正能量。"③ 这些征稿大赛的背后所隐藏的其实是文化功利主义，其使诗沦为纯粹的宣传工具。

（四）地域性的淡化与诗歌地理的局限

在新媒体与"诗歌地理"的联盟下，地方诗歌与民间诗歌群落走向兴盛，地理诗一再风靡，是否就意味着诗歌地域性的彰显？这是一个颇具悖谬性的论题。

地域性应该是诗歌与地理存在关系的至为重要的论据。自古以来中国的诗歌就与地理特点有关联，如"天苍苍，野茫茫，风吹草低见牛羊"的

---

① 程光炜：《那无形的存在——读盘妙彬的诗》，《广西文学》2002年第12期。
② 《"三沙梦·中国心"诗歌征集初评结束 178首作品入选》，南海网，http://www.hinews.cn/news/system/2015/07/07/017669721.shtml。
③ 《"我为三沙写首诗"征稿活动 新闻发布会在京举行》，北晚新视觉，https：//www.takefoto.cn/viewnews-984492.html。

西北特征与"江南可采莲，莲叶何田田"的江南气息，具有典型的地域特色。无论是古代、现代还是当代，确实有一部分诗人在其诗中打着强烈的地理烙印，比如徐志摩笔下的"康桥"、潘维笔下的"江南"、雷平阳笔下的"云南"、陈先发笔下的"桐城"、丁燕和沈苇笔下的"新疆"、古马笔下的"甘肃"、李成恩笔下的"汴河"、郑小琼笔下的"黄麻岭"等，诗人构筑了一个个想象的地理空间，彰显出地域特色。但这种个别现象并不能掩盖新媒体语境下地域性淡化的事实。对此，安琪意识到，随着社会的变化和网络的不断普及，地域的限制正在逐渐被打破，诗人们外出游走的机会增多，即使不外出，也能通过网络知天下事并且了解各种最新艺术，"地域性诗人"的概念正受到冲击，最理想的方式应该是，有国际化的视野和本土化的情怀，就像帕斯一样。① 梦亦非则明确认为新媒体已将地方性彻底消解（在"当代诗歌的文化地理与美学研讨会"上的发言）。确实，新媒体虽然为地方诗歌与民间诗歌群落以及地理诗的发展提供了平台，但其讯息传播的快速、便捷，使不同地域的人都可在同一时间获得大致相同的信息，再加上现代交通技术的发达使人们在不同地域间迁徙的速度与频率加快，严重削弱人们对不同地域的好奇与想象，诗人们笔下对异域的想象相应地削减，这些都冲淡了地域性。因此，在新媒体语境下谈论诗歌的地域性是危险的。新媒体冲破了地域的限制，也撕破了不同地域的神秘面纱，削减了人们对异域的想象，使地域性受到冲击，甚至被解构。许多诗中虽有明确的地点，但正如韩东解构"大雁塔"一样，"地理"本身的意义与内涵已被消解，不过是一个与其他地方并无多少差异的"地名"而已，只剩下一个空名字。在新媒体中，"地理空间"只是个词语而已，只是因为网络可以穿越地理空间，人们对"地理空间"有了新的发现与认识。在新媒体和全球化语境下，许多传统意义上的"地理"概念逐渐被解构，区域特征逐渐淡化，"诗歌地理"这一概念的局限由此呈现出来。

事实上，在所有的文学体裁中，诗歌显示地域性的能力最弱，因为它短小精悍且崇尚自由，正如梁笑梅所言："诗性思维永远是飞翔的，最不愿意拘守于一个特定的地域。"② 因此，谈论不同地域环境的诗歌书写，强

---

① 张立群：《新诗地理学》，辽宁大学出版社，2015，第302页。
② 梁笑梅：《当代诗歌有效传播范式中地域文化元素的优势效应》，《暨南学报》（哲学社会科学版）2015年第3期。

调不同地域诗歌作品的地域性，"实为在双胞胎面孔之上寻找细微的差别，如黑痣大小，眼裂圆扁。即使黑痣一模一样，也存留在左在右的问题——这是一个渺小的悲观主义者的乐观引申。这对观察者固然构成挑战，而对于作为当事者的双胞胎，则由此化出人生搏斗的目的：拼命增加不同因素，以达截然不同之境。而其他诸种不同，固然可以在地域之中寻求释疑妙法，但寻诸自身，或许更见真谛。大多自由的书写者更倾向于此，管它什么地域什么国家什么语种，个人就是个人，诗歌就是诗歌，遗世独立，彼此不同，独一无二，差别即一切"①。每个诗人应努力成为"这一个"，而不是"这一类"，但地域书写正好是往"这一类"归类。

　　潘维定居江南，在诗歌中塑造一个"江南"，有浓郁的"江南"特色，于是有人看到戴望舒也来自江南，便也去研究戴望舒诗歌中的"江南"，这就过于同质化了。事实上，戴望舒诗歌的最大特征并不在于他写"江南"。同样，大多数诗人的诗与他是否属于某个省关系并不大，如路也的《写给卡米尔·克洛岱尔》被列为展示山东诗歌的第一首作品，在《时代文学》2015 年 9 月上半月刊"诗歌地理"栏目中的"山东诗歌"部分，但这首诗看不出任何山东的痕迹，与写"江心洲"系列诗歌的路也风格亦完全不同。同样是山东诗人路也，但两者的风格完全不同，显然是对"诗歌地理""地域性"等概念的解构。因此，从地域性研究诗人的批评方法，有发生偏移和误读的可能。地域性其实只是诗人个性和特色的一部分，没有必要大张旗鼓地强调专门的地域性，更不宜过于捕风捉影。赵思运曾指出"诗歌地理"的说法有些"题材压倒主题"之嫌，并指出："对于现代知识分子或者现代诗人来说，与其强调诗歌地理文化意象的地域价值，不如着力体现诗人独特的自我感受与发现，与其强调地理文化意象的集团意义，不如着力于诗人个体生命的抒发。地域文化的挖掘可以作为当代诗歌的题材，但题材未必决定了它的主题。"② 确实，如果过分强调外部的地理景观、区域文化对诗歌的决定性影响，不仅无法解释为什么处于同一文化地域的诗人却呈现出不同乃至完全相反的诗歌风格，也难以解释为什么处于不同文化地域的诗人却呈现出相似的诗歌风格，甚至同一诗人在不同语

---

① 张立群：《新诗地理学》，辽宁大学出版社，2015，第 301 页。
② 赵思运：《诗歌中地理文化意象的建构与疏离》，《诗歌杂志》2011 年第 5 期。

境、阶段却呈现出完全不同的诗歌风格。

笔者认为，从地域性角度研究诗歌的地域性，将"地域性""地域特色"作为一个研究角度切入诗歌进行探讨，对于某些诗人而言或许成立，不失为一个可行而有效的批评方法，但最优秀的诗人必然会超越某个地域的囿限而抵达全人类的共同经验，即使其诗中反复写到某个地方，这个地方亦只是其整个诗歌世界的基点，其构筑的是穿越时代、地域，打通大多数人经验的世界。并非所有书写地理的诗人都成功了，事实是大多数人都失败了。因为大多数诗人的地理书写限制了其诗歌的价值、格局与意义，甚至在一定程度上限制、伤害了诗歌本身的意义与价值。张桃洲也这么认为："某种过分强调地域经验或拘泥于地域因素的做法，都有可能会在观念和实践上对诗歌造成伤害。"[①] 当前许多地域题材的诗歌多停留于表层，所谓的"地域"只是一个诗歌背景，只是一个外在的"标签"，并没有注重对地域内涵、个性的发掘，地域特征、地域传统反而被消解、淡化。地域题材虽然跟某一地域有关，但进入诗歌后所蕴含的价值意义却应该具有普遍性，应以一种超越地域、超越一般的个别的高度观照题材，不能流于浅表化、狭隘化。每个诗人都有出生地、成长地、居住地，都去过很多地方，诗中都出现过很多地名，所以任何诗人都与地理密切相关，但这种关系的存在并不能制约诗人在诗歌中对地理空间的处理方式。因此，在新媒体语境下，各种新媒体为地方诗歌与民间诗歌群落、地理诗提供了展示的平台，但"地理"大多是个形式标签，诗歌的地域性受到强劲冲击。

其实，依靠地域性成为著名诗人的只是少数，更多的是靠自己独一无二的"个性"和"特征"，这才是真正的标签。地域标签本身存在不合理性，一个诗人四处漂泊，是无法以某个地方的地域性去揣测、捕捉其作品中的地域性的。所以地方诗歌的未来出路在于将地域性、本土性与诗歌艺术自身特色结合起来。地域性只是背景而已，不能喧宾夺主成为头号标签。正如张桃洲所指出的："地域因素如果不能被转化为内在于诗歌语词的有机成分，那它就很容易产生负面的作用。"[②]

① 张桃洲：《地域写作的极致与囿限——读雷平阳的诗》，《当代作家评论》2007 年第 6 期。

② 张桃洲：《地域写作的极致与囿限——读雷平阳的诗》，《当代作家评论》2007 年第 6 期。

可见，在新媒体平台和"诗歌地理"的联袂出击下，地方诗歌与民间诗歌群落得以进一步发展壮大，地理诗的书写也似乎一再掀起热潮，但"诗歌地理"这一标签更内在的含义"地域性"却面临被冲击、淡化、消解的危险。网络与手机等新媒体虽然为诗歌的创作、传播与发展提供了更便捷的平台，但同时也打破了诗歌的地域限制，消解了诗歌的地域性，与"诗歌地理"的发展真正构成双刃剑的关系。在这种语境下，诗人们更应跳出地理决定论的理论陷阱，清醒认识地域书写的局限和负面性，正如汪剑钊所指出的："在找到了自己的写作起点（或者说根据地）以后，如何扩大自己诗歌帝国的版图，这是每个优秀的诗人需要去做的事情。"[①] 唯有如此，"诗歌地理"作为一种传播方式的功用才能更接近其本体诉求，而非被功利化、庸俗化。

第二节　"诗歌事件化"：诗歌传播的新策略

近年来，诗歌进入新媒体时代后，"热点事件"频繁爆发，赵丽华诗歌事件、裸体朗诵事件、羊羔体诗歌事件、诗人跑奖事件、余秀华诗歌事件、诗人自杀事件、诗人抄袭事件等各种诗歌事件接踵而来，无论是传播速度还是波及面、影响力都让人始料未及，在公众世界形成了巨大冲击力。何以出现这种现象？这是新媒体时代诗歌所必须面对的一种新生态。事实上，在新媒体时代，"诗歌事件化"已成为常态，甚至已成为当下诗歌传播过程中一种至关重要的传播新策略，亦是诗歌深入公众世界的重要方式。

一　"诗歌事件化"现象的发生

何谓"事件"？巴赫金曾强调，"存在即事件"，事件作为"现实存在"的"唯一性"和"统一性"整体，是将各种知识活动关联起来的根本所在。在他看来，人的行为唯有作为一个整体才是真正实际存在的，才能参与"这一唯一的存在即事件"。[②] 阿尔弗雷德·诺思·怀特海（Alfred

---

① 汪剑钊：《互为隐喻的写作与行走——诗歌与地域性》，《四川外国语大学学报》（哲学社会科学版）2013年第2期。

② 钱中文主编《巴赫金全集》（第1卷），晓河等译，河北教育出版社，1998，第3页。

North Whitehead）则认为，事件就是"通过扩延关系联系起来的事物"，"展示其互相关系中的某种结构和它们自己的某些特征"。① 可见，"事件"是人作为整体存在时扩延各种关系的根本，是人存在的一种证明，"事件"与"行为""策略""表演"等密切相关，一般由一定的行为、策略和表演构成。而诗歌事件则是囊括了具体的时间、地点、人物、起因、情节、结果等各种基本要素并在诗歌界产生较大影响、在一定时期内对诗坛形成强大冲击的事件。

"诗歌事件化"现象的发生与新世纪以来的新媒体平台、"文学事件化"、"媒介文学事件"等历史语境密不可分。有学者指出："新世纪的文学传播的一个显在表征就是'事件化'。"② 其实，"事件化"更是新世纪以来诗歌传播的一个显在特征，因为当下正处于新媒体语境时代，新媒体作为"媒介"的各种特性促进了"文学事件化""诗歌事件化"现象的发生。马歇尔·麦克卢汉（Marshall Mcluhan）认为："媒介是社会交往的讯息。"③ 新媒体也属于媒介，而且在新媒体语境中，各种新媒体不仅成为社会交往的讯息，还以分享性、互动性、参与性等特点打破了传播者与受众之间的界限。在此语境下，由于新媒体自身具有信息量超大、传输速度极快、交叉互动性极强和传播范围广泛等优势，鼠标轻轻一点，信息便瞬间传遍各个网站、论坛、QQ、博客、微博、微信等平台，一般性的事件便立刻升级为"热点事件"，使"事件化"现象接踵而来。有些事件本身其实并不"热"，但由于网络传播速度快、信息量大、受众多等，本来不"热"的事件一经网络传播便被迅速炒热，从而带来广泛的社会影响。因此，媒介语境下的文学事件又被称为"媒介文学事件"。具体而言，"媒介文学事件"是指"由于大众媒介的介入而在文学领域非自然发生的不平常的大事情"④，一般是经过组织者（如出版商、报刊编辑，有时也包括作者本人）、媒体（如网络、报纸以及杂志等）和受众（接受者/消费者）三方策划和

---

① 〔英〕阿尔弗雷德·诺思·怀特海：《自然的概念》，张桂权译，译林出版社，2011，第138页。
② 张邦卫：《大众媒介与审美嬗变——传媒语境中新世纪文学的转型研究》，中央编译出版社，2016，第125页。
③ 〔加〕马歇尔·麦克卢汉：《理解媒介——论人的延伸》，何道宽译，商务印书馆，2000，第34页。
④ 钟琛：《消费文化语境下的"媒介文学事件"》，《文艺评论》2007年第1期。

组织而发生的，事件的主角不是作品，而是作者。一般而言，媒介化语境中的文学事件具有"调动读者兴趣、吊起读者口味、吸引读者眼球的轰动性、奇闻性、异趣性以及悖常性"①。而文学事件的形成过程则是"文学事件化"，对此孙桂荣指出："'文学事件化'是指文学的影响力与受关注度不是，或主要不是来自其自身的主题、人物形象、意象、修辞等美学或文学要素，而是与作家离奇经历、容貌身份，或者文人官司、名人逸事、时政要点、社会突发事件等一切具有社会新闻效应的特定事件相联系，通过与文学相关的这些'事件'发酵、扩大文学在社会公共空间关注度与影响力的广度、深度与持久度。"② 可见，"文学事件化"其实就是文学媒介化的一种结果。

在当下这个市场经济、消费主义盛行的时代，文学处于边缘化状态，诗歌更是处于边缘的边缘。诗歌在各种文体中是边缘化最严重最彻底的文类，自 20 世纪 80 年代末便开始严重边缘化，至新世纪初甚至被质疑是否有存在的必要，因而只能如陶东风所说的"被媒介关注成为公共事件甚至新闻事件之后，才会受到公众关注，才能摆脱所谓'边缘化'的命运"③。因此，"诗歌事件化"成为新世纪以来诗歌传播的重要策略，也成为很多诗人搏出位的重要策略，于是各种诗歌事件使诗歌成为各种文体中最热闹的文类，你方唱罢我登场，此起彼伏，连绵不绝。

二 "诗歌事件化"作为一种传播方式

进入新媒体时代后，正如麦克卢汉所指出的："媒介的魔力在人们接触媒介的瞬间就会产生，正如旋律的魔力在旋律的头几节中就会施放出来一样。"④ 确实，许多事件一经接触新媒体，甚至只需拇指轻轻一点，就可成为"热点事件"，而事件中的诗人则成为"热点事件"的主体，可以提高关注度、点击率和影响力。因此，"诗歌事件化"事实上已成为诗人或诗歌传播的一种重要方式、策略。刘川鄂指出："再好的诗歌如果没有

---

① 张邦卫：《大众媒介与审美嬗变——传媒语境中新世纪文学的转型研究》，中央编译出版社，2016，第 125 页。
② 孙桂荣：《余秀华诗歌与"文学事件化"》，《南方文坛》2015 年第 4 期。
③ 陶东风：《博言天下》，安徽文艺出版社，2012，第 334 页。
④ 〔加〕马歇尔·麦克卢汉：《理解媒介——论人的延伸》，何道宽译，商务印书馆，2000，第 42 页。

'事件'因素，只会在小众中泛几朵浪花，而一旦诗歌变为诗歌事件，就会掀起巨波狂潮。"① 由此可见诗歌事件对诗歌的传播力度影响之大。事实上，巴迪欧早就意识到，一切存在都需要通过"事件"去呈现，他认为，"事件"的发生乃是存在得以呈现的良机，事件在本质上并不是作为"是什么"而现成地存在，事件总是作为"正在发生"而活生生地到来，它是正在生成中的那个"到来"本身。正因如此，事件就成了存在的条件，事件使一切存在成为可能。② 彼得·霍尔沃德（Peter Hallward）则认为，每一个"独特的真理都根源于一次事件"③，可见，事件是存在得以呈现的重要方式，没有"事件"，存在就难以呈现。而且，事件与事件之间也存在连续性影响，如大卫·雷·格里芬（David Ray Griffin）指出的："事件的创造性的另一方面，是它对未来的创造性的影响。一旦事件完成了它的自我创造行为，它对后继事件施加影响的历程就开始了。正如它把先前的事件作为自己的养料一样，现在它自己成了后继事件的养料。"④ 在新媒体语境下，传播的着力点在于吸睛力、关注度、新闻点，所以事件对于传播的重要性便更加明显。没有事件，就没有传播。处于边缘的诗歌更是如此，没有事件，就没有吸睛力，"诗歌事件化"已成为诗人和诗歌作品出场的一种策略。

　　新媒体语境下的诗人们善于制造诗歌事件吸引公众的注意力，炒作各种诗歌事件，以此进入公众世界，迎合公众的心理诉求与精神需求。正是因为新媒体的参与，"梨花体"才出现"忽如一夜春风来，千树万树梨花开"的景象，由于媒介的作用，"梨花体"一夜之间成为全国各地的热点话题，出现"万人齐写梨花体"的壮观景象。在赵丽华诗歌事件中，赵丽华虽然看似是被恶搞的受害者，但从传播学层面而言，其实她是最大赢家，网友们对她的恶搞事实上间接地替她进行了炒作，达到了宣传效果。在此诗歌事件之前，她只是一个在诗歌圈内部有点名气的诗人，但诗歌事件之后，诗歌界内外无人不知赵丽华，很多学校、文联机构纷纷邀请她做

① 刘川鄂：《新世纪诗歌的互联网传播特性》，《光明日报》2015 年 7 月 6 日。
② 参见高宣扬《论巴迪欧的"事件哲学"》，《新疆师范大学学报》（哲学社会科学版）2014 年第 4 期。
③ 〔加〕彼得·霍尔沃德：《代序：一种新的主体哲学》，载陈永国主编《激进哲学：阿兰·巴丢读本》，北京大学出版社，2010，第 7 页。
④ 〔美〕大卫·雷·格里芬：《后现代宗教》，孙慕天译，中国城市出版社，2003，第 66~67 页。

讲座、访谈，各种新老媒体也对她进行追踪报道。如 2006 年 12 月 30 日，赵丽华在博客中国发布新的作品《廊坊下雪了》，"已经是厚厚的一层/并且仍然在下"，诗一贴出，几百家网站争相转载，各种评论引用文章高达 35400 篇（博客中国新闻数字），中央电视台和凤凰卫视等众多媒体纷纷以"赵丽华又出新作"为题播出新闻。① 可见，赵丽华因"梨花体"事件而传播了诗名，收获良多，"事件"成为其诗名、诗歌传播的重要策略。余秀华是继赵丽华之后又一个"诗歌事件化"的典型。她本是湖北农村一个不为人知的普通诗歌写作者，虽也在一些刊物上发表过诗歌，甚至在《诗刊》上发表过组诗，但均未有什么影响。但后来《诗刊》的微信公众号以标题《摇摇晃晃的人间——一位脑瘫患者的诗》将其推出后，几天内点击量便超过 5 万；微信公众号"读首诗再睡觉"推送余秀华的诗歌《你没有看见我被遮蔽的部分》，阅读量短时间内便突破 7 万；随后的短短数月时间里，余秀华的博客访问量达到两百多万。《人民日报》、中央电视台、凤凰卫视等多家媒体对其进行连续报道，她一时成为新闻热点人物；而出版社则连夜策划、赶印她的诗集《月光落在左手上》和《摇摇晃晃的人间》，印数超过十万册，不久便售罄，她因此获九万余元版税；评论家、学者和诗人们也乐此不疲地对她进行评论、争议，她被戴上"中国的狄金森""中国女权运动第三个里程碑"等高帽子。余秀华的诗名显然是微信、博客等共同制造、传播出来的。2016 年金铃子与唐诗的抄袭事件也成为年度重要事件。重庆诗人唐诗的《在暮色中赶路》成为《华语诗刊》主办的"第二届陈子昂诗歌奖"的获奖作品，但网上马上曝出唐诗的《在暮色中赶路》涉嫌抄袭重庆另一位诗人金铃子的诗歌作品《暮色多么沉寂》，金铃子也在其新浪博客发布《金铃子致唐诗的一封公开信》，指控唐诗抄袭。随后，唐诗也贴出声明保证自己没有抄袭，用各种证据证明自己的清白，并愿意诉诸法庭。这次抄袭事件最后不了了之，但却让唐诗这个不知名的诗人借势在公众中传播了诗名。可见，"诗歌事件化"让不少名不见经传的诗人名声大振，已成为新媒体语境下诗人们传播名声、制造名声的重要方式。

三　"诗歌事件化"的传播策略

在新媒体语境下，"诗歌事件化"已成为不少诗人传播诗歌的常用手

---

① 参见百度词条"赵丽华诗歌事件始末"。

段，那么，"诗歌事件化"的传播策略有哪些？据笔者观察，炒作、行为艺术、自杀等是常用策略。

首先，炒作是制造诗歌事件的首要方式。在新媒体语境下，事件组织者善于寻找可供炒作的"料"。赵丽华诗歌事件中，"国家一级作家""鲁迅文学奖评委"等身份，与其《一个人来到田纳西》《我终于在一棵树下发现》等被曝光在网络上的口语诗形成鲜明反差，具有爆炸性、震撼性，因此被媒体反复热炒。还有些诗人，自己掘地三尺寻找炒作点。如唐诗获奖后，金铃子咬定唐诗抄袭，不仅在自己的博客、微信上贴出"战书"，在各个网站上也广泛散布唐诗抄袭其诗歌的消息，扬言要将其告上法庭。但当所有人都在等待暴风雨时，她自己却说原谅唐诗了。其实，这也可以解读为一种借机炒作，顺势扩大自己名气的方式。

其次，行为艺术也是制造诗歌事件的重要方式。苏非舒的裸体朗诵事件虽以失败结束，但朗诵表演的失败却并非苏非舒行为艺术的失败，正如曾念长所分析的："这是一次史无前例的朗诵会，苏非舒为此付出的代价是被警方扣留十天，而他得到的收获是一举成名天下知。"[1] 确实，"裸体"行为、表演失败、警方介入等构成新闻点，被各种媒体争相报道，而"裸体"行为所引起的热议，更增加了该事件的热度和影响力，这次事件引起的轰动成为苏非舒积累符号资本的第一桶金。因此，表演成功并非苏非舒所追求的目标，引起轰动、提高影响力和关注度才是他行为的主旨，这种只求影响不求业绩的做法所遵循的便是媒介事件的运行法则。此事件后，苏非殊又策划"一吨诗"出售等系列诗歌行为艺术，他论重量叫卖其长诗《喇嘛庄》，诗集并未装订成册，甚至没有页码，而是总重量为一吨的"散装"印刷品，他以每500克100元人民币的价格称重叫卖，无疑又是一次纯为博取眼球的行为艺术。雪马跳海也是经过事先策划的一次行为艺术。钓鱼岛撞船事件发生后的2010年9月18日，诗人雪马为抗议日本侵犯钓鱼岛，模仿屈原纵身跳海，跳海前他朗诵了自己的诗作《我的祖国》，但这并非真的跳海自杀，而只是一次行为艺术。他自己阐释为"用诗歌的声音，行为的艺术，去敲一敲浸泡在物欲横流里业已麻木的中国人的心，希

---

① 曾念长：《中国文学场：商业统治时代的文化游戏》，上海三联书店，2011，第221页。

望能唤醒中国人一点点的爱国心"①，但事实上，这不过是雪马以行为艺术炒作自己的一种方式，他自己非常清楚这种行为带给他的"益处"："传播了《我的祖国》……同时也提升了我的知名度。"② 诗人假死事件也被事件制造者杨钊解释为"行为艺术"。2007 年诗人余地自杀后，10 月 7 日在新疆《火种》诗歌论坛里出现了一个用户名为"弓阳"、署名为"火种诗社治丧组"的帖子，帖子发布了另一位诗人杨钊于 10 月 6 日凌晨在家中自杀，送往医院途中不幸身亡的消息，引起新的骚动。帖子被各大网站转载，广大诗友、网友回帖哀悼，还有不少诗人写诗悼念，甚至有友人闻讯驱车前往追悼。但真相却是杨钊假死，所谓的自杀不过是对杨钊、弓阳策划的行为艺术作品《作品 1006 号：生死间隙》的实施与完成。真相公开后，网友群起而攻之，构成公众被集体戏耍的"诗人假死事件"。

最后，自杀也成为事件传播的一个重要方式。自杀具有震撼力，能吸引眼球，因而成为一些诗人制造诗歌事件的一种"媒介"。自从海子自杀引起轰动，获得生前所没有的关注与名声后，身处新媒体时代的一些诗人也有意或无意地采取这种方式，卧夫、许立志、陈超等诗人的自杀事件在网络上曾一次次掀起狂波巨澜。从生命的角度而言，这些诗人的自杀无疑是悲剧，但对于他们的作品而言，却间接地得到了传播。卧夫生前并未引起任何关注，虽然他跟其他诗人都相熟，但大家对他的作品所知却不多。而他自杀后，许多诗人朋友在哀悼追思的同时回头细读其诗歌，《海峡都市报》微信公众平台推送其诗歌《我将死无葬身之地》，不少朋友写诗、文悼念卧夫。安琪选编了《也许是诗——卧夫博客诗选》，《山东诗人》《诗歌月刊》《新世纪诗典》等纷纷做卧夫的专题，并有专门为纪念他而于 2015 年 4 月卧夫辞世一周年之际创办的《狼》诗刊，首期为《最后一分钟——卧夫博客诗选》（安琪选编），并于 4 月 25 日在宋庄举行"与狼同在——纪念卧夫辞世一周年诗歌朗诵会"。毋庸置疑，卧夫的影响力及其诗歌、诗名的传播都是由其自杀引发的。许立志亦是如此，生前大家对他所知不多，他的自杀却让人看到了一大批被遮蔽的底层诗人。

---

① 雪马：《我为什么要跳海——写在九一八事变 80 周年》，新浪博客，http：//blog.sina.com. cn/s/blog_6131a22f0100wo43.html。

② 雪马：《我为什么要跳海——写在九一八事变 80 周年》，新浪博客，http：//blog.sina.com. cn/s/blog_6131a22f0100wo43.html。

这些策略遵循的其实都是媒介运营规则，都是不求实绩只求影响和关注的传播方式。事件组织者、策划者试图以此引起大众关注并产生影响力，这些策略在一定程度上确实提升了大众对于诗歌的关注度，提升了部分诗人或作品的知名度。

四 诗歌事件传播的背后

自 20 世纪 80 年代末开始，诗歌便一直处于边缘化状态，但进入新媒体时代后，诗人或诗歌却不断成为媒介事件的主角，诗坛不断出现热点新闻，让不少人产生一种诗歌"回暖"、升温，诗歌春天到来的幻觉。事实却并非如此。

第一，诗歌事件是一种消费。当下是一个消费社会，波德里亚早就指出："商品的逻辑得到了普及，如今不仅支配着劳动进程和物质产品，而且支配着整个文化、性欲、人际关系，以至个体的幻象和冲动。一切都由这一逻辑决定着，这不仅在于一切功能、一切需求都被具体化、被操纵为利益的话语，而且在于一个更为深刻的方面，即一切都被戏剧化了，也就是说，被展现、挑动、编排为形象、符号和可消费的范型。"① 在当下社会，一切都变成商品，思想、哲学、文化、文学都无一例外地成为商品，都由商品逻辑操控。对此，杰姆逊指出："在过去的时代，人们的思想、哲学观点也许很重要，但在今天的商品消费时代里，只要你需要消费，那么你有什么样的意识形态都无关宏旨了。我们现在已经没有旧式的意识形态，只有商品消费，而商品消费同时就是其自身的意识形态。"② 商品的消费逻辑已经掩盖所有思想、哲学等意识形态，这种逻辑同样普及于文学、诗歌场域，使文学、诗歌都成为被消费的商品。赵勇便曾指出："新世纪文学的基本走向是媒介化、市场化、商品化和产业化，它们联手推动着文学生产与消费的转型。"③ 同样，诗歌事件传播遵循的也是消费逻辑，新媒体语境下的新诗就是在媒介化、市场化、商品化和产业化的联手推动下实

---

① 〔法〕波德里亚：《消费社会》，刘成富、全志钢译，南京大学出版社，2000，第 225 页。
② 〔美〕杰姆逊：《后现代主义与文化理论——杰姆逊教授讲演录》，唐小兵译，陕西师范大学出版社，1986，第 26 页。
③ 赵勇：《文学生产与消费活动的转型之旅——新世纪文学十年抽样分析》，《贵州社会科学》2010 年第 1 期，第 73 页。

现消费的转型的。新媒体语境下的诗歌事件都是媒介事件，都是经由组织者事先精心策划、通过媒体呈现并在公众中产生影响的，本质上是消费文化的一种表现形式。在诗歌事件中，媒体都是以消费逻辑策划、构造诗人形象或作品的，诗人或文本的内在价值与意义均被悬置，关注度与点击率成为其主要追求，对此王士强分析道："从经济'效益'方面来讲这或许是有效和正当的，但从文化角度来看却是毁灭性和破坏性的，实际上它是仅仅遵循了商品消费的逻辑而在消费和盘剥诗歌。"① 诗歌事件获得人们的关注，但人们关注的往往不是诗歌作品本身，而是作品以外的信息，确切而言，是消费事件带来的娱乐。

第二，诗歌事件是一种符号消费。在消费主义盛行的新媒体语境下，所有消费都以符号消费为主导。波德里亚早就指出："人们从来不消费物的本身（使用价值）——人们总是把物（从广义的角度）用来当能够突出你的符号，或让你加入视为理想的团体，或参与一个地位更高的团体来摆脱本团体。"② 在新媒体时代，人们消费的都是符号，其大都以各种标签呈现于世，刘川鄂对此曾做详细列举："互联网时代人们消费的热门标签为个性、草根、不完美、情感、天赋或特长等；而事件消费的热门标签则分为逆袭、好玩、催泪、速成、励志和传奇等。"③ 当下的诗歌事件无不按这个逻辑进行"构造"。余秀华身上拥有草根性、不完美、励志等特征，她的残疾人生经历催人泪下，而《穿过大半个中国去睡你》又以惊世骇俗的姿态逆袭，与丈夫长期两地分居、挨打、离婚等生活状态亦构成热门标签，集聚在她身上的这些因素都符合诗歌事件的制造逻辑和规则。诗歌事件的组织者有时候是出版商，有时候是媒体，有时候是诗人自己，他们将诗人或作品作为一种"商品"，为获取"利润"费尽心思"构造"诗歌事件，掘地三尺、挖空心思地寻找"热卖点"，为诗人打造标签，积累知名度。人人都在"表演"，希望看客捧场、点赞、打赏。在诗歌事件中，"诗"本身是无法吸引眼球的，吸引人们的是标签后能满足大家好奇心、窥探欲的信息和故事，所以诗人们都在"非诗"的地方下功夫，诗歌事件

---

① 王士强：《恶搞·恶炒·恶俗——论作为媒体诗歌事件的"梨花体"与"裸体朗诵"》，《北方论丛》2008 年第 4 期。

② 〔法〕波德里亚：《消费社会》，刘成富、全志钢译，南京大学出版社，2000，第 48 页。

③ 刘川鄂：《新世纪诗歌的互联网传播特性》，《光明日报》2015 年 7 月 6 日。

的主体被组织者精心策划、操纵，纳入商品消费的游戏规则。在赵丽华诗歌事件中，人们消费的不是其《我将侧身走过》等比较好的作品，不是其诗歌技巧、艺术、内涵，而是她作为"国家一级作家"写的口水诗；在羊羔体诗歌事件中，人们消费的不是《向往温暖》中如"想象着在一片金色的日光下的麦田里/仰面躺倒/会不会离天堂更近一些/抓住一束光线的温度/当做一件棉袄或者其他温暖的事物"等好诗句，而是《徐帆》《刘亦菲》等口语诗中的娱乐性、消费性，以及车延高的高官身份带来热烈争议的刺激性；在余秀华诗歌事件中，人们消费的不是《我爱你》中"我一次次按住内心的雪/它们过于洁白过于接近春天"等打动人的诗句，而是其"脑瘫""农妇""穿过大半个中国去睡你"等信息引起的轰动。这种规则都是由媒介运营逻辑所决定的。

当然，对于媒体、出版商等事件组织者而言，诗歌事件的制造目的主要是"消费"及其带来的"盈利"；但对于诗人自身而言，诗歌事件并不仅仅以消费为目的，诗人们"自我消费"并乐于制造诗歌事件，乐于成为诗歌事件的主角，其实还有文学史情结作祟。诗人们绝不仅仅为博得一笑，而是希望能博出位，能挤进诗歌史、文学史，成为诗歌史、文学史叙述中的一笔。基于这一目的，他们才配合、合谋甚至主动制造诗歌事件。众所周知，不是所有的诗人和作品都能进入文学史，各种文学作品都要经过反反复复的大浪淘沙、披沙拣金的过程。在当下这个人人都难以沉下心来细读文本的时代，只有制造"影响力"，才能频繁出现于各种媒体，由此吸引关注，提高知名度，引起文学史家、学者们的关注，这样才拥有进入文学史的可能。

毋庸置疑，"诗歌事件化"已成为当下新媒体时代一种新型传播策略，在接受与被接受其影响效力的同时亦应警惕其背后藏匿的各种陷阱，发挥其积极作用。正如有学者指出的，"事件传播是一种诱导性传播，是一种由此及彼的关联式传播……有创意的、成功的事件传播，能够让人透过事件回归作品"①。因此，诗歌事件应该透过"事件"回归作品本体，透过炒作点、关注度、点击率回归文本本身的魅力。

---

① 张邦卫：《大众媒介与审美嬗变——传媒语境中新世纪文学的转型研究》，中央编译出版社，2016，第126页。

第三节　跨界传播：诗歌传播的新形态

新媒体时代以来，面对新媒体提供的各种便利与优势，不少诗人都在寻找新的诗歌书写方式与形式。而当下正处于多元化、去中心化的文化氛围之中，跨文化、跨领域、跨学科、跨艺术的交流与合作日趋盛行。在此语境下，跨界诗歌实验成为一种新的诗歌传播范式，"中国诗剧场"、"第一朗读者"和《诗歌之王》便是代表性实验。早在 20 世纪三四十年代，诗人们便已试图将诗歌与戏剧进行跨界结合形成"诗剧"，但当时只能以舞台表演或唱片的形式进行传播，听觉上尚能超越时空限制，视觉上则只是瞬息即逝的记忆。而且，即使是舞台表演和唱片，其受众面也极其有限。而在新媒体时代，"中国诗剧场"、"第一朗读者"和《诗歌之王》等跨界诗歌实验虽然在舞台上的表演也受时空限制，但在新媒体语境下，这些节目在舞台表演的同时已通过新媒体传遍全球，在视听上均可超越时空，不仅能以电视节目、多媒体播放等形式存留，也可存留于网络空间，随时供点击播放。因此，由于新媒体的介入，跨界诗歌实验已改变诗歌传播方式，为改变诗与公众世界的关系和诗歌深入公众世界探索了可能路径，具有重要的诗学与史学意义。

一　"跨界诗歌"：新诗传播的新范式

"跨界诗歌"这一概念是诗人、戏剧家从容所提出并实践的，但这种诗歌跨界实验并非始自从容。在当代诗歌场域中，享有"中国最后的抒情诗人"之誉的黑大春，在 1988 年就提出"把诗歌带回声音里去"，并不断探索与尝试"诗乐合成"。在 2011 年举行的"零点星诗歌节"中，周云蓬以吉他演绎其诗歌《不会说话的爱情》，在黑大春极富节奏韵律的说唱、秦水源与关伟的吉他演奏、刘地的鼓声和小节节玛的小提琴声等多种艺术的"混搭"表演中实现了诗歌与民谣、摇滚交糅融合的高妙境界。与他们进行相仿探索的还有春树、非亚等诗人所进行的将诗与摇滚乐相嫁接的诗歌实验。既酷爱摇滚又身为诗人的春树在中国第一支女子朋克乐队"挂在盒子上"的复出专场"朋克女孩的光辉岁月"现场朗诵自己的诗作，而"挂在盒子上"乐队则为其诗歌配乐，并合作演唱歌曲，进行了诗歌与摇滚音乐的结合实验。此外，李轻松、周瓒等诗人近年来也一直在做将诗歌与戏剧进行联姻的诗剧实验，如李轻松的实验诗剧《向日葵》，由北京舞蹈学院音乐剧系演出，通过肢体语言、歌舞、多媒体等元素，将诗歌、音乐、歌吟、形体、时空等多重艺术集于一体，使诗歌"活起来、舞起来、唱起来或者静起来"（李轻松语），收获了非常好的效果与评价，在诗歌史上既具有实践意义，又具有理论意义（吴思敬语）。① 诗歌批评家、诗人周瓒近年亦将注意力大量投入诗剧的探索，如她和曹克非合组的瓢虫剧社演出的诗剧《乘坐过山车飞向未来》，便是她将诗歌与戏剧联姻的实验收获。2012 年，从容明确提出"跨界诗歌"的概念。此前，她也早已进行过诗歌跨界的尝试与实验，身兼诗人和深圳戏剧家协会主席双重身份的她一直试图将诗歌与其他艺术形式结合起来。因此，在 2000 年纪念深圳经济特区成立 20 周年的诗歌晚会上，她便开始尝试将诗歌与戏剧结合，她一直怀抱着将诗歌与各种艺术打通的梦想不断摸索、尝试，"中国诗剧场"和"第一朗读者"便是她多年来筚路蓝缕、披荆斩棘进行艰辛探索的重要收获。而四川卫视于 2015 年 12 月开始打造的《诗歌之王》节目将诗与歌进行结合，并以综艺竞赛的方式对诗歌进行演绎，也是跨界诗歌的一种实验。

事实上，这些诗歌跨界实验与探索都是中国新诗史上"新诗戏剧化"理念在新媒体语境下的传承。在新诗史上，朱自清、徐志摩、闻一多、叶公超、卞之琳、袁可嘉等诗人都曾主张在诗歌中设置与安排戏剧性情节、场景和对白。叶公超说："惟有在诗剧里我们才可以逐步探索活人说话的节奏，也惟有在诗剧里语言意态的转变最显明，最复杂。"② 他充分地意识到诗剧中的戏剧性能使诗歌变得曲折复杂而更有可读性。闻一多则主张把诗作得不那么"像诗"而应多像点小说戏剧："在一个小说戏剧的时代，诗得尽量采取小说戏剧的态度，和用小说戏剧的技巧，才能获得广大的读众。"③ 他意识到小说戏剧的态度和技巧能让诗更切近读众。卞之琳写诗时

---

① 吴思敬、样子：《诗歌与戏剧联姻的可能性——李轻松诗剧〈向日葵〉研讨会》，《中国诗歌研究动态》2008 年第 2 期。

② 叶公超：《论新诗》，载陈子善编《叶公超批评文集》，珠海出版社，1998，第 64 页。

③ 闻一多：《新诗的前途》，载武汉大学闻一多研究室编《闻一多论新诗》，武汉大学出版社，1985，第 116 页。

则"常通过西方的'戏剧性处境'而作'戏剧性台词'"①。这些诗人有关"戏剧性""戏剧化"的主张，除了他们自己在创作中引入"戏剧性因素"外，在同时代其他人的诗歌创作实践中其实并未得到广泛的推广与实践。这种诗学努力在此后很长时间内一直遭到悬置、冷落甚至否定，直至20世纪90年代才在袁可嘉的重新倡导下重返诗歌场域，导引当时的一些诗人进行诗歌"戏剧化"的努力与尝试。直到袁可嘉，这种注重"戏剧性""戏剧化"的诗歌主张才得以系统化、理论化，袁可嘉认为戏剧化可以规避当时新诗面临的两大问题即意志的说教与情感的感伤："设法使意志和情感都得着戏剧的表现，而闪避说教或感伤的恶劣倾向。"② 因而他在《新诗现代化》《新诗现代化的再分析》《新诗戏剧化》《谈戏剧土义》《对于诗的迷信》等文章中从学理上具体阐释了新诗戏剧化的主张，得到了"九叶"诗人群的积极回应，他们进行了大量的写作实践，在自己的诗歌创作中纷纷纳入戏剧性结构、戏剧性情境、戏剧性对白等戏剧化手段。可见，中国现当代诗歌史上一直或断或续、或隐或显地流传着"戏剧化"的传统，"跨界诗歌"的实验与探索实际上是对"新诗戏剧化"传统的继承。当然，尽管中国新诗史上一直不乏诗人在理论上提倡"新诗戏剧化"，在创作中引入"戏剧性因子"，但其实他们并未真正在舞台上将诗歌与戏剧进行很好的结合与展现，直到新世纪，诗人们才真正在舞台上让诗歌与戏剧联姻，完美地展现诗歌戏剧化的可能性。因此，"跨界诗歌"一方面继承了"新诗戏剧化"的诗歌传统，另一方面又为中国新诗创作拓辟了一种诗歌传播范式。

在"跨界诗歌"的实验中，无论是诗与剧的结合，还是诗与唱、摇滚等音乐形式的"混搭"，抑或是诗、音乐、表演、朗诵等各种艺术形式的杂糅，都是诗与艺术联姻的探索，而"中国诗剧场"、"第一朗读者"与《诗歌之王》无疑是最典型、影响最大的跨界尝试。

长期以来，中国诗歌晚会、诗歌节、朗诵会都以诗歌朗诵配音乐为主要内容，以插科打诨、嬉闹或行为艺术为辅，以喝酒聊天收场。"跨界诗歌"尝试一反过去传统诗歌朗诵会的单调模式和传统主题晚会的老套路，

---

① 卞之琳：《雕虫纪历》（增订版），人民文学出版社，1984，"自序"第15页。
② 袁可嘉：《论新诗现代化》，生活·读书·新知三联书店，1988，第25页。

而将诗歌与戏剧、音乐及当代各种艺术相结合，开创了一种将诗歌与戏剧和音乐跨界结合、朗诵与表演形式互动、抒情与叙事自由切换的诗歌展现新范式。

（一）"中国诗剧场"

"中国诗剧场"是从容着手打造的一种诗歌传播新范式。其先声是2000年庆祝深圳经济特区成立20周年的诗剧场诗歌晚会，即"在共和国的窗口"。其充分借助各种新媒体技术，运用舞台的综合表现手段，赋予诗歌以场景、人物、戏剧性，光辉地再现了深圳经济特区20年的风雨历程，为诗歌提供了一个戏剧化的表达平台，是将诗歌和戏剧进行嫁接的全新尝试，亦是一次跨界的新突破与创新实验。该诗歌晚会后来被中央电视台录制成电视诗歌片《深圳人》，并在当年的"两会"期间由中央电视台的文艺频道多次播出，影响深远，为诗歌深入公众世界做出了巨大贡献。在此次成功经验的基础上，"中国诗剧场"华丽出场。"中国诗剧场"是深圳市戏剧家协会与中国诗歌学会联手打造的全新品牌，在新媒体技术的帮助下，以诗歌、戏剧及其他当代艺术的各种形式联合演绎，让诗歌与戏剧进行跨界结合，朗诵与表演形式互动，抒情与叙事自由切换，为诗歌搭建了新的舞台，拓宽了空间。这种实验改变了十几人或几十人的朗诵会形式，让诗歌进入大众视野，让诗人与观众近距离接触，加强了诗歌与公众世界的联系，激活了诗歌力量。第一届"中国诗剧场"是为纪念深圳经济特区成立30周年而做，诗剧以《我听见深圳在歌唱》为主题，以30年里30位深圳诗人的30首代表作品作为戏剧的脚本和"主心骨"，分"太阳升起""寻梦""思念""移民""将来"五场，对深圳30年历史的变迁进行演绎，既有特别设置的故事情节与台词，也有直接对诗人作品的朗诵。30首诗仿佛30个拼图，每一首诗后面都会延伸出一些触动受众的故事、片段式的戏剧情节，还设置了戏剧对白、独白等台词和戏剧场景，运用了多媒体以及各种艺术手段，这些诗借助舞台艺术呈现了"寻梦者""打工者""新移民"的生活图景，显影出"一个轮廓清晰的深圳"，是诗歌跨界的成功尝试。第二届"中国诗剧场"是纪念辛亥革命100周年时从容与其同行打造的，诗剧主题为《穿越百年》，邀请了国内最著名的40余位诗人，以辛亥革命为核心，就戏剧结构和故事进行诗歌原创写作，然后通过剧场的方式进行演绎。《穿越百年》分为"生命之光""共和之路""复兴之路"

三个乐章，吸收了穿越剧的形式，使辛亥革命以来的百年中国历史以及百年历史中涌现的一些风云人物、重要事件"穿越"于诗歌与戏剧的结合场域，尤其是剧中将当今"快男快女"们对爱情的理解这一线索与辛亥革命时期的知识分子和革命者看待爱情、看待生活的线索进行时空交错与穿越，让人不断在审美震撼中深思、反观现实。该剧影响颇大，后来获得了首届广东省戏剧优秀剧目奖。著名诗歌理论家吴思敬在观剧后给予了高度评价："无论是从诗剧场这样一个概念的提出，还是对辛亥百年这样一个重大历史题材的处理，《穿》剧都具有突破性的意义。""诗剧场这种形式确实为我们探讨诗与戏剧如何结合起来开辟了一个很好的途径。"[1] 此后，从容还导演、策划了一系列诗剧场作品，如《诗与歌的怀念》《百年中国》《永远的小平》等，均产生不小影响，都是跨界诗歌的成功实验。著名诗歌理论家、教授吴思敬高度评价道："诗剧场则借助剧场，借助一些重大题材，让诗面向社会观众，从形式上来讲是非常有意义的。"[2] 青年诗评家、诗人霍俊明也指出，诗剧场重新体现了一种诗歌与受众的非常亲密的关系。[3] 确实，"中国诗剧场"为促进诗歌与公众世界的联系提供了全新的可能路径。

（二）"第一朗读者"

"第一朗读者"则是从容于 2012 年开始实验的跨界诗歌的另一新品种。在艺术形式上，"第一朗读者"吸纳了"中国诗剧场"的各种成功经验，但已走出《穿越百年》那类恢宏大戏的风格，离开炫丽耀目的大舞台，而将朗诵、戏剧表演、音乐、演唱等多种艺术形式糅合起来对新诗文本进行综合性阐发，利用沙龙、咖啡馆、广场等各种公众场所，直接面向公众。正如创始人从容所言："我们就尽可能走进咖啡馆、走进中心书城、走进广场，我们力图在这样一种开放式的场所让公众因朗读而听见诗歌、因戏剧而看见诗歌、因音乐而热爱诗歌、因点评而领悟诗歌。通过我们的

---

① 《中国诗剧场〈穿越百年〉国内评审专家、诗人座谈会发言纪要》，《诗歌月刊》2012 年第 2 期。
② 《中国诗剧场〈穿越百年〉国内评审专家、诗人座谈会发言纪要》，《诗歌月刊》2012 年第 2 期。
③ 《中国诗剧场〈穿越百年〉国内评审专家、诗人座谈会发言纪要》，《诗歌月刊》2012 年第 2 期。

表演者唱诗、演诗、评诗、朗读诗等环节,拓展了当代诗歌的先锋化、开放型的立体呈现方式,强化了诗歌视听的艺术性、实验性,以诗现场的行为艺术等跨界的方式延伸了当代诗歌的传播空间,让公众在场体验、在场感受、在场参与,全方位领略当代诗歌的审美妙义。"① 这对于已经因丧失音乐性、耳感、诗歌精神而丧失传播空间的诗歌无疑是一次全新的全面复兴。如路也的《火车站》被音乐人改编成摇滚,边弹边唱,电吉他和电子琴一起模拟列车进站的轰轰隆隆、汽笛长鸣以及行李箱轮子在水泥地板上滚动的声响,使一首原本静止的诗最大限度地动起来,让诗似乎从纸页上站立起来,机械文字变成有机画面,序列性空间变成共时性空间,自我表现变成群体共鸣。② 对此,文学评论家何向阳高度评价道:"'第一朗读者'真正实现了诗歌与大众的深度交流,这是新文化背景下的诗教传统的创造性接续。"③ 此言无疑高度肯定了"第一朗读者"在促进诗与公众世界联系方面的贡献。与此同时,"第一朗读者"还通过表演者唱诗、演诗、评诗、朗读诗等环节,"拓展了当代诗歌的先锋化、开放型的立体呈现方式,强化了诗歌视听的艺术性、实验性"④。如在演绎《小狗的痛流进高速公路》这首诗时,先是一只由女演员扮演的"狗娃娃"走上舞台,旁边的众人则上前与其合影拍照,掀起一片喧闹;与此同时,LCD 屏上显示出诗歌《小狗的痛流进高速公路》:"我宁愿相信/这只小狗在梅观高速公路上睡着了/它抱着脑袋/温顺地睡了/谁也不知道是真正的痛/让它睡去的……"随后,待喧闹声渐渐平息,拍照的众人离场,只剩下那只"狗娃娃",场上出现暂时的空静。这时,"狗娃娃"摘去面具,换上蓝色连衣裙,以戏剧中的独白形式传达自己对这座城市的看法。然后,一群衣着时尚的女生拎着高跟鞋走上舞台并对着观众涂抹口红。继而,王菲的《执迷不悔》响起,女生们开始轮流诵读《一切都来得及》:"一切都来得及/来得及让我穿上蓝色的连衣裙/抹一点口红……"这一幕显然将诗歌朗诵、戏剧表演、音乐、舞美、多媒体等各种元素都杂糅于一体,"第一朗读者"便是通过这种多

---

① 从容:《我与诗歌的跨界传播实验与探索》,《诗歌月刊》2014 年第 3 期。
② 参见路也:《末日·诗歌》,《齐鲁晚报》2013 年 2 月 5 日。
③ 张德明:《当代诗歌的跨界演绎与视听阐发——2013 年"第一朗读者"诗歌活动综述》,《诗歌月刊》2014 年第 5 期。
④ 从容:《我与诗歌的跨界传播实验与探索》,《诗歌月刊》2014 年第 3 期。

维方式重组各种艺术与表现手段，对诗歌进行再创造和跨界演绎的。著名诗人西川充分肯定了这种打通各种艺术的跨界演绎："我在国内外参加过很多诗歌活动，像这样具有先锋精神的综合性艺术表达现场只有深圳能做到，只有具有戏剧经验的团体能做到。"[①] 诚哉斯言！"第一朗读者"对诗歌的跨界演绎和跨界诗歌实验风生水起，将在中国诗歌史上产生重要影响。值得一提的是，"第一朗读者"不仅在现场充分借助新媒体在视听方面的便利和效果，还开放了"第一朗读者"的微信公众平台、博客、播客以及网页，第一时间将现场内容与氛围传递给不在现场的公众，真正做到了深入公众世界。

（三）《诗歌之王》

《诗歌之王》是四川卫视自2015年12月12日起每周六20：30播出的原创诗歌文化类节目，其实是将跨界诗歌实验直接搬上电视荧幕，成为一档电视节目。该节目以"把诗唱给你听"为主旨，将诗与音乐结合，采取诗人与歌手组队参加竞赛的形式，打造了一个传播诗歌的新范式。该节目以诗为内核，以流行音乐为外壳，通过流行、摇滚、R&B、中国风等各种风格的音乐形式演绎诗歌。该节目在内容上根据时下社会热点话题设置十三个主题，如"青春""亲情""爱情""中国爱"等，由各诗歌战队的诗人根据主题内容进行创作并由歌手进行谱曲，以歌唱、表演、演奏等形式进行竞演。每期节目都邀请六位著名歌手与六位知名诗人组成六支战队进行第一轮PK，第二轮则由踢馆战队对这六支战队分别进行挑战。现场有一百名评审团成员进行评审并投票决出"诗歌之王"，这些评委都是著名诗人、评论家、学者或著名刊物的主编和编辑。每一期节目的战队PK方式采取综艺竞赛模式，舞美、灯光方面则运用国际先进的灯光技术，引进了2015年欧洲歌唱大赛现场使用的立体3D实境灯光，并邀请英国著名灯光顾问斯图尔特和国内顶级灯光设计师曲国军联袂指导灯光设计，在形式上完全打破了以往的诗歌朗诵会、诗剧等形式，在艺术形式、传播方式、演绎风格上都无疑是一次彻底的创新，与"中国诗剧场""第一朗读者"等一起成为跨界诗歌实验的新范式，节目一经播出，便在全国诗歌圈内外

---

① 转引自霍俊明《2013年诗歌："让诗歌，记得住乡愁"》，中国作家网，http://www.chinawriter.com.cn/bk/2014-01-27/74347.html。

产生了广泛影响，聚焦了各方面的关注。在《诗歌之王》第 1 期节目中，"诗歌翻译家"李笠、"金曲诗人"梁芒、"80 后先锋女诗人"下午、"网络作家"仲尼、"诗歌与音乐的逐梦诗人"宇文珏、"炸裂诗人"陈年喜等带领各自的诗歌战队，分别与"转音女王"黄龄、"流行乐坛先行者"周晓鸥、"80 后领军音乐人"丁于、"新生代原创歌手"曾静玟、"嘻哈蓝调小王子"苏醒、"王牌实力唱将"罗中旭等歌手自行组成搭档出场，形成 PK 的强大阵容，最后梁芒、周晓鸥的组合以《龙船》夺冠，成为第 1 期的"诗歌之王"。每一期节目都设置了吸引大众的诸多亮点，如品冠坚持坐轮椅踢馆、诗人歌手齐怀念童年、罗中旭曝被黄国伦逼婚等，不仅在娱乐中传播了诗歌，而且已打造成一个独具特色的标杆性文化节目。

可见，"中国诗剧场"和"第一朗读者"所打造的诗剧都汇集了吟诵、对话、戏剧、歌唱、仪式、行为艺术、乐器演奏等各种表现形式，是一种打通各种艺术的、创意独特的诗歌实验；而《诗歌之王》则是将诗与音乐、电视综艺节目等表现形式打通的诗歌实验。这些节目虽然都以舞台、电视为传播平台，但舞台或电视屏幕上的呈现均受时空限制，其后续的传播主要通过微博、微信等新媒体平台继续进行，因此都是新媒体语境下诗歌传播的重要新范式。

二 "重回大众"：跨界诗歌的传播效应

20 世纪 90 年代伊始，诗歌便脱却 80 年代的炫目辉煌，在市场化的浪潮冲击下退居边缘的边缘，沦为自言自语、自娱自乐、自我抚摸的"自恋游戏"和"小圈子活动"，甚至还遭到"诗歌已死"的质疑。事实上，诗歌本身并未"死"，好诗亦不稀少，而是诗歌的传播出现了障碍，诗与公众的距离拉远了。那么，如何打破诗歌传播的障碍，使其重回大众并深入公众，成为诗歌创作亟待解决的问题。对此，从容进行了敏锐而深入的思考："为什么近 20 年来能够被我们记住的诗歌作品越来越少呢？这就是相应的传播方式也出现了问题。越来越多的诗歌丧失了音乐性和耳感，丧失了诗歌精神以及传播的广阔空间。"① 因而，她一直希望找到一种合适的方式让诗歌进入一个更广阔的空间，更便捷更深入地传播给观众及更多的诗

---

① 从容：《诗歌跨界的传播实验与探索》，《文艺报》2014 年 2 月 26 日。

歌爱好者，她所找到的方式便是将诗歌与戏剧及其他各种艺术进行嫁接、联姻，即她所倡导的"跨界诗歌"，主要指前所述及的"中国诗剧场"和"第一朗读者"。

"中国诗剧场"和"第一朗读者"拓宽了诗歌传播的空间，为新世纪诗歌的传播提供了新路径。传统的诗歌朗诵会一般为十几人或几十人，而从容导演、策划的"中国诗剧场"和"第一朗读者"都把诗歌带到现场，带到舞台，带给大剧院里的观众，让诗与广大公众深入交流。对于"中国诗剧场"在加强诗歌与公众世界的交流方面所做的贡献，吴思敬曾肯定道："诗剧场这种形式确实为我们探讨诗与戏剧如何结合起来开辟了一个很好的途径，诗歌面临着如何走向公众，而一些诗人进行私人化写作，把自己放到一个边缘状态。诗剧场则借助剧场，借助一些重大题材，让诗面向社会观众，从形式上来讲是非常有意义的。"[①] 霍俊明也肯定道："现在很多的朗诵会都体现了一种自言自语性，诗剧场重新体现了一种诗歌与受众的非常亲密的关系……诗剧场拓宽了诗歌传播的空间，回到了诗歌传播和创作的起源，来自于社会，来自于大众……"[②] 而"第一朗读者"则对新世纪诗歌的传播发挥了更大作用，为加强诗歌与公众世界的深度沟通，"第一朗读者"做了各种努力，调动了各种有利因素。

首先，选取最具感染力、震撼力的诗歌作品和表现形式。"第一朗读者"所选取的诗歌都是全国知名诗人的知名作品，是承载着人的情感、精神与灵魂的作品，也是能打动人、震撼人的作品。如"第一朗读者"在2013 年第 2 季第 9 期选取了徐敬亚的名诗《青海，高原狮吼》，这期"诗剧"的开场便是这首诗的朗诵："一声比一声更猛的／是我的喘息／高原啊／你正沿着血管／从内部攻打我／每一枪都击中太阳穴／天空蹦跳／擂鼓者用肋骨敲击我的心脏……"一开场就深深地攥住了观众的心。这首诗朗诵后，众演员开始轮诵诗歌《深圳，你是冒险家的乐园吗?》，其间女演员们缓缓退场，男演员们慢慢转化成狮子，而独诵男演员在驯服狮子的同时开始朗诵另一首诗《生命的冲动》，在朗诵者撼人心魄的声音中，表演者展示着

---

① 《中国诗剧场〈穿越百年〉国内评审专家、诗人座谈会发言纪要》，《诗歌月刊》2012 年第 2 期。

② 《中国诗剧场〈穿越百年〉国内评审专家、诗人座谈会发言纪要》，《诗歌月刊》2012 年第 2 期。

挣扎和扭动的身形。无论是诗歌内容还是表演行为，都极具感染力和震撼力。而在 2013 年第 2 季第 4 期活动中，诗人王顺健听到朗诵者朗读他纪念父亲的诗歌《完美病人》时情不自禁，热泪盈眶，其间只能悄悄走离现场以平息内心的激动，这正是"第一朗读者"所选诗歌的感染力所在，在场的许多诗人如王明韵、潘洗尘、从容等都见证了这种感染力。

其次，诗歌走向公众的场所更丰富、平台更广阔。"第一朗读者"的场所一直在变换，这便是从容试图让诗歌更深入地走进公众世界的努力。2012 年"第一朗读者"系列活动主办的场所主要集中于深圳大学的西北谷咖啡馆和华·艺术沙龙两个相对狭小的空间，2013 年便不再局限于此，而是将活动空间扩大，在中心书城举办了八场，在福田区音乐主题馆举办了两场，这意味着"第一朗读者"在更为开阔的意义上"将诗歌推向各个阶层和群体，真正在公共文化空间和社会空间有效传播诗歌，使受众真正最大可能地接触诗人和诗歌"①。

再次，"第一朗读者"的活动还在参与诗剧演出的演员、诗人、朗诵者和观众方面扩大阵容。如 2013 年第 2 季投入"第一朗读者"的演职人员相比往届明显扩容，不仅每场参与的导演、演员、诗人、朗诵者等人员与幕前幕后服务的工作人员及参与活动的各类艺术家达到上百人，而且观众每场逾千人，全年总计上万人次观看表演与朗诵，而且通过广播电台、电视、网络等传播渠道扩大影响，共有近百万人次收听、收看。受众面的大幅度增加意味着诗歌传播范围的扩大和公众影响力的提升，意味着诗歌深入公众世界强度与力度的提高。而且，"第一朗读者"并不局限于诗人，而是作为一种开放性的艺术沙龙面向公众，只要是诗歌爱好者均可参与，这显然无形中扩大了观众的阵容。

最后，"第一朗读者"还在诗剧活动的环节上做出努力，以加强诗歌与公众世界的沟通。如 2013 年"第一朗读者"的系列活动中增设了"诗现场""诗对焦"等环节，这是其主要亮点。据介绍，"'诗现场'侧重的是让市民第一时间走进当下中国鲜活的诗歌现场，以'诗现场'在场体验、在场感受和在场参与的方式，用各种艺术手段全方位地打开诗歌幅

---

① 霍俊明：《2013 年诗歌："让诗歌，记得住乡愁"》，中国作家网，http：//www.chinawriter. com.cn/bk/2014-01-27/74347.html。

面，面向公众和社会，立体性地呈现诗歌现场氛围，让广大市民和各阶层人士都能感同身受、身临其境。'诗对焦'则突出市民的现场参与性，让到场市民与诗人在现场进行直接对话，就诗歌的热点、焦点、难点问题展开问答和论辩，热点交锋既起到了活跃现场气氛的作用，也促进了观众对当代诗歌更准确和深入的理解与把握"①。这些增设的活动环节的主旨显然在于更全面、深入地面向公众，加强与公众世界的深度沟通。

由此可见，"第一朗读者"在更切近公众、走向更广阔的公共空间、拓展诗歌传播空间等方面所做的努力与贡献，实现了诗与公众世界的深度交融，难怪文学评论家何向阳给予高度肯定："'第一朗读者'真正实现了诗歌与大众的深度交流，这是新文化背景下的诗教传统的创造性接续。"②著名诗人叶延滨也高度评价"第一朗读者"的历史价值："这一活动对于诗歌的经典化和大众化的传播所起到的作用是长久的，经验值得推广和总结，具有历史价值。它是 21 世纪最重大的诗歌事件之一，它必将载入中国诗歌史。"③

四川卫视推出的《诗歌之王》是诗与歌结合并通过电视这个媒体平台呈现给大众的节目，在推动诗歌文化重回大众视野、深入大众方面做出了积极尝试与重大贡献。诗歌通过电视平台传播并非始自《诗歌之王》，中央电视台自 2005 年开始便在每年元旦播出《新年新诗会》，而自 2009 年开始，每年大年初一则播出《春节诗会》，这些节目都是每年一个主题，邀请中央电视台的著名播音员、主持人朗诵中国现当代新诗中的名家名作，是电视与诗歌的结合，但都没有获得可观的收视率和影响力。而《诗歌之王》自开播以来，一方面，收视率逐步提升，在全国省级卫视同时段排名第九，位居省级卫视文化类节目收视之首，成为具有广泛社会影响力的文化类节目；另一方面，新浪、腾讯、搜狐、网易、爱奇艺、优酷等知名网站都对这个节目进行了重点推荐，网络点击量突破 2 亿，《诗歌之王》的官方微博位居"微博热门话题榜"第六、"疯狂综艺季"第一，话题阅

---

① 张德明：《当代诗歌的跨界演绎与视听阐发——2013 年"第一朗读者"诗歌活动综述》，《诗歌月刊》2014 年第 5 期。

② 张德明：《当代诗歌的跨界演绎与视听阐发——2013 年"第一朗读者"诗歌活动综述》，《诗歌月刊》2014 年第 5 期。

③ 张德明：《当代诗歌的跨界演绎与视听阐发——2013 年"第一朗读者"诗歌活动综述》，《诗歌月刊》2014 年第 5 期。

读量达 6.9 亿，可见该节目在新媒体平台上的点击率和关注度之高。① 而且，国家新闻出版广电总局还将该节目评为"2015 年度广播电视创新创优节目"，《人民日报》《光明日报》《深圳特区报》《四川日报》等传统纸媒与"新华网""中国网""搜狐网"等新媒体都对该节目予以高度评价。因此，无论是在官方还是民间，无论是传播的广度还是深度，《诗歌之王》都已形成不可小觑的影响力。《诗歌之王》的魅力何在？该节目以诗歌为主要内容，糅合了文化、娱乐的各种元素，每一期节目都邀请著名歌手、知名诗人和评论家、主编等参加，节目中设置了诗歌底蕴竞赛、作诗、唱诗、斗诗、演诗等多个环节，结合多种艺术手段，以观众喜闻乐见的综艺竞赛形式，全方位、多角度、多元化地呈现诗歌魅力，让观众在综艺节目的轻松、娱乐中接受诗歌文化的熏陶，容易使他们产生文化认同感，难怪张颐武也认为《诗歌之王》让小众的艺术走入大众空间，让人们有机会在综艺节目中感悟诗歌境界，饶有兴味。确实，《诗歌之王》为诗歌深入公众，加强诗与公众之间的沟通、交流做出了新的探索与贡献，为博大精深的诗歌文化重回大众视野提供了重要渠道，已成为大众的记忆标签。

"跨界诗歌"实验已引起国内外广大诗人、批评家、学者以及各类艺术家的注意，获得了高度评价与赞誉，产生了深远而重要的影响，形成了新媒体时代诗歌传播的新范式。

小　结

命名传播、事件传播、跨界传播等都已成为新媒体语境下诗歌的新型传播方式，与传统的诗歌传播方式相比，显然已发生巨大变化。无论是命名传播、事件传播还是跨界传播，其实都已从"作品中心"转变为"媒介中心"，所强调的是媒介效果，而非作品文本本身，明显改变了诗歌传播方式和策略，为诗歌深入公众世界提供了可能。

---

① 参见敬骁《〈诗歌之王〉的文化传承魅力》，《西部广播电视》2016 年第 10 期。

第五章
审美承担之外：社会功能的调谐

诗歌的社会功能所关涉的是诗人"应该做什么""能做什么"的责任问题。对此，不同的诗人、诗歌批评家、理论家持不同的观点。阿多诺认为："奥斯威辛之后，写诗是野蛮的。"而2002年诺贝尔文学奖得主凯尔泰斯则认为："奥斯威辛之后只能写奥斯威辛的诗。"[①] 此言道明了诗人应该在人类遭遇大劫难之后关怀人类世界。麦克里希在《诗与公众世界》中一再强调诗是"能够"与政治改革、公众世界发生交涉的，诗人完全可以通过组织新的经验用诗歌的形式来呈现它所处的时代及公众世界，充分肯定了诗歌的社会功能。对此，艾伦·退特（Allen Tate）反驳道："诗人的责任本来很简单，那就是反映人类经验的真实，而不是说明人类的经验应该是什么，——任何时代，概莫能外。"在他看来，诗人不对社会负责，而是"对他的良心负责，'良心'一词，取它在法文中的含义：知识与判断的呼应行动"，"他只对他作为一个诗人应当具备的德行负责，对他的特别的 arêtee（风骨）负责"，"他的责任是熟练地掌握一种他能运用自如的语言，这语言不会回避由他的意识所传达给他的、关于现实的全部真实情况"。[②] 然而，艾伦·退特所谓的"良心""德行""特别的风骨""语言"等诗人应负的责任其实都与公众世界有密切联系，都是社会功能的具体体现。

虽然在学理上诗与公众世界的关系极其密切，诗歌的社会功能也非常

---

① 转引自王晓渔《凯尔泰斯·伊姆莱：诺贝尔奖和集中营》，载王晓渔《重返公共阅读》，安徽教育出版社，2011，第88页。

② 〔美〕艾伦·退特：《诗人对谁负责？》，牛抗生译，载赵毅衡编选《"新批评"文集》，百花文艺出版社，2001，第525页。

重要，但真正实践在诗歌创作中却殊为不易。20世纪90年代的中国新诗在"个人化写作"道路上越走越远，其社会功能完全被"个人化"的私语、自我抚摸功能所遮蔽，诗歌也渐渐边缘化，甚至遭遇"诗歌已死"的盖棺论定。直至新世纪以降，新媒体为诗歌带来新的生机，新媒体语境下的诗歌才重新重视其社会功能。近年来掀起的打工诗歌、草根诗歌、灾难诗歌、底层诗歌等诗歌热潮与新媒体的传播效力密不可分，而这些诗歌热潮的出现，彰显了诗歌呈现灾难、生活、普通劳动者境遇等社会现实和传达公众声音的社会功能，打破了20世纪90年代诗歌宣泄个人情绪、暴露个人私密的"个人化"写作的狭窄叙事圄限，重新关注社会民众，呈现出诗与公众世界的密切关系。在新媒体语境下，诗已为人们构建起"诗生活"的新生活方式，使人们的日常生活趋向审美化，同时，诗可以见证、诗可以医等都已成为诗歌在新媒体语境下重要的社会功能。

第一节 "诗生活"方式的构建

新世纪以来，新媒体以迅雷不及掩耳之势进驻人们生活的各个方面，并以其强大的影响力改变甚至重新塑造人类。麦克卢汉曾指出："我们塑造了工具，此后工具又塑造了我们。"① 新媒体是一种基于网络技术的工具，但它对人类生活的影响却不仅仅限于"工具"的功用，而是已演变成北岛所言的"新洗脑方式"②，对人类思维方式、生活方式等各方面都形成强劲冲击，全方位地介入人们的生活。正如约斯·德·穆尔（Jos de Mul）所指出的："赛博空间不仅是——甚至在首要意义上不仅是——超越人类生命发生于其间的地理空间或历史空间的一种新的体验维度，而且也是进入几乎与我们日常生活所有方面都有关的五花八门的迷宫式的关联域。"③ 人类塑造了新媒体这种新工具，而这种新工具又反过来介入日常生活的各个领域，塑造人们的日常生活方式。在此语境下，新媒体与新诗结缘所构

---

① 〔加〕马歇尔·麦克卢汉：《理解媒介——论人的延伸》，何道宽译，商务印书馆，2000，第4页。

② 北岛：《汉语在解放的狂欢中耗尽能量》，《东方早报》2009年11月13日。

③ 〔荷〕约斯·德·穆尔：《赛博空间的奥德赛——走向虚拟本体论与人类学》，麦永雄译，广西师范大学出版社，2007，第2页。

成的"新媒体诗"①，为人们构建起一种新的生活方式——"诗生活"，这是一种充满诗意的、让日常生活审美化的生活方式，但同时也是一种被围观的狂欢化、娱乐化的后现代生活方式。

一　"诗生活"：一种新的生活方式

有人将当下的生活概括为"信生活"和"诗生活"，前者为易信、微信生活，他认为："有了'信生活'，我的'诗生活'更加丰富多彩了。我几乎每天都发微信朋友圈，最多 3 条，至少 1 条，内容非常纯粹，基本上与'诗生活'有关，譬如'今日读诗'、'老包说画'，以及我临屏写的诗，还有我写的毛笔字。"② 事实上，"信生活"应该称为"网生活"，因为不仅易信、微信已成为一种生活方式，论坛、博客、微博、QQ 空间等各种形态的新媒体自从介入人们的生活便构成一种新的生活方式，而这些新媒体都是基于网络而形成的平台，其无法脱离网络而存在，因此，"网生活"更名副其实。新媒体平台上的"网生活"为"诗生活"的实践与落实搭建了平台，形成了新媒体诗这一新的诗歌形态。在论坛、博客、微博、QQ 空间、微信以及地铁站、公园等公共场所的户外媒体平台上，由于网络的无处不在和开放自由性，人们处处可与诗歌打交道，人人都可成为诗人，每个人都可在新媒体平台上开辟一块"自留地"，拥有自己的领地和支持者，任意发表自己的作品，享受"诗生活"的乐趣。由此，新世纪以来的诗坛不断掀起各种新媒体诗的热潮，彰显了"诗生活"的热闹景观。

诗歌与新媒体的相遇，首先从网站、论坛开始。一些大型的门户网站纷纷开设诗歌版块和论坛，这是最初的网络诗歌形态。后来，一些专业的诗歌网站如雨后春笋般不断涌现，2000 年成为诗歌网站发展最快的一年，自这一年起，"界限""灵石岛""诗江湖""诗生活""诗歌报""扬子鳄""中国诗歌网"等诗歌网站和论坛纷纷成立。对此，有学者指出："从某种程度上说，互联网的出现，启动了诗歌写作在言论自由上的话语解禁和想象力解禁，同时也给民间诗歌写作带来了空前的活力与张力，不计其

---

① 事实上，"新媒体诗"只是个权宜性概念，为论述的方便而将新媒体平台上的诗歌称为"新媒体诗"。

② 包光潜：《"信生活"与"诗生活"》，《铜陵日报》2016 年 1 月 20 日。

数的诗作以疯狂的速度在网络上产生与传播。"① "如今，上网已成为人们的一种生活习惯，对于诗歌爱好者来说，进入诗歌网站和论坛去阅读与写作，也成了一种极为普通的日常行为，他们的生活与审美也因此构成了一种互动互生的意义关系。"② 确实，许多诗人和诗歌爱好者以疯狂的热情投身于网络诗歌，争先恐后地将自己的诗作搬至网络，或在线写诗、评诗，与诗友交流对话，一时之间，网络诗歌成为众多网友热衷的一种生活方式。

2005 年博客与诗歌结合后，诗歌版图上涌现出大量的"诗歌博客"，形成了"博客诗热"。由于博客采取个人网页的形式，比论坛更具个性、更显特色，可以依照自己的喜好设定网页，充分体现自由与个性，其受到众多网友青睐。在博客上，人们可以更加自由地发表自己的文字，不受版主限制，因而不少诗人或诗歌爱好者纷纷开通自己的博客，一时成为一种新时尚。正如白烨指出的："博客写作出现之后，更是把网络媒介的长处与短处加以放大和延伸，博客的自由与开放，隐名与互动，使得个人博客在 2006 年成几何数字地迅猛发展。"③ 诗人或诗歌爱好者都在自己的博客上发表自己的诗歌或推送别人的诗歌，尤其是"80 后"诗人，直接在博客上创作新的作品，常常临屏写作。博客不仅成为博主自己或他人诗歌作品的承载、储存与传播平台，也成为他们的私密领地。博主可以自由选择开放或关闭访问、评价功能，所以博客成为其安在网上的一个"家"、一块灵魂栖息地，写博客则成为其在现实生活之外的另一种生活方式。

2009 年下半年，新浪网、网易网、人民网、搜狐网等门户网站开通微博功能，吸引了各界名人、大量网民加入，诗歌也与微博结合形成微博诗歌，掀起"微博诗热"。微博限定 140 字的篇幅设置，适应诗歌的短小需求，并掀起"微型诗歌"的写作热潮，"在数以亿计的网民和数以万计的博客、微博空间里，有许多人是以诗歌或'分行文字'作为常用的问题或写作方式，也就是说，诗歌或'分行文字'的发表已完全不存在任何实质

---

① 刘贤吉：《试论〈扬子鳄〉网络诗歌论坛的生成》，《江苏技术师范学院学报》2012 年第 1 期。

② 张德明：《新世纪诗歌研究》，暨南大学出版社，2013，第 23 页。

③ 白烨：《遭遇"媒体时代"——三谈"新世纪文学"》，《文艺争鸣》2007 年第 2 期。

意义上的障碍"①。由此，微博诗歌欣欣向荣。2011 年诗人高世现在腾讯微博上发起"首届微博中国诗歌节"，进行"微诗接力"活动，并推出"微体诗"这个新诗歌概念，"开启了一个全民微写作的时代"②，更是将微博诗歌的热潮推向一个新高度。

　　2011 年 1 月 21 日腾讯公司推出微信后，诗歌便与微信结下不解之缘。微信是一款集文字、图片、音频、视频、表情等多种媒介于一体的即时通信工具，支持多人语音聊天，是一种"多模态"的新媒介。它拥有比网络论坛、博客、微博更大的优势，在形式上既可以在朋友圈内部交流，也可以创建微信公众号对外推广，在信息发布上则可以将文字、声音、视频集合于一个文件里进行推送，因而一经推出，微信便以迅雷不及掩耳之势席卷整个社交网络，迅速成为人们的一种新交流方式。正如有人指出的："微信是很可怕的，微信是很凶猛的，它开辟了新的沟通模式，一种前所未有的沟通方式。"③ 确实，微信已迅速被大众接受。据统计，截至 2021 年，使用微信的人已突破 12 亿，微信已成为人们日常交流与沟通的常用工具，深深地嵌入人们的日常生活。无论睡觉前最后一件事还是起床后第一件事，无论排队等候还是坐地铁、乘公交、吃饭、喝咖啡、上厕所等，刷微信已成为人们必不可少的一个日常环节，成为人们日渐习惯的一种生活方式。在此背景下，诗歌与微信联姻，必然会为诗歌的传播与发展带来巨大影响。《诗刊》便在"微信诗歌大展征稿"中宣称："随着微信朋友圈和微信公众平台风靡一时，当代诗歌又进入了一个新的阶段。""不少人惊呼，诗歌的春天又来了！"④ 无疑是向全国高声宣告，微信已为诗歌的发展带来春天，诗歌发展已进入新阶段。不少学者、诗人则认为诗歌借助微信等新媒介的力量已进入"诗歌全民化"时代，学者焦仕刚认为："多年来新诗追求的平民化、大众化终于随着超级新媒介的出现而实现了，诗歌'全民化'的时代到来了。"⑤ 李少君则指出："自新世纪以来，在全球化

---

① 张清华：《多种声音的奇怪混合——新世纪以来的诗歌状况与精神特征》，《文艺报》2011 年 7 月 6 日。

② 吕周聚等：《网络诗歌散点透视》，中国社会科学出版社，2015，第 61 页。

③ 《微信：第 11 种沟通方式》，新民网，http://tech.xinmin.cn/2011/08/25/11837440.html。

④ 《2015〈诗刊〉微信诗歌大展征稿》，《诗刊》2014 年第 12 期。

⑤ 焦仕刚：《新媒介环境下新世纪十年中国新诗发展概述——新世纪十年中国新诗媒介化传播研究之一》，《山花》2012 年第 8 期。

的背景下，当代诗歌借助网络及 BBS、博客、微博、微信等新媒体的力量，进入了一个全民写作的'草根'时代。"① 当下诗歌的发展是否进入"全民化"时代、诗歌的春天是否到来或许值得商榷，但微信的流行为诗歌的传播找到了最契合的平台却是毋庸置疑的事实。

微信与诗歌的相遇是命中注定的。因为微信具有碎片化、即时性、移动式等特点，这些特点对于短小、精练的诗歌来说，简直是量身定做。而微信的平民化、个性化、自由化等特点则与新诗的自由精神相契合，尤其是微信平台提供的图片、声音和视频等元素的参与促进了诗歌的传播，微信可以将文字、图片、音频、视频等整合在一个文件里进行推送，突破了纸媒传播的单调样式，让读者"既能在与诗歌内容相得益彰的图片中直观地体会诗歌所传达的意境，又能在读诗者配合背景音乐的中外文朗读中感受诗歌语言的精美绝伦"②。有些微信平台还配发诗评或诗歌感受，更拉近了诗与读者之间的距离。正因如此，微信诞生伊始，诗歌便与其联姻，这使其迅速成为当代诗歌传播的新平台，催生了"微信诗热"。一时之间，微信上聚集的诗人数量惊人，传播的诗歌也数量惊人，诗人们纷纷开启自己的朋友圈，创建各种诗歌公众号、微信群，微信上处处可见诗歌。最为引人瞩目的是各种微信平台迅速裂变，如"为你读诗""读首诗再睡觉""读诗""我们读诗""每日诗歌""诗歌是一束光"等微信公众号纷纷创建，各个都拥有数十万甚至上百万的用户，"为你读诗"迄今已拥有逾两百万的用户，每晚在线的用户一般在 24 小时或 12 小时甚至 2 小时内便达"10 万+"，无论是传播的诗歌数量还是聚集的诗人数量都格外惊人。与此同时，不少诗人不仅在自己的微信朋友圈发表诗歌，供浏览到的朋友赏读，还创建微信公众号，推出自己和朋友的诗歌，如爱斐儿的"王的花园"、徐南鹏的"南鹏抄诗"、马永波的"中西现当代诗学"、周庆荣的"有理想的人"等，集结了一大批诗歌创作者和爱好者。一些民间诗歌群体也纷纷创建微信公众号和微信群，如"明天诗歌现场""第一朗读者""'我们'散文诗群"等。其每天都贴出诗歌进行交流，"明天诗歌现场"还不定期地举行某个诗人的诗歌研讨会，各家争鸣，异常激烈；"'我们'

---

① 李少君：《网络催化了全民写诗的"草根"时代》，《新京报》2015 年 1 月 24 日。

② 张彬：《诗歌：微信传播不可小觑》，《人民日报》（海外版）2014 年 6 月 3 日。

散文诗群"则是一个以散文诗为纽带进行"纯粹诗歌交流"的微信群，集结了一大批成熟的诗人和评论家，供诗人们在此即时交流原创诗歌，并成为《散文诗选粹》《大诗歌》等诗歌选集的重要选稿基地。此外，传统的纸质诗歌刊物，无论是《诗刊》《诗选刊》《诗歌月刊》《诗潮》等正式刊物，还是《大别山诗刊》《纯诗诗刊》《卡丘主义》《大象诗志》等民间刊物，都设立了微信平台；不少地方则建立各种以地域命名的微信诗群，如"湘西南诗群""邵阳诗人群""诗意岭南"等。面对名目繁多的微信公众号、微信诗群所传播的数量惊人的微信诗歌，霍俊明指出："诗歌正在以不可思议的速度进入'微民写作'和'二维码时代'。"[①] 孙绍振则感叹："没有一个时代，诗的产量（或者说新诗的 GDP）加上新诗的理论研究，达到这样天花乱坠的程度，相对于诗歌在西方世界、西方大学里备受冷落的状况，中国新诗人的数量完全可以说是世界第一。"[②] 2015 年被称为"微信诗歌年"，显然将微信诗歌推向了高潮。可见，"微信诗热"已成为新世纪诗歌版图上不可忽略的一个客观存在。

各种新媒体诗你方唱罢我登场，无不彰显出"诗生活"这种新生活方式的形成与流行。在新媒体语境下，人人都可过上"诗生活"。对此，中国诗歌网总编辑朱玲曾表示，中国诗歌网作为一个中国诗人和诗歌的服务团队，其宗旨就是："在今后的日子里，发掘更多的诗歌和日常生活之间的关联，在这样一个许多人以为喧嚣的时代，倡导'诗，是一种生活方式'。"[③] 而"诗生活"网站则形成了一个以诗歌为中心的巨大的"场"，"对于网络诗歌场而言，诗生活在很多方面都像是一个规则制定者"[④]。在众多诗歌网站、论坛中，无论是经营模式、内容设置、论坛管理还是网站制度和游戏规则的制定，"诗生活"网站都具有示范作用，其设置的诗通社消息、网刊编辑、驻站诗人、每月点评、为民刊提供论坛、诗人自助专

---

① 霍俊明：《2015 年诗歌：二维码时代：诗歌回暖了吗》，中国作家网，http：//www.chinawriter.com.cn/zs/2016/2016-01-15/263266.html。

② 《孙绍振：当前新诗的命运问题》，南方艺术网，https：//www.zgnfys.com/a/nfwx-51681.shtml。

③ 应妮：《中国诗歌网正式上线　倡导诗意生活方式》，中国新闻网，http：//www.chinanews.com/cul/2015/06-18/7354084.shtml。

④ 《对"网络诗歌"的初步考察和研究》（上），诗生活，https：//www.poemlife.com/index.php？mod=libshow&id=1002。

栏、诗人肖像等内容在众多网站中属于首创，被广为效仿。"诗生活"可能是目前最活跃、最具综合性的诗歌网站，"它真正做到了让诗歌成为一种生活，在诗歌发表、讨论和批评的同时还保持了足够宽广的文学视野和文化眼光，以及对整个网络诗歌场的包容和认同"①。博客诗歌也一度甚至目前依然是众多诗人和诗歌爱好者的生活方式，"博客既是一种生活方式，也是一种生活态度"，"代表着一种全新的生产机制和消费模式"。② 而微信诗歌则从一开始就明确倡导建立一种诗意的生活方式，如"为你读诗"微信公众平台的宗旨便是以读诗的方式为现代社会中奔忙的人们探寻一片可以让灵魂栖息的诗意之地，从而引领人们"回归柔软与真挚的诗意生活方式"，"与其说是读诗，不如说在这功利的、浮躁的社会中，以'诗歌'为切入点，倡导诗意的生活"。③"读首诗再睡觉"则认为"其实诗歌距离你很近，只有一个枕头的距离"，并"希望大家能养成起床刷牙、便后洗手、睡前读诗的习惯"。④ 因而"读首诗再睡觉"每晚十点准时向读者发出诗意的读诗邀约，让读者从白日的喧嚣、世俗的纷扰中安静下来，通过享受诗美的盛宴，放松身心、超脱世俗，从而获得审美愉悦。这些诗歌微信平台已使阅读微信诗歌成为很多人的日常生活习惯，让人们享受"诗生活"这一新型生活方式。

二 "诗生活"的审美化

毋庸置疑，新媒体诗已构建起人们的"诗生活"常态，而"诗生活"关涉"诗"与"生活"两个完全不同的层面，"诗"是属于超验层面的审美活动，"生活"则是属于经验层面的实践活动，因此，"诗生活"将超验层面的诗意、审美与经验层面的日常生活融为一体，实现了日常生活审美化与审美日常化的统一，实现了"诗生活"的多重审美化。

"日常生活审美化"概念来源于英国学者费瑟斯通，他最先在其演讲《日常生活的审美呈现》中提出，后来在其专著《消费文化与后现代主义》中较为系统地分析了"日常生活审美化"的三个层次："第一，我们指的

---

① 吕周聚等:《网络诗歌散点透视》，中国社会科学出版社，2015，第52页。
② 甫玉龙、陈定家:《"博客"潮流及其文化影响论纲》，《社会科学战线》2010年第8期。
③ 张越:《"为你读诗":找回我们对世界的初恋》，《中关村》2014年第7期。
④ 转引自张黎姣《你与诗歌只有一个枕头的距离》，《中国青年报》2014年5月6日。

是那些艺术的亚文化，即在第一次世界大战和本世纪二十年代出现的达达主义、历史先锋派及超现实主义运动。在这些流派的作品、著作及其活生生的生活事件中，他们追求的就是消解艺术与日常生活之间的界限。……第二，日常生活的审美呈现还指的是将生活转化为艺术作品的谋划。……第三层意思，是指充斥于当代社会日常生活之经纬的迅捷的符号与影像之流。"①就这三个层次而言，新媒体诗显然已实现日常生活的审美化要求，不仅消解了艺术与日常生活之间的界限，也谋划着将生活转化为艺术作品，而且新媒体诗已成为充斥于当代社会日常生活的迅捷的符号与影像。因此，新媒体诗是对当代社会日常生活审美化趋向的回应，正好契合了人们对日常生活审美化的需求，成为日常生活审美化趋向在当下历史阶段的具体呈现。与此同时，新媒体诗还借助新媒体自身的便利，使诗深入日常生活，让诗歌审美成为日常化、生活化行为。诗歌审美本是属于超验层面的精神活动，但新媒体所提供的网络平台，使诗歌审美活动在日常生活的各个时间段、各个场所都可顺利进行，真正形成了"诗生活"。可见，新媒体诗实现了诗与生活的多重契合，形成多层次的审美化，也是对当下审美需求的顺应。

（一）日常生活的诗化与诗的日常化、生活化

新媒体诗借助新媒体平台的自由性、便捷性、迅速性，可以让诗遍布日常生活，这是真正让日常生活诗化、让人们过上"诗生活"的重要机缘。在新媒体平台上，人们随时随地都可阅读诗歌、聆听诗歌朗诵，不仅网页、论坛、QQ空间、微信朋友圈、微信群、微信公众平台上随处可见诗歌的影子，地铁站、公交车站牌、公园、酒店、咖啡厅、酒吧等公共场所的移动媒体上也时常显示或播放诗歌，因此人们无论是在洗脸刷牙、吃饭、走路，还是在等公交车时、喝咖啡时、睡前，甚至上厕所时都可接触到诗歌，体验诗中的诗意，从而实现一种"生活着且诗意着"的审美化日常生活。"为你读诗"每晚十点准时推送诗歌，每晚在线的读者都超过10万人次，不同时间、地点的人都在听同一首诗。而且，这些诗并非如收音机里播送的一次性诗歌朗诵，无法重复收听，"为你读诗"中的诗歌朗诵

① 〔英〕迈克·费瑟斯通：《消费文化与后现代主义》，刘精明译，译林出版社，2000，第95~98页。

音频、视频、文本都可超越时空，重新播放、反复聆听。因此，即使错过晚上十点，人们依然可以超越时空参与"为你读诗"活动，可自由选择自己感兴趣的作品反复聆听。可以说，新媒体诗开拓了人的选择空间，打破了束缚，弥补了日常生活的空白，使碎片时间得到充分利用，让人们任何时间、地点都可阅读、聆听诗歌，消解了诗与日常生活的界限，促进了日常生活审美化的实现。

与此同时，诗也有了日常化、生活化的趋向。由于新媒体给人们带来一个自由、开放、奇幻的虚拟世界，这个空间是一个无限敞开、没有时空限制的"虚拟实在"，其最重要的特点在于"分享想象，生活在一个可以互相表达视觉和听觉的世界"①，新媒体为人们提供了一个可以自由驰骋想象、恣意表达感官世界并及时交流、对话的平台，这个平台为人们敞开心扉、宣泄情绪创设了便利条件，正如张德明所指出的："网络环境中的新世纪诗歌表现为诗人们在虚拟世界中的一种胸臆倾吐和情感释放。"② 吴思敬也指出，新媒体上的诗歌写作"更多是基于一种生命力的驱使，一种自我实现的渴望，一种无法控制的率性而为"③。确实，活跃于新媒体平台的诗人或诗歌爱好者，大都书写日常生活，将日常生活的点滴转化为诗歌，随时随地写作，只要诗兴涌现，便可掏出手机记录灵感，并且能及时发表，跟人交流，获得反馈。如博客诗歌，大都是博主在自己生活中的所见所闻所感，随意、自我、琐碎而生活化，是博主心理感受、情感、生命感悟的记载和抒发。微博、微信中的诗歌更加日常化、生活化，因为微博、微信依存于手机，可以随时随地将书写的诗歌发布出来，更容易将日常生活转化为诗歌，微博、微信平台上"微体诗"的流行更促进了日常生活转化为诗歌的可能性。

正如有学者指出的："和传统诗歌相比，网络诗歌必然发生新的革命性变化，比如它会更生活化，近乎纪录片和流水账。""'私媒体'注定是对个体的日常生活和心灵世界负责的，诗歌在记录生活上有着天然的文体优势。"④ 因此，新媒体诗大都书写个人的世俗生活，呈现世俗生活的

---

① Michael Heim, *Virtual Realism*, Oxford and New York: Oxford University Press, 1998, p.16.
② 张德明：《新世纪诗歌研究》，暨南大学出版社，2013，第18页。
③ 吴思敬：《新媒体与当代诗歌创作》，《河南社会科学》2004年第1期。
④ 何平：《"私媒体"时代的网络"诗生活"——网络诗歌》，《当代作家评论》2009年第5期。

景观，张扬日常性，把诗歌艺术从典雅的高位拉回到日常生活的现场，将日常生活中的各种场景、细节作为诗歌创作的资源。如峰儒的《我的世界这么小》：

> 我坐在电脑前，眼下
> 除了身手外
> 左边，一棵水养植物、一只
> 黑色迷你台灯、一只白色
> 袖珍风扇；右边
> 一小杯清咖和一杯茶水
>
> 日子，也就如此打发
> 唯独不愿舍弃——
> 心中的世界和你

全诗都用口语入诗，都不过是日常生活场景的白描，但诗人通过日常生活场景呈现的却是对"心中的世界和你"的向往、牵挂，是普通、波澜不惊的日常生活中对诗意的坚守与持存。弥唱的《自语》一诗捕捉住"无聊"这种日常生活的普遍情绪："'我有多无聊，你肯定是不知道的'/看完韩剧，盯着天花板发呆。/间或在幽暗的墙壁上/找自己的影子。找不到/就再次拿起 6s 自拍。"诗中呈现一系列日常生活细节，似乎无聊透顶，但诗人接着写道："初冬，无数场大雪宠幸着我/疼痛这个词，也被我磨损过多少次。"可见诗人在世俗化的日常生活中掩藏的诗意和对人生的思考、领悟。娜仁琪琪格的《公车拐入某某胡同》、巫小茶的《狗尾巴草》、梅驿的《零三年的酒和水》、马永波的《打蚊子》等诗一看标题就明白书写的是日常的琐碎生活。新媒体诗大抵如此，把日常的琐碎生活写成诗歌，挖掘其中的诗意，以此书写日常生活中的真实生命体验，将日常生活转化为诗歌艺术。

（二）审美单一性的突破与多重审美愉悦的实现

面对当下社会，周宪曾指出："不难发现，当代消费社会与传统社会的消费有一个很大的不同，那就是它越发地倾向于消费性的愉悦'体验'。说到'体验'这个概念，它与审美联系非常密切。毫无疑问，体验是一种主体的感性活动,它不是抽象思辨的玄想和演绎,而是直接诉诸感官的过程,是经由感官而获得某种愉悦。显然,体验是一个主观范畴,它关乎主体对外部实在世界的某种感觉。"① 长期以来,诗歌都以文字符号的形式呈现于读者面前,人们只能通过"阅读"的方式进入诗歌。但新媒体时代所遵循的是消费社会逻辑,越发注重消费性的审美愉悦体验,这种体验直接诉诸感官,新媒体诗亦遵循这种逻辑,不仅以文字符号为载体,还有声音、影像等符号形式,集文字、影像、声音、多媒体、跨文体于一体,突破了文字呈现的审美单一性,相较于报纸、杂志、诗集等纸媒上的诗歌阅读而言,更直观、充分地传达诗意,从视、听、读、思等多个层面带给人们多样化的新鲜感受。

不少诗人精心设计自己的博客、微博等,在发表诗歌时配上图片、点评,并配上该诗的朗诵音频或视频。最典型的是微信诗歌,其将视频、音频、文字和图片同时呈现,带给读者新鲜丰富的审美愉悦体验。如"为你读诗"和"读首诗再睡觉"等微信平台上的诗歌从视、听等各种感觉方面给人以审美体验,重新打开大众的多种感官,丰富了大众对诗歌的体认和想象,让大众从诗歌的视、听中获得全新的感官体验。尤其是诗歌通过微信平台的有声传播,让人们在疲惫时可以闭上眼睛,放松身体,在动听的朗诵和典雅的配乐中顺畅地进入诗的境界,感受诗歌的韵律、情感和意境,体验诗歌的美;也可以在洗脸、刷牙、散步、锻炼时体验美,获得审美愉悦。

微信公众号"为你读诗"每晚十点定时推送一首诗,每首诗都会配上一幅精美的插图、一段充满诗意的"图说"、一段分析精准到位的"诗说"和"乐说"(或"图享""诗享""乐享"),还有一段特邀嘉宾动人的诗朗诵音频,带给读者无与伦比的审美愉悦。该账号从 2013 年 6 月创设至今已吸引两百万用户,而且每晚都有 10 万以上的阅读量。"为你读诗"于2016 年曾播送过汤唯朗诵的黄灿然之诗《阻碍》,搭配非常巧妙细致,"图说"是美国艺术家、波普艺术倡导者安迪·沃霍尔的作品 *Living Room*,名演员汤唯的朗诵加名诗人黄灿然的诗,再配上"诗享"——一段出自

---

① 周宪:《"后革命时代"的日常生活审美化》,《北京大学学报》(哲学社会科学版) 2007年第 4 期。

《查令十字街 84 号》的故事，让人体味与《阻碍》有异曲同工之妙的情愫，即诗末尾的那句"你将惊觉发生过的事情好像没发生过，诧异于/你曾经忧烦并且已忘记那忧烦"。而微信公众号"读首诗再睡觉"也在推出诗歌的同时配有各种图片、视频、赏析文字和真人朗诵音频，给人以图画、影像、文字、声音等各方面的感官体验。"为你读诗"播送的另一首诗《越过海湾》，被冠以"这是我们的谋杀现场之一"这样震撼人心的标题，其实是从诗中截选了一句诗，显然是"标题党"策略使然。编辑为诗搭配了一幅海湾图，以图衬诗，诗图互释，并配有翻译、"荐诗"评点，朗诵则有则名、楚雨庭两个人的朗读音频和刘宛妮、X 的联读，既有男声亦有女声，既有中文朗诵又有英文朗诵，不同诗人的朗读风格不一样，给人的感受亦不一样，从不同角度对这首诗进行了阅读，感染力显然超过了单纯的诗歌文字，并且超越了文字与图像的简单相加，使受众获得的是多重震撼和多重愉悦。

　　微信诗歌不仅从视听上给人以审美愉悦，还试图引导人们建立一种诗意的生活方式，而"诗意"本身就是一种给人愉悦的审美体验。如前文所述，"为你读诗""读首诗在睡觉"等诗歌微信平台倡导的都是现代人的新型生活方式。确实，"诗"是与世俗相对的，人们每天在世俗与喧嚣中摸爬滚打，大都如《一地鸡毛》中的小林一样被生活磨蚀诗意，日渐沦为俗不可耐的小市民。但诗在微信中的传播却让更多的人接触诗歌，持存诗意，获得审美愉悦。或许正是由于微信诗歌带给人们的审美震撼和审美愉悦，微信诗歌才与微信一样已嵌入人们的日常生活流程，在各种微信迷、低头族、屏幕人、手机控人群中，存在许多微信诗歌的创作者和读者。正如《2015〈诗刊〉微信诗歌大展征稿》启事中指出的："阅读微信诗歌，已成为很多人的日常生活。"[1] 确实，微信时代，诗歌已成为一种流行、一种时尚、一种镶嵌在大众生活中的必需品，唤醒了人们内心深处的日常诗意，使人们真正实现了诗意地栖居，在日常生活中享受审美愉悦。因此，可以说，在微信诗歌里，超验层面的"审美"与经验层面的"日常生活"已融为一体，诗与生活、审美与日常生活之间的界限日渐消解，趋向模糊，实现了"日常生活审美化"。

---

① 《2015〈诗刊〉微信诗歌大展征稿》，《诗刊》2014 年第 12 期。

可见，新媒体诗改变了诗歌的单一化形态，改变了人们对诗歌所产生的审美疲惫状态，实现了审美的多重愉悦，实现了"诗生活"的审美化。

（三）"诗生活"与当下审美需求的契合

新媒体诗与"诗生活"之所以能流行并发展成一种人们喜闻乐见的时尚生活方式，是因为其与当下的审美需求声应气求。

首先，新媒体诗在一定程度上挑战了当下人们普遍存在的审美疲惫心态。当下时代，信息海量涌现，各种新异刺激层出不穷，每天甚至每时每刻都不断有头条新闻爆出，让人眼花缭乱，面对如此繁多的审美对象，人们会无从选择，因此出现了"审美剩余"现象，正如王杰指出的："在后现代文化景观中，一边是富裕、豪华、充满着五光十色商品的世界，另一边是倒置的欲望和苍白的灵魂。"① 人们对身边的各种信息、审美对象都已麻木，缺乏新鲜感，一切都变得"倒置"和"苍白"，没有足够的更新更强的刺激便无法激发大家的兴趣。从接受美学的角度而言，这是一种审美疲惫现象，是后现代社会的典型症候。在接受美学范畴中，任何阅读都是审美接受与审美再生产的过程，根据接受美学家姚斯提出的"期待视野"理论，受众所阅读的作品若与其期待视野一致，便会感到作品缺少新意和吸引力，而当作品出乎意料，超出受众的期待视野，便会激发受众的阅读兴趣。当今诗坛，每天都涌现出众多新的诗人、新的诗歌，但又没有特别突出和优秀的诗人与作品，因而读者已无可避免地产生审美疲惫。

新媒体诗却对大众的审美疲惫进行了挑战并在一定程度上得到突破，尤其是"标题党"、新闻点和爆发力等媒体策略极大地满足了大众的猎奇心理。前面曾提及的余秀华便是典型，她可谓新媒体制造的"神话"。余秀华2009年就开始在纸刊上发表作品，并经常在一些诗歌论坛出没，但一直未能产生多大影响。即使是2014年9月在《诗刊》上发表的作品也依然寂静无声。但当《诗刊》微信平台转发后，余秀华便一夜爆红。何也？微信平台造就了她。《诗刊》微信平台将"脑瘫诗人""农妇诗人""女诗人"等具有新闻爆点、吸引大众眼球的命名聚焦于余秀华身上，与大众的期待视野形成巨大反差，激发了大众的好奇心、猎奇心理，因而大众纷纷"围观"甚至搜索余秀华的一切相关信息。她本是一个极其普通的农妇，

---

① 王杰：《审美幻象研究——现代美学导论》，广西师范大学出版社，1995，第122页。

却因微信平台的运作而走红。这是微信平台提供给她的契机。余秀华的爆红还跟《穿过大半个中国去睡你》有关，这首诗惊世骇俗的标题足以刺激大众早已陷入审美疲惫的麻木神经，虽然未被她收入《月光落在左手上》《摇摇晃晃的人间》这两本诗集，也无法在《诗刊》等重要刊物上发表，但围绕这首诗的媒体和大众的兴奋点却持久不衰，其一直处于各种争议与热炒中，至今未歇。与此同时，其他新媒体的助威，也给余秀华增添了不少吸睛力。2015 年 1 月 13 日，旅美作家沈睿在新浪博客上发表了关于余秀华的文章，高度赞赏余秀华的诗歌，并称余秀华为"中国的狄金森"；1月 20 日，臧棣在微博上发布访谈《臧棣访谈：关于余秀华，真正的问题，不是我们怎么看她，而是我们怎么反思我们自己》，认为余秀华诗歌的最大特色"就是写得比北岛好"；而沈浩波在博客上发表的《余秀华的诗写得并不好》则与沈睿、臧棣形成争鸣，引发大众的热议。这些状况都将大众对诗歌早已麻木的神经震荡得一次比一次更强劲、更刺激，突破了大众的审美疲惫，满足了人们的审美需求。

其次，新媒体诗大都短小精悍，适应了大众因为奔忙而碎片化的生活现状。在当下快节奏的工作、生活中，人们每天都忙忙碌碌，疲于奔命，时间都被工作和生活的各种琐碎敲打成碎片，根本没有时间、精力和耐心阅读厚厚的书本，但大多数人又不甘于像《一地鸡毛》中的小林一样被琐碎的日常生活磨蚀掉所有的诗意与理想，沦为庸俗之辈，因而他们急需一种简单快捷的文学形式满足内心的情感空缺与审美需求，以抵御世俗物欲和技术理性。但小说、散文大都篇幅比较长，不适合他们在零碎的时间里阅读。而新媒体诗如微博、微信上的诗正好精练、短小，可以整合人们在地铁、公交站、公交车、咖啡厅、饭店甚至任何场所的碎片时间进行阅读。可以说，智能手机的普及，为诗歌从衰落、边缘化处境回归大众视野提供了契机，也为人们在"短平快"的生活节奏中寻找诗意、超脱世俗提供了平台。

再次，新媒体提供的诗歌展示平台具有自由、自主的特点，满足了大众对自由的渴望。当下时代，各方面的竞争都相当激烈，工作、生活的节奏之快速都超乎寻常，大众的身心压力都极其沉重，因此人们渴望自由地宣泄个人情感，但每个人需要宣泄、释放的情感、压力各不相同，因而他们需要一个自由、自主的平台。微信诗歌为大众提供了一个恰当的出口和自由空间，正如"为你读诗"公众号入口处标明的宗旨——"给灵魂片刻自由"。无论高低贵贱，无论天南地北，无论男女老少，大家都可以随时随地在微信上畅所欲言，通过写诗、读诗、评诗、留言，与诗友对话、共鸣，宣泄内心压力，这都是传统纸质媒体无法比拟的。

最后，新媒体诗的即时性满足了大众对"新"的需求。当下是信息化时代，信息日新月异，大众对"新"的需求随之水涨船高。如微信诗歌具有即时性、更新快的特点，微信诗歌发送之后受众便可迅速看到，完全超越了传统纸质刊物的时空限制，满足了大众的审美心理，让大众在任何时间、地点都可以阅读到新的诗歌。依照审美心理学中认知神经学科的发现，新异刺激更容易引起神经细胞的兴奋，信息的更新变化可以激发有机体的兴趣，避免知觉因习惯化而丧失灵敏性。微信平台分分秒秒都在更新的诗歌信息无疑会给大众新颖之感，满足他们对"新"的需求。

三　被围观的"诗生活"

新媒体诗为当下的人们建构了"诗生活"这一新生活方式，实现了日常生活审美化，也确实出现了一批佳作，但由于新媒体所提供的网络平台过于自由、开放，毫无障碍、门槛，人人都可成为诗人，人人都可进入"诗生活"场域参与写诗、评诗的活动环节，新媒体语境下的诗歌界成为一个"多种声音'奇怪混合'"[①] 的大剧场，里面分布着许多小剧场，每个剧场都在唱不同的"戏"，各有各的主角，各有各的旗帜，各有各的唱腔，各有各的"戏迷"。各自为营的小剧场策划一场又一场博取大众眼球的"戏"，下半身写作、废话体、垃圾诗、梨花体、羊羔体、乌青体、啸天体、秀华体等热点"大戏"此起彼伏，博客诗歌、手机诗歌、微信诗歌、广告诗歌、地铁诗歌等轮番上场，各种诗歌朗诵会、诗歌节、诗歌奖、研讨会如火如荼。诗歌界的这些"繁荣"景象挤破各大媒体版图，大量的"伪诗""非诗"被冠以"诗"名驰骋诗歌场域，其作者自封为"诗歌教父""诗歌法官""诗歌裁判"，四处"走穴""串场"，其后还尾随一大批忠实的支持者。其实，大多数人不过是穿着新装的皇帝罢了。谢冕曾

---

① 张清华：《多种声音的奇怪混合——新世纪以来的诗歌状况与精神特征》，《文艺报》2011年7月6日。

认为 20 世纪 90 年代是一个"丰富而贫乏的年代"①，其实，新媒体语境下的诗坛更为"丰富而贫乏"，表面的"繁荣"与"全民写诗"的热潮都不过是自娱自乐的"群众表演"，新媒体所建构的"诗生活"成为人人狂欢、娱乐、消费的场所和消费品，充满狂欢化、娱乐化特点，是一种典型的后现代生活。

关于巴赫金的"狂欢"理论及其观点，第二章第二节曾做过引述和阐释，此不赘述。新媒体语境下发生的各种具有"轰动"效应的诗歌热潮都印证了巴赫金"狂欢"理论概括的各种特点。2000 年的"下半身写作"以惊世骇俗的姿态横空出世，在网络的助推下风卷残云般侵蚀整个诗坛，强劲的冲击波造成了诗歌界长时间的喧嚣与混乱，其焦点聚集于"下半身""肉体"，充分体现了"感官洞开""及时行乐""纵欲"等狂欢化特点，代表作《一把好乳》《为什么不再舒服一些》《挑逗》等都是狂欢化的文本呈现；2006 年的"梨花体"事件又是一次全民参与的集体狂欢，网络上沸沸扬扬，民众大规模地参与其中，其影响至今未散；2010 年 10 月第五届鲁迅文学奖揭晓时，来自大众的嬉戏、嘲讽、恶搞让"羊羔体"在网络上着实热闹了一番；"乌青体""啸天体""秀华体"等诗歌事件亦都在网络的助推下成为大众娱乐、狂欢的噱头，时不时为诗歌界奉献一场全民参与的大戏。

当这些以诗歌为名目的大戏上演时，"诗"和"诗人们"其实都不过是被围观的对象，而参与事件的一些诗人、诗歌爱好者、普通读者则成为围观者，许多参与行为便具有"明显的群体娱乐特征，怀有一种唯恐天下不乱的看客心理，从事件混乱发展的过程中取乐"②，是一种典型的围观现象。围观者既包括诗歌圈外的媒体、大众，也包括诗人自己，他们以一种鲁迅曾多次批判的"看客"心理，围观"诗"被媒体、大众及消费主义心理"砍头"的场景。鲁迅在《呐喊·自序》与《藤野先生》中反复述说过一次看电影的经历，即面对同胞的被砍头，画面上一群围观的中国留学生都无比麻木与冷漠。这个经历关涉两个关键词，一个是"围观"，一个是"看客心理"。鲁迅曾多次批判这种围观者的看客心理。在新媒体语境下，围

① 谢冕：《丰富又贫乏的年代——关于当前诗歌的随想》，《文学评论》1998 年第 1 期。
② 孙静：《网络群体性事件参与者心理特点与疏导》，《中国人民公安大学学报》（社会科学版）2010 年第 2 期。

观现象和看客心理极其普遍。看客心理是围观者的普遍心理，这种心理源自每个人内心深处对未知世界探求的好奇心和求知欲。对于"围观"，朵渔进行过深入探讨，他将"围观"分为深层围观和浅层围观，认为深层围观是"相信有一个暧昧不明的'真相'存在，但它的出发点不是'相信'，而是'不信'。从'不信'开始，追问真相"①；浅层围观则是不追问"真相"，只关注表象。新媒体语境下的围观显然大都属于浅层围观，怀抱一种看热闹和从中取乐的看客心理。如赵丽华的"梨花体"事件、车延高的"羊羔体"事件、余秀华的"脑瘫体"事件等都反映出中国人根深蒂固的看客心理，没有人真正关注诗歌本身，没有人从诗歌伦理自身逻辑出发，而是注重收视率、点击率，无论博客、微博、微信还是电视、报纸等媒体，都只关注事件，而非诗歌，都不是追问真相和"为什么"以及"怎么办"的深层围观。

正是由于围观和看客心理，许多诗歌现象被"事件化"。所谓"诗歌事件化"，是指诗歌的影响力与关注度不是或主要不是来自其自身的主题、意象、修辞、语言等诗歌要素与审美价值，"而是与作家离奇经历、容貌身份，或者文人官司、名人逸事、时政要点、社会突发事件等一切具有社会新闻效应的特定事件相联系，通过与文学相关的这些'事件'发酵、扩大文学在社会公共空间关注度与影响力的广度、深度与持久度"②，余秀华事件便是典型。在余秀华事件中，博客、微博、微信等各种新媒体与报纸、杂志、电视等传统媒体高度统一、团结，共同构造了余秀华神话。博客是余秀华传播诗歌的主要阵地，余秀华于 2009 年 8 月 3 日开通博客，将其作为诗歌展示的重要平台，博客访问量已达到两百多万。她还开通了微博、微信，其一夜走红便因为微信。可以说，余秀华的神话是以微信为基点，由博客、微博、微信和传统媒体共同造就的，在这一过程中，人们关注的不是她的诗歌，而是她"脑瘫""农妇""婚姻不幸"等外在身份标签和隐私信息，以及《穿过大半个中国去睡你》的敏感信息，而这些都是微信、博客打出的"同情牌"和标题党策略。余秀华吸引了全民的眼球，被全民围观，人们仿佛在围观另一个小芳、祥林嫂或是凤姐，且大多数人都是为满足猎奇心理和消遣娱乐的浅层围观。正如有学者指出的："说到

---

① 朵渔：《"围观"考——专栏开篇语》，《名作欣赏》2010 年第 1 期。
② 孙桂荣：《余秀华诗歌与"文学事件化"》，《南方文坛》2015 年第 4 期。

底，现在的人们其实不是在用心读诗，而是在用心利用网媒制造文化'沙尘暴'，那些网媒上的点击者真心想看的可能不是诗歌，而是诗歌里提到的敏感词汇。如今的网媒已经成为一架有效的'造星机'。"① 池凌云也敏锐地意识到："一些与诗人真正的写作无关的东西，受到人们的关注，一些不阅读诗歌的人以为那就是诗人，以为诗人就是做出令人惊讶的行为的人，是那种可供围观和哄笑的一类人。"② 在麻木的围观中，一场接一场的恶搞大戏彻底消解了诗的神圣性。2006 年的"梨花体"事件中网友们大批量地模仿赵丽华的诗歌，其实是对"梨花体"的嘲讽、反击，是网友们对赵丽华过于随意、过度口语化的口水诗的集体反抗，这种"恶搞"诗歌反映的是他们对"非诗""伪诗"的不满与愤怒，但在"恶搞"之后，大众对于诗歌的神圣性已经不再迷信，诗歌的神圣性已被完全消解。废话体、垃圾诗、乌青体、羊羔体等让大众彻底质疑诗歌本身曾经具有的神圣性，彻底陷入后现代的迷惘失序中。

在围观者的多寡成为新媒体诗的衡量标尺时，新媒体诗自身的审美价值也无可避免地处于被悬置的状态，正如学者田忠辉分析的："媒介的改变是对表演机制的挑战，传统审美机制的权威性被当代媒介的大众化所解构，表演本身成为目的，成为意义，这是大众文化的策略：一切在于吸引'注意力'，既然'被关注'可以成为一个商业运作的平台，谁还去考虑表演内容的价值？这里的审美判断标准被釜底抽薪悄然置换，已经不是审美趣味，而是'观'注，'被观注'的'点击率'代替了被点击事物的实质。"③ 新媒体与诗结合之后依然属于媒体，必然遵循媒体的各种运营策略，"点击率"和"关注度"是新媒体的立足之本，因而各种新媒体诗大都被有目的、有计划地按照媒体运行逻辑，运用标题党、新闻点和爆发力等策略，制造足够吸引眼球、足够点燃大众的兴奋点。只有标题具有足够的震撼力，兴奋点足够新、奇、怪，才能吸引更多人"围观"。如此，在新媒体与诗的结合体中，内部平衡难以维持，"新媒体"的比重显然高于

① 焱冰：《让诗歌回归诗歌——从余秀华的"火"说开去》，新浪博客，http://blog.sina.com.cn/s/blog_4ab05fa30102vc4z.html。
② 池凌云：《消费时代如何写诗》，《诗刊》2011 年第 10 期。
③ 田忠辉：《网络与"80 后"文学的出场——"优伶化"：新媒体时代的一种表演方式》，《哈尔滨师范大学社会科学学报》2011 年第 1 期。

"诗"，诗的意义与内涵被新媒体严重遮蔽，"点击率"和"关注度"取代了"意义"和"经典"，因此新媒体诗的传播大都沦为技术性传播，"无价值"和"平面化"成为文化传递过程中的常态，诗则与段子一样成为搞笑、低端的一次性消费品，其内涵和价值追问均被悬置起来，失去了诗之为诗的根本价值。

四 "诗生活"的背后

新媒体诗虽然借助新媒体平台的传播效力让人们随时随地都能读或听到诗歌，但在一定程度上消解了审美与日常生活之间的界限，呈现出日常生活审美化的景观，建构了一种新的生活方式，也建构了新世纪诗歌发展的新生态。但新媒体毕竟是一种依托于网络的高科技电子传媒，其基本的运作方式和价值诉求是时尚化、大众化，带有浓重的商品色彩，因此新媒体诗大都遵循新闻逻辑和市场逻辑，其考量标准主要是点击量、点赞数和转发量，而非诗歌本身的质量，因此，在新媒体诗为人们构建"诗生活"这一新生活方式，带来日常生活审美化的背后，其实隐藏着值得警惕的陷阱。

（一）新媒体作为媒体的陷阱

新媒体诗倚助的是新媒体平台，因而不得不遵循媒体的各种运行逻辑。新媒体作为媒体，具有"预谋的炒作性"特点，大都有目的、有计划地按照媒体运行逻辑，运用标题党、新闻点和爆发力策略，制造足够吸引眼球、足够点燃大众的兴奋点。新媒体在推出诗歌时亦不例外，会利用具有震撼力的标题吸引大众，利用新、奇、怪的炒作点激发大众的兴奋点，让大众不知不觉地陷入媒体自身无法规避的陷阱。

一是标题党策略的运用。在新媒体平台上，新媒体诗的策划运营者总试图用具有足够爆炸性的标题吸引众人。如在"余秀华事件"中，如果《诗刊》微信公众号不采取"标题党"策略和新闻性炒作，余秀华就不可能一夜爆红。正如沈睿陈述的："昨晚睡前看了一眼微信，一个朋友转了《诗刊》的推荐的一个诗人，题目是《摇摇晃晃的人间——一位脑瘫患者的诗》，题目刺眼，让人不舒服，不知道写诗与脑瘫有什么关系。"① 正是

---

① 《什么是诗歌?：余秀华——这让我彻夜不眠的诗人》，豆瓣网，https：//www.douban.com/note/478467876/？_i=8976464ZhmQ_Gc。

由于《诗刊》微信公众号推出余秀华时采用了"脑瘫诗人"等刺激大众审美神经的标签，让沈睿产生了好奇，进而做了余秀华的推手。其他许多读者大抵也是如此，"农民""脑瘫""女诗人""睡"等非诗的敏感词语吸引了他们的眼球，这就是"标题党"策略的效力。

二是选取具有新闻点和爆发力的诗人、诗歌。余秀华受关注所凭借的资本首先绝非她的诗歌文本，而是"残疾""脑瘫""农妇""草根"等新闻点。其诗歌挑战了大众的阅读期待，产生了"震惊"效果，吸引了大众关注。对此，封寿炎分析道："然而，热闹喧哗的公众，没有多少人愿意倾听她的歌声。在'颜值当道'的肤浅年代，有谁关心灵魂的事情呢。她残疾的身体、艰难的言语和表情、大胆的诗句以及偶尔出格的言论，就像一串风格鲜明的符号和标签，拼接成一幅罕见的奇观，引发人们围观猎奇的兴趣。这些比她的诗歌和创作，甚至比她的人生和命运本身，更具有新闻爆点，更能形成广泛传播的话题。舆论场上余秀华引发的热闹，诗歌从头到尾都是个话题由头，是个引子。"① 这便是新闻热点制造与传播的典型路径。

三是媒体策划的预谋性。许多轰动一时的媒体事件，大都是在功利性目的的催发下经过精心策划、编排而呈现在大众面前的。对于余秀华的爆红，焱冰揭开了刊物、评论家、出版商等各种媒介"共谋"的功利目的："透过聒噪表象应该看得清楚，实质上是功利心促使众人自愿来为余秀华这把'火'添柴。刊物借此增加发行量，评论家借此表达话语权，出版商则疯抢第一单，好好赚上一笔。"② 此语道破了媒体炒作的预谋性、目的性、功利性，炒作者和被炒作者各取所需，互惠共赢。

新媒体的标题党策略，新闻点、爆发力，有目的、有计划的预谋性，使新媒体平台上的诗歌都无可避免地打上媒体的印记，其吸引会聚的大多数读者并非真心喜欢读诗，而是被诗歌标题或诗中相关的敏感词吸引，真正"阅读"诗歌者寥寥无几，更多的是诗歌事件的"看客"和围观者，吸引他们的不是诗歌本身，而是相关的兴奋点。

---

① 封寿炎：《余秀华，热闹总在诗歌之外》，《解放日报》2016 年 3 月 16 日。
② 焱冰：《让诗歌回归诗歌——从余秀华的"火"说开去》，新浪博客，http：//blog. sina. com. cn/s/blog_4ab05fa30102vc4z. html。

（二）娱乐化的陷阱

学者刘悦笛曾指出："大众文化以其商业性和娱乐性消解了'审美非功利性'的诉求，文化工业则利用其'有目的的无目的性'驱逐了康德美学的'无目的的合目的性'。这样，康德以来的欧洲美学传统就受到了作为'自在的美学'的大众美学的质疑，'将审美消费置于日常消费领域的不规范的重新整合，取消了自康德以来一直是高深美学基础的对立，即"感官鉴赏"与反思鉴赏的对立'（布尔迪厄）。"① 诗本是"审美非功利性"的纯精神活动，但在大众文化和消费文化背景下的新媒体诗，已在很大程度上消解诗歌的精英气质，成为大众文化的一部分，而大众文化的显著特点是商业性和娱乐性，因而娱乐性、消费性成为微信诗歌传播过程中大多数人的追求。大多数情况下，人们关心的已不是诗歌本身，而是诗歌事件。尤其对非专业的诗人、评论家或读者来说，新媒体诗主要是人们在休闲、消遣或打发无聊时的"轻阅读"产品，所谓的"关注"，不过是人们对新媒体诗的一种消费方式而已。

对诗歌事件进行戏剧化、反讽性呈现，是娱乐化的一种重要形态。网络小说《诗人国》显然是对诗歌娱乐化现状的绝妙讽刺，作者李休休借小说家之言对诗歌界的含沙射影可谓入木三分。小说以戏剧化情节串联起新诗百年来的各种闹剧，尤其是新世纪以来的废话体、梨花体、乌青体、干部体、啸天体、荡妇体等各种诗歌体式，并通过徐秦如的口追溯了从胡适开始的新诗发展历史。废话体、梨花体、乌青体都在赵丽"比武招亲"这样的戏剧化场景中予以呈现。小说标题是"诗人国"，但赵丽招亲却并非通过诗歌招亲，而是通过比武。作者强调是"诗人国"，而非"诗国"，原因在于诗人多如牛毛，而真正的好诗却少得可怜，无疑是对诗歌处境与地位的极大讽刺。确实，当下诗歌界像一个"江湖"，正如贝克特曾指出的"谁在说话有什么关系"②，完全忽略了创作者的身份、年龄和地位。映射在新媒体平台上，诗歌创作者是谁已不重要，不再局限于专业的诗人，而是人人都可成为诗人，甚至通过人脉等，不少人稍微运作一下便可跃升为"著名诗人"。新媒体平台的运营者中有诗人，也有非诗人，有诗人中的优

---

① 刘悦笛：《日常生活审美化与审美日常生活化——试论"生活美学"何以可能》，《哲学研究》2005 年第 1 期。
② 王逢振、盛宁、李自修编《最新西方文论选》，漓江出版社，1991，第 459 页。

秀者，也有水平一般一直没什么影响力但借助新媒体平台大肆吹嘘、炒作自己的伪诗人。新媒体平台的门槛低，不设任何障碍，致使诗歌的江湖气日益浓重，比如在微信公众号上，谁都可以自立山头，谁都可以创建微信群，划定自己的圈子和势力范围。对此，霍俊明指出："微信这一'写作民主'的交互性平台已经催生了'微信写作虚荣心'，很多人认为只要拥有了微信就拥有了自己的话语权，甚至滋生出了偏执、狭隘、自大的心理。"① 很多情况下，最受大众欢迎的诗并非质量一流者，而诗歌质量优秀者却由于不会或不屑于鼓吹，一直默默写诗而被湮没。因此，新媒体诗成为泥沙俱下的娱乐化舞台，在这个舞台上，大众在集体消费诗歌和诗人，集体宣泄自己的欲望。"余秀华事件"体现的便是大众欲望的宣泄，是大众集体娱乐化、狂欢化的表现。"余秀华事件"由微信、微博、博客等新媒体的集体合力造就，余秀华爆红后，诗歌界沸腾了，诗歌界外部也沸腾了，全民集体狂欢，集体消费余秀华，恨不得把余秀华的隐私全部扒出来炒作，"脑瘫诗人"已经成为当下大众取笑诗人的一个通用符号，余秀华就像另一个"芙蓉姐姐""凤姐"，反映的是大众的"审丑"心理。人们关心的不是余秀华的诗歌和创作，而是"脑瘫、农民身份、一夜成名、稿费收入、加官晋爵，以及她的情爱婚姻、私人生活等"②，这些已成为大众津津乐道争相品评的关键词。小说《诗人国》也刻画了余秀华的形象，她被塑造成田野中一个穿着粗布衣裳的老妪，"正在追赶一只大公鸡。老妪气喘吁吁地好不容易追上，刚弯下腰要抓它，大公鸡则趁老妪弯腰的工夫又跑到前面去了"，"老妪能追上大公鸡却抓不住它，非常愤怒，所谓愤怒出诗人，她立住身，手指前面的大公鸡，恨声诵出一首声讨之诗：'穿过大半个田野去捉你/其实，捉你和被你捉是差不多的，无非是/爪子与手碰撞的力，无非是这力是手施加的/无非是这手抓住了你的爪子让你误以为生命将被很快剥夺/大半个田野，什么都在发生：微风在吹，归鸟在飞/一些不被关心的萤火虫和蚯蚓/一路在奔跑的母牛和小牛犊/我是穿过蔼蔼暮色去捉你/我是把无数的黑夜摁进一个黎明去捉你/我是无数个我奔跑成一个我去捉你/当然我也会被一些蝴蝶带入歧途/把一夜风流当成

---

① 霍俊明：《微信时代，诗歌回暖了吗?》，《文艺报》2016 年 1 月 15 日。
② 封寿炎：《余秀华，热闹总在诗歌之外》，《解放日报》2016 年 3 月 16 日。

深情/把一个搭伙吃饭的老屌头当成情人/而它们/都是我去捉你必不可少的理由.'"① 作者改写了余秀华的《穿过大半个中国去睡你》,以"大公鸡"隐喻余秀华追过的男诗人,戏剧化地将余秀华到处追男人的细节含沙射影地呈现出来。这种写法或许有故意扭曲的嫌疑,但焱冰曾将余秀华的"爆红"定性为一场与诗歌本体关系不大并带有一定炒作性、功利性的"诗歌村头戏",无疑与小说中的叙述异口同声地呈露了余秀华事件的娱乐性、消费性。确实,虽然余秀华"受邀参加讲座、上电视节目、举行读者见面会,有人找她替自己宣传,有爱好诗歌的官员拿着自己的作品上门请教,有 18 岁的少年向她示爱"②,仿佛获得了大众的认可、肯定,但其实都是大众在消费、娱乐余秀华,是大众借机集体狂欢、集体表演,集体宣泄压抑已久的情绪。在这场"诗歌村头戏"里,每个人都是观众,也都是演员,可以说,"余秀华事件"典型地暴露了新媒体语境下诗歌的娱乐化、消费性。

可见,新媒体构建的"诗生活",裹挟着过重的媒体运营印记和娱乐化色彩,掺杂着大量"非诗"的水分与杂质。如何不沦为浅层的围观者,而追问诗歌现象的真相,维持"新媒体"与"诗"之间的平衡,注重新媒体诗之为诗的美学价值与意义,构建货真价实的"诗生活",或许是当下诗人们需要拂开新媒体语境的喧嚣与嘈杂,安静下来认真思考的问题。唯有如此,才能在建构"诗生活"的社会功能时不忽略其审美功能。

第二节　诗可以见证

在 20 世纪 90 年代,诗人们大多钟情于个人化写作,停留于个人小情绪、小感伤的宣泄与日常琐碎生活的铺陈,对社会、时代等外在现实涉入不多。而进入新媒体时代后,由于新媒体本身是一种媒体,网络、手机等都具有媒体的观察社会、新闻报道、见证时代等功能,其中,见证功能尤其重要,因为新媒体具有自由性、开放性、时效性、便捷性等特点,可以

---

① 李休休:《诗人国》(三),新浪博客,http://blog.tianya.cn/post-5245611-82657501-1.shtml。

② 焱冰:《让诗歌回归诗歌——从余秀华的"火"说开去》,新浪博客,http://blog.sina.com.cn/s/blog_4ab05fa30102vc4z.html。

在第一时间深入事件现场，见证事实真相，发挥见证的功能优势。而在新媒体语境下，人人都可做新媒体人，都可利用手中或身边的新媒体便捷及时地见证时代、社会，由此人们大都具有见证时代、社会的自觉意识，甚至形成一种行为惯性和潜在的思维意识，为诗人见证时代提供了便利和社会语境。因此，新媒体时代的诗歌相比之前的诗歌更能见证时代与社会现实的真实面貌，凸显见证功能和见证叙事的特征。

　　"见证"本是法律术语，被引入文学场域后形成见证叙事和见证文学，诗歌领域同样存在见证叙事，发挥着见证功能。有学者指出："摆脱迷恋感的一种方法，就是培养见证意识，成为你自己生活的一个中立的观察者。在你体内的那个见证者就是你的意识，是你能够意识到事物本质的那一部分——你只需观察和感受，不需要做任何主观判断；只需活在当下，活在此时此刻。"① 许多诗人都强调见证意识，他们只对当下生活进行观察和感受，不做任何主观判断，以此保持中立的观察者角色。英国诗人杰弗里·希尔将见证历史作为自己的使命，波兰诗人米沃什则提出"见证诗学"，中国诗人尤其是新媒体语境下的郑小琼、田禾、梁平、王夫刚、许强、罗德远等都强调诗歌的见证作用。罗德远号召打工诗人"为漂泊的青春作证"②，郑小琼则反复强调诗歌的见证作用："一个没有勇气见证现实世界中的真相的写作者，肯定无法把握活在这种真实的现实生活中的人的内心。文学是因为人而存在，它应该关注人的丰富性，而'见证'意识正说明了写作者在贴近了人，贴近真实的人，而不是虚构的人，想象的人。"③ 可见，在她看来，一个写作者必须拥有见证意识，才能贴近现实世界的真相、贴近真实的人，把握活在现实生活中的人的内心和现实世界的真相。确实，文字是软弱无力的，无法改变现实，但诗人却可以通过诗歌见证，把见到的、想到的记下来，认真地记录周围人群的感受和他们的幸福与不幸，做时代的见证者。

一　"真实"：见证的底线

　　在法律意义上，"见证"的目的不是提供新的信息和证据，而是为已

---

① 〔美〕拉姆·达斯、〔美〕拉梅什瓦尔·塔斯：《擦亮心镜》，于海生译，华夏出版社，2014，第 74 页。

② 罗德远：《打工诗人：为漂泊的青春作证》，《打工族》2002 年 12 月下半月。

③ 何言宏、郑小琼：《打工诗歌并非我的全部》（访谈），《山花》2011 年第 14 期。

有的事实进行证明、提供凭证，因此，"见证"其实是"核对"和"证明"的一个言语行为，其最基本的要求是"真实"。当"见证"这一概念被引入文学场域后，"真实"成为"见证"的底线与基本要求，无论是其内容还是其表现手法的基本要求都是"真实"。美国"新批评派"理论家艾伦·退特曾从诗人角色和责任角度进行分析，指出如果"硬要诗人自认是社会秩序的立法者，这其实是要诗人丢开诗人的确切责任"，在他看来，诗人的确切责任本来很简单，那就是"反映人类经验的真实，而不是说明人类的经验应该是什么，——任何时代，概莫能外"[1]。在艾伦·退特看来，诗人的责任不是为社会秩序立法，而是反映"真实"，见证"真实"。中国学者徐贲亦明确指出："见证人必须真诚和真实……'见证'本身体现的就是'真实'，不一定是所有的事实和细节都确凿无疑，但一定是把真实的道义原则放在第一，就是'我承诺绝对不说假话'。"[2] 可见，"真实"是诗人作为见证者的责任和良心所在，是诗人必须放在第一位的道义原则，尤其是作为见证对象时必须真实。打工诗歌被誉为"我们这个时代最真实的见证之一"，"让我们窥见一个广被忽视的社会群体的真实生活和心理状态"。[3] 确实，打工诗歌大多是原汁原味的打工生活的实录，是社会转型期打工者生活经验和生命经验的真实呈现，见证了特殊时代下中国城市化进程中最真实的一种生存面貌与境况。

为达到见证的"真实"，见证人必须是亲历者，叙述者必须"在场"。因为见证不是旁观式或嵌入式的在场，而是以田野调查的方式获取第一手材料，特别强调创作者的"在场"，其作品是刻骨铭心的亲历再现。因此，"在场性"非常重要，要求诗人亲自在场。赵宪章曾指出："现代传媒过度痴迷于'在场'叙事已是不争的事实。"[4] 在新媒体时代，由于信息传递的快捷性、及时性，"在场"叙事更是不争的事实，打工诗歌、灾难诗歌、底层诗歌、草根诗歌等都在强调写作的在场性，即写作者对所书写生活的"亲历"性、"在场"性，如打工诗人所言："如果我们没有经历过打工生

---

① 〔美〕艾伦·退特：《诗人对谁负责？》，牛抗生译，载赵毅衡编选《"新批评"文集》，百花文艺出版社，2001，第 525 页。

② 徐贲：《"记忆窃贼"和见证叙事的公共意义》，《外国文学评论》2008 年第 1 期。

③ 柳冬妩：《在生存中写作："打工诗歌"的精神际遇》，《文艺争鸣》2005 年第 6 期。

④ 赵宪章：《语图叙事的在场与不在场》，《中国社会科学》2013 年第 8 期。

活，我们很难知道它们的真实：生活真实、内心真实、写作真实。我们不能小看'真实'一词的分量。"① 打工诗人们都明白，只有亲身经历过打工生活的人才能真正看清"真实"，见证"真实"。郑小琼对此的体验特别深刻："作为一个亲历者比作为一个旁观者的感受会更真实，机器砸在自己的手中与砸在别人的手中感觉是不一样的，自己在煤矿底层与作家们在井上想象是不一样的，前者会更疼痛一点，感觉会深刻得多。"② 她是打工生活在场的见证者、亲历者，与打工者们是融为一体的，"他们是我，我是他们"，"在广阔的人群中，我们都是一致的"（《他们》）。因此，当2007年东莞作协想"收编"她时她拒绝了，其实她是为了保持亲历者的角色，当时她正在进行南方系列打工手记的写作，她非常清楚，只有真正在场，才能将真切体验呈现于诗中，才能增加作品的感染力。或许这就是地震发生后，许多未在现场的诗人纷纷赶往现场的原因，也是许多未在现场的诗人写出诗作后遭到批判的原因。2008年冰灾发生后，中国作家协会组织"中国作家抗雪救灾采访团"赶赴受灾严重的贵州采访；汶川地震后，中国作家协会组织"中国作家抗震救灾采访团"分三批先后奔赴四川、甘肃、陕西采访，成为"亲历者"，其实在一定程度上是为作家们"作见证"提供身份基础。只有现场令人失语和精神崩溃的目击经验才能使诗人的作品真正"见证"现场的真实。

实现见证的"真实"，则是见证叙事至关重要的环节，诗人们主要采用原生态"实录"和直接"呈现"的方式。无论是地震诗歌还是打工诗歌、草根诗歌、底层诗歌，其共同特点是"呈现"，客观记录诗人们的在场见闻和情绪感受。如谢湘南的《一起工伤事故的调查报告》采取了"调查报告"的形式，完全是对一起工伤事故的原生态实录，还原了事故的细节，所以真实可信。张守刚的《工业区》《通宵加班》、刘大程的《南方行吟》、郑小琼的《生活》、许强的《今天下午，一名受伤的女工》等诗对打工者遭受的"工伤""断指""断肢""死亡"等生活事件的呈现亦都是打工生活的见证与实录，这些作品中的原生态叙述呈现出打工生活的真相，其背后蕴含着"噬心"的震撼力。打工诗人代表郑小琼曾强调："把

---

① 柳冬妩：《"打工诗歌"的兴起与精神特征》，《文艺报》2011年9月7日。
② 郑小琼：《写诗与打工一点也不矛盾》，《深圳特区报》2007年6月21日。

真相与真实说出，这是一个写作者应有的责任。"① 其话语中的"说出"即为"呈现"，在她看来，诗人的责任是"说出"真相与真实。对于她所书写的黄麻岭，她曾坦承，她只是把黄麻岭这个异乡的生存环境中的生存状态"呈现出来"，"是我摸着生活记忆的一次旅行"。② 她的诗集《散落在机台上的诗》则都是打工生活的血泪呈现，原生态地呈现了打工生活的真实状态，无论是生活遭际还是精神痛楚，都反映了打工者的本然状态，成为一个时代的真实见证。灾难诗歌中同样采用原生态的实录方式见证灾难现实，如陈祖芬的《中国不哭》抓住 2008 年 5 月 19 日 14 时 28 分的天安门广场，实录了现场一个个细节，见证了灾难发生后举国同悲的场景；赵雅君的《呼吸，呼吸……》、李小雨的《记住汶川：十四点二十八分》等诗亦都通过一系列细节呈现与记录灾难的各种现实面貌，见证灾难。

当然，有些诗人的见证是"伪见证"，不少打工诗歌、灾难诗歌、底层诗歌不是出自亲历者，而是诗人们根据电视、报纸、网络、手机等各种媒介上的报道、新闻、消息创作出的"感人"作品。尤其是在新媒体语境下，各种数字化媒体上的视频、图片迅速传播，比现场更真实，灾难发生后，经由各种新媒体的迅速报道、传播，一瞬间便举国皆知，诗人们据此写作，不仅在报刊上发表，还频频获奖。他们书写矿难、洪灾、地震等，都没去过现场，其实是没有资格发言的，但他们失去了"真实"的底线，伪装"在场者""亲历者"进行"见证"式书写。在这些"伪在场者"的叙述中，许多"真实"都是概念化的现实，都是虚构、设想的现实，他们并未到过现场，不过是假拟当事人，假借名义，虚构场景和细节，是一种"假性写作"，是一种"文字的欺骗"。对此，郑小琼曾批判道，"原谅这些用诗歌撒谎的人/原谅这些用文字抒伪情的人/原谅这些对大地视而不见的人……"（《给某些诗人》）。

二　个人记忆与公共记忆的见证

诗人们通过作品所见证的，虽然是他们个人亲身经历的在场经验，但这些不仅仅只是个人的记忆，同时亦是公共的、集体的记忆。所谓见证，

---

① 郑小琼：《深入人的内心隐密处》，《文艺争鸣》2008 年第 6 期。
② 郑小琼：《郑小琼诗歌及诗观》，《诗选刊》2007 年第 Z1 期。

不是针对个人日常生活中那些鸡毛蒜皮的小情绪、小感伤的记录、呈现，而是个人记忆与公共记忆的交织。打工作家周崇贤曾指出："打工诗歌的启示在于：它所关注的不仅仅是个人，而是群体的命运。平时，打工者可能是一盘散沙，到时就是铁板一块，具有震撼力。"① 一般而言，个人记忆是一个集体或一个时代的公共记忆的基础，个人记忆由于具有松散性、随意性而容易在没有记录的情况下随着时间淡化、消逝，需要通过分享、交流、记录而转化为集体记忆、公共记忆，正如杰弗里·C. 亚历山大所言："记忆必须在公共空间中有自由交流，才会成为分享的记忆。分享的记忆以自由的公共交流为条件，因而成为一种具有公共政治性质的记忆。"② 诗歌成为分享记忆的一种手段与方法是，在分享交流中将个人记忆与公共记忆打通、交融。

在打工诗歌、底层诗歌、灾难诗歌、草根诗歌中，只有将个人记忆与集体记忆、公共记忆打通的作品才能存留，才是好作品，才能经得起时间考验。江腊生曾指出："郑小琼的诗歌创作不仅仅记录下一个中国特色时代的农民工进城谋生的心路历程，更重要的是其中青春的激情流淌与存在的理性思考。其中，不仅有个人身体、物质层面的书写，也有国家政治、历史层面的呈现。郑小琼的诗歌既反映了中国特色的城市工业化进程中，打工者生存的空间与心灵世界，又扩大到社会政治与历史层面，承载了传统诗歌的忧患与责任意识，同时也融入了自己的个体情绪与思考。"③ 这是郑小琼从众多打工诗人中脱颖而出的重要原因。郑小琼的《打工，一个沧桑的词》一诗于 2005 年 4 月 7 日贴在"红袖添香"网上后，引起众多打工者的共鸣，无论是阅读次数还是跟帖、评论都创下该网站新高。网友"风云飞"留言："本人也是一个打工仔，感谢作者写出了我们的心声！"网友"沙默"则留言："这首诗我读了 N 遍了，还是要读，好像写出了我内心感受。"可见，郑小琼在诗中所表达的不仅是个人打工生活中的感受，更是所有打工者共同的感受，不仅是个人记忆，更是一代打工者的集体记

---

① 赵亦冬：《打工诗歌：时代与情感的特殊记录——首届中国打工诗歌高峰论坛综述》，载许强、罗德远、陈忠村主编《2008 中国打工诗歌精选》，上海文艺出版社，2009，第 314 页。
② Jeffrey C. Alexander, "Towards a Theory of Cultural Trauma," in Jeffrey C. Alexander（ed.），*Cultural Trauma and Collective Identity*, California：University of California Press, 2004.
③ 江腊生：《底层见证与超越——郑小琼诗歌的整体观照》，《创作与评论》2012 年第 4 期。

忆与公共记忆。郑小琼的诗歌，不仅有自己打工的切身体验，真实地呈现了打工生活的状态，也有她对这种遭际与状态的思考，许多诗甚至上升到对人性的思考、对时代与社会的反思和批判等层面。如《车间》："在锯，在切割/在打磨，在钻孔/在铣，在车/在量，在滚动/在冷却，在热处理/在噬咬，在切断/在刻字，在贴标签……"原生态地呈现出现代工业车间紧张而单调的工作场景，但她并不满足于"呈现"，字里行间所隐匿的是她对人性缺失的思考，对不合理、不和谐的社会现实的思考。这种"呈现"与思考激活了众多打工者的集体感觉，引发了共鸣，可以说她所书写的是个人记忆，也是集体记忆。《铁》《黄麻岭》《流水线》《加班》《穿过工业区》等诗则是郑小琼对自己打工生活中各种细节的呈现，是个人记忆的一部分，但其实这些细节与状态又几乎是所有打工者经历过的共同记忆，因而她的诗具有"见证"的作用，不仅仅见证个人的生活状态，也见证了一个时代中一群人的生存本相。郑小琼自己认为："诗歌对于我来说，更多时候是我对庞大的社会现实生活与个体的内心一次隐秘的相遇……诗歌是我个人的心灵史，它是我对生命的真实体验，在时光一分一秒的流动中，它如影随形就会显现出来。"[1] 诗歌成为她个人的心灵史，但绝不仅仅如此，其实她在许多诗歌中都频繁使用国家、历史等宏大词语，不过她巧妙地将之附着于螺丝、铁、铁钉、机台等小意象、实物上，将个人记忆与集体记忆、个人话语与公共话语黏合得恰到好处。郑小琼自己也承认，"正是因为打工者的这一身份，决定了我必须在写作中提交这一群体所处现实的肉体与精神的真实状态"[2]。对于打工生活中的各种经历，她"不断告诉自己，必须写下来，把我的感受写下来，这些感受不仅仅是自己的，也是工友们的。我们既然对现实不能改变什么，但是我们已经见证了什么，我想，有必要记录下来"[3]。打工的痛楚，既是每个打工个体的个人记忆，也是一代人的公共记忆。另外一位打工诗人许强在《为几千万打工者立碑》中所书写的也不仅仅是诗人的个人记忆，其标题中就透露出为千千万万打工者立碑的决心，显然呈现的是集体记忆，是打工者共同经历的记忆与痛楚。谢湘南的《一起工伤事故的调查报告》、许强的《今天下午，

---

① 郑小琼：《深入人的内心隐密处》，《文艺争鸣》2008 年第 6 期。
② 阿翔、郑小琼：《郑小琼访谈：在异乡寻找着内心的故乡》，《诗歌月刊》2005 年 9 期。
③ 黄河：《疼痛着飞翔：打工妹问鼎"人民文学奖"》，《劳动保障世界》2007 年第 10 期。

一名受伤的女工》、郑小琼的《打工，一个沧桑的词》、田禾的《一个农民工从脚手架上掉下来了》、徐非的《一位打工妹的征婚启事》、卢卫平的《在水果街碰见一群苹果》亦都既是诗人所经历的个人记忆，也是借以小见大的手法呈现的公共记忆。这些经历是每个打工者几乎都经历过的，只不过这些诗人以"见证者"的角色，不仅"是见证"，而且"作见证"，真实地呈现了打工者群体的生活遭际与命运，揭示出这个时代最隐秘的事实真相。

在灾难书写中，见证叙事更是个人记忆与公共记忆的交织体，由于所谓的灾难都是一代人或一部分人的共同经历，凡是经历过灾难的人都是见证人，只不过有的灾难见证者不愿意或不能够为灾难做见证。徐贲将这些经历过灾难的人分为"是见证"和"作见证"两类，他指出："在'是见证'和'作见证'之间并不存在着自然的等同关系。""'是见证'的是那些因为曾在灾难现场，亲身经历灾难而见识过或了解灾难的人们。'作见证'的则是用文字或行动来讲述灾难，并把灾难保存在公共记忆中的人们。"① 如此看来，地震诗歌中只有一部分诗歌属于见证叙事，因为只有亲身经历过地震灾难的人所创作的诗歌才能"是见证"和"作见证"。地震既是一些人现实经历的个人记忆，也是整个中华民族的集体记忆，梁平、熊焱等是汶川地震的亲身经历者，他们书写了许多反映地震灾难的诗歌，这些诗歌与以往的政治抒情诗不同，避开了对大时空大情境的一味书写，而是以地震灾难的体验为基础，与具体时空和具体意境结合，对集体记忆与个人记忆进行双重记录，既历史化地书写与保存集体记忆，又渗入具体的个人感受和具体情境，如赵雅君的《呼吸，呼吸……》、李小雨的《记住汶川：十四点二十八分》、白连春的《整整一个地球的痛》、陈祖芬的《中国不哭》、田禾的《血泪浸染的汶川》、王平久的《生死不离》等。

三 见证的限度与超越

在现实生活中，每个人所能"看到"的其实十分有限，与主体视野、视阈、志趣、主观选择等都有关系，因而其提供的事实信息与事实"本身"不一定完全符合，见证是有限度的。首先，每个亲历者的视野、视阈、视角都不同。在灾难中，亲历者所看到的只是他个人所经历的细节和

① 徐贲：《人以什么理由来记忆》，吉林出版集团有限责任公司，2008，第222、213页。

感受的情绪，与另一位亲历者所看到的细节与感受的情绪或许完全不同。同样是地震，同样是亲历者，有人看到的是毁灭性灾难，如李瑛的《启示》、娜仁琪琪格的《我不相信》；有人看到的是地震到来时的恐慌，如赵雅君的《呼吸，呼吸……》；有人看到的是各地救援，如李瑛的《生命的尊严如此美丽》；有人看到的是死亡，如傅天琳的《我为什么不哭》；有人看到的是孩子，如程维的《孩子，你是我们脸上最悲伤的一行泪》。其次，对于亲历者而言，时间流逝会带来记忆上的变化，有些细节变形、消散或被遗忘，有些细节和感受被强化、放大，对此，黄子平曾对记忆过程中的"选择性遗忘"进行过分析，认为这种选择性遗忘"不单来自权势者和权力机制，亦来自幸存者自身"①。记忆常常在不知不觉中"被后来接受的信息所影响，如读到的报道，他人的叙述。有些时候，自然而然地，产生无中生有的虚假记忆，可时隔多年，这些虚假的记忆已变得可信"②。这些因素显然对"见证"产生了影响，有时候甚至是颠覆性的影响，见证的"真实性"显然只是一定层面上的"真实"。对于灾难的亲历者尚且如此，对于非亲历者，"见证"的限度不言自明。因此，有学者对见证的时间限度做了研究："由于见证文学的纪实性标准，对某个社会历史灾难事件的见证就只能局限于几代人的时间长度中。对于凡非亲身经历者来说，穷竭其所有的想象都无法抵达灾难本身。当所有'是见证'的亲历者们在肉体上不复存在之后，见证某个社会历史灾难的文学文本也将随之不再增加。因此，见证文学有赖于亲历者的生命长度，这是见证文学的时间限度。"③ 而且，见证的"真实"也有限度。任何真实都只是部分的真实，不可能是"现实"本身。见证者即使"是见证"，也可以"作见证"，但他所"见证"的真实其实只是他在视野范围内所"看见"的现实本体的一部分。尤其是在新媒体语境下，仿真化、拟像化的"真实"充斥社会各个角落，信息、事件的真实性更加难以确证。此外，见证本身的意义是有限的。在法律意义上，见证就是作证，就是提供证据证明。而在诗歌中，见证就是记录、呈现，以诗的形式为时代、事件的真相提供文字证据。但诗歌如果仅仅局限

---

① 黄子平：《幸存者的文学》，（台北）远流出版公司，1991，"自序"第9页。
② 〔意〕普里莫·莱维：《被淹没和被拯救的》，杨晨光译，上海三联书店，2013，"序言"第11页。
③ 吕鹤颖：《见证文学与文学的见证》，《文艺争鸣》2016年第10期。

于此，其意义显然是有限的。因此，如何超越"见证"成为诗人们的重要课题。

诗歌艺术层面的考量是超越"见证"的重要维度。这一维度无关题材，无关内容，却既是诗之为诗最根本的考量尺度，更是诗之为好诗的重要衡量标准。打工诗人大多文化素养不高，对打工生活的体悟、感受不够深入，无法抵达更深层的思考与挖掘，属于"在生存中写作"①，他们的作品大都缺少艺术的加工，只是流于现实表象的摹写，陈列打工生活中的各种苦难、生存状况、现实面貌，未能发掘苦难遭遇、不公命运背后的普遍性原因和终极性内涵，因而缺少穿透性。其不少作品在语言、形式、技艺、修辞等方面都没有特殊之处，甚至流于复制、投机之作，概念化、模式化问题比较普遍而严重，导致不少诗歌虽然描写了现实生活，具有一定的现实意义，"但给人的感觉却并不真实，而相反却有些虚假，这里面要么是体验不深，并不真正了解打工生活，也未真正设身处地去感知打工生活，要么则是距离太近、不够超脱，没能表达出具体生活表象背后的普遍性内涵。所以，题材上的真实并未转化成艺术上的真实"②。可见，打工诗歌在诗歌艺术层面是有所欠缺的。同样，灾难诗歌亦存在这个问题。有人评价地震诗歌极不严肃、极不称职，既未能提供新的诗歌发展的可能性，亦未能开创新的美学法则和新的言说方式，"只不过是一场荒诞的闹剧"，是"群氓冲动突然占领了思想与美学的制高点，从而漫为三流以下的诗歌文本！整个地震时期的诗歌，在文本上无一成功"③。这种观点或许有些过激，但地震时期的诗歌确实大多未经斟酌打磨，而是直抒胸臆、肆意宣泄，细节上粗糙，语言表述不准确、不细腻，没有提供新的思维方式、语言方式，并未出现能以诗歌的方式建构地震时期独特的地震经验的杰出作品，许多诗都属于时效性写作，终将随着时间推移而失效。而且，值得注意的是，无论是打工诗歌还是灾难诗歌，抑或是底层诗歌，不少诗人都只是为了发表作品、获得关注、赚取稿费或其他利益而不断重复别人或重复

① 张未民：《关于"在生存中写作"——编读札记》，《文艺争鸣》2005年第3期。
② 王士强：《"打工诗歌"：话题与本体——兼谈诗歌与现实的关系》，《文艺理论与批评》2013年第4期。
③ 梦亦非：《群氓冲动的地震诗歌》，载梦亦非《苍凉归途·评论卷》，花城出版社，2010，第114页。

自己，并未找到自己独特的发现和表达方式。诗歌作品众多，但专业性不够、创造力不足，都是在拼题材、内容、亲历者身份的"优势"，而不是比拼"内功"——艺术眼光、艺术感染力、创造力，因此真正让人记住的作品不多。

诗歌深度与厚度亦是考量作品意义与价值的重要标尺之一，因此，在见证的基础上将作品的意义指向提升到人性维度、对生存本质的思考与反思层面，亦是超越"见证"的重要方法。在新媒体时代，几乎每一重大事件发生后都会涌现一股诗歌热潮。如汶川地震、冰灾、天津港特大爆炸事故、温州动车事故等重大事件发生后，网络上涌现出大量诗歌作品，传达愤怒、批判的公众情绪，但大多数作品没有提供真正个人性的思考，没有提升到高层面的价值关怀，而只停留于宣泄层面，甚至成为新闻化叙述。事实上，许多灾难源自人性的缺失，诗歌应避免"新闻化"的空洞叙述，而应以一种具有重量的精神质地介入灾难，透过灾难中的某些细微事件或对灾难的思考增加作品的深度和高度，从而获得抚慰人心的力量。表面上看，地震诗歌作品产量最高、写作与传播速度最快、影响范围最广，但能经得起时间淘洗的作品却几乎没有。李小雨非常冷静地分析道："这次诗歌创作变成了群众性的运动，诗的感情比较雷同，部分可能当时表达一下激情，但真正传唱下去，我个人认为比较难。"① 大多数作品是为宣扬送爱心、同担当、共患难等精神的急就篇，艺术粗疏且内涵空洞，大多只采用了诗的宣传样式，却缺少对诗性空间和艺术价值的内在追求。灾难诗歌基本上被形而上学化了，灾难对于大多数人而言，成为一种"仿真幻觉"，一种被先在意识所框定的类型化感觉，是地震就必然"地动山摇"，是冰灾就必然"天寒地冻"，没有新的感觉和发现，没有呈现出独特的感觉经验。而打工诗歌、草根诗歌则大多停留于"怨"的层面，怨自己的命运，怨社会，怨时代，怨城市，一味宣泄和控诉，未能上升到人性层面。可以说，灾难书写的关键词是"同情"，打工诗歌的关键词是"怨"。彭易亮的《第九位兄弟断指之后》有对受伤者的同情，有对残酷现实无能为力的叹息，有对磨难生活的无奈，有发泄的色彩，但缺少更为深入的意义发掘，缺乏生活深度和历史感。事实上，诗歌应该不仅仅是生存的证明，为生

---

① 《我们从诗中看汶川大地震》，《世界新闻报》2008 年 5 月 23 日。

活、生存境况作见证和记录，还应将形而下的生存性转化为形而上的精神性，这样才能更好地"为漂泊的青春作证"①，成为一个时代的见证。正如英国学者布拉德雷指出的："诗不是生活，严格地说，也不是生活的摹本。它们之所以不同，不仅仅因为一个内容更丰富，而另一个形式更完善，还因为它们是不同种类的存在。一个是作为在时空中占有一定地位和具有与此地位相关的感情、愿望、目的的活的东西而涉及到我们的，它引起想象，此外，在很大程度上还引起某种别的东西。"② 诗歌应该融入诗人对生活本质的思考，挖掘事物表象背后深层的社会背景、意义向度，对人生价值进行追问以及对历史发展加以探求，从而"引起某种别的东西"。

综上所述，新媒体时代的诗歌在一定程度上见证了一个特定历史时代的现实真相，具有不可小觑的历史意义。但需要注意的是，倡导与实践见证叙事的主要是写作打工诗歌、底层诗歌、灾难诗歌、草根诗歌等的诗歌群体，他们所"见证"的是他们眼观耳听心感的"真实"，是他们所遭遇的人生与时代经验。而其他尚未明确提倡与实践见证叙事的诗人依然在进行各自的诗学探索，亦是不能遮蔽与忽略的重要诗歌现象。而且，见证叙事中的"见证"依然存在需要突破的局限，即如何超越"见证"自身的限度，不仅仅停留于作为"证据"和"见证"本身层面的意义与价值，将"见证"提升至其所见证的现实真相的普遍内涵与深层意蕴层面，从而提升作品的穿透力，这或许是秉持见证叙事的诗人们需要进一步思考与探索的诗学方向。

第三节　诗可以医

最早阐述诗歌功能的是《尚书·舜典》中的"诗言志，歌永言"。后来孔子对诗歌功能进行了更为详尽的阐释："小子何莫学夫诗？诗，可以兴，可以观，可以群，可以怨。迩之事父，远之事君；多识于鸟兽草木之名。"（《论语·阳货》）这一"兴观群怨"说成为中国诗学长期以来的经典诗论。所谓"兴"，即指诗歌能抒发情志、陶冶情操；"观"指诗歌能观

---

① 罗德远：《打工诗人：为漂泊的青春作证》，《打工族》2002 年 12 月下半月。
② 〔英〕安·塞·布拉德雷：《为诗而诗》，载沈奇选编《西方诗论精华》，花城出版社，1991，第 363 页。

察社会与自然，考量风俗盛衰与政治得失；"群"则指诗歌能够通过交流、沟通人与人之间的思想感情而协调人际关系；"怨"指诗歌可以讽谏怨刺不平之事，即批评、讽刺执政者的过失和错误。归结而言，兴、观、群、怨的功能，"即陶冶、体察、沟通、讽刺的功能"①。这一学说长期以来几乎成为有关诗歌功能毋庸置疑的定论。但事实上，诗还有一种功能，即"医"，只不过一直为中国诗论所忽略。

新世纪以来，随着各种精神、心理问题和亚健康状态成为社会的常态，诗歌的疗伤功效被重视并得到积极推行，在社会心理学意义上发挥了重要作用，在帮助人们应对苦难、灾害和日常困扰，缓解人们在现代社会的各种精神和心理压力、疾患等方面均具有显著疗效。

一　诗可以医

其实在古代，诗歌早已被用于治病。《唐诗纪事》记载，杜甫好友郑少文的妻子患有"情志病"，即今天所言的抑郁症，杜甫抽取诗句"夜阑更秉烛，相对如梦寐"让她反复吟诵，不久，她的病情便逐渐好转。精通医药学的陆游亦将诗用于治病，他对一位向他求药的头风患者说："不用更求芎芷辈，吾诗读罢自醒然。"在他看来，读诗比川芎、白芷等除风定痛的药品更具有醒脑宁神的疗效。清代青城子的《志异续编》中亦记载一则医案，即白岩朱公患气痛病，每次发病时便取杜诗朗诵，"取所爱读之，则心恬神适，疾不觉自忘"。这种以诗治病的方法如今被命名为"诗歌疗法"，古人虽未曾如此命名却已实践其疗效。

"诗歌疗法"在国外更为流行。古罗马时期的意大利就有一位名叫索拉诺的医生以创作诗歌和戏剧来医治病人。后来意大利成立艺术治疗研究中心，多年致力于在意大利乃至国际医学界推广诗疗，专门培养"诗疗师"，活跃于养老院、孤儿院、减肥中心、残疾儿童中心等地。诗疗师根据不同患者的不同病情，选择不同的诗歌对症下药。而且，医学家和诗人已联合成立"诗药公司"，出版具有不同主治功能的诗集，供患有不同心理疾病的人对症选用。近年来，意大利还出现了诗疗推广网，以"诗歌是灵魂的语言，一旦内心的能量被点燃，它会带给人们健康和平静"作为网

---

① 三人编《六十个孔子》，湖南文艺出版社，2006，第 97 页。

站的宣传语。英国的诗歌疗法最为发达，罗宾·菲利普医生多年来一直在用诗歌治病，曾在国际著名的医学杂志《柳叶刀》上发表研究报告，指出有 2/3 的受试者认为读诗是有用的，因为他们能够跟诗歌的抑扬节拍相融合，从而改变他们的精神状态；同样有 2/3 的人认为，诗歌能帮助他们对自己混乱的思想进行梳理并加以表达；约有 8% 的受试者认为诗歌在帮助他们对付精神性疾患方面具有良好效果，因而在医生的监护下弃绝了抗抑郁药物和镇静剂。英国诗歌联合会还曾推出"诗歌广场"活动，精心选择一些诗歌，分别展示在公共场所，比如地铁、公园、百货商店、老年之家和学校等地，旨在减轻人们日常生活中的忧郁和恐惧。此外，英国还有诗人达布加尼·查特基直接投身医疗一线，在一家儿童医院当"住院诗人"，为小病人和护理人员举行多场读诗会。英国布里斯托尔大学的医学家一致认为，阅读诗歌比吞服药丸更能有效地治疗焦虑症和抑郁情绪。日本的医学家进行精心研究后发现，反复吟诗可使人大脑皮层的抑制和兴奋状态保持平衡，体内激素和其他生物活性物质分泌增加，血液循环量及神经功能的调节也处于良好状态，因此他们认为，吟诗犹如健身操，因为它既要求读者发音准确，又要有正确的站姿，时而还要有伸臂引颈的姿势。美国则诞生了"诗歌疗法"的先驱阿瑟·勒内（Arthur Lerner），并很早就拥有"诗歌治疗协会"，还与其他几种艺术（美术、舞蹈、戏剧等）治疗协会组成"艺术治疗协会联盟"，并有心理咨询师自己写诗，以诗对病人进行心理干预治疗。诗人北塔在美国威斯康星州参加第 31 届世界诗人大会期间碰到一位先生，在大会上报告他如何用诗歌在监狱里给罪犯和犯罪嫌疑人做心理辅导和心理矫正。[①] 可见，"诗可以医"并非妄言胡说，而是有源远流长的历史脉络。

当然，诗并非神药，正如茨威格指出的："治疗至多只是为他展示了抵抗疾病的可能的措施。这是对病人的呼吁，要他们在精神上振作起来，把自己聚合为一个意愿的统一体，并以他本质的这种完整性来对抗疾病的完整性。在治疗技术这个领域和其他领域一样，仅只凭借语言也可以无数次发生真正的奇迹，仅仅通过许诺和目光，这种由人及人的交流信号，有

---

① 参见北塔《诗如药》，《文汇报》2012 年 7 月 24 日。

时会在完全毁坏的器官中再一次凭借精神重建健康。"① 当代心理学家马斯洛亦指出："诗有着无可比拟的社会功能性与镇定人心的力道。""诗能打开封藏各种可能性的密室，让麻木迟钝的恢复知觉，释出希望。"② 北塔则更直白地指出："诗歌主攻的还是精神性疾病，比如紧张、抑郁、悲伤甚至厌食症等。诗所能代替的是安眠药、镇静剂等药物。"③ 由此可见，诗歌主治的是精神、心理疾病。

　　而在新媒体语境下，人类的精神、心理健康状况极为严峻，精神、心理疾病已成为威胁人类健康的强劲杀手。《子夜》中的老太爷因无法承受大上海现代社会的快节奏而心脏骤停。当下更是一个信息大爆炸、日新月异的新媒体时代，人们每天在虚拟世界与现实世界之间飞速穿梭，工作、生活的节奏之快更让人难以承受，长年累月高度紧张、压抑的生活引发了普遍的精神、心理问题。而且，网络的普及，一方面加速了人们的生活节奏，拓展了人们的视野，但另一方面又极大地缩小了人们在现实生活中的交往圈子和活动范围，"宅男""宅女"成为当下的普遍现象，许多人长期处于自我禁闭、精神压抑的状态，导致抑郁症、焦虑症以及其他精神疾病肆意泛滥。网络虚拟世界的生活习惯弱化了在现实生活中跟人沟通、交往的能力，但网络世界的交往并不能解决现实生活中的烦恼，因而新世纪以来不断出现的各种匪夷所思的惨案，均跟精神世界的不健康有关。犯罪心理学教授李玫瑾曾专门对马加爵进行调查研究，在《马加爵犯罪心理分析》中指出，真正决定马加爵犯罪的心理问题，是他强烈、压抑的情绪，是他扭曲的人生观，还有"自我中心"的性格缺陷。④ 这些惨案的发生与当下社会关系疏离、人适应环境能力欠缺等因素密切相关，而最关键的是焦虑的心理、精神状态，这种焦虑主要来源于心理的不平衡。著名诗歌心理学研究专家吴思敬曾指出："有一种医学观念，叫'整体医学观'。'整体医学观'把人的健康不是仅仅看成身体的健康，而是看成生理、心理、自然、社会等多种因素综合的结果。这种医学观认为：人的机体内存在着

---

① 转引自王珂《新时期三十年新诗得失论》，上海三联书店，2012，第288页。

② 转引自严阵《诗能征服一切》，载《滴翠诗丛》第20期，（香港）天马图书有限公司，2002，第145页。

③ 北塔：《诗如药》，《文汇报》2012年7月24日。

④ 参见李玫瑾《马加爵犯罪心理分析》，《中国人民公安大学学报》2004年第3期。

两个平衡，生理平衡和心理平衡；外部也有两个平衡，自然生态平衡和社会生态平衡。一旦外部的自然生态和社会生态不平衡，就会导致心理不平衡，比如人由于其所处的社会地位的不同，所扮演的社会角色的不同，而产生心理不平衡；而心理不平衡，又往往会导致人的生理不平衡，由此导致各种疾病。可以说，人的身体疾病，往往是由心理不平衡的心理疾病引起的。"① 在物质、技术高度发达的新媒体时代，自然生态和社会生态的发展更加失衡，人的心理亦随之严重失衡，从而导致各种焦虑症、抑郁症、强迫症等精神疾患。世界卫生组织数据显示，世界上的抑郁症和焦虑症患者人数正在不断上升，1990 年至 2013 年，患有抑郁症或焦虑症的人数上升了近 50%，从 4.16 亿增至 6.15 亿，世界上近 10% 的人口受到影响。② 而在中国，据中国医科大学附属盛京医院心理科教授王旭梅介绍，截至 2015 年年中，中国成年人精神疾病患病率达 17.5%，约有 1.73 亿人患有不同程度精神障碍，其中抑郁症是重要组成部分，不乏患者因病自杀身亡。③ 由此可见，精神、心理的健康形势严峻，急需诗歌疗法介入与干预。

中国当代诗歌界极其注重对诗歌疗法的推行，不少诗歌理论家、诗人都在推行或实践诗歌疗法。有学者指出："诗疗的中心任务是治疗焦虑，最大目的是建立自信。"④ 汶川地震后，王利群教授赶赴地震现场，用臧克家的《烙印》、北岛的《一切》、梁小斌的《中国，我的钥匙丢了》、舒婷的《这也是一切》、食指的《相信未来》、海子的《面朝大海，春暖花开》六首诗对灾民进行心理疏导和治疗，是对诗歌疗法的一种实践与推广。东南大学人文学院中文系王珂教授从 2000 年 6 月开始在各处举办关于诗歌疗法的讲座，积极推行诗歌疗法。他认为："诗疗是指通过诗歌欣赏和诗歌创作，治疗精神性疾病，特别是在突发事件中进行有效的心理危机干预。诗歌欣赏或创作是特殊的感官体验，可以改变人的观念、体验和行为。由于诗歌的言志、缘情、宣传等功能与心理危机干预的方法很相似，诗歌语

① 罗小凤：《诗的探索与沉思者——吴思敬教授访谈》，吴思敬诗学思想研讨会会议论文，郑州，2012 年 11 月，第 103 页。

② 《抑郁症和焦虑治疗投资可带来四倍回报》，世界卫生组织，http：//www.who.int/mediacentre/news/releases/2016/depression-anxiety-treatment/zh/。

③ 参见《全国 1.73 亿人患精神障碍，或成世界第二大疾患》，《健康时报》2015 年 9 月 15 日。

④ 叶静静等：《诗歌的医疗作用》，《科技信息》2012 年第 32 期。

言的意象性方式与人的心理运作方式有异曲同工之处，所以诗疗有一定效果。"① 在他看来，诗的"言志"功能有利于改变人的观念，言志的诗可以催人上进，热爱生活、珍惜生命；诗的"缘情"功能有利于改变人的体验，缘情的诗可以宣泄人的压抑情感，稀释孤独；诗的"宣传"功能可以改变人的行为，集体诵读诗是很好的"团体疗法"，容易产生"共鸣"，形成"场"。② 2003 年"非典"时期亦有医生采用诗歌疗法，如武汉市江夏区隔离中心的三名医护人员为一位因被隔离而情绪不稳定、焦躁不安的 19 岁小伙子创作"抗非诗歌"："防非联系我和你，同一战壕如战友。非典并非难治疾，早防早隔早回家。"这首诗让被隔离的小伙子情绪得到安抚。这三位医护人员还为一对被隔离的夫妻创作了《战地处方》，夫妻俩称这张处方为精神食粮和"免疫剂"，让他们平静地度过了隔离期。黑龙江泰来监狱心理咨询矫治中心也将"诗歌疗法"作为心理治疗的重要方法，并在实践中证明"诗歌疗法"对患有抑郁型心理疾病的服刑人员很有疗效。确实，精神刺激可以调节人体的免疫功能，让情绪低沉的抑郁症患者阅读不同感情色彩的诗歌，可以在潜移默化中达到治疗的功效。

在日常生活中，不少诗人和读者亦利用诗歌进行自我治疗。老诗人屠岸曾罹患严重的忧郁症，彻夜难眠，加剂量的安眠药对他都已失效，于是他在心中默吟《琵琶行》，沉浸在"天涯沦落人"的氛围和意境中，这才恢复了心灵安宁。因此，年届九旬的他说："诗使我灵魂崇高，诗使我身体康泰。"③ 翟永明亦在深圳一次研讨会上做过《写诗是一种心理治疗》的发言，高度肯定诗歌作为一种"疗法"的存在价值与意义。西渡亦认为"诗歌是一种治疗方式"，并将写诗当作"精神保健操"，"如果不写诗，也许我会发疯"④，充分肯定了诗歌的治疗作用。诗人们或者诗歌读者们用诗歌为日常生活"排毒"，治疗自己的精神、心理疾病，这种行为在大多数情况下或许是无意识的，但其实都属于诗歌疗法的运用与推行。

---

① 王珂：《南京"新市民讲堂""诗歌疗法"讲座录音整理》，新浪博客，http://blog.sina.com.cn/s/blog_406c7ad10101bsia.html。

② 王珂：《南京"新市民讲堂""诗歌疗法"讲座录音整理》，新浪博客，http://blog.sina.com.cn/s/blog_406c7ad10101bsia.html。

③ 北塔：《诗如药》，《文汇报》2012 年 7 月 24 日。

④ 西渡：《诗歌是一种治疗方式》，《诗选刊》2001 年第 12 期。

二　苦难书写中的疗伤

新世纪以来，冰灾、洪灾、旱灾、地震、非典、新冠肺炎疫情等各种灾难相继而来，诗歌成为书写灾难的重要表达方式。何以如此？灾难的突如其来，给人们带来巨大震撼的同时也产生痛苦、恐惧等各种不良情绪，郁积于心，堆积成伤。而诗歌具有宣泄情绪的作用。对此，著名诗歌评论家吴思敬曾指出："在你心情不舒畅的时候，你读几首与你心境相近的诗，很可能你的心情就平静下来了。另外是创作诗歌，你拿起笔来在创作中用诗的形式很快就把内心不愉快的情绪排解出来。"① 当不良情绪找到宣泄口时，内心郁积的伤也就不治而愈，这就是诗的疗伤功效。

著名诗人休斯曾呼吁诗歌致力于实现治疗的目的，他觉得诗歌应致力于使社会重获新生，使读者重获新生，同时也使诗人本人重获新生。休斯曾经受一战的苦难，他虽未亲身参与战斗，但其父亲惨烈的战争经历带给他强烈的震撼和深刻的心理创伤，他用诗歌"既在诊断，也在医治"②，其诗作《祖鲁人》《出行》等均通过展示血腥的战争场面，叙述关于一战的血腥记忆与创伤，从而医治一战带来的创伤。他的诗歌诊治既是个人疗伤，也是对经历一战的一代人的集体疗伤。在中国掀起的地震诗潮，正属于休斯这种在诗歌治疗中获得新生的个人疗伤与集体疗伤的治疗行为。

地震诗潮是一种面对灾难时的个人疗伤和集体疗伤。地震的突然降临让大家猝不及防，内心受到极大震撼与伤害，如果不及时排遣，阴影与伤痕将愈益加深。李少君在《诗可疗伤》一文中写到他自己面对地震时的心路历程，在他看来，面对地震，"大部分的中国人都患上了抑郁症"，而他自己"感到精神越来越差，心力交瘁，接近衰竭"，晚上难以入睡，但当他写下关于地震的诗歌并贴到网上、发给朋友分享自己的痛苦时，"我好像了结了一件事，卸下了一个负担，心放松了一些，然后去睡觉"，"我感到自己放下了一些什么，能够振作一些了"，他自己认

---

① 罗小凤：《诗的探索与沉思者——吴思敬教授访谈》，吴思敬诗学思想研讨会会议论文，郑州，2012 年 11 月，第 104 页。

② Hibbett Ryan, "The Hughes/Larkin Phenomenon: Poetic Authenticity in Postwar English Poetry," *Contemporary Literature* 1（2008）：121.

为"不写这首诗，我就会一直精神不振"①，可见写诗对于诗人自己的疗伤作用。这是李少君的个人疗伤，但当他贴至网上和给朋友分享这首诗时就已变成一种集体疗伤。

而《孩子，快抓紧妈妈的手》一诗在网络的助推下，迅速引起共鸣，成为当时最热的一首诗，被中央电视台、东方卫视、湖南卫视等多家电视台在赈灾节目中朗诵，被《南方日报》等近百家报纸刊登、转载，还登上了法国的一家报纸。这首诗语言平实，没有特别的诗歌艺术与特色，但却被广泛接受。为什么会产生如此大的影响？笔者认为，这是因为此诗含有诗歌治疗的功效，既适合于个人疗伤，亦可用于集体疗伤。其一，这首诗给地震中的受害者一个宣泄情绪的出口。突如其来的地震让许多人猝不及防，感到无比震撼、恐惧。那些瞬间失去至亲或失去自己身体一部分的人，内心的痛无以言表，他们经历了诗中所言的痛苦，在这首诗里得以宣泄淤积的情绪，读之无不潸然泪下。其二，这首诗给目击者、旁观者一个宣泄情绪的出口。许多人虽未曾亲身经历地震，但大都通过电视、网络、报纸感受到地震的残酷无情，地震残酷的阴影带给他们的恐惧也让他们受伤。在这首诗里，诗人以死者的口吻说出了对生者的眷恋与不舍，击中了大家心中最痛的神经，让他们的情绪得到宣泄，既是一种个人疗伤，也是一种集体疗伤。这就是这首诗的功效所在，它能把大家在地震中郁积的情感疏导、宣泄出来，让大家为自己的情绪找到宣泄口。不良情绪一旦得到宣泄，就如开闸泄洪，危险也就过去，阴影和伤痕也能得到缓解。凡是读过它的人基本上都哭了，正因如此，凡是读过它的人都得到了治疗。

地震诗潮暴发后，不少学者、诗人纷纷谴责所谓的"地震诗歌"。张清华重提阿多诺的格言"奥斯威辛之后，写诗是野蛮的"，提醒"我们会不会错读苦难"；朵渔认为地震时期"写诗是轻浮的"；还有不少人认为诗人们是在消费苦难。但从社会学意义而言，地震诗潮其实是一种诗人的个人疗伤和集体疗伤。所有的诗人都面对共同的灾难，饱蘸血与泪进行创作，将地震灾难与人性磨难、民族苦难相对接，呈现诗人对生命、死亡、苦难的感受与体悟，彰显大爱与民族精神，由此实现集体疗伤的目的。而

①　李少君：《诗可疗伤》，《羊城晚报》2008 年 5 月 24 日。

在集体疗伤过程中，诗人个体的伤痛也得到缓解。如傅天琳的《我为什么不哭》一诗中，"我"与"我们"完全融为一体，"我"已成为"我们"的代称，二者几可相互置换，"我唯一的母亲，那么多母亲被掩埋/我唯一的孩子，那么多孩子被掩埋/我唯一的兄弟，那么多兄弟被掩埋"已把抒情主体的自我化入人民的群体，诗人反复质问"我为什么不哭"，实为所有生者对自己的质问，在质问中实现自我疗伤与集体疗伤。东荡子的《来不及向你们告别》一诗也是将"小我"与群体相融，来不及向亲朋好友告别的"我"显然不局限于诗人"小我"的身份指认，而指涉所有不幸丧生者，但诗人又并未指向空洞的"大我"，而是以个人心理经验为基点诉说点滴感觉，把遇难者的普遍心理抒发得淋漓尽致。对于每个面对地震的人来说，那些伤痛的记忆虽然各不相同，却又具有相通性，诗人们用个人化的叙述模式书写个人记忆，同时又唤起具有相似经历者的集体记忆，宣泄了集体情绪，将个人疗伤与集体疗伤融为一体。

打工诗歌亦大都是对打工生活中遭遇的各种苦难的叙述，对命运、社会和时代的怨诉，这其实是一种"宣泄疗法"，既是诗人的自我疗伤，也是一代人的集体疗伤。自改革开放以来，"打工"便成为一个流行词语，成千上万的打工人背井离乡涌入北京、上海、广州等大城市，虽然他们在地理位置上由乡村进入了城市，但并未能改变他们的身份属性，他们在城市里遭遇了各种尴尬，被生活碾压后既在身体上遭受创伤，更在精神上遭受创伤。如郑小琼，在五金厂打工时曾遭遇过工作环境恶劣、拇指被机器切断、工资低、地位低、人最基本的尊严被践踏等身体和心灵的双重疼痛。面对这种疼痛，虽然郑小琼知道文字不能将断掉的手指连接起来，但她"仍然不断告诉自己，必须写下来，把我的感受写下来，这些感受不仅仅是自己的，也是工友们的。我们既然对现实不能改变什么，但是我们已经见证了什么，我想，有必要记录下来"[1]。郑小琼用诗歌记录她所经历的打工生活，这种记录就是一种自我疗伤。她自己曾坦陈她写诗歌的初衷："当时的自己内心是自卑的、孤独的，想找点事情打发内心的自卑与孤独。""我最初写诗纯粹是为了去除孤独。当时的我非常失落，读完书没有工作，做流水线，甚至找不到一份工作。在第一年里，我做过鞋厂、家具

---

① 黄河：《疼痛着飞翔：打工妹问鼎"人民文学奖"》，《劳动保障世界》2007 年第 10 期。

厂、毛织厂、玩具厂等，也被招工骗子骗过，还进过一家黑工厂……做什么都不顺利，非常郁闷，只有写一些东西安慰自己。"① 她找到了诗歌这种载体"安慰自己"和"打发内心的自卑与孤独"，显然是一种自我疗伤。当然，她的诗写出来后被其他打工者读到，产生共鸣，就变成了集体疗伤，这也是她的诗产生巨大影响的重要原因。

打工者面对打工生活中的疼痛、卑微、耻辱、绝望等遭遇，内心积攒着一股不平之气，愤怒的情绪需要宣泄的出口，因而一些打工者选择诉诸诗歌，于是形成"打工诗歌"。对于打工诗歌在新世纪初掀起热潮的诗歌现象，张未民指出："'打工诗歌'的产生以及迅速在全国打工群体中蔓延则说明所谓'工业文明'带给他们的除了养家糊口的工资之外，则是人生与精神与身体的几重摧残。"② 打工作家周崇贤则直言："打工文学的崛起在于它的群体性。我们是一个整体。打工诗歌的启示在于：它所关注的不仅仅是个人，而是群体的命运。平时，打工者可能是一盘散沙，到时就是铁板一块，具有震撼力。"③ 因此，打工诗歌不仅是打工者个体的伤痕书写，也是群体的伤痕呈现，打工诗歌呈现出他们在打工过程中的苦难、不幸、幸运、愉悦和痛苦，更多的是疼痛与苦难。许强的《为几千万打工者立碑》显然不仅是诗人用诗歌为自己疗伤，更是为千千万万打工者集体疗伤，字里行间都是打工者对不公平的命运和待遇的愤怒、抗争。其通过诗歌宣泄内心的不满，控诉命运的不公，呈现自身的生存状态和命运遭际，让人深刻体味到他们的切肤之痛，这种情绪经过宣泄得到疏导后，可以实现自我疗伤和集体疗伤的目的。在打工诗人张守刚笔下，他通过工卡、工号、流动人口证、暂住证、健康证、计生证、未婚证等系列意象呈现打工生活的苦难与疼痛，呈现了卑微、疼痛、耻辱、疲倦、麻木、呐喊、绝望等。诗歌的字里行间都奔涌着一股愤怒情绪和不平之气。郑小琼的《胃》则写出了打工者的饥饿和生活的窘迫。

---

① 王士强、郑小琼：《"我不愿成为某种标本"——郑小琼访谈》，《新文学评论》2013 年第2 期。
② 张未民：《生存性转化为精神性——关于打工诗歌的思考》，《文学报》2005 年 6 月 2 日。
③ 赵亦冬：《打工诗歌：时代与情感的特殊记录——首届中国打工诗歌高峰论坛综述》，载许强、罗德远、陈忠村主编《2008 中国打工诗歌精选》，上海文艺出版社，2009，第 314 页。

这饥饿的胃，吞下一列奔跑的火车
却忍受着爱与恨的疼痛　它收缩着
一群四处逃散的病症触及它的腹部

风声追赶着它奔跑的细胞　剩下
白色的红色的药丸进入它的城市
它开始办证　像疯子一样加快了速度

也许你和我的心中　都对现实不悦
却转身从遥远与虚无的事情寻找安慰

它把时代的镜子吞进了胃
惹上不断疼痛的疾病
它的内心有着软弱的羞愧
起身吧，我们的愤怒与怨恨

这世间悲剧总是比喜剧要多
这饥饿的胃不再侵扰与折磨
习惯了做个幻想与失意的人
却在胃里藏一个活着的灵魂。

郑小琼的《打工，一个沧桑的词》、许强的《今天下午，一名受伤的女工》、谢湘南的《一起工伤事故的调查报告》、田禾的《一个农民工从脚手架上掉下来了》、彭易亮的《第九位兄弟断指之后》、徐非的《一位打工妹的征婚启事》、罗德远的《刘晃棋，我的打工兄弟》、卢卫平的《在水果街碰见一群苹果》等诗都是诗人自我疗伤与集体疗伤的典型。他们在控诉不公平待遇和不公正的命运后，内心的愤怒情绪得到宣泄，因此面对现实生活时才能从容、平和。

三　现代文明病的治疗

在日常生活中，各种各样的苦难在所难免，比如爱情、亲情的失去，事业、工作的不顺，病痛、死亡、离别、灾祸等，对于个人而言都是苦难，诗歌能起到日常排毒和疗伤的作用。尤其是新世纪以来，各种新媒体全面介入人们生活的方方面面，各种对新媒体的依赖症成为社会流行病。网络刚诞生时，众多网民沉溺于网络；博客诞生时，网民们热衷于玩博客；微博诞生后，网民们一窝蜂玩微博；微信诞生后，微信又跃升为新宠甚至专宠。当下人们对手机的依赖已经成为最严重的新媒体病，"拇指族""低头族""屏幕依赖"成为常见症状，虽然手机给人的生活和工作带来便利，但由于人对手机过分依赖，人与手机的关系越来越密切，人与人却越来越疏远。人们沉溺于手机世界已成为普遍现象，个体在现实世界中与人交往的能力越来越弱，原来的人际关系也被人机关系侵蚀、替代。英国斯旺西大学心理学教授、网络成瘾研究专家菲尔·里德博士总结出 8 种"21世纪流行病"，都与智能手机和平板电脑密切相关。确实，手机、电脑等各种电子产品已充斥我们的生活，它们不断地更新换代，原本是希望给人类的生活带来方便，其结果却是让人忽略了人与人之间自然的互动，造成了人与人之间的隔膜，从而带来了越来越多的精神、心理疾病等新的现代文明病。在社会心理学的意义上，孤独症、抑郁症、亚健康是现代文明病的典型症状。如何治疗这些病？在诗歌领域，不少诗人用生态诗、田园诗、自然诗、乡愁诗等诗歌形态进行诗歌治疗的尝试。

面对工业文明、城市文明给现代社会带来的各种负面影响，"站在大自然的伤口和工业废墟的边缘"，一些诗人开始书写自然景物、乡土人情、地理状貌、田园风光等生态诗，以此传达他们对现代文明的批判和对人类未来的忧虑，在对现代文明的"祛魅"中喊出"世界的疼痛"①。他们或对现代文明和现代社会持有批判与忧患意识，或对未来建设人与自然和谐生态的理想进行畅想，无论是批判还是畅想，其实都是诗人在为现代人疗伤，为自己疗伤。诗人徐俊国便认为自己的诗都在"为生命中不慎走失的那部分招回魂魄"②。确实，当下很多人都生活于心灵监狱或技术锁链中，处于个群分裂、身心分裂、天人分裂的状态，非健康消费观、发展观、价值观等导致了精神生态的非健康状态，个体魂魄已走失，生态诗则为人类

---

① 田皓：《20 世纪 80 年代以来中国生态诗歌发展论》，《湘潭大学学报》（哲学社会科学版）2007 年第 2 期。

② 徐俊国：《雅姆主义》，《诗探索》2010 年第 7 期。

灵魂寻到安顿之所，治疗人们在现代文明中的累累伤痕。

田园诗的书写从现代医学角度而言是一种"田园疗法"。无论从人体生理还是心理学角度，"田园疗法"对人的身心健康都具有积极作用。瑞士学者吉伯·艾特尔调查了法国、西班牙和奥地利等国100多名林业工人，发现这些人的身体都很健壮，其中20多人年幼时体弱多病，后来竟然成了"寿星"。科学家们建议，不论男女老少，每天都应在花园、森林、田园中漫步1小时，如此，可以消除疲劳，身体的耐力可以增加15%，嗅觉、听觉和思维活动的敏感度可分别提高20%、13%和24%左右。① 新世纪以来，诗歌界涌现了许多乡村田园诗，如徐俊国的"鹅塘村"系列、路也的"江心洲"系列、江非的"平墩湖"系列，都以乡村田园生活为素材。

自然诗亦是诗人们用以治疗现代文明病的重要书写方式。李少君认为，"自然是中国人的神圣殿堂"②，"自然不是一个背景，人是自然中的一个部分，是人类栖身之地，是灵魂安置之地"③。因此，李少君一直试图以自己的诗建立一个"自然的庙堂"。事实上，李少君所言的"自然的庙堂"是一个充满悖论的概念，因为"庙堂"最初是指太庙的明堂，是古代帝王祭祀、议事的地方，后来专指朝廷；而"自然"主要指山林、江湖，其实是与"庙堂"相对的，所谓"居庙堂之高则忧其民，处江湖之远则忧其君"，古代的"庙堂"与"江湖""山林"形成两种生存状态，即一为身居庙堂高位而关怀民生疾苦，一为人生失意却"位卑未敢忘忧国"，隐逸于山林、江湖而胸怀天下。然而，李少君秉承了波德莱尔在《应和》一诗中"自然是座庙宇"的观点，以"自然"将"庙堂"与"江湖""山林"勾连起来，消弭了二者的对立性，建构起独特的精神空间与诗歌空间。这个"庙堂"正是一间现代社会中的精神疗养所。如李少君的《隐居》：

晨起三件事
推窗纳鸟鸣，浇花闻芳香

① 参见天舒主编《健康有活力》，内蒙古人民出版社，2005，第185页。
② 李少君：《我的自然观》，《诗潮》2014年第2期。
③ 李少君：《我与自然相得益彰——答周新民问》，载李少君《自然集》，长江文艺出版社，2014，第117页。

> 庭前洒水扫落叶
>
> 然后，穿越青草地去买菜
> 归来小亭读闲书
>
> 间以，洗衣以作休闲
> 打坐以作调息
> 旁看娇妻小烹调
>
> 夜晚，井边沐浴以净身
> 园中小立仰看月

这种生活显然是一种陶渊明式的田园生活，对疗治现代文明病具有显著的疗效。因此，李少君试图建构的"自然的庙堂"便是疗伤之所，是精神的疗养地。

爱斐儿作为一名医生，更清醒地意识到现代文明给人类带来的病与伤，她明确写道"城市，终究是个坏东西"（《月浅灯深》），因而她以诗笔写出诗集《非处方用药》，这是为现代文明之伤开出的"药方"。爱斐儿《非处方用药》中的诗"以生命为'君'，以灵魂为'臣'，以思考为'佐'，以热爱为'使'"的药方，具有"温和疗效"，具体是"以温暖抚慰为主，以寒凉提醒为辅"①，而这些药方都是治疗心灵与灵魂的，正如爱斐儿自己所言："我只想用我的诗歌开出一副心灵的处方，它的药引是爱，它的疗效是大爱无疆。"② 爱斐儿的其他诗亦有这种功效，总是潜流着宁静、淡定、典雅、大气，读者在阅读时自然沾染上这些"气息"，获得"温和疗效"。

此外，爱斐儿的诗都是她自己对人生、自然、生命、宇宙等的思考与体悟，有一种铅华洗尽、淡定从容、达观超脱的超拔之气，读之能获得不少人生体悟，亦能为灵魂疗伤。面对现代生活的快节奏，她的诗里呈现的

---

① 爱斐儿：《非处方用药》，中国青年出版社，2011，"自序"第 2 页。
② 转引自孙晓娅《文本间性和自然的神谕：女诗人笔下意象的生态诗学内涵——以爱斐儿和徐红为例》，《中国现代、当代文学研究》2012 年第 12 期。

是"慢"，如"冲破壶口的禁锢，最终到达一种缓慢和平静"（《跋》）；面对现代生活的喧嚣，她的诗呈现的是"静"，如"让山还是山，让水还是水，让我还原一名观众的角色，站在山水的一隅安静地欣赏"（《柔软的冬季》），"进入深秋，场景在静美中排好秩序"（《逆光》）；面对现代生活的浮躁，她的诗呈现的是"淡定"，如"在一句话里，不争主谓，在一剂药方内，不争君臣。守住自己的基调，安坐自己的宾位，不急不躁，不温不火"（《旋复花》），"阳光中行走着那么多老人，眼里蓄满江湖风波"（《阳光照耀北土城》）。这些诗，都对灵魂之伤具有特殊疗效。

不唯《非处方用药》如此，她的其他诗都是如此，尤其值得注意的是，爱斐儿所塑造的"废墟"意象具有的内涵其实远远超出爱斐儿自己书写时的初衷，"废墟"本指元大都遗址，但文本一经写出便不再受作者自己的意识控制。"废墟"，从更高更远的层面看，现代文明背景下的城市其实就是一片"废墟"，与"荒原"一样具有丰富的象征内涵。爱斐儿将"废墟"发掘出来，其实附着了一种现代文明危机的预警意义，正如她诗中所揭示的"废墟……意味着鲜活的生命如同泥土与草芥"（《阳光照耀北土城》），虽然当下处于和平年代，但在现代文明背景下，鲜活的生命其实也如同泥土与草芥被侵蚀着、杀害着，只不过一切不是在可见的刀光剑影中进行，而是在不为人知的背后潜行。无论社会如何发展、如何进化、如何文明，最终都将变成一片"废墟"，现代社会就像一片"废墟"，表面繁华，潜藏的都是废墟一样的恶与伤，因而"废墟上的抒情"这一诗集名本身充满了象征与隐喻意义，就像波德莱尔的《恶之花》一样。

李成恩则用"高原"拯救自我和灵魂，高原上的草原、牦牛、群山、格桑花等无不入诗。李成恩在《低头吃草》《草原上的尊严》《巴塘草原》《致草原先生》《草原腰》等诗中试图通过"草原"进行自我救赎。李成恩还在诗中多次表达"做一条牦牛"的愿望，如《独自吃草》中的"我无数次想象/来巴塘/做一条牦牛/低头吃草""我吃过生活的垃圾/那枚生锈的炮弹/咬掉我的一颗门牙""我吃过甜饼/一种圆圈圈/像是骗人的""我口里残留的农药越积越多""我学会吐掉/嘴里那只/世界强塞给我的/绿青蛙"，诗人在批判人类之"罪"的同时以"做一条牦牛/低头吃草"作为救赎自己的一种方式。高原上的"草"是未经污染的原生态的草，是未施加过"农药",未被垃圾、炮弹、甜饼侵蚀过的纯净之物,只有像牦牛一样"低头吃草",方能自我救赎。李成恩还表达了"做一棵青草"的愿望,"做一棵青草/做青藏高原腹地的一棵青草/比做喧嚣都市里的有钱人/更加挺立/关键是/更像个人"(《在草原我想起你们》)。当今社会,人们如何救赎自己?李成恩认为"做青藏高原腹地的一棵青草"可以让人"更加挺立""更像个人"。《我请求白云》中的"白云",《格桑花仙境》中的"格桑花",《遇见一座雪山》中的"雪山""野花""鹰",《与群山对话》中的"群山""菩提树""嘛呢石""鹰""雪花""野花",《我的藏獒》中的"藏獒",《过西域》中的"雪""沙""风",《与狼对视》中的"狼""狼群",《青秆青稞》中的"青稞"等都是高原意象群的个体意象,是李成恩建构其精神"高原"的系列意象,是她进行精神救赎的外在载体。在"高原"的洗礼和救赎中,李成恩写道,"我的诗/学会吃草了/我的诗/拉出热气腾腾的牛粪了/我的诗/被卓玛捡进背篓里了/我的诗/在牧民的炉子里/发出温暖的火光//在去神山的路上/我的诗/被一块嘛呢石/迎面击中了"(《草原笔记》)。可见,李成恩的"高原"救赎路径于她个人而言是成功的、奏效的。

乡愁诗在某种意义上是对思乡病的治疗。打工诗歌中有许多书写乡愁的诗,打工者常年在外漂泊,离开家乡太久,城市里融不进,乡村又回不去,内心便产生一种无依靠、无归属的沧桑感和失根感,于是乡愁成为一种精神创伤,成为一场巨大的心理灾难,正如席慕蓉《隐痛》中所言,"可是,有些我不能碰/一碰就是一次锥心的疼痛",这些疼痛急需心理的治疗,需要一个独特的宣泄空间。打工者的诗里有不少书写乡愁的,反映的是一个时代的伤。"80后"的打工者的乡愁颇为明显,农业社会向工业社会、商业社会的转型使他们的"故乡"已面目全非,"故乡"已被工业化、商业化,当他们回到故乡时,发觉故乡已不是以前山清水秀的面貌,而更悲哀的是,"80后"回到故乡,由于自身常年漂泊在外,故乡已不认识曾经土生土长的"游子",而将"游子"认作异乡人,有排斥感、陌生感,如罗雨在《故乡,今夜我是异乡人》中写道,"当我一步步靠近/故乡,我发现你如此遥远/今夜,我仿佛只是一个异乡人",这是兼有农村人与城市人双重经历和身份的"现代游子"们的真实写照,王光明指出:"诗中说话者这种故乡成异乡的感受,从一个角度独特地揭示了社会转型时代当代中国人的精神失落。"① 对于"80 后"而言，曾经魂牵梦萦的"故乡"已"回不去"，已与"异乡"无异，"故乡"已成为诗人们经过"想象"而重构的"虚像"，正如肖水感慨的"故乡是即兴的，它被我们收集而来/故乡，凹凸不平""写作到达不了故乡"（《返乡》），胡桑则写道，"这些仿佛来自故乡，但我无法回去"（《惶然书·七》），牛依河则试图寻找故乡的旧人、旧物、旧时光，结果却是"我寻不见它们，寻不见"，只能"学着石头/唯有在风中独自肃穆，悲伤"（《寻旧人，不见》），这是怎样的尴尬与悲哀？他们只能把这些尴尬与悲哀宣泄进诗歌中，抚慰漂泊无依的灵魂和伤痕累累的心灵。

可见，在诗可以兴、观、群、怨的传统诗歌功能说之外，"医"其实是诗歌功能无可置疑的重要内容，不仅在古代和现当代诗歌史上发挥过诗歌疗伤的功用，尤其在当下新媒体语境下，其"医"的功能具有更显著的成效，值得进一步推进和发掘。

小　结

进入新媒体时代后，面对新的时代语境，在新的技术支持下，诗歌的社会功能显然在一定程度上被强化、凸显。但需要注意的是，新媒体作为一种依托于网络的技术平台、消费文化的主要载体，基于作为媒体的本体属性，无可避免地带有消费文化的各种弊病与局限，需要诗人和读者们在"享用"其社会功能时秉持对诗歌审美价值、艺术魅力的清醒与自觉，如此，方能真正调谐好社会功能与审美价值之间的关系，才能真正使诗深入公众世界。

---

① 王光明：《空心人：一代人的精神困境——序罗雨诗集〈空心人〉》，载罗雨《空心人》，阳光出版社，2013，第 7 页。

第六章
并未消失的距离：诗与公众
世界之关系的迷误

诗歌进入新媒体时代已有多年历史，虽然新媒体为诗歌发展提供了新的传播平台和路径，为改变诗与公众世界的关系状态带来契机，在一定程度上改变了诗歌边缘化的境况，甚至出现"全民化"的"盛景"，但诗歌是否真的已达到"全民化"？是否能真正依靠其自身的文本魅力和艺术价值深入公众世界？不能忽略的是，新媒体是一种技术媒体，其介入诗歌场域后已无可避免地带来一系列问题：在新媒体语境下，诗歌想"介入现实"，事实上却被现实绑架；诗歌想深入公众世界，获取公众的关注，事实上却呈现出"优伶化"倾向；诗歌想与新媒体更好地耦合，事实上却由于被新媒体绑架而呈现出灵魂话语缺失的缺陷；相应地，诗歌批评则为适应新媒体语境的需要调整批评话语，呈现标签化、空心化趋向。这些问题，导致诗其实并未真正深入公众世界，诗与公众之间的距离其实并未真正消失，"全民化"不过是个"乌托邦"，是个海市蜃楼般的愿景。这些问题，是横亘在诗与公众世界之间的一堵堵厚墙，亦是新媒体时代诗歌进一步发展需要规避与探寻解决路径的关键。

第一节　被现实绑架的诗歌

诗与现实的关系长期困扰着诗人，一直是诗歌领域纠缠不清的历史遗留问题。在新媒体语境下，为调整诗与公众世界之间的关系，为了让诗走进公众世界，诗界、学界对诗与现实的关系重新投注了热切的目光，打工诗歌、底层诗歌、草根诗歌、灾难诗歌等书写现实的诗歌热潮一波未平一波又起，"重返现实""回归现实""介入现实"的呼声亦此起彼伏，使诗与现实的关系一直是新世纪以来诗歌的话语焦点。但笔者认为，在新世纪书写现实的写作热潮与呼声中，诗歌界表面热闹非凡，其实诗正处于被现实绑架的状态。怎样绑架？如何松绑？这都是值得探讨的重要问题，后者亦是未来诗歌调整诗与公众世界之关系的重要环节。

一　作为关键词的"现实"

毫无疑问，"现实"是新世纪诗歌的一个关键词，打工诗歌、底层诗歌、草根诗歌、灾难诗歌、及物写作等命名都指向"现实"，受到追捧。与此相反，"小文人诗歌"遭到激烈批判，谭克修和沈浩波曾在 2006 年 6 月 9 日至 11 日在长沙举行的首届"新世纪诗歌名家峰会"上掀起一场反对"小文人诗歌"的讨论，认为小文人诗歌是指一种在文字游戏和情感游戏里自娱自乐、自怜自叹、自怨自艾、回避现实乃至躲避现实，具有小圈子化、反对所谓现实关怀等特点[①]的诗歌，甚至有人把 1986 年以来的中国诗歌都视为"和现实脱节"的"自杀路上的小文人诗歌"[②]。由此可窥见新世纪诗歌所钟情的诗歌路向。

打工诗歌最初是在 20 世纪 80 年代初伴随改革开放而出现的，但作为一个诗学现象和话题引起诗歌界与学界关注是在 2001 年《打工诗人》创办之后，随后，打工诗歌与底层诗歌于 2005 年前后一起成为批评视野中的热点，受到许多诗人、评论家、学者和各种刊物的关注与肯定。吴思敬指出："底层写作、打工诗歌等的出现，就正是青年诗人在经历了近二十年风雨变化后的一种调整，是对纯技术主义和过度疏离现实的一种反拨。"[③]张清华则认为："我并不想说，有了'打工诗歌'一切就都变得好起来了，无论是现实还是诗歌都不会仅仅因为一个伦理问题的浮现而解决所有的问题。但是我确信它给我们当代诗歌写作中的萎靡之气带来了一丝冲击，也因此给当代的诗人的社会良知与'知识分子性'的幸存提供了一丝佐证。

①　参见刘春《朦胧诗以后：1986~2007 中国诗坛地图》，昆仑出版社，2008，第 256 页。

②　谭克修：《自杀路上的小文人诗歌》，《诗歌月刊》2006 年第 8 期。

③　吴思敬：《面向底层：世纪初诗歌的一种走向》，《南方文坛》2006 年第 5 期。

在这一点上，说他们延续了一个真正的现实主义的写作精神也许并不为过。"① 他们都充分肯定了打工诗歌、底层诗歌的现实主义写作精神。王光明也充分肯定"打工诗歌"和"底层诗歌"，认为这类诗歌具有现实与艺术的双重意义。可见，诗歌界和学界都充分肯定打工诗歌和底层诗歌在处理诗与现实的关系方面的积极意义。确实，相较于 20 世纪 90 年代诗人们沉溺于个人日常生活、私密话题、小情绪小感伤的个人化书写，打工诗歌、底层诗歌无疑在诗歌题材上打开了一片新的领域，尤其是反拨了个人化写作的疏离现实、不接地气、自言自语、自怨自艾、自恋自赏的诗歌倾向。

关于"草根诗歌"，最初诗人杜马兰在《上海文学》2003 年第 10 期发表的《流水》一诗的"诗观"中重新提起"草根"一词，他主张"回到诗歌的草根时代"，"只为着认真的情感，而认真写诗"。② 稍后的 2003 年 11 月，李少君正式提出"草根性"写作，并从理论和创作实践的双重角度对"草根写作"进行系列阐述。在李少君的话语场域中，"草根性实际上是指从自己的土地上、土壤里自然地生长出来，具有鲜活生命力的东西。……草根性同时还是很个人化的东西，个性气质一样的东西。是一种原创性的东西"③。他认为："所谓'草根性'，如果用一句话来概括，就是指一种自由、自发、自然的源于个人切身经验感受的原创性写作。"④ 对于李少君阐释的"草根性"，陈仲义认为强调的主要是"原创"和"个人化"，而这是众所周知的诗歌基本规则，因此他认为"原创"和"个人化"的扩散容易"模糊特指性"，"让人对概念的规定不那么心悦诚服"，没有必要大力强调。陈仲义不同意李少君对"草根性"的阐释和界定，并提出新的阐释："打工诗歌的底层体验、经验，它的精神胎记、它的民间、它的泥土、它的顽韧，恰恰非常符合草根的特质。"他认为草根是"底层的另一种代名和引申义"，"无疑储满这深刻的底层经验"，因此，陈仲义话语场域中的"草根性"是指"从在场切身的感受出发，通过不断返回内心，返回个体的经验，来接近一种自我的真实"。⑤ 他认为底层诗歌、打工

---

① 张清华：《"底层生存写作"与我们时代的写作伦理》，《文艺争鸣》2005 年第 3 期。
② 杜马兰：《流水·诗观》，《上海文学》2003 年第 10 期。
③ 李少君：《关于诗歌"草根性"问题的札记（节选）》，《诗刊》2004 年第 12 期。
④ 李少君：《草根性与新世纪诗歌》，《诗刊》2009 年第 13 期。
⑤ 陈仲义：《草根诗写的"纹理"与"年轮"——兼与李少君先生商榷》，《南方文坛》2010 年第 1 期。

诗歌是草根诗歌的重头戏。李少君和陈仲义从不同角度阐释了"草根性"，笔者认为二者其实可以互相补充、互相阐释，李少君强调的"个人切身经验感受"与陈仲义强调的"从在场切身的感受出发"其实是一致的，不过陈仲义的阐释更强调底层经验，将"草根"与"底层"进行互相隐喻、互相指涉，更接近"草根性"的内涵，是对现实书写的强调。

地震诗歌等灾难诗歌也是新世纪以来现实书写的重要组成部分。新世纪以来，冰灾、地震、非典、矿难、洪灾、雾霾等各种灾难不断发生，引发一轮又一轮书写灾难的创作热潮。2005 年 6 月 10 日 13 时黑龙江宁安市沙兰镇发生特大洪灾后，黄芳写下了《所以你要惩罚我——写给沙兰镇中心小学的孩子们》；2008 年汶川地震后，各种诗传单、手机短信诗、报纸与杂志诗歌专版、赈灾晚会诗朗诵、抗震救灾诗歌特集纷纷涌现，大量民间诗刊、网刊等都满载诗歌，掀起了"全民写诗"的高潮。面对灾难频仍的社会现实，蓝蓝写了一系列灾难诗，如《真实》《永远里有……》《矿工》《从绝望开始》《火车火车》《纬四路口》等。对于书写灾难的诗，吴思敬高度肯定："从古至今，各种各样的灾难就与人类相伴，因而也必然成为文学创作的重要母题。一场突发的重大事件或灾难，常常会唤醒沉睡的良知与爱心。"[1] 在灾难面前，在灾难唤醒的良知与爱心催发下，诗歌写作热潮甚至全民写诗之风成为新世纪诗歌的奇特景观。

这些写作都被认为是"及物写作"、接地气的写作，其实都是对现实的强调和书写。新世纪诗歌书写现实的转向是值得肯定的，可以加深诗与公众世界的关系，改善诗的边缘化处境。但遗憾的是，新世纪以来的大多数诗歌都被现实绑架了。

二　被现实绑架的诗歌

新世纪以来书写现实的作品大体有以下几种倾向或范式。

一是滥情宣泄式。无论是书写地震、冰灾等题材的灾难诗歌还是打工诗歌、底层诗歌，许多诗人都是在宣泄苦难、控诉现实遭际的不公平和命运的不公平。如有的诗虚拟地震发生瞬间的感觉，如《三分钟》《中国不

---

[1]　吴思敬：《仰望天空与俯视大地：新世纪十年中国新诗的一个侧面》，《文艺争鸣》2010年第 19 期。

哭》等；有的诗对灾难进行回放，如《那一只伸出的手》《血泪浸染的汶川》《收音机在帐篷里哭泣》《整整一个地球的痛》等；有的诗抒发飘忽的、空洞的感情，如《亲爱的，你在哪里》《孩子，你是我们脸上最悲伤的一行泪》《大爱啊，也许只是一滴……》等。因此，有人感叹诗人把一场天灾处理得太抒情，是对苦难的消费，是贩卖苦难，是"用诗歌撒谎""用文字抒伪情"（郑小琼《给某些诗人》）。

打工诗歌中也存在大量直接宣泄情感的诗作，他们宣泄内心对城市的"恨"，对生活的不满，对命运的抗争。如谢湘南在《力学结构》中写道："一幢房子的建造过程深入我的骨髓/我在世界的疲倦里疲倦/……我痛恨一切的结构/我在秩序的光辉里枯萎/如蚂蚁盛开的花朵/电脑会制造情人/银行能生产爱情/……假如我不在四方形的天空/故意咳嗽/楼房什么时候因为引力倾塌过？"诗人毫不遮掩地宣泄了他对城市的"痛恨"。如前所引的许强的《为几千万打工者立碑》则对不公平发出愤怒呐喊。这些诗由于都是暴露生活的苦难、艰辛和命运的不公平，有"苦难秀"的嫌疑。其实，谢湘南对"苦难秀"一直抱着疏离姿态："打工生活作为一种题材来入诗，它仅仅也只能说明我们时代的部分生活在艺术这面镜子上的反映。你的生活单调枯燥，受到了很多不平等的待遇，你整天在受苦受难，这与诗歌并没有直接的联系，当你将这些生活形态转化为你自以为是的'诗的语言和形态'（其实在普遍的意义上这只是一种精神自慰），就要求别人给你更多的关注，这是一种不正常的心态……所以我很反对那种大大小小的所谓'苦难秀'，总是去强调自己某种'流亡'的身份，好像整个民族的疼痛就在他一个人的血液里流淌。"[1] 但意识归意识，谢湘南对"苦难秀"的反感并不能让他不书写苦难，不宣泄情绪，实证了打工诗人要超越苦难书写、超越情绪宣泄其实殊为不易。

二是流水账呈现式。大多数打工诗歌、底层诗歌都是流水账、平铺直叙地记录、呈现打工生活和底层生活，"诗"因被诗人们放逐而缺席。如前所引的谢湘南的《一起工伤事故的调查报告》，诗中流水账式地呈露与事故相关的各种细节，完全成为对一场工伤事故的实录，仿佛公安部门的

---

① 谢湘南：《关于打工诗歌，我为什么欲言又止》，东湖社区，http://bbs.cnhubei.com/thread-56543-1-1.html。

调查笔录，没有任何提炼、加工。

这类诗太多太普遍，迅速蔓延到打工诗歌和底层诗歌中，成为一种书写模式。发星也意识到"现在打工诗人缺乏理论的导向。肤浅的摹写结果导致大面积语言与题材的重复"，但他并不认为需要改进，而是主张："打工诗歌在语言技术上不应该过多注重，但必须要不断翻新。"① 殊不知，如果语言技术不过关，是无法"不断翻新"的。李少君认为粗糙可以理解，张未民认为底层写作"为了自己的'现实精神'和'人的精神'，牺牲一些'美学技巧'也就可以得到文学的原谅了"②。

媒体、刊物、学界、诗界对打工诗歌普遍降低要求使打工诗人不反思自己的诗歌艺术，止步于流水账式呈现、记录打工生活，而非致力于诗艺的探索和提升。打工诗人卢卫平自己说："我的诗，自始至终关注着现实，体验着我所经历的一切，感受着当下各种可能的生存状态。……面对日常生活，我从未把自己看成诗人。从这个意义上，生活就是活着。"③ 卢卫平的"从未把自己看成诗人"其实折射了打工诗歌、底层诗歌的尴尬处境，即被诗歌界、评论界指认为"诗"的文字在作者自己看来并非"诗"，他们从未以创作"诗"的状态去写，不过是对自己"活着"的记载，只是"感于哀乐，缘事而发"这样最基本的情感呈现。卢卫平的自述代表了许多打工诗人的诗歌诉求。田禾的《路过民工食堂》、王夫刚的《蹲在广州东站痛哭的返乡民工》、江一郎的《挤车的民工》《火车就要来了》、陈先发的《煤矿》《轮胎厂4号窗口之歌》、谢湘南的《零点的搬运工》《呼吸》、刘川的《拯救火车》等诗虽然都呈现了民工艰辛、混乱、苦难的生活境况，但都是表层的，没有"从俗世中来，到灵魂里去"④。而且，大多数打工诗歌都丧失"诗"性，都是铺陈、粗糙、表面呈现，内涵上过于"轻"、诗歌艺术上过于"平"、语言上过于"白"，没有杜甫的沉郁顿挫。正如王士强分析的："'打工诗歌'作品大多数的确并无特殊之处，甚至不无复制、投机的成分，许多写作流于概念化、模式化，仅仅是在浅层次地

① 许强、罗德远、陈忠村主编《中国打工诗歌精选（1985~2005）》，珠海出版社，2007，第461页。
② 张未民：《关于"在生存中写作"——编读札记》，《文艺争鸣》2005年第3期。
③ 卢卫平：《向下生长的枝条》，中国文联出版社，2004，"后记"。
④ 谢有顺：《从俗世中来，到灵魂里去》，郑州大学出版社，2007。

摹写现实表象，变成世相的积累和苦难的堆积，并没有真正的穿透性，艺术层面的加工与提升不够。""题材上的真实并未转化成艺术上的真实。而作为诗歌，'诗之为诗'的艺术特征和本体自律是至关重要的。如果说关于现实性、关于社会责任与担当的书写值得提倡、具有较大意义的话，那么诗歌本身的语言、形式、技艺、修辞等层面的因素则是诗歌的一种基础和前提，舍此则容易成为空中楼阁。"[①] 总体上，大多数打工诗歌尚处于"呈现"的较低层次写作状态。

三是替人代言式。现实书写的诗歌中，有的使用第一人称"我""我们"，有的使用第三人称"他们""他""她"，还有些使用第二人称"你""你们"。这些人称中，有的诗人是书写自己的亲身感受、经历，但有的诗人则是为他人代言，即使以"我""我们"的口吻书写，亦大都不是作者自己，而是虚拟的身份和角色，是为他人代言。如黄芳的《所以你要惩罚我——写给沙兰镇中心小学的孩子们》，诗中的"我"其实不是洪灾的亲历者，不是孩子的妈妈，但诗人以"我"的虚拟口吻为洪灾中失去孩子的妈妈代言，替失去孩子的妈妈们诉说内心的悲痛。

打工诗歌中许多诗人成为"打工群体"的代言人，他们以"我们"写诗，如辛酉的《我们这些"鸟人"》："我们这些居无定所的人/我们这些四海为家的人/我们这些背井离乡的人/我们这些漂泊的人//我们这些黄土地养大的人/又以生活的名义/背叛了黄土地的人/我们这些打拼在城市的人/却屡遭排斥的外来人/我们这些生活在城市/却被称为农民的人/我们这些奔波在季节里的人。/我们这些像候鸟一样的人/我们这些———'鸟'人。"为打工者群体描画了一幅"鸟人像"。许强则更直接地"为几千万打工者立碑"（《为几千万打工者立碑》）。"他们""他""她"则是明显地为他人代言。这种代言，蒋述卓曾在分析"底层意识"时指出写作者可以分为两类："一类是由已不是社会底层至少说是中等阶层或知识分子写作中体现出来的底层意识，由于他们关注社会底层的生活艰辛和生存困境，其作品往往有强烈的现实关怀精神。但有时往往也不免有俯视的感觉，有的还对底层生活存在一定的隔膜，多少带有一些臆想的成分，有的流露出

---

① 王士强：《"打工诗歌"：话题与本体——兼谈诗歌与现实的关系》，《文艺理论与批评》2013 年第 4 期。

过于同情的意味。另一类则是由本身就处于底层的写作者即进城务工或在乡镇企业务工的打工者所写的'打工文学'所体现出来的底层意识。由于他们有亲历的体验，会更让人感觉到平实。有的为了给自己打气，反而更趋理想化一些。尽管有两类写作者的不同表达，但底层意识在精神内涵上是一样的，即对社会底层生存状况的关注与揭示，意在唤起社会对社会底层命运的重视，为社会底层遭遇不平等、不公正待遇鸣不平，对社会改革中出现的相对贫困和暂时困难给予关注，对社会底层前途的改变与未来路向充满着忧虑与同情。"① 正因如此，代言亦有俯视代言和平视代言。两者都可能扭曲灾难和底层的本相，不无臆想的成分，那个"现实"与现实本相并不完全重合，具有某些不真实性。有的诗人为吸引眼球，引起关注，故意夸大苦难，扭曲事实；有的诗人则"为了给自己打气，反而更趋理想化"，大都有"失真"的可能。

　　"替人代言式"写作遭到一些清醒而敏锐的学者的质疑，罗梅花曾直接质疑代言的真实性："那些以'底层'代言人的身份自居，却缺少与底层大众的真正对话和交流的人，那些一味陶醉在自己所编织的话语谱系中自鸣得意的人，他们的代言到底有多少真实可信的成分？"② 刘旭则分析了代言所带来的写作误区："从任何角度去发现他们的优良品质、他们的革命性乃至他们的'伟大'，都只是对他们的表述方式之一，他们都是被表述的'他者'，表述得再伟大也是一种扭曲，真正的他们仍然没有出现。……被表述意味着被使用和利用，即使最善意的他者化表述也是使用底层来证明不属于底层的东西，或将底层引入误区。"③ 程一身则批判了汶川地震中的"代言式"书写："前几年汶川地震时，不少人并未亲临现场，只是通过电视或网络了解到相关画面和信息，感慨来袭不免口占一绝或赋诗数首，这固然反映了外现实或大现实，但大多未和内现实与小现实结合在一起，结果有些文字根本不能被称为诗，有些诗人无意中成了高高在上的旁观者或空洞粗疏的代言人。这很糟糕，诗歌毕竟不是新闻，不是简单的报道……"④

① 蒋述卓：《现实关怀、底层意识与新人文精神——关于"打工文学现象"》，《文艺争鸣》2005 年第 3 期。
② 罗梅花：《"关注底层"与"拯救底层"——关于"诗歌伦理"的思辨》，《南方文坛》2006 年第 5 期。
③ 刘旭：《底层能否摆脱被表述的命运》，《天涯》2004 年第 2 期。
④ 程一身：《当代诗中的现实元素与结构分析》，《海燕》2013 年第 12 期。

可见，"代言"使学者们对代言身份背后所遮蔽的底层生活的真实性产生了怀疑，即对底层写作与现实的关系产生了怀疑。

这些书写现实的诗歌倾向与范式被有点文字基础的打工者争相模仿、跟风，一个郑小琼出名了，后面便有千万个"准郑小琼"等待评论界、诗歌界的发现与追捧。这种一窝蜂的底层写作，正如张未民分析的，他们"所奋力敲打的与其说是'文学之门'，实质上毋宁说是'生存之门'"①，可见，底层写作者大都是为"生存"而非为文学为诗歌。柳冬妩也认为打工诗歌所具有的特殊意义在于"它的社会学与人类学含义"超出了诗歌本身。② 但其实，诗与现实关涉的是两个方面，一是艺术，一是道德承担。二者之间如何平衡、对称，是诗人们面临的长期任务。而当前，诗大都被现实绑架。

所谓的"现实"书写，大都停留于现实的表层、"生存"的层面，停留于个体的直观经验和感受，毫无提升，而诗本是灵魂层面的、终极层面的，因而新世纪的诗大都已被现实绑架。正如罗梅花质疑的："'打工诗歌'的鼓吹者标榜对社会底层大众的道德关怀和精神拯救，将诗歌的伦理价值提高到匪夷所思的高度。""不少诗人和评论家是把'打工诗歌'和'底层写作'这些强烈的伦理诉求仅仅当做蛊惑人心的文学口号在使用，其目的无外乎通过标榜自己的伦理优越感，抢占新发现的诗歌领地的制高点，谋求在文学界和文化界的话语霸权，因此，这种诗歌伦理观必然是一种伪诗歌伦理观。""创作们往往主观地将'底层'抽空、简化为抽象的人道主义的修辞，使之变成一种抽象的、被动的能指，一个外在于我们的'他者'。"③ 老刀也清醒地指出："打工诗歌作为近几年备受关注的一个词条，正在获得远高于它本身艺术价值的声誉。""作为诗歌评论者，首先应该坚持客观的艺术标准和基本的良知，不能因为打工者生活艰辛出于同情而给予其作品不恰当的评价。"④ 老刀认为当下打工诗歌虽然关注打工者苦难，但存在"过度渲染与夸大"苦难现象，"显得矫情、夸张、刻意虚张声势"。

---

① 张未民：《关于"在生存中写作"——编读札记》，《文艺争鸣》2005年第3期。

② 参见柳冬妩《从乡村到城市的精神胎记——中国"打工诗歌"的研究》，花城出版社，2006，第267页。

③ 罗梅花：《"关注底层"与"拯救底层"——关于"诗歌伦理"的思辨》，《南方文坛》2006年第5期。

④ 老刀：《直面苦难还是直接矫情?》，《新京报》2005年9月16日。

诗歌需要承担一定的道德责任，需要将伦理道德作为当仁不让的内涵诉求，但过分鼓吹、拔高道德、伦理对于诗歌的作用，甚至以道德、伦理的含量取代诗歌艺术的比重，无疑会损坏诗的价值，遮蔽底层人真实的苦难和生存状态。正如希尼所认为的，诗歌介入政治和社会伦理问题，是诗歌的正当职责，但并非诗歌书写现实，拥有了道德承担的现实精神就可以忽略诗歌艺术的训练，他指出："诗歌有其自身的现实，无论诗人在多大程度上屈服于社会、道德、政治和历史现实的矫正压力，最终都要忠实于艺术活动的要求和承诺。"① 对此，"打工诗人"自身其实也清楚："再苦的劳动本身，也不是艺术。简单的陈述，只能传达出社会学意义上的疼痛与不平。而只有艺术化的体验，才能更深地打动人们，包括打动更加遥远的后人。"② 书写底层、书写灾难，是值得提倡的一种富有意义的诗歌写作路向，但诗的艺术性有待提高，毕竟是诗，不是情绪宣泄，不是日记，不是流水账，不是报告文学，杜甫也写底层和灾难，但他的作品呈现出的是"沉郁顿挫"，而当下的现实写作之诗有多少达到"沉郁顿挫"的高度？有多少可以反复吟诵的隽永之作？大多数诗都是一次性消费品，经不起推敲。因此，新世纪以来的现实书写确实在题材上打开了新的空间，但能否把这新题材写好，写成优秀的诗歌，真正深入公众世界，这应该是比打开一个新题材更重要的问题。占领题材、占领诗歌领地固然重要，而能否把这领地打造好、建设好，是更重要的问题。诗人需要承担现实，但诗的艺术亦要关注，不能让诗歌沦为道德工具，正如艾略特的诗人作为诗人对本民族只负有间接义务，而对语言负有直接义务的论断。因此，不应该用道德高度、现实维度绑架诗歌，而应追求诗与现实之间的"和谐共处"。

三　如何松绑？

有学者把诗与现实的关系比拟为"街与提琴"，"街的嘈杂繁嚣，将提琴微弱柔和的颤声完全吞没"，并认为"主要的错处，还在街这方面"。③

---

① 黄灿然编译《见证与愉悦——当代外国作家文选》，百花文艺出版社，1999，第264~265页。

② 许强、罗德远、陈忠村主编《中国打工诗歌精选（1985~2005）》，珠海出版社，2007，第469页。

③ 罗大冈：《街与提琴——漫谈现代诗的荣辱》，《文学杂志》第2卷第12期，1948年5月。

目前的诗歌界便是如此，嘈杂喧嚣的现实之街掩盖了诗歌之琴微弱柔和的颤声，大多数诗都已被现实绑架。那如何松绑？

新世纪初，诗人江非便认为应该把诗歌"从诗歌中解放出来"，不能"只在艺术的小领域内去谈论诗歌"，诗歌最应针对的"应该是它的时代和所处的历史境地"①，强调的是加强与现实、时代的关系；但钱文亮却认为"诗人的写作只应该遵循诗歌伦理"②，强调的是"诗歌伦理"，是诗歌艺术维度。笔者认为，二者其实应该结合起来，如九叶诗派所主张的"在艺术与现实间求得平衡"，既要有"强烈的自我意识"（这是诗艺术成立的前提），也要有"同样强烈的社会意识"（这是诗艺术突破自我的保障）③，既"要扎根在现实里，但又要不给现实绑住"④。"九叶诗派"在处理诗与现实之关系方面的经验无疑值得借鉴，他们身处混乱的年代，面临严峻的社会现实，但又追求诗歌艺术的现代化。吴思敬汲取了九叶诗派在处理诗与现实关系方面的经验，对底层写作做出了比较客观的分析和建议："作为诗歌，面向底层的写作不应只是一种生存的吁求，它首先还应该是诗。也就是说，它应遵循诗的美学原则，用诗的方式去把握世界、去言说世界。我们在肯定诗人的良知回归的同时，更要警惕'题材决定论'的回潮。伟大的诗歌植根于博大的爱和强烈的同情心，但同情的泪水不等于诗。诗人要将这种对底层的深切关怀，在心中潜沉、发酵，通过炼意、取象、结构、完形等一系列环节，调动一切艺术手段，用美的规律去造型，达到美与善的高度谐调与统一。也许这才是面向底层的诗人所面临的远为艰巨得多的任务。"⑤ 在吴思敬看来，底层写作应该将生存现实的题材、诗人的良知与诗的艺术手段进行协调与统一，应在诗与现实之间达成平衡。确实，诗需要书写现实、面向现实，这毋庸置疑，但关键是如何书写现实、表述现实，这是处理诗与现实之间关系时至为重要的问题。

---

① 江非：《记事——可能和邮筐及一种新的诗歌取向有关》，《诗刊》2005年第4期。
② 钱文亮：《伦理与诗歌伦理》，载谢冕、孙玉石、洪子诚主编《新诗评论》2005年第2辑，北京大学出版社，2005。
③ 袁可嘉：《诗的新方向》，载袁可嘉《论新诗现代化》，生活·读书·新知三联书店，1988，第220页。
④ 默弓（陈敬容）：《真诚的声音——略论郑敏、穆旦、杜运燮》，《诗创造》第1卷第12期，1948年6月"诗论专号"。
⑤ 吴思敬：《面向底层：世纪初诗歌的一种走向》，《南方文坛》2006年第5期。

（一）发明和再塑现实

正如笔者在第二章第三节中阐述过的，新世纪以来，"介入现实"的呼声一直成为话语焦点，但其实诗无法真正"介入"现实，一方面因为诗中的现实不过是现实本体的镜像，原因在于每位诗人所见到的"现实"其实只是现实本相的一部分，并且带有诗人自己的主观色彩，并非现实本相，另一方面因为诗歌对现实只有"见证"作用，无法改变现实，无法发挥现实作用，因而无法发挥实际性的"介入"作用。最早提倡文学"介入"现实的萨特也认为要求诗歌"介入"现实是"委实愚不可及的"①。青年诗人凌越则表示："对于诗人要介入现实或者要表达对苦难的关怀的论调（仅指这种呼吁本身，而非事实），我有一种本能的反感。"在他看来，"无论从语言还是道德的立场谈论诗歌和现实的关系，都会多少显得机巧"，如果诗歌写作缺乏"与社会的主流立场"的必要差别就会"最终变得轻浮和有几分投机之嫌"。②郑小琼亦认为："很多时候，文字对现实来说是无能的，也是脆弱的。"③在郑小琼看来，在现实面前，文字的力量无能而脆弱，诗歌无法"介入"现实，诗人对现实所能发生的行为只是"记录"、"思考"与"见证"。因此，杨晓帆提出要"以新的形式感重塑我们对现实的认识与体会"④。臧棣则提倡诗"发明现实"："诗人的最根本的信念还是应相信诗有能力发明新的现实。通过发明新的现实，通过展现差异的现实来强化现实的差异，以抵消历史中'平庸的恶'试图强加给我们的那个唯一的现实。"⑤诗与现实的关系成为发明与再塑的关系，因此，如何发明与再塑现实成为尤其重要的问题。

对于如何发明与再塑现实，赵勇曾表达过他的观点。他认为不必把现代主义和现实主义搞得"水火不容你死我活"，他指出："如果必须在这两者之间进行选择，我倒是更希望两不偏废：在现实主义与现代主义之间保持某种张力，在'写什么'和'怎么写'之间保持某种平衡，也许，这才

① 〔法〕让-保尔·萨特：《什么是文学》，施康强译，人民文学出版社，2018，第 14~15 页。
② 凌越：《现实世界，诗人何为?》，《天涯》2006 年第 5 期。
③ 小哑：《中国女工：一种更为现实的现实主义》，《法治周末》2012 年 3 月 6 日。
④ 杨晓帆：《媒介即现实：为时代"赋形"的文学》，《文艺报》2016 年 1 月 22 日。
⑤ 臧棣、茱萸：《必须记住，诗矛盾于现实——臧棣访谈》，《山花》2013 年第 22 期。

是这场争论留下来的更值得思考的东西。"① 因此，在赵勇看来，现实的发明与再塑需要把"写什么"与"怎么写"两个问题进行统一调谐，既注重"写什么"即写社会现实，又重视"怎么写"，因为再塑与写作技术、诗歌艺术必然相关，没有纯熟高超的诗歌技术，就无法再塑社会现实。臧棣则提出通过诗歌语言的改变发明与再塑现实："诗人的天职是，通过使用语言，改变语言，创造出我们理解现实的一种新的方式。"② 他所谓的"理解现实的一种新的方式"便是再塑现实的方式，而"使用语言，改变语言"是臧棣主张的一种再塑方法。面对地震，许多诗人大都直接宣泄哀痛、悼念、痛苦情绪，或回放地震灾难的各种细节，但朵渔却以《今夜，写诗是轻浮的》表达了他对地震灾难现实的感受："电视上的抒情是轻浮的，当一具尸体/一万具尸体，在屏幕前/我的眼泪是轻浮的，你的罪过是轻浮的/主持人是轻浮的，宣传部是轻浮的/将坏事变成好事的官员/是轻浮的！……轻浮的/正在分娩的孕妇，轻浮的/护士小姐手中的花/三十层的高楼，轻浮如薄云/悲伤的好人，轻浮如杜甫……"这是他对地震灾难的一种与众不同的悖论式表达。朵渔对虚假讲话和虚假报道的社会实相有极其深刻的认识，他的诗也取材于地震灾难，但采取的话语方式却与众不同，在个体声音与集体声音的扞格中出其不意，抛开了集体的"同声歌唱"。李成恩的《亡灵传》一诗是对"7·23"温州动车事故的记录，但不同于一般性的哀悼诗或记录诗，而是发出不同的声音："现在，他们要审判闪电/要审判雨水/要审判信号灯/要审判温州的一座桥。"这是对现实的发明与重塑，而不是实录。这种处理现实题材的表达策略既体现出诗人的现实关怀，又不掩盖诗的"提琴"声，达成了诗与现实的平衡。

（二）个体经验与公共经验的平衡

不同时代的诗人处理诗与时代、现实之关系的方式是不同的。艾青"以现代目光重新感受和想象了中国大地的苦难与希望"，"九叶诗派"则"用新的感觉、想象方式和语言策略更自觉处理个人与时代经验的关系，把复杂的现代经验转化为诗歌艺术"③，尤其是"九叶诗派"寻求"整个

---

① 赵勇：《关于"重返现实主义"的通信》，《文艺理论与批评》2007年第1期。
② 臧棣、茱萸：《必须记住，诗矛盾于现实——臧棣访谈》，《山花》2013年第22期。
③ 王光明：《现代汉诗的百年演变》，河北人民出版社，2003，第309页。

时代的声音"与"深切的个人的投掷"的双向互动，对 20 世纪 30 年代现代诗所呈现的"向内转"倾向是一种调整，纠正了现代诗一味追求的"纯然"和"现代"，"重新体认了诗与公共生活的密切关系"，既强调诗歌从个人出发，重视内心感觉、意识，又想象和反思现实，通过"个人的投掷"和"自己的人的风度"去感受和想象现实世界，从而"在个人与时代关系中找到一种平衡"。① 这些经验成为诗人在面对现实、处理现实时可借鉴的方法，简言之其实就是个体经验与公共经验的平衡。

特里·伊格尔顿（Terry Eagleton）曾指出："诗的含义与其说是一种具体的文学实践，不如说是一般意识形态的运作模式。"② 伊格尔顿透视了诗的本质，所谓"一般意识形态"其实就是公共经验，而"具体的文学实践"则是个体经验，二者之间的平衡、互动与切换是诗的重要内涵。程一身曾将现实分为"外现实"和"内现实"，他指出："不是用外现实和大现实取代内现实和小现实，而是在外现实与内现实、大现实与小现实之间达成平衡，并使它们形成一个统一的整体：用小现实见证大现实，用内现实呈现外现实。"③ 程一身所提出的建议其实就是个体经验与公共经验、个人话语与公共话语的调谐。郑小琼的诗可以说是新世纪以来将内现实与外现实处理得比较成功的典型。其作品来自现实生活，确切点说是来自打工生活的现实。其诗中的现实既是外在、社会的现实，也是内心、个人的现实，使社会现实、公共经验与个人现实、个体经验达成平衡，处理好了诗与时代、现实与个体命运的联系，因此被当作打工诗人的代言人。但郑小琼的发声并未同质化，并非集体发声的"领唱"，而都是从个体经验出发，以个体方式发声，从不在诗中做谁的"代言人"，而只是"见证者"，只以自己的语言方式发出自己的声音。但她的声音又不仅仅是个体的声音，而是将个人的投掷与整个时代的声音形成了互动，如辛笛那样"把人民的忧患溶化于个人的体验之中"④，从而传达了公共声音，被赋予"历史标杆性"的意义，达成了个体经验与公共经验的平衡。黄土《错落的时代》也

---

① 王光明：《现代汉诗的百年演变》，河北人民出版社，2003，第 312 页。

② 〔英〕特里·伊格尔顿：《历史中的政治、哲学、爱欲》，马海良译，中国社会科学出版社，1999，第 9 页。

③ 程一身：《当代诗中的现实元素与结构分析》，《海燕》2013 年第 12 期。

④ 辛笛：《辛笛诗稿》，人民文学出版社，1983，"自序"第 4 页。

以个体对城乡差别的感受，"发出整整一代农民辛酸而又期盼、愤懑而又无助的呼声"①，无疑也是将个体经验与公共经验处理得比较好的典范之作。臧棣的诗常以日常生活现实为出发点，却涉及不少公共话题，如《北京阴霾史丛书》《死猪丛书》《愚人节前的颂歌丛书》等都涉及公共领域的社会热点话题。他自己分析道："我们面对的现实在很大程度上是由人与人之间的交际关系构成的，所以有时候，'现实'往往会变成一种公共领域的情绪，进而渗透到诗的题材。"② 他的诗都以日常物象做参照，都基于真实的生活经历，却常常触及社会热点话题和公共情绪。郑小琼亦善于通过个体经验呈现群体甚至人类的命运，她与那些自己并非打工者却写打工生活的作者不同，她更关注一个个具体的人，一个个具体不同的人在面临现实时所呈现的或无力或奋斗或成功或失败的事实。③ 如她的《女工记》便是通过一个个具体的女工呈现打工女性的命运，甚至所有打工者和人类的命运，其意义不仅仅局限于"女工"，而是社会公共问题；《内心的坡度》中郑小琼则通过个体经验和个体话语呈现公共厕所、公款吃喝等社会公共问题。只有在个体经验与公共经验之间达成平衡，诗才能既不沉溺于个人化的狭隘叙事，又不流于假大空的主流话语方式，真正地发明与再塑现实。

（三）从现实关怀到终极关怀的提升

蒋述卓曾指出："作家的人文关怀大致可分为两种层次：一是对人类的终极关怀，即追求人类生存的意义、死亡的价值、人的全面和自由的发展以及人的精神追求等；二是对人的现实关怀，即对人类生存处境和具体现实环境的关心、人性的困境及其矛盾、人对自由平等公平公正公义的艰难追求以及人类的灵肉冲突等等。"④ 其实，现实关怀属于比较浅层次的关怀，诗需要从现实关怀走向终极关怀。美国诗人布罗茨基曾说过，诗歌是对人类记忆的表达，所强调的也是终极关怀。因此，如果诗歌缪斯之神居

---

① 陈仲义：《中国前沿诗歌聚焦》，中国社会科学出版社，2009，第 209 页。
② 臧棣、茱萸：《必须记住，诗矛盾于现实——臧棣访谈》，《山花》2013 年第 22 期。
③ 参见郑小琼、姜广平《"我不断探索着事物与语言的可能性"》（访谈），《西湖》2015 年第 6 期。
④ 蒋述卓：《现实关怀、底层意识与新人文精神——关于"打工文学现象"》，《文艺争鸣》2005 年第 3 期。

住在七层高塔上，那么现实关怀就是第一层，终极关怀则是第七层，如果诗人不能把自己诗歌中的关怀从第一层的现实关怀提升到第七层的终极关怀，那么诗歌的意义显然有限，诗人发出的声音传播的距离也将有限。

在底层诗歌中，"铁"是诗人们用得最多的诗歌意象之一，"铁"既是打工者个体的象征，承载着诗人对打工者的现实关怀，也是工业时代的隐喻，是对所有打工者甚至工业时代所有人命运的终极关怀。如郑小琼《铁具》中的"铁"："无数块在钢锭下变曲的铁/她目睹她是被挤压的铁中的一块/沿着打工的机台弯曲，成形/在螺母的旋转中/在声光的交织间/她被生活不断的车、磨、叉、铣……"既是打工者个体命运的现实写照，又是工业时代下所有打工者命运的写照，已超脱具体的现实层面，从现实关怀提升到终极关怀。孙海涛的《铁》、钟平的《铁·机器》等诗中的"铁"亦都既是个体命运的写照，又"隐喻了整个工业时代的坚硬与疼痛"[①]，揭开了工业社会的文明病症，使现实关怀提升到终极关怀。蓝蓝的《真实》一诗虽是献给石漫滩垮坝死难者的，是对1975年8月发生在河南驻马店石漫滩的垮坝事件的现实关怀，但诗人并未停留于对现实的揭露、呈现或记录，而是"借尸还魂"，通过追寻过往真实的历史事实，提升至人性拷问的终极关怀层面。她在诗中不是叙述和呈现多年前的悲剧，而是处处拷问人性，揭露人性："死人知道我们的谎言。在清晨/林间的鸟知道风。//果实知道大地之血的灌溉/哭声知道高脚杯的体面。//喉咙间的石头意味着亡灵在场？/喝下它！猛兽的车轮需要它的润滑——//碾碎人，以及牙齿企图说出的真实。/世界在盲人脑袋的裂口里扭动。"这首诗之所以引起诗界和学界关注，原因在于蓝蓝超越了现实层面，直指人类的"人性"，将诗歌提升到了终极层面。翟永明的《老家》《关于雏妓的一次报道》、沈浩波的《文楼村纪事》等诗都是对社会现实的关注，无疑是现实关怀的经典案例，但他们都没有停留于现实本身，而是以现实为砖，引出的是人性拷问与思考，是终极层面。打工诗歌、底层诗歌、灾难诗歌、草根诗歌都需要从现实关怀上升至终极关怀。

新世纪诗歌被现实绑架的处境，或许在一部分清醒而自觉的诗人努力下，通过发明和再塑现实、寻求个体经验与公共经验的平衡、从现实关怀到

---

① 陈超编著《20世纪中国探索诗鉴赏》，河北人民出版社，1999，第271页。

终极关怀的提升得到改观，从而达成诗与现实关系的平衡，为诗歌松绑，让现实的街道上飘扬着悠扬的"提琴"之诗，让诗真正深入公众世界。

第二节　诗歌的"优伶化"

新媒体语境下的诗坛如同一个大剧场，下半身写作、废话体、垃圾诗、梨花体、羊羔体、乌青体、啸天体、秀华体等各种热点"大戏"你方唱罢我登场，使诗歌呈现出一种"优伶化"趋向。这种趋向在改变诗歌的边缘化处境方面具有一定意义，仿佛已让诗获得公众广泛关注，但对于诗歌本身而言，是喜？是忧？这是一个值得深入探讨的问题。

一　"优伶化"：新诗存在的一种方式

何谓"优伶化"？"优"是对中国古代职业演员的指称。中国最早的职业演员约出现于西周末年，被称为"优"，是奴隶主贵族的家养奴隶，擅长歌舞，可以模仿别人的语言、动作、神态，为供贵族声色之娱而存在，社会地位卑贱。为维持生计或博得安乐，优伶们常以艺或色或艺色并用献媚邀宠于主人，善于察言观色，投主人所好。"优伶"最初是专供统治者玩乐的工具，如"优孟"便指春秋时楚国国王的"优"。后来，随着社会发展，"优伶"逐渐成为下层民众娱乐身心的艺术形式，而"优伶化"则主要指注重表演性，从而吸引注意力，产生影响力的一种方式。

在新媒体语境下，"优伶化"成为新媒体与新诗共赢的一种策略。自20世纪80年代末90年代初，新诗便一直深陷边缘化的尴尬处境无法自拔，出现了诗歌创作者多过阅读者的怪现象，诗歌成为小圈子内部的事，只属于"有限的少数人"。奚密曾细致分析诗歌边缘化的原因："现代汉诗一方面丧失了传统的崇高地位和多元功用，另一方面它又无法和大众传媒竞争，吸引现代消费群众。两者结合，遂造成诗的边缘化。"[①] 可见，诗歌边缘化所反映的主要是诗与受众的隔膜，其关键在于诗歌的传播与流通。而20世纪末21世纪初新媒体全面介入诗歌领域后，新诗的传播与产生影响的方式发生了巨大转变，吴思敬认为是"诗歌传播史上的一次深刻变

---

① 奚密：《从边缘出发——现代汉诗的另类传统》，广东人民出版社，2000，第2页。

革，它在改变着当代诗歌的形态"①。确实，诗歌在大众文化、消费文化大行其道之时被冷落，被边缘化，但与新媒体的结合却改变了这种状况。一方面，新媒体是一种大众化的媒体，其自由、开放、无门槛等特点与传播的迅捷、高效性，可为诗歌搭建起一个与大众亲密接触的平台，规避诗歌自身与大众的疏离；另一方面，新媒体与诗结合后的新媒体诗依然不能脱离诗之为诗的本体要求，因而在一定程度上又保留了诗歌传统的崇高地位和精英姿态，可规避新媒体的浅表化、商业化。由此，新媒体与诗实现了"双赢"。在这个过程中，"优伶化"已经成为一种策略，既取媚于大众，又不排斥主流文化的"收编"，从大众文化与主流文化的微妙斗争中获得最大的利益，"'优伶化'是一种以貌似'二丑'的形式，适应今天话语权力'关注度'和'影响力'转型的面貌，实现其'话语声音'的争夺"②。可见，"优伶化"是实现新媒体与诗"双赢"局面的关键，成为新媒体语境下新诗自证其存在的一种重要方式。

　　为证明新诗的存在，诗人们上演了一场又一场大戏，充分呈现了"优伶化"的趋向。2006 年的"梨花体"事件无疑是新媒体语境下第一场全民参与的大戏。赵丽华被称为"梨花教主"，她在网上发布的"馅饼"和"蚂蚁"被众多网友以模仿的方式进行恶搞，"挺赵"与"反赵"两派的争执异常激烈，以至出现数十个诗人组织"支持赵丽华，保卫现代诗歌"的朗诵会，赵丽华并未出现在现场，她在发来的致歉短信中表示本想"以此事件为契机，把现代诗歌从小圈子推向大众视野，也算是有益之举"③，但朗诵会后来却以重庆籍诗人苏非舒的"裸体秀"戛然而止。苏非舒的行为表面上是为支持赵丽华，但其实是为他自己出名而表演的行为艺术，他试图借此让大家看到自己的存在，以标新立异的震撼力让大家记住自己，这是典型的以诗歌为幌子进行的表演，最终成为笑话。

　　2015 年的余秀华事件又是一场全民集体狂欢的大戏。这个事件里有导演，有演员，有推手，有观众，有评论员。余秀华本是一名默默无闻的写

---

① 吴思敬：《新媒体与当代诗歌创作》，《河南社会科学》2004 年第 1 期。

② 田忠辉：《网络与"80 后"文学的出场——"优伶化"：新媒体时代的一种表演方式》，《哈尔滨师范大学社会科学学报》2011 年第 1 期。

③ 《数十诗人组织朗诵会支持赵丽华　上演裸体秀》，搜狐新闻，http://news.sohu.com/20061005/n245651221.shtml。

诗农妇，幼时患过脑瘫，一直未能获得关注，但《诗刊》的编辑如导演般将其发现、发掘，并与沈睿、臧棣等联袂捧红了她，此后她被推上中央电视台、进北大人大校园举行"见面会"，记者踩破了横店村余秀华家的门槛，真可谓"众星捧月"。

近年比较火热的诗歌新戏是四川卫视的《诗歌之王》，其主旨是让诗歌文化重回大众视野，将诗与歌结合，诗人与歌星搭档，令人耳目一新。电视虽然属于传统媒体，但该节目的重心其实已经不在电视媒体上，而是节目播放之后在网站、微信、微博上的持续影响，一些朗诵、演唱、表演、点评的片段在网络上快速传播，扩大了诗歌的影响。既然作为一个定期开播的电视节目，无论是诗歌朗诵、演唱还是点评，显然都是经过策划和反复排练的表演，诗人在节目中的作用更明显地"优伶化"，与歌唱家、演员无异。可以说，《诗歌之王》是进入新媒体时代以来诗歌"优伶化"的典型。近年来电视荧屏上热播着各种真人秀节目，但文化类节目相对比较严肃，一直未曾出现文化真人秀，而《诗歌之王》则打破了这一常态，邀请文化名人出场，由六名歌手与六名诗人组成战队进行比赛，并有100名评审团成员在战队比赛时评审投票，用流行音乐、摇滚、中国风、R&B等各种风格演绎诗歌，虽然节目一直强调文化担当，强调坚守"诗"本身的独立精神和对文化传统的严肃思考，但娱乐化显而易见。每一期节目的战队比赛方式采取的是综艺竞赛模式，而且每一期节目都有噱头，邀请著名歌手罗中旭、周晓鸥，《诗刊》副主编商震，著名翻译家李笠等参加节目，都是为制造"名人效应"。此外，每期节目都有"吸睛点""新闻点"，如罗中旭曝被黄国伦逼婚等情节便成为围绕《诗歌之王》展开的兴奋点；女诗人下午则以颇具摇滚风的酷帅装扮吸睛，身着黑色皮衣搭配低胸斑点黑裙，头顶一副非洲黑人的"脏辫"，节目未开播前，"酷帅诗人"的预告已经炒得火热。无论《诗歌之王》的初衷多么纯正多么严肃，都难逃娱乐化倾向，而诗人、诗歌被"优伶化"则成为显而易见的趋势，正如专业人士分析的："对于一贯严肃的文化类节目来说，在严肃与活泼中找到契合点与平衡点是重点也是难点。"① 此外，"下半身写作""羊羔体""乌青体""啸天体"等诗歌现象无不是在网络的助推下制造了大众娱乐、

① 刘刚：《〈诗歌之王〉：原创文化节目的担当》，《光明日报》2016年1月4日。

狂欢的噱头，时不时为诗歌界奉献一场全民参与的大戏，而诗人和诗歌则成为"被看"的戏子，博大众一笑。

当下诗歌界各种诗歌奖也是诗歌"优伶化"的重要表现，成为新诗存在的"执照"和"硬件"。新世纪以来，中国的诗歌奖铺天盖地，其实，大大小小的诗歌奖，无不是诗人、诗歌爱好者在大众面前的一种表演。曾念长曾指出文学奖都是被商业规则统治的游戏："文学评奖也就是在既定游戏规则之下，作家参与惯习和资本的较量过程。惯习、资本和规则是决定一个文学奖结构性存在的三种核心要素。惯习是一项文学奖所诉求的美学立场；资本包括作家的文化资本、经济资本和社会资本。规则是约束评奖行为的限制性力量，由显规则和潜规则构成。"① 文学奖其实就是在文化资本、政治资本和社会资本搭建的舞台上由作家演戏给大众看，诗歌奖更是如此。

从诗歌的评审看，不少诗歌奖都是在演戏，参赛者都经过主办方删选，删选原则主要为人情、官位、金钱、名气，而非诗歌质量。据笔者了解，著名的某诗歌奖在每次评奖前，主办方都会给每位参赛者指定一位提名人，事实上，这位提名人根本没有提名参赛者入围，甚至根本不认识参赛者，主办方指定谁就是谁；正式的评奖更是走过场，主办方早已内定人选，专家投票不过是掩人耳目的"走程序"，无论你投谁，票数是否有用最终都取决于主办方的意向，专家成为被左右的"傀儡"由此可见一斑。显然，大多数诗歌奖不过是奖—权—钱和奖—权—色交易，领奖、颁奖更是最后的表演，如模特走台般表演给设奖单位或个人看，表演给大众看，表演给其他诗人、评论家、专家以及诗歌爱好者看。无论是诗人还是诗都已成为主办方御用的戏子。鹰之曾指出："在中国，所有的诗歌奖都是人脉奖，都是圈子文化，没什么官方、民间的区别。当诗歌的'天时'在时，由于整个世界的目光都关注这里，诗歌评选结果就会相对公平，相对可靠。当天时不在，所有在'阳光'下操作的流程都自然悄悄转入地下了，所谓'公平、公正'只是某个小团体内部的事了。"② 张柠则认为当前民间文学奖多如牛毛，大都是"空头文学执照"，不过是为赚取"注意

① 曾念长：《中国文学场：商业统治时代的文化游戏》，上海三联书店，2011，第221页。
② 鹰之：《所有的诗歌奖都是人脉奖》，新浪博客，http://blog.sina.com.cn/s/blog_62ea2fcf0102wyfz.html。

力":"所有的作家都被他们捏在手里，然后假装无记名投票，排出一二三来。排在前面的就相当于一个文学奖了。这种空头文学执照，尽管没有奖金，但它是一种荣誉。凭什么将随手捡到的廉价'荣誉'颁发给别人，以示自己的权力？这种排名是典型的'空手套白狼'。它利用了文学权威、利用了成名作家的声誉，利用了文学本身，自己捞它一个'注意力'。"①诗歌奖成为攀权力、炒名声、权钱色交易的重要程序，邀请名家、权贵做评委或出席颁奖，以封红包、辛苦费、劳务费、专家费等方式给钱都已成为"常态"。诗歌奖与诗歌本身无关，但诗人们却趋之若鹜，因为诗歌奖是其文学成就的有效证明，因此，不少诗人成为获奖专业户，成为最火爆的诗歌表演者。没有表演就没有吸引力，就无法被关注，就无法产生影响，因此，不甘寂寞的诗人们纷纷"优伶化"，使"优伶化"成为新媒体语境下新诗存在的一种方式。

二 "点击率"和"关注度"："优伶化"的关键词

在新媒体的逻辑下，点击率和关注度至关重要，学者田忠辉曾指出："网络媒介创造了它自己的权威形式：'被关注'和'点击率'。"② 点击率和关注度是新媒体运营模式效应的衡量标尺。在新媒体语境下，网络中出现的敏感话题、另类言行、独特现象可以通过QQ、微博、微信等各种方式在网友间迅速传播，如病毒般快捷而广泛扩散，这种网络的关注还会促进传统媒体的关注。无论是正面关注还是负面关注，最终都会形成广泛的社会影响。点击率与关注度的高低，是决定一个人能不能红起来、一个事件的影响能不能大起来的关键因素。而对于新媒体运营商来说，通过各种新媒体平台捧红网络艺人或者制造娱乐化的媒介事件，短时间内吸引网民点击和关注，便可以通过娱乐化产业形式获取商业利益。可见，在新媒体语境下，围观就是力量，关注度和点击率成为新媒体与诗歌双赢的重要砝码。因此，为提高点击率和关注度，诗歌也要遵循新媒体的运营逻辑。在新媒体语境下，传统的审美机制已经被大众化、消费化解构，诗歌也遵循大众文化的策略，一切以表演为目的，通过"优

---

① 张柠：《谁在颁发文学执照？》，《南方都市报》2002年3月23日。
② 田忠辉：《网络与"80后"文学的出场——"优伶化"：新媒体时代的一种表演方式》，《哈尔滨师范大学社会科学学报》2011年第1期。

伶化"获得点击和关注。

为赢得点击和关注，新媒体必然起用媒体的运营、炒作模式，使用"标题党"策略借题发挥，制造噱头和兴奋点吸引大众注意力。余秀华事件是新媒体语境下经过精心策划、编导而制造的最典型的诗歌热点，成为新世纪以来点击率和关注度最高的诗歌事件之一。在余秀华事件中，不同媒体、不同观众的兴奋点各不相同，有的关注"中国的狄金森"，有的聚焦"脑瘫女诗人"，有的揪住《穿过大半个中国去睡你》。"脑瘫""农妇"是余秀华最初能走进大众视野，攫取大众眼泪和同情心的主要噱头，"脑瘫诗人"的称号让她赢得不少关注。2014 年 9 月《诗刊》下半月刊推出余秀华组诗《在打谷场上赶鸡》及随笔《摇摇晃晃的人间》后并未见任何影响，而同年 11 月 10 日《诗刊》的微信公众号上，余秀华的诗和随笔被冠以标题《摇摇晃晃的人间——一位脑瘫患者的诗》重新推出，几天内的点击量便超过 5 万；随后，微信公众号"读首诗再睡觉"推送余秀华的诗歌《你没有看见我被遮蔽的部分》，阅读量短时间内便突破 7 万。其间，沈睿在微博和博客上以"中国的狄金森"等故意夸大、名不副实的惊人之语和臧棣以"比北岛写得好"的评语与沈浩波等人对余秀华的否定形成"挺余"与"反余"之间的激烈对战，也为提高关注度和点击率奉献不少力量。与此同时，更吸引大众注意力的是其惊世骇俗的诗歌《穿过大半个中国去睡你》，几乎搅动整个中国，这首诗带给余秀华的点击率和关注度显然远远超过了"脑瘫""农妇"等噱头。一时之间，无论是传统媒体还是新媒体，都异口同声地宣传、称赞她的作品，中央电视台《正午时光》节目连续几天播放关于她的新闻，出版社连夜策划、赶印她的诗集《月光落在左手上》和《摇摇晃晃的人间》，印数超过十万册。此外，余秀华破格当选为钟祥市作协副主席，频繁出入各种诗歌朗诵会、研讨会，就连人大、北大都为她举办见面会，红得发紫的余秀华被戴上"中国的狄金森""中国女权运动第三个里程碑"等帽子。可见，新媒体时代要想出名，要想获得点击和关注，就要击中媒体和大众的兴奋点。但热潮终有退潮之时，闹剧终有降下帷幕之时，尤其是在新媒体时代，无论如何爆红，都会迅速被新的兴奋点替代。事实上，无论是被动"优伶化"还是主动"优伶化"，大众都只是"观看"余秀华，争先恐后地围观"脑瘫诗人"的所作所为，而很少有人认真细致地"阅读"余秀华的诗歌，真可谓"新媒体时代，诗歌已成为最便宜的文化消费，诗歌是一所距离最近的教堂"①。

苏非舒是另一个典型的诗歌戏子，为吸引大众的注意和关注，他自己制造噱头。2006 年 9 月 30 日他的裸体朗诵表演其实是他为吸引注意力精心策划的一场戏，不过由于朗诵会场地管理人员的制止而失败。但朗诵表演的失败却并不代表苏非舒的失败，曾念长分析道："这是一次史无前例的朗诵会，苏非舒为此付出的代价是被警方扣留十天，而他得到的收获是一举成名天下知。"② 在他看来，朗诵的失败成为苏非舒符号资本的第一桶金，后面他又策划了"一吨诗"出售等诗歌行为艺术活动，苏非舒虽然没有将一吨书稿卖出去，却再次获得媒体聚焦，这便是他所需要的，"这种只求影响不求实绩的做法已成商业时代的重要法则之一"③。

由于"点击率"和"关注度"是新媒体时代诗歌的关键词，诗歌自身的审美价值便处于被悬置的状态，正如田忠辉分析的："媒介的改变是对表演机制的挑战，传统审美机制的权威性被当代媒介的大众化所解构，表演本身成为目的，成为意义，这是大众文化的策略：一切在于吸引'注意力'，既然'被关注'可以成为一个商业运作的平台，谁还去考虑表演内容的价值？这里的审美判断标准被釜底抽薪悄然置换，已经不是审美趣味，而是'观'注，'被观注'的'点击率'代替了被点击事物的实质。"④ 新媒体的传播，突破了纸质媒介传播的速度和传播过程，传播速度越快，其中内涵的价值判断就越少，新媒体传播的迅捷和复制功能，为讯息的接受、传递展开了无尽的空间，但也对意义和内涵进行了遮蔽，"点击率"和"关注度"取代了"意义"和"经典"，"作为技术性的传播，它可以脱离开或者干脆不做任何价值判断，所以，造成了文化传递的'无价值'和'平面化'，传递的意义仅仅在于传递，这个信息链的存在仅仅在于信息的串联，而不在乎信息的意义"⑤。因此，在新媒体语境下，新诗的质量与其影响力之间常常呈现名不副实的裂缝，诗歌质量好不一定有影

---

① 师力斌：《诗歌在新媒体时代重生》，《环球时报》2015 年 1 月 21 日。
② 曾念长：《中国文学场：商业统治时代的文化游戏》，上海三联书店，2011，第 221 页。
③ 曾念长：《中国文学场：商业统治时代的文化游戏》，上海三联书店，2011，第 222 页。
④ 田忠辉：《网络与"80 后"文学的出场——"优伶化"：新媒体时代的一种表演方式》，《哈尔滨师范大学社会科学学报》2011 年第 1 期。
⑤ 田忠辉：《网络与"80 后"文学的出场——"优伶化"：新媒体时代的一种表演方式》，《哈尔滨师范大学社会科学学报》2011 年第 1 期。

响力，有影响力并不代表诗歌作品优秀。诗歌的审美价值高低与其影响力的大小、名气的大小并不一致。赵丽华、乌青、伊沙等诗人无疑有影响力，可谓声名赫赫，但这种影响力并非源于大众对其诗歌质量的肯定，而是新媒体的炒作、传播和营销策略使然，体现的是一种消费逻辑的成功。焱冰曾分析当前的诗歌生态："回顾近年来中国诗坛的热闹事件，'下半身'沈浩波，'火'的原因是赤裸裸的'一把好乳'，而很少人去谈论他的《蝴蝶》的唯美感觉，'梨花教母'赵丽华，'火'的原因是她做的'馅饼'太好吃了，而很少有人记得她的《我将侧身走过》的优雅姿势，'羊羔体'车延高，'火'的原因是他写过徐帆等影星，而很少有人感受他其他诗歌中的深情厚谊。"[①] 确实，诗歌自身的内涵和意义都被赵丽华的"馅饼""蚂蚁"，乌青的"白云"，羊羔体的徐帆、刘亦菲所充斥，诗歌成为敲空格键的聊家常、流水账，不少诗都沦为"段子"，不过为博取一时的点赞而哗众取宠。如此诗歌，其实连"优伶"的职业本位都已空置，不过成为搞笑、低端的一次性消费品，"优伶化"的表演都只是形式和"走程序"，其内涵和价值追问已被悬置起来。

因此，"优伶化"实际上成为诗人出场和扬名的重要策略，也成为新媒体运营者和各种诗歌活动的策划者、主办方攫取利益的一种方式，同时也适应了当下人们过于匆忙和压力过大的生活，满足了大众低品位、浅思维、重影像、碎片化、即时性的消费愿望，大家都看中了"优伶化"带来的利益，因而甘愿做"优伶"，甘愿为关注度和点击率逐渐"优伶化"。

三　"优伶化"的泛娱乐本质

在新媒体语境下，"泛娱乐"已成为当下社会的一个关键词。尼尔·波兹曼（Neil Postman）曾在《娱乐至死·童年的消逝》一书中指出，现实社会的一切公众话语日渐以娱乐的方式出现，并成为一种文化精神。他认为电视时代使人类的符号世界在形式和内容上都发生了变化，电视的一般表达方式是娱乐，一切文化内容都心甘情愿地成为娱乐的附庸，而且毫无怨言，甚至无声无息，"我们的政治、宗教、新闻、体育、教育和商业

---

① 焱冰：《让诗歌回归诗歌——从余秀华的"火"说开去》，新浪博客，http：//blog.sina. com.cn/s/blog_4ab05fa30102vc4z.html。

都心甘情愿地成为娱乐的附庸，毫无怨言，甚至无声无息，其结果是我们成了一个娱乐至死的物种"。① 电视时代尚且已是娱乐至死的时代，当下网络技术控制的社会，在新的文化传播方式下，娱乐至死更成为常态，人们主动放弃思想和内涵，解构意义和经典，把浅薄和粗俗当作先锋，恶搞诗歌如此高贵的文体，为赚取廉价的掌声而哗众取宠。因此，在新媒体语境下，诗趋向"优伶化"，但如果不能带给大众足够的娱乐，依然无法吸引大众的注意力。于是，许多诗人为吸引注意力，尽量让诗歌娱乐化、游戏化，新媒体语境下新诗"优伶化"现象的内质其实就是娱乐化、游戏化。"优伶化"就是以表演吸引注意力，从而扩大影响，其对象是大众，可以说，"优伶化"是大众化的一种表现形式。而大众化的重要追求是娱乐化，因而娱乐化成为"优伶化"的重要内涵。人们想看的不是诗歌本身，而是诗歌里的敏感词，或附着于诗人身上的敏感话题，吸引大众的是消费逻辑的成功符号化表征。欧阳友权曾指出："网络文学是'脱冕'和'祛魅'的文学，它不再是文人生存方式和承担形式，而只是一种游戏休闲方式和宣泄狂欢途径。"② 尼葛洛庞帝则认为："大众传媒将被重新定义为发送和接收个人信息与娱乐的系统。"③ 因此，诗人都像戏子，被围观，被消费，供人娱乐，诗歌则成为"优伶化"的泛娱乐消费品。

诗歌段子化是新媒体语境下诗歌"优伶化"、娱乐化的重要表现。获得 10 万元大奖的诗歌《故乡》只有 13 个字——"故乡真小/小得只盛得下/两个字"，有人分析这首诗其实就是一个"段子"，是"抖包袱"的文字游戏："这首'诗'在字面上给人带来了惊喜，但在形式与内容上是烂熟的，意义指向亦模棱两可，催生它的是微博与流行文化，作品中看不到诗的传统和诗人的自觉，所以这个一等奖与其说是奖给了一首诗，不如说是奖给了一个创意段子。""一首好诗应该值多少钱，参照系并不是'诗'，而是微博上变现过的创意段子、搞笑图文。""是错位的价值呈现，和把写诗当成'抖包袱'的文字游戏，混淆了诗和段子之间的区别。"④ 另有一首

① 〔美〕尼尔·波兹曼：《娱乐至死·童年的消逝》，章艳、吴燕莛译，广西师范大学出版社，2009，第 4 页。

② 欧阳友权：《网络文学研究述评》，《文艺理论与批评》2003 年第 5 期。

③ 〔美〕尼古拉·尼葛洛庞帝：《数字化生存》，胡泳、范海燕译，海南出版社，1997，第 15 页。

④ 楚卿：《好诗不是"抖包袱"的段子》，《中国艺术报》2016 年 1 月 11 日。

被网友称为 2014 年 "最好的诗" 的《大雨》："那天大雨，你走后/我站在芳园南街上/像落难的孙悟空/对每辆开过的出租车/都大喊：师傅。" 这首诗在微博上一经发表便被转发 5 万多次，获得 2 万多个赞。这种所谓的 "诗" 其实就是轻松幽默而短小精悍的 "段子"，供人打发碎片化时间，博取一时的阅读快感而已。这种诗歌段子化趋向在当下诗歌领域非常普遍，不少诗人高举 "口语" 和 "民间" 的旗帜，将严肃的诗歌书写变成茶余饭后的诗歌段子，如杨黎的《我愿意》："我讨厌中国工商银行/北京分行/香河园支行/我不到他那里去买电/交水费、气费和电话费/我宁愿打的去三元桥/并因此而要多支出 20 元/我愿意。" 被誉为 "80 后代表诗人" 的春树写道："有人问我来美国干什么/干什么？/干革命！"（《干什么》）"我没想打碎它的/但我打碎了/打碎了一只杯子/把它扔到了垃圾袋中/并在上面撒了一泡尿。"（《我打碎了一只杯子》）如此 "诗"，已完全解构诗性，消解诗意。

　　恶搞则是新媒体语境下诗歌 "优伶化"、娱乐化的另一重要表现。"恶搞" 一词来源于日语 "KUSO"，是 "可恶""粪、屎" 的意思，乃用于发泄不爽情绪时的口头语，风靡日本电子游戏界后其意义包含了 "搞笑、讽刺" 和 "恶作剧"。后来，"恶搞" 一词由日本传入中国台湾、香港等地，进入中国大陆后 "恶搞" 被赋予 "用滑稽、搞笑、离经叛道的方式表达出自己对于某一事物的看法和心态"① 等新内涵。网络恶搞主要以网络传播为途径，"以文字、图片、音乐和动画为手段，从视频到文本，从网络到电视，从流行歌曲到热门节目，从古典名著到英雄人物，都是恶搞的对象，以此表达个人思想的一种方式，完全以颠覆的、滑稽的、莫名其妙的无厘头表达解构所谓 '正常'"②。对于诗歌而言，恶搞便是大众与诗人、诗歌共同参与的集体狂欢，有些是自愿加入，有些是被动卷入，但都无法逃脱自己的戏份。梨花体、羊羔体被恶搞已是不争的事实，均为大众集体参与的网络游戏，但余秀华事件却被认为是唯一没有被恶搞的，李少君指出，余秀华事件 "是诗歌进入网络时代后第一次没被当成 '恶搞' 的对象，没被当成网络狂欢的开心果调侃物"③。事实上，余秀华事件也有被恶搞的成分，只是情节轻重的区别。由于余秀华身患残疾，大众对其存在怜悯、同情之心，因而不忍大肆

---

① 禹建湘：《网络文学关键词 100》，中央编译出版社，2014，第 177 页。
② 王金荣：《论网络恶搞》，《辽宁公安司法管理干部学院学报》2012 年第 3 期。
③ 李少君：《网络催化了全民写诗的 "草根性" 时代》，《新京报》2015 年 1 月 24 日。

"恶搞"，但游戏化、娱乐化成分却依然存在。如前所述及的，小说《诗人国》里塑造的余秀华形象是乡间田野中一个穿着粗布衣裳的老妪，小说中有关余秀华的情节其实是戏谑地演绎余秀华的《穿过大半个中国去睡你》，戏剧化地呈现余秀华到处追男人的情节，漫画化地塑造了余秀华的搞笑形象，正是评论家焱冰所评定的"诗歌村头戏"的形象展现。虽然余秀华"受邀参加讲座、上电视节目、举行读者见面会，有人找她替自己宣传，有爱好诗歌的官员拿着自己的作品上门请教，有 18 岁的少年向她示爱"①，但其实这都是大众集体参与"诗歌村头戏"的一种方式，是他们将诗歌娱乐化的一种方式。余秀华在北大对记者的应答，时时口出狂言，句句犀利，桀骜不驯，其实是抓住了大众的娱乐化心理。她明白，大家来不是为了看她的诗歌质量高低，而是为了"取乐"，是出于好奇，因而她就满足大家的这些娱乐化需求。《诗人国》里对赵丽华、杨黎、余秀华等人的刻画，也充分展示了他们的戏子形象，将上台比武和表演诗歌进行结合，虽然那个"擂台"是比武用的，但其实不过是借比武之机恶搞诗人。巴赫金在讨论拉伯雷的《巨人传》时便指出人们通过狂欢节把胡闹、亵渎、瓦解秩序权力变成一种合法的娱乐形式。当下的诗歌界便是如此，把胡闹、亵渎和瓦解既有的秩序权力当作先锋诗歌精神，一切都趋向娱乐化。

波兹曼曾指出，有"两种危险"可以使文化枯萎：一种是出现一个专制的局面；另一种就是出现无限娱乐的局面，将一切都变成游戏。当下的诗歌界显然已陷入无限娱乐的局面，不断将诗歌变成游戏，制造"低端产品"，也制造了诗歌深入公众世界的"全民化"假象。因此，新媒体语境下诗歌的"优伶化"趋向值得人们警醒。

第三节 灵魂话语缺失的迷途

溯究诗的起源可知，诗者，"言"也，"寺"也。诗最初源自巫术仪式中主礼神巫所唱吟的咒语，诗人则被柏拉图奉为"受到灵感的神的代言人"②，

---

① 焱冰：《让诗歌回归诗歌——从余秀华的"火"说开去》，新浪博客，http：//blog.sina.com.cn/s/blog_4ab05fa30102vc4z.html。

② 〔古希腊〕柏拉图：《伊安篇》，载《柏拉图文艺对话集》，朱光潜译，人民文学出版社，1959，第 8 页。

肩负人与神之间的通灵者之职。因此，诗，本质上是一种灵魂话语，是诗人所秉持的人类灵魂与世界对话的话语。所谓"灵魂话语"，即指一种抵达高境界、大情怀的诗歌话语，无论诗的内容抑或诗的艺术，均自觉追求高境界、表达理想化的诗歌情怀与终极意义，具有照耀性与启示性，却又不流于空洞浮泛的理念表达，而注重由个体经验提升至人类普遍经验的传达。诗，便属于如此之灵魂话语。然而，品读当下诗歌总感觉缺少点什么，那便是缺少灵魂，缺少灵魂话语。这是诗歌无法真正深入公众世界的关键原因。在新媒体语境下，诗歌被现实绑架，被新媒体绑架，呈现出"优伶化"、娱乐化、狂欢化等特点，在此语境下，诗魂渐渐迷失，在表面喧哗热闹的背后潜伏着严重危机。

在新媒体语境下，虽然一部分诗人调整了姿态，在诗中书写现实，见证现实，提高担当感和使命感，但新媒体尤其是自媒体的私密性、个人化、自由化以及把关人位置的取缔，使诗歌门槛降低，成为无难度写作。一些诗人的"自由"无法节制，让诗歌更加朝"个人化""私语化"的极端方向发展，成为柴米油盐、锅碗瓢盆、吃喝拉撒、家长里短等无聊琐屑日常生活和小情绪、小感伤等情绪垃圾的原生态"呈现"，没有任何提升与超越、升华。正如罗振亚所言，"无法传达出处于转型期国人焦灼疲惫的灵魂震荡和历史境况及其压力，缺乏终极价值和人文关怀，精神孱弱，诗魂变轻"[1]。霍俊明则认为诗已"沦为了'记录表皮疼痛的日记'"，"缺乏必要的转换、过滤、变形和提升的能力"[2]。谢冕更是不无痛惜地指出："诗歌从来没有像当前这样的自私，它陷入自恋，沉迷于'自我抚摩'。"[3] 确实，表面上，当下诗坛繁荣可观、热闹非凡，各种诗歌命名、潮流、派别、主义恍如"城头变幻大王旗"，让人眼花缭乱、目不暇接，但当下诗坛那张奢华富丽的盖头下面是诗歌"轻""平""白"的真面目，即内涵上的不可承受之"轻"、诗歌艺术上的不堪入目之"平"和语言上的不堪卒读之"白"，呈现出灵魂话语缺失的"不良综合征"。

① 罗振亚：《1978～2008：新诗成就估衡》，《渤海大学学报》（哲学社会科学版）2009 年第 6 期。
② 霍俊明：《"草根诗人"的背后》，《光明日报》2015 年 6 月 29 日。
③ 谢冕：《世纪反思——新世纪诗歌随想》，《河南社会科学》2004 年第 3 期。

一 诗歌神圣性的消解：不可承受之"轻"

新诗灵魂话语的缺失与诗人们消解诗的神圣性密切相关。从 20 世纪 80 年代中后期开始，在"躲避崇高""拒绝意义"等口号的鼓动下，诗的神圣性被彻底消解，躲避崇高的"零度写作""个人化写作"等诗歌形态竭尽所能地发挥"私语"功能，结果导致诗歌写作陷入琐碎、破裂、阴柔、絮絮叨叨的泥淖不可自拔，出现了"崇俗""崇私"或曰"祛魅"的诗歌倾向，正如吴思敬指出的："拜金潮的涌动削弱了诗人的自信，物欲的喧嚣使诗的神圣性遭到了动摇，要求当年的启蒙者下课的钟声已经敲响。诗人们承受了前所未有的思想危机及至生存危机。"① 这种趋势在 20 世纪八九十年代的诗歌场域中占据主导，其影响深至新世纪诗歌。

新世纪以来，随着网络的普及，各种新媒体介入人们生活的各个领域，人人可以写诗，诗歌成为全民狂欢的道具，因此，其神圣的面纱更是被彻底撕破。具体而言，诗歌神圣性的消解主要表现在三个方面。一是恶搞消解了诗的神圣性。2006 年的"梨花体"事件显然是网友们对赵丽华过于随意、过度口语化的口水诗的集体反抗，网友们大批量地模仿赵丽华的"诗"以嘲讽、反击"梨花体"，这种"恶搞"诗歌反映的是他们对"非诗""伪诗"的不满与愤怒，但在"恶搞"之后，大众对诗歌的神圣性已不再迷信，甚至完全消解了诗歌的神圣性。废话体、垃圾诗、乌青体、羊羔体等让大众彻底质疑诗歌本身曾经具有的神圣性。二是人人写诗消解了诗的神圣性。在新媒体语境下，由于所有人都可以写诗，只要会按回车键就可以写诗并标榜自己是诗人，彻底扯掉了诗神圣高贵的面纱，写诗成为"人人皆可为之"的平民化、大众化的事情。三是吃喝拉撒、鸡毛蒜皮等无聊琐碎的题材进入诗歌消解了诗的神圣性。由于什么都可入诗，诗歌不再保持高贵的面孔，不再是阳春白雪，而是吃喝拉撒等琐碎无聊之事，因而诗歌的神圣内涵被完全消解。

神圣性的消解，源于诗人们失去了对诗歌应有的敬畏，而将诗歌往轻、浅、俗的路上推进，从而一步步迷失了诗魂。诗人们竞相沉浸于个人狭小的生活天地，彼此抄袭着自恋与矫情的"小我"情绪，不厌其烦地絮

---

① 吴思敬：《转型期的中国社会与当代诗歌主潮》，《江苏行政学院学报》2001 年第 2 期。

明日常琐碎、俗事，直白大胆地袒露个人生活隐秘，美其名曰"原生态""新写实"。其实，众多所谓之"诗"纯属日常生活琐碎的流水账式日志，或是新闻化叙述，成为原生态生活的"拍摄"与"放映"，均未经过任何诗意的提炼、升华，完全失去内涵与重量，"轻"不可耐，如"每次一起出门/我都忘不了问对方一声/门锁了吗/要是一个人出去/也要在心里问自己一声/门锁了吗"（《门锁了吗》）则完全是个人日常习惯性的自言自语。这类"原生态"的诗歌只是现实生活的照相式记录与放映，诗人在创作时便未赋予其深厚的思想内涵，诗歌中所承载的深度、厚度与高度自然与灵魂话语的高境界维度相去甚远，甚至在诗歌理念上相抵牾。

不唯如此，新诗中还有太多低俗、恶俗、粗俗之作，甚至有"诗人"大言不惭地高喊"我们就是要低俗"，宣称要以低俗的极端方式颠覆传统，颠覆崇高，颠覆英雄，甚至于颠覆美，颠覆语言①，直至颠覆诗歌本身。在这些"诗人"笔下，诗歌的神圣性被彻底解构，伦理、道德、人性的底线被一再践踏，低俗叙事、流氓叙事、脏话叙事、恶叙事、肉身叙事、快感叙事、欲望书写、下半身书写等充斥诗坛，以"著名诗人"自居的"码字工匠们"高举反文化、审丑审恶、虚无主义等幌子，把诗歌的门槛踩得一低再低，整个诗歌界完全是一幅群魔乱舞、低俗不堪的景象，比如《贞洁》一诗所言说的"贞洁"，"她深知/谈贞洁/使诗品低下/但也无法/不用梨花体/来表达：//给/谁/都/行//就是/不能/给/脑子里/有这个词的/王八蛋"，完全解构了"贞洁"的正面内涵，极限性地解构与俗化了"贞洁"之所指。《在深夜，我梦见了欲望》《校园记忆》《我红起来》《爱情故事》《挑逗》《为什么不再舒服一些》《让我堕落》《一把好乳》《挂牌女郎》《遗传》《肉体》《压死在床上》《奸情败露》《每天，我们面对便池》等诗都是充满色情、粗鄙下流文字的垃圾，已彻底消解诗歌的神圣性，对此评论家马知遥痛心疾首地呼吁"诗人穿上裤子，不要随地吐痰"②。

神圣性的消解解构了诗魂的存在，使诗魂离诗人越来越远，导致诗歌如一个迷失人生方向、丧失人生梦想、心灵被污染的问题少年，走在"迷失"的路上。一个没有魂的人，就是一尊行尸走肉，是走不了多远的。新

---

① 此为屠岸对低俗诗歌的批判，见《多国诗人聚首青藏高原呼唤诗歌回归"优雅、纯粹"》，网易新闻，http://news.163.com/11/0812/09/7B8F8FM 600014JB5.html。

② 马知遥：《诗人穿上裤子，不要随地吐痰》，《艺术广角》2010年第3期。

诗同样如此，缺少了诗魂，就缺少了诗之为诗的最关键质素。

二　美学伦理的放逐：不堪入目之"平"

美学伦理的放逐也是诗魂缺失的重要原因。诗本是谦谦君子、儒雅之士，但当下的中国新诗却像先天营养不良、后天疏于锻炼的孱弱儿，失去了诗本身应该具有的美和风度。从 20 世纪 80 年代中后期开始，"拒绝隐喻""诗到语言为止"等口号一直影响着中国诗坛，诗歌大都过于注重原生态、原汁原味的"呈现"，而不经过任何加工、提炼、提升，完全就是"口水化""自动化"的分行文字，一按回车键即为诗，美学伦理完全被放逐。新世纪以来，这种趋势发展到极致。紧随"梨花体"事件的苏非舒"裸体朗诵"把衣服一层一层脱掉，以喻示诗歌不需要任何技巧，技巧就如衣服一样累赘，只有全部去掉，剩下的才是真正的诗。但失败的行为艺术表明，人将所有的衣服脱掉就无异于耍流氓，诗将所有的诗歌艺术、美学伦理都去除掉就是垃圾。但新世纪以来，这种要把诗歌的"衣服"都脱掉的写作风气却席卷整个诗坛，许多盲目的追随者"沉醉不知归路"，从伊沙体用"一泡尿"解构"黄河"到梨花体的"一只蚂蚁又一只蚂蚁"，从啸天体的"不蒸馒头争口气"到乌青体的"白云真白啊"，以及这些"体式"的庞大追随队伍，都彻底放逐美学伦理，剥掉诗歌的所有衣服，露出他们所谓的"真诗"。事实上，这是对诗歌的彻底歪曲与误导，让诗歌失去了语言维度与艺术维度的底线，陷于直白、低俗之境。有人讽刺当下诗歌时认为只要学会使用回车键即可写诗甚至能一夜走红而摇身一变为"著名诗人"，这种情形并非耸人听闻。当下许多诗人都对诗歌技巧与艺术手法置若罔闻，一味地平面铺陈、流水账式记录，只是把日常生活语言分行排列，过于平庸化、平面化，根本无法抵达灵魂话语的高境界。娴熟、高超的诗歌艺术手法是诗人构筑灵魂话语的基本武器，但当下许多诗人却缺少甚至排斥这种武器。当下许多诗根本不讲究任何诗歌艺术，拒绝隐喻、象征、通感等诗歌表现艺术，而让物体仅仅成为物体，事件成为事件，诗被还原为生活本身，回到作为日常生活形态的本真状态。这消解了诗的象征和隐喻内涵，平常、散淡而又随便地把日常口语分行排列，诗的传统审美特性屡遭责难与贬斥，支离破碎，完全消解了诗歌作为艺术的审美特质，诗性特征变得模糊甚至完全消失，彻底陷入不堪入目之"平"的泥淖，导致诗性缺失。如林混的《羊》，"每次回家/我都要给妈妈喂养的七只羊/添草/饮水/最近一次回家/羊圈空空如也/只剩下一些羊粪豆儿/上面盖着稀薄的小雪//妈妈说：/黑城建了个屠宰厂/羊涨价了/一律卖了"，抛却了诗歌最基本的艺术手法与技巧，完全成为一小段日记的分行排列；沈浩波的《原谅》，"朋友中岛/在网上给我留言/说他又没工作了/让我再帮他找/我一下子感到有点绝望"，则纯属分行排列日常生活细节的平面叙述；骆晓戈的《要想》，"要想一天不得安宁/你就请客吃饭/要想一周不得安宁/你就去旅游/要想一年不得安宁/你就去装修住房/要想一辈子不得安宁/你就找情人/要想知道天下多少人不得安宁/你就天天看新闻"，简直就是醉酒后满腹牢骚的宣泄。这些诗以及李伟的《章子怡漂不漂亮》、春树的《漂亮朋友》、伊沙的《崆峒山小记》等诗均只是把日常生活中的某一事件或细节或感触以文字"传译"出来然后分行排列，不使用任何诗歌技巧，不讲究任何艺术手法，致使自身诗性消解殆尽，失去了诗之为诗的基本属性。

三 诗歌语言的"白话化"：不堪卒读之"白"

网络语言介入诗歌领地后，诗歌语言更加肆无忌惮、自由无度，使当下中国新诗出现太多"庸诗"。2006 年和 2007 年曾有一些高校学者经过认真评选而评出"庸诗榜"，但可能由于"庸诗榜"源于高校自发行为，被认为缺乏公信力和权威性，遭到不少诗人反对、抗议，因而只揭榜两次便没了下文。

当下许多诗虽然采取分行形式，却完全是日常语言的复制，沦为大白话、白开水式的口水诗、废话诗，用词简易、直白、随意，毫无诗性自律与难度，纯属文字游戏、语言垃圾。许多诗人大量运用口语、大白话、方言、土语甚至俗语，解构了诗的审美特性，使诗成为失去灵魂的粗鄙化、滥俗化语言。在他们眼中，无事不可入诗，无人不可入诗，无细节不可入诗，诗完全变成毫无节制的口语表达，如张进步的《有病》、黄永玉的《不准》、乌青的《对不起》、张小云的《憋吧》等都使用白开水般的大白话，彻底解构了诗歌语言的洁净、高雅、优美、含蓄等语言特质，而将日常生活不经过任何加工、提炼便照搬进诗行，颠覆了所有诗歌艺术和审美标准，导致梨花体、乌青体、羊羔体、啸天体等各种"伪诗"大行其道。这些诗的语言毫不讲究诗歌艺术，毫无深度、意义、内涵，完全消解了诗之为诗的最基本的特征，从"毫无疑问／我做的馅饼／是全天下／最好吃的"
（《一个人来到田纳西》）、"一只蚂蚁／另一只蚂蚁／一群蚂蚁／可能还有更多
的蚂蚁"（《我终于在一棵树下发现》）到"天上的白云真白啊／真的，很白
很白／非常白／非常非常十分白／特别白特／极其白／贼白／简直白死了／
啊——"（《对白云的赞美》），如此诗歌，仿佛小学生初学造句时的练习
题，如何称其为诗？著名评论家何言宏曾分析道："这些口水诗虽然你多
读几遍，也能读出一点味道，但这已经完全没有了诗的美感。"①

　　学者、评论家马知遥曾在《诗人穿上裤子，不要随地吐痰》一文中指
出，"目前是中国诗歌最黑暗的时间"，我们正在"面对一个个小丑和戏子
以诗歌的名义表演"。②此话或许有些过激，但新诗在新媒体语境下确实已
出现不少问题，诗魂已经迷失，如何在未来的发展路程上，对待、纠正自
己的问题并重塑诗魂，以诗魂的魅力吸引公众，真正深入公众世界，是亟
待探索与解决的重要课题。

第四节　诗歌批评与公众的隔膜

　　诗歌批评与诗歌其实生来就是一而二二而一的合体存在，亦是"诗
歌"形象被建构时不可缺少的重要组成部分，本应是将诗歌引向大众的桥
梁和渠道，然而，当下的诗人与大众都对诗歌批评深怀失望甚至绝望，不
少诗人基本不读诗歌批评，更甭提大众对诗歌批评的态度。何以至此？新
媒体语境下的诗歌批评呈现严重的空心化趋向，缺少诗意，标签化、强制
阐释、功利化商品化太严重，导致诗歌批评离大众比较远，甚至离诗人都
比较远，无法产生其批评与指导诗歌创作的作用，诗歌批评与公众之间的
隔膜在一定程度上限制了公众对诗歌的接受。

　　面对当前的诗歌批评态势，徐敬亚曾痛心疾首地指出："没有深厚的
学术专著，没有正常的批评交锋，没有与创作主体之间的交流——这三个
层面的空白，使中国诗歌批评具备了空心人的一切特征。"③确实，近年
来，诗歌批评呈现愈益严重的"空心化"趋向，最鲜明的表征有标签的泛

---

① 《高校教授学者评选"庸诗榜""口水诗"遭清剿》，《上海青年报》2008 年 1 月 21 日。
② 马知遥：《诗人穿上裤子，不要随地吐痰》，《艺术广角》2010 年第 3 期。
③ 徐敬亚：《重新做一个批评家》，《星星》诗刊 2008 年第 2 期。

滥、强制阐释的盛行和批评功利化商品化的流行等。批评者们喜欢贴标签，然后在标签的牵引下对作品进行"强制阐释"，而非"阅读"，非心与心的碰撞，导致当下的诗歌批评越来越趋向"空心化"，很多批评都成为一些标签的"论证会"，无所谓心与心的碰撞，亦无所谓读者与作者的碰撞，更没有古代诗歌批评理论所强调的"以心会心"。既然诗歌批评大都"空心""缺心"，诗人和大众对诗歌批评的信任与依赖也就缺失，产生了霍俊明所说的"公信力的丧失"和"不可避免的危机"。①

一　诗歌批评的"标签热"

在新媒体语境下，数字化媒体强势进驻社会各个领域，与报刊、广播、电视等传统媒体占主导的时代相比，无论是人们的生活方式还是思维方式、观念都呈现诸多变化，标签化便是其重要表征。标签化是伴随新媒体而出现的一个普遍现象，成为新媒体时代的一个典型标志，也同样成为诗歌批评的典型趋向，正如汪贻菡指出的："'标签化'批评正是当下诗歌批评中难以根除的一种异象。"② 她对当下诗歌批评发展态势的把握是敏锐的，但她主要从诗歌批评媒介化角度对诗歌批评的标签化进行分析，并仅以余秀华为例进行思考和评述，显然远远不够。事实上，标签化诗歌批评已经全面涵盖专业批评、媒体批评和网络批评，各种标签此起彼伏，但大多数标签其实都是强制阐释，是不同批评家、派别之间的话语权争夺策略，值得警惕与纠偏。

进入新媒体时代后的诗歌批评界，诗歌批评仿佛成为新媒体的宠儿，相较于小说、散文、戏剧批评的寂寞与沉默，诗歌批评热闹非凡，如"梨花体""羊羔体""打工诗歌""新红颜写作""草根诗歌""80后""70后""中间代""中生代""垃圾诗派"等各种标签纷至沓来，一派热闹景象。

所谓"标签"，是指"将某人或某物定型化或者归入某一类，而不是将其视为一个独特的个体"③，是用概括性词语精练描述某一内容、现象或特

---

① 霍俊明：《公信力、底线与当下诗歌批评的命运》，《诗刊》2012 年第 11 期。
② 汪贻菡：《全媒体时代诗歌批评的"标签化"现象及其反思——从余秀华引发的喧嚣与沉默谈起》，《内江师范学院学报》2016 年第 5 期。
③ 〔美〕爱德华·霍夫曼：《做人的权利：马斯洛传》，许金声译，改革出版社，1998，第 380 页。

征的能够代表事物特殊属性的符号，并以个体特征代替群体，以特殊性代替一般性。为何新媒体语境下的诗歌批评如此热衷于贴标签？最关键的原因在于贴标签可以将复杂问题简单化，可以化繁为简，并且标新立异，正好契合了新媒体求新、求快的诉求，二者一拍即合。因此，在新媒体语境下，贴标签成为诗歌批评的惯用策略，导致诗歌批评标签化愈演愈烈，掀起了诗歌批评的"标签热"。

标签如同商标，一旦"注册"成功并形成一定影响力，贴上这个标签便可以吸引眼球，提高关注度和点击率。许多诗人多年来默默无闻，虽然在一些刊物和网络媒体上发表过作品，但一直未产生影响。然而，当他们一贴上标签便人与诗俱红，如"新红颜写作"的标签一经诗人批评家李少君、专业批评家张德明贴出，一批在博客上默默写诗多年却未获得多少声名的女诗人便迅速走红。虽然这个标签一开始就引来各种争议，各种媒体、报刊、网络都众说纷纭，臧否不一，争论得异常激烈，但在新媒体语境下，有争议就会提高点击率和关注度，就会产生影响，由此，一部分归于"新红颜写作"标签下的女诗人得以浮出历史地表，迅速成为各种刊物、媒体和奖项的宠儿，名利双收。余秀华的成名同样无法抹掉标签的作用，她在出名前已写诗多年，且发表过一些作品，但一直未产生多大影响，即使是在《诗刊》2014年9月号下半月刊"双子星座"栏目发表组诗《在打谷场上赶鸡》后也未引起什么反响，但《诗刊》微信公众号推出其作品时为她贴上"脑瘫诗人"的标签，于是余秀华迅速走红，显然与标签发挥的作用不无关系。而标签的影响力与诗人的成名度正相关，标签下的诗人越红，名气越大，标签的影响力越大越持久，牢固性越强，由此，贴出标签的批评家亦随之提高影响力。

正因如此，诗歌界各种标签被炮制而出，如以时代命名的"70后""80后""中间代""中生代"等，以诗人名字或其谐音命名的"梨花体""羊羔体""乌青体""啸天体""秀华体"等，以群体的共同特征命名的"新红颜写作""新归来诗人群""打工诗歌""北漂诗人"等，以集聚或传播载体命名的"女子诗报诗群""扬子鳄诗群""网络诗人"等，以所在的地域或籍贯命名的"两广诗人""山东诗人""四川诗人""浙江诗人"等，各种标签层出不穷，你方唱罢我登场，令人眼花缭乱，掀起一波又一波命名热、标签热。当然，需要注意的是，有些标签并非由批评家设立，而是先由诗人或媒

体、报刊设立，后被批评家在撰写批评文章时采纳，其实在有意或无意中推
进了标签的确立和被认可，这种批评文章都是标签式批评。

二　强制阐释的盛行

在新媒体时代，诗歌界涌现出的各种标签，其实大多数名不副实，属
于强制阐释。"强制阐释论"是张江在前几年提出的一个理论话题，他
指出："强制阐释是当代西方文论的基本特征和根本缺陷之一。"① 这一
观点掀起文艺理论界的一股热议。事实上，不唯西方文论存在强制阐释，
诗歌批评领域的强制阐释趋向同样颇为严重，最明显的表征就是诗歌批评
的标签化。无论是媒体批评家、网络批评家还是专业的学院派批评家（当
下还有很多由诗人、作协领导和报刊主编与编辑客串的批评家），都喜欢
给诗人、诗歌贴标签，不管人家是否愿意，常常生拉硬拽地往人家身上
贴，是一种典型的强制阐释。张江认为，强制阐释是指"背离文本话语，
消解文学指征，以前在立场和模式，对文本和文学作符合论者主观意图和
结论的阐释"②，诗歌批评界所贴的诸多标签就是背离文本话语，以前在立
场和模式强行对诗歌文本进行符合论者自己主观意图与结论的阐释。

在当下诗歌界，批评家们常为批评对象先贴一个标签，然后在此标签
的导引下进行批评、阐释。一些批评家喜欢征用一些文学领域之外的理论
作为标签，如"女性主义""存在主义""生态主义""自然主义"等，他
们动辄以这些理论作为标签贴在诗人与作品上，然后据此进行阐释。比如
一些论者在评论女诗人的作品时，一看其是女诗人，便挪用女性主义的各
种理论进行套用和阐释，先给女诗人贴上"女性主义"的标签，然后在其
诗歌中千方百计寻找女性主义的蛛丝马迹，以验证自己所贴的标签和所移
植的理论。如阿毛被认为"更多的或许是伍尔夫式的抗争给了她女性主义
的暗示"③，"阿毛从男女性别的质疑、女性社会身份质疑、爱情婚姻的质
疑三个阶段，完成了自我的女性主义诗歌建构"④，都是被批评家从"女性

---

① 张江：《强制阐释论》，《文学评论》2014 年第 6 期。
② 张江：《强制阐释论》，《文学评论》2014 年第 6 期。
③ 戴荣里：《诗意女人》，载戴荣里《城里城外》，青岛出版社，2014，第 160 页。
④ 李鲁平：《女性主义诗歌创作中的怀疑者》，载李鲁平《身与心》，中国青年出版社，
2013，第 216 页。

主义"角度进行阐释。事实上，阿毛并不是一个女性主义者，她一直在反复否定自己是女性主义者，在她看来，自己写作即可，不必刻意强调自己的女性身份，因此她从不理念先行地从女性主义立场出发进行写作，而是一直试图绕开女性主义，利用自身作为女性的性别优势和女性经验，展开自身与世界的对话，试图抵达人类、民族的普遍命运的思考。

笔者认识一位批评家，动辄喜欢给诗人贴上各种主义的标签，如徐俊国在诗中所勾画的本是一个与世无争的鹅塘村，但她却给徐俊国的诗贴上"存在主义"的标签，生搬硬套存在主义的理论对之进行阐释。文章先是大段大段追溯雅姆与存在主义的关系，对存在主义进行知识性的梳理和普及介绍，从海德格尔到萨特再到雅姆，非常自信地认为徐俊国继承了海德格尔的存在主义，然后，动用了自然主义、此在主义、海德格尔的"诗意的栖居"、萨特的"介入"等概念，并得出结论——《鹅塘村纪事》介于存在主义与现实主义之间。文中频繁给诗人贴标签，相信诗人自己都能被这些理论与标签绕晕。同样，在评简明的诗时该批评家给简明贴上"英雄主义"的标签。她分析简明的诗，仅因简明曾是一个军人便给其贴上"英雄主义"的标签进行阐释，甚至还生造词语"战士哲学""佛学伦理"，还挪用"英雄主义""现实主义""战士英雄主义""文化英雄主义""国家主义""民族主义"，但她其实并不知道这些"主义"的真正内涵，是典型的乱贴标签。这种先贴上标签，然后再用这些标签的相关理论与内容对文本进行肢解式阐释的方式，属于典型的强制阐释。

"地方主义""地域性"亦是近年来批评家们喜欢使用的标签。雷平阳的诗中出现地名"昭通""云南"，批评家们便说雷平阳的创作是"地方主义写作""地域性写作"，"说穿了只不过是些很偷懒的贴标签游戏"①。事实上，雷平阳诗中的地名不过是其诗意展开的支点，并无特别的地理内涵或地理文化方面的含义，换成其他地名同样不会损害诗意。正如雷平阳自己所说："我心安处即吾乡。其实，我真正写昭通市土城乡的文字并不多，而是有些事件、念头，写作愿望，我只能将其放到'土城乡'之上才能更好地呈现出来。"② 在贴"地方主义""地域性"标签时，论者其实应

---

① 杨昭：《诗人的魂路图——雷平阳论》，北岳文艺出版社，2014，第8页。
② 雷平阳：《答安琪十二问》，新浪博客，http://blog.sina.com.cn/s/blog_bf7f84 ca0101mctm.html。

该先仔细阅读文本，甄别文本内容是否真与地方主义、地域性相关，否则就是强制阐释，就是"强奸"作者本来的意图。这是张江所说的"硬性镶嵌"，即将批评对象强行拆解后镶嵌到论者所征用的理论范式中。这些批评并非从文本的具体分析着手，而是从既定理论出发，理念先行，因而这些批评缺乏逻辑，认识路径混乱，无法真正将诗歌文本的内涵阐释出来，大都是无效的诗歌批评。

有些批评家则喜欢主观预设一些概念作为标签先树立起来，然后再将这个标签作为解读作品的一个角度对作品进行阐释，属于理念先行的强制阐释。如"新左翼文学"的标签，显然是理念先行的一个预设。"左翼文学"是特定的时代和政治语境下具有特定内涵的一个文学名称，具有明显政治倾向性，是"为无产阶级的文学，是无产阶级解放斗争的文化选择，强烈的阶级性、革命性和批评性是它区别于其他文学思潮的重要特征"①，其主要内容是阶级革命和阶级斗争，强调文学与时代、社会和政治的密切联系。但有论者仅因郑小琼与左翼文学一样表达了集体经验，注重"见证"与"记录"，呈现了底层苦难，便给其贴上"新左翼文学"的标签，显然有失妥当，完全脱离了"左翼"的历史语境，在完全不同的历史背景下采用"新左翼"的概念，会让人产生一种历史重演，退回历史的感觉。何谓"新左翼"？这些批评家并未真正厘清其内涵，笔者认为作为文学批评家，应该谨慎使用"左翼""右翼"之类政治色彩过于浓郁的概念，回到文学本身上来，"左翼文学"是阶级对立的历史时代特有的文学形态，属于阶级分析，而当下已不再是阶级对立的时代，不应该用阶级分析的方法对作品进行批评，再沿用"左翼文学""左翼诗歌"的标签显然存在问题。就笔者看来，"新左翼文学"与"底层写作""中产阶级写作"等标签一样，其实都是将阶级矛盾又重新拎回来，无形地强化了阶层意识、分裂了阶层关系、扩大了阶层矛盾，不仅是一种强制阐释，更是一种从属于政治、道德的附属性诗歌批评。

"新归来诗人群"同样如此，"归来诗人群"本是一个具有特定历史内涵的概念，其内涵是厚重、沉郁的，带着一代人的伤痛和焦灼，离去和归

① 马春花：《左翼文学传统在新时期的沉寂与复兴》，《海南师范大学学报》（社会科学版）2009 年第 1 期。

来对于他们来说是一生的剧痛。他们都因为"反右"和"文革"等政治运动而失去写作自由，不得不放弃写作，被迫离开诗坛，在政治运动中饱受磨难，后来在拨乱反正中获得平反而"归来"，重新拾起诗笔，其诗歌写作都打上那个特殊年代的"伤痕"和烙印，作品中充满悲怆。而所谓的"新归来诗人群"，其成员不是因政治风云变幻而离开诗坛，只是由于经商或从政、工作原因等暂时中断写作，获得一定成功后重回诗坛写作，与"归来诗人群"是完全不同的写作轨迹。因此"新归来诗人群"完全只是一个标签，只是一批诗人为博取诗歌功名而强行扭在一起抱团取暖、牵强命名的一个群体名称，功利性过强。

"中间代""70后""80后"等以时代命名的标签也是批评家们的主观预设，这些标签在诗坛树立起来后，很多论者便不加辨析地以部分诗人的特征套论所有归属于某个年代群体的诗人，路也对这种以时代命名的标签颇为反感，她曾质疑："我出生于1969年12月，因为出生年代是6字打头的，所以就编入中间代了，如果我再晚出生那么几天，也就是我妈妈她稍微再耐心一点，那我的诗就要被编入70后的选本了……可是6字打头还是7字打头，你属于哪个'代'，这对于写作本身来说，真的是毫无意义。所以我说，一切都是偶然的，并不能说明什么。"① 可见，这些标签都是批评家们的主观预设，显然大都无视了文本的原生含义，对文本本身的意义与价值阐释显然过于强制。

可见，在标签化思维下的诗歌批评，标签所显示的是批评者前置的主观意向，批评的目的不是阐释诗歌文本的内在魅力，而是证明批评者所树立的"标签"，批评家们根据标签所宣扬的姿态、立场而寻找可以证明的文本，都是为了证明标签的正确性而进行的按图索骥。由此，诗歌文本的特性被消解，阐释无法揭开文本的独特性和魅力，而只是进行了一次解剖、肢解或展览。江非对此非常清醒，他认为这些标签"大多都是无稽之谈的'想当然'"，"导致了许多背离诗歌本身的结论与概括"，这些标签大都只是在说"什么人在写诗"，而并非"诗歌被什么人所写出"，它们所命名的主体是"某某人"，而不是"诗歌"，因此，在他看来，依此展开的

---

① 霍俊明：《我的子虚之镇乌有之乡——路也访谈录》，《诗探索》2007年第1辑，第106~115页。

诗歌批评只不过是以诗歌为手段的关于"某某人"的评价，而并非关于诗歌的批评，"这样的所谓批评，其实很难真正地进入诗歌"。①

三　严重的功利化、商品化色彩

当下很多诗歌批评被严重功利化、商品化，亦是导致诗歌批评空心化的重要症结所在。不少批评者的批评立场不坚定，被人情绑架，朋友之间互相吹捧，或是拿红包后沦为吹鼓手；有的批评者则将批评作为职业、作为生计对待，为职称、为科研奖励而做批评，甚至有"明码实价"的收费评论。诗歌批评已经沦为名利场，许多诗歌批评者对诗歌并没有由衷的热情，只是由于职业需要而被迫从事诗歌批评工作，因此无法抵挡名利的诱惑而失去职业操守和学术道德。网络诗选博客的版主郑正西老先生近年来提出"诗坛反腐"，他批判了诗歌批评界的各种腐败现象，对众多批评者甚至著名批评家进行了揭露与批评。其实陈超、徐敬亚、罗振亚、霍俊明、张德明、熊辉、刘波等对这种现象都曾有过非常尖锐的批判，但诗歌批评生态并未好转。许多评论文章完全是不着边际的吹捧，脱离诗歌文本的真正价值，脱离诗歌事实，甚至有些批评者参加一些作品研讨会，事先根本没有阅读过作品，他们都是"空中飞人"，出入各种研讨会、座谈会、笔会，完全没有时间和精力仔细阅读诗歌文本，于是拿着一些放之四海而皆准的套话在每个会议上改头换面说一通。笔者认识一位所谓的著名诗人兼批评家，他几乎在每个会议上的发言套路都是先朗诵一下被评诗人的一首诗，接着说说自己的阅读心得及与这位诗人的交往过程，然后就时间到了发言完毕，其阅读心得都是一些诗歌基本常识层面的内容，是无论放在哪个诗歌文本中皆可通行的套语。

在 20 世纪 90 年代，冯至曾指出一些诗评家把神圣的诗歌批评变成了金钱和名利的派生物，而当下，这种情况已见怪不怪，正如熊辉指出的："某些诗歌评论的钱权交易愈演愈烈，很多诗歌评论成了诗人与评论者合谋的名利场。诗人抱着进入文学史的幻想，高薪聘人写评论文章，高价购买版面发文章，投钱举办作品研讨会；而评论者则收获经济利益，还可以发表论文，并借研讨会之名游山玩水，此举岂不双赢之美事？'拿人的手

---

① 江非：《诗歌批评的问题在哪里》，《文艺报》2011 年 11 月 2 日。

短，吃人的嘴软'，评论者于是只有从'褒扬'的立场出发说些无关痛痒的废话，诗歌批评成了与诗歌作品惺惺相惜的文字，致使批评失去了独立精神和批判立场。"① 笔者认识一位批评者，她不过是攻读在职研究生班的硕士学位时将诗歌评论作为硕士学位论文写作方向，获得硕士学位并评上副教授后便在博客上公开标明：本人已获硕士学位和副教授职称，需要我写评论的朋友必须按字数交费。这是典型地将诗歌批评功利化、商品化了。诗歌批评职业化同样也是将诗歌批评严重地功利化、商品化，赵勇对此进行过深刻的揭露与批判，他认为课题与项目让学院批评变得越来越学术化，批评因此被削弱了"必要的思想锋芒"，"学者失去了提出重大社会问题的能力"，课题与项目只是进入下一步申报系统的通行证，是接受评估的重要指数，与批评和思想无关。这种学术体制的运作导致了"学院批评的柔弱化与空心化"②。这些功利化、商品化的诗歌批评显然不可能走心，由此诗歌批评的"空心化"趋势亦在所难免。

显然，在标签化、强制阐释和功利化商品化等趋向下，当下诗歌批评已陷入"空心化"，"丧失了内在灵魂，以及内在超越的可能性，继而成为行尸走肉"③，进而不可能在诗与公众之间搭建起沟通的桥梁与渠道，无法在诗与公众世界的关系上发挥诗歌批评本应具有的效力。

小 结

在新媒体介入诗歌领域的二十余年间，新媒体与诗歌的关系日趋紧密，新媒体对诗歌的影响越来越大、越来越深，导致诗与公众世界的关系发生诸多变化，不仅带来诗歌传播平台的变化、诗人姿态的调整和诗歌传播方式的转型，也使诗歌的社会功能重新得到重视，诗歌文本策略出现转变。同时，诗歌界出现各种诗歌热潮和诗歌事件，给人以诗歌深入公众世界的"全民化"幻象。但事实上，新媒体亦为诗歌发展带来许多问题，这些问题表明，诗与公众世界之间的距离与隔膜并未消除，而是依然存在，诗与公众世界的关系变化对诗歌发展的推动作用需要冷静审视与努力探索。

---

① 熊辉：《批评弱化，使诗歌沦为娱乐笑料》，《文汇报》2015 年 1 月 28 日。
② 赵勇：《学院批评的历史问题与现实困境》，《文艺研究》2008 年第 2 期。
③ 朱大可：《忧郁的批评——关于文学批评的精神分析》，《文艺争鸣》2008 年第 1 期。

结　语
何去何从？
——诗与公众世界之关系的再思考

这是最好的时代，这是最坏的时代；这是智慧的时代，这是愚蠢的时代；这是信仰的时期，这是怀疑的时期；这是光明的季节，这是黑暗的季节；这是希望之春，这是失望之冬；人们面前有着各样事物，人们面前一无所有；人们正在直登天堂；人们正在直下地狱。①

查尔斯·狄更斯（Charles Dickens）曾借其小说《双城记》如是说。此话用以概括新媒体时代显然颇为合适与贴切，新媒体语境下的诗歌进入了一个最好的时代，但同时亦是一个最坏的时代，因为新媒体是一柄双刃剑，在带给新诗光明的、充满希望的发展平台与机遇、生机的同时，亦带来陷阱和迷惑，让新诗问题重重，让诗人和公众疑虑重重。一方面，新媒体与新诗的遇合，为诗与公众世界的关系方面带来诸多变化，诗歌传播平台的变化为诗歌开辟了第二生存空间，并拓展了公众空间；诗人面对新媒体语境纷纷调整姿态，力图重新做一个诗人；诗歌传播方式发生根本性转型，从作品中心转向媒介中心；诗人们的文本策略发生转变，为深入公众世界提供本体实力；诗歌社会功能重新被重视，诗人们在诗歌社会功能与审美价值之间进行调谐；等等。这些都是新媒体语境下诗与公众世界之间关系变化的具体表征，这些新变化对新媒体语境下的诗歌发展具有重要影响与深远意义，成为新世纪诗歌不可忽略的重要内容。另一方面，虽然当下诗坛表面上非常热闹，仿佛重新迎来诗歌发展的春天，仿佛在新媒体的

---

① 〔英〕查尔斯·狄更斯：《双城记》，李妍译，中国华侨出版社，2016，第1页。

刺激下，公众对诗歌的关注度有所提升，诗歌进入发展"最好的时代"，让不少诗人和学者都以为诗歌进入了"全民化"的黄金时期，诗与公众世界之间的关系似乎改变了之前的隔膜、冷漠与疏离状态，但事实上，在大多数情况下，"诗"不过是公众"观看""围观"的一场场戏。可以说，"全民化"是一个乌托邦，诗与公众世界的交流、沟通其实大都停留于表面，公众对诗的态度依然是"冷"与"隔"的，新诗在公众世界的处境大体上依然是"内热外冷"。诗歌界内部各种诗歌活动的开展，各种刊物版面的据守，各种诗歌奖项的设置与启动，大量诗集的出版，各种研讨会的召开，各种诗歌事件的纷涌，都不过属于"内热"的"自娱自乐"，外界对诗歌的态度依然是"冷"的，百年新诗在公众眼中不过是个不成熟的"问题少年"。

关于百年新诗依然是个"问题少年"的说法，是王光明于2003年在《现代汉诗的百年演变》中最先提出的，他认为新诗"在文类秩序上还不够成熟稳定"，"没有成年人的老成练达，尚未达成作者与读者的普遍共识"。[①] 王光明当时所看到的尚只是少年的"不够成熟稳定"，不够"老成练达"，而新世纪以来的新诗发展其实已进入少年的"叛逆期"。众所周知，几乎每一个少年成长到一定时期都会进入叛逆期，总会做一些叛逆、过激的行为。新诗同样如此，尤其是进入新媒体时代之后，新诗成为一个叛逆的"问题少年"，时不时做出一些过激、偏执的举动，其实不过是为吸引众人的目光和显示自身的存在，如前文论析过的下半身写作、废话体、垃圾诗、梨花体、啸天体、乌青体、秀华体等诗歌体式，无疑都是新诗这个叛逆"少年"在不同时期所做出的吸引注意力的过激举动，甚至不乏误入歧途的危险。时评家刘诚认为："中国新诗就是一种无效写作。"[②] 此话虽然偏激，却也发人深省，他一针见血地道出了新诗这个叛逆"少年"所做的各种叛逆举动的无效性。那么，如何让新诗成长为成熟稳定的"中年"，作为有效写作真正深入公众世界，彻底改变诗与公众世界的关系，改变"冷"与"隔"的关系状态，需要诗人们共同努力，探寻新的发展路径。

---

① 王光明：《现代汉诗的百年演变》，河北人民出版社，2003，第640页。
② 刘诚：《无效写作》，网易博客，http://shuzhixx.blog.163.com/blog/static/1470029862006757250484/。

　　笔者认为，要想让诗真正深入公众世界，经得起公众和历史的考验，就必须回到文本和诗歌本体，在文本中建构"诗魂"，这是诗人的当务之急。只有"诗魂"才能真正打动大众，才具有"噬心"力量。面对当下文坛生态，谢有顺曾痛心疾呼："在今日的文学写作中，重申灵魂叙事，重塑一种健全的精神视野和心灵刻度，便显得迫在眉睫。"[1] 确实，"文学的根本使命是展开生命个体的灵魂冲突"[2]，尤其是诗歌，作为人类灵魂的栖息地，更亟待诗魂的建构，亟须重塑健全的精神视野与心灵刻度。笔者认为，只有在内涵上抵达大情怀、大境界，在艺术上自觉探求诗的表现手法，在语言上追求诗化，才能建构起"诗魂"，让诗回归诗的本质属性，担负起阐释灵魂的责任，解决当下诗歌因"轻""平""白"等造成灵魂缺失的疑难病症。在新媒体语境下，诗歌被各种新媒体绑架，被技术抢夺主导权，更需要重塑诗的灵魂，以"诗魂"战胜新媒体并驾驭新媒体，让诗与技术真正结合，从而让新媒体成为诗歌真正深入公众世界的通道和桥梁。

　　那么，如何在新媒体语境下的诗歌文本中建构"诗魂"？笔者认为可以从以下这些方面进行尝试与努力。

一 大情怀、大境界的抵达

　　诗，要拒绝为赋新词强说愁的无病呻吟，拒绝小女人、老太太的絮絮叨叨拉拉扯扯（杨匡汉语），拒绝心胸的阴暗与狭隘，从而让日常情感升华到大情怀、大境界，让自己的作品直击当下的生存意义与生命意义，使诗承担起灵魂言说的本职责任，这是当下诗歌自我救赎的主要路径，亦正是诗歌灵魂的核心内涵与终极归宿。虽然当下诗歌中出现了一些俗不可耐、不堪卒读的作品，但历史的河流终将淹没这些诗歌渣滓，而那些在寂寞中坚守内心纯粹、守望人类精神家园的诗人必将获得诗歌史的青睐。

　　笔者认为，近年来涌现了一批具有大情怀、大境界的作品，如一直在寻求诗歌艺术和诗歌精神"突围"的灵焚，在 20 世纪 80 年代就已创作出思考人类生存命运以及人类生存与文化悖论反思的《飘移》《房子》《异

---

① 谢有顺：《从俗世中来，到灵魂里去》，郑州大学出版社，2007，第 100 页。
② 刘再复、林岗：《中国文学的根本性缺陷与文学的灵魂维度》，《学术月刊》2004 年第 8 期。

乡人》等组章，而他近年发表的《女神》《生命》《冲动》《第一个女人》
等诗里引入了神性维度和史性目光，试图抵达人类灵魂深处与人类存在本
源之终极的思考。他还积极大力地倡导"意义化写作"①，多次在其诗论文
章中传达如何让诗超越一般性的日常叙述或小感触的抒发，而抵达神性力
量与终极意义的超验之境，显示其极为自觉的诗性自律与追求。如《第一
个女人》一诗所塑造的"母亲"形象并非单指现实中的"母亲"，而指所
有人的"母亲"，是所有人类生命的孕育者，其视野跨越古今中外的时空
囿限，去追踪"母亲"的原型价值和意义，探寻"母亲"这一原型意象的
终极意义，塑造出整个人类和人类文明的伟大"母亲"形象。

"70后诗人"唐朝晖也在做这种努力，正如彭燕郊在为其诗集《梦语
者》所作序言中指出的，唐朝晖的散文诗"具有闪亮的人文价值的人类经
验"和"哲理"②，确实，唐朝晖的诗常以"梦语"的方式从日常生活与
个体感受中解剖出人类经验与人作为存在的终极价值。

耿林莽、刘虔、周庆荣、黄恩鹏、爱斐儿等诗人近年来的散文诗作品
亦都抛却日常小情感、小感触的抒发，而呈现出大境界、大情怀的开阔气
象。自由诗中柏桦、欧阳江河、蓝蓝、王小妮、李轻松、路也等诗人近年
来自觉坚守诗之为诗的纯净领地，善于把个体经验提升为人类普遍经验的
表达，显然这种接近灵魂话语的诗歌新质值得继续发掘。

吉狄马加的诗总是从个人感知出发抵达人类的大爱高度，但他对"大
爱"的传达并非架空于"人民""祖国""民族""世界""人类"等大词
语，而是从个人的真切感知出发抵达对民族、人类的爱，从而体现出民族
意识、人类情怀。其拥有一种善于从个人感遇抵达人类命运，从民族生态
延伸到国家、世界景况，从个体生命拓展至生命本真、存在本质的"穿透
力""超越力"，努力实现民族性与世界性、人类性的统一。如长诗《我，
雪豹……》中以"雪豹"的形象将豹魂、诗魂与人类灵魂合为一体，呈现
出民族的雄浑魄力与自然野性，体现了诗人对现代文明弊病的反思，叩问
了整个人类的精神、灵魂，所隐含的是他对整个人类生存与精神双重困境
的忧虑。

---

① 灵焚：《意义化写作——论周庆荣的创作》，《诗刊》2010 年第 9 期。
② 彭燕郊：《梦语者·序一》，载唐朝晖《梦语者》，中国人民大学出版社，2012，第 2 页。

欧阳江河的《凤凰》"以神话叙述整合与重塑当代图景，反思了 21 世纪人类的生存境遇，揭示了当代世界具有的多层次、多维度、多侧面的立体化格局"，"获得了当代诗歌前所未有的包容性和扩展性"，被称为"当代史诗"。"具有史诗品质的《凤凰》也具有宏大叙事的特征，表现出立体化描绘当代世界，进而整体性诠释纷繁繁复杂的社会现实的努力"，"蕴含了一种世纪性以及全球化的使命意识"。① 显然，《凤凰》在情怀、境界上磅礴宏大，超越了国别、民族、地域，而抵达全人类的普遍价值层面，然而，这种诗在当代诗歌版图上为数不多。聊可安慰的是，"70 后"诗人高世现的《酒魂》亦在做这种努力，他试图创作《魂魄九歌》，而一万行的长诗《酒魂》是第一部，陈仲义认为此诗"上天入地，纵横捭阖"，"几达'笔落惊风雨，诗成泣鬼神'的境地"，"超强的主体人格建构，恍若苍茫寥廓中的大鹏扶摇，茕茕然独倨于珠峰之顶。精气神之丰沛，蔚然奇观。是屈骚大气长虹，太白翻江倒海之集合，凌虚高蹈而根系地气。因情志披沥、良爱浸透，故价值伦理视域胸怀，高屋建瓴"，"峭拔自负，荡气回肠。大千世界之人、事、物驱遣裕如；乱世尘相之长嚎短啸，转手为云覆手为雨"，"在在为中国诗歌的阳刚登场，重新涅槃"，并以"旷世杰作，百年雄起"② 八字概括，评价虽然有些过誉，却显示出高世现的诗已完全超越小情绪、小自我抒发的层面，呈现出大情怀、大境界。这些诗中大情怀的呈现和大境界的营构，无疑极大地提升了诗歌的高度，是当代诗歌努力的一个重要着力点。

二　诗歌担当意识的重建

谢冕呼吁："让诗回到它本来的位置上来，让诗首先是诗，是情感的，是思想的，是高贵而永恒的，是作用于人的心灵的，是能够疗救人的精神而始终引导人向着前方行进的。"③ 新世纪以来，不少人依然在继续 20 世纪 90 年代盛行的"个人化写作"，他们乐此不疲地抒发小感慨、小情绪，暴露其琐屑无聊的日常生活。所幸的是，还有一部分诗人在自觉地反思

① 吴晓东：《后工业时代的全景式文化表征——评欧阳江河的〈凤凰〉》，《东吴学术》2013 年第 3 期。
② 陈仲义语，"中韩诗会"发言，2013 年 5 月 26 日。
③ 谢冕：《世纪反思——新世纪诗歌随想》，《河南社会科学》2004 年第 3 期。

"个人化写作"倾向的不足，试图重建担当意识，注重诗与现实、时代、生活的关系。如梁平呼吁"重新找回对社会责任的担当"①，他自己也进行实践，汶川大地震发生后第二天晚上，他便书写长诗《默哀：为汶川大地震罹难的生命》记录自己最直观的感受；而三年后，他将自己三年亲历汶川大地震灾难、救援与重建的观察与思考写成长诗《汶川故事》，这一长诗成为一部与苦难抗争的中华民族的心灵史和情感史，显然是"担当"意识的重要力证。对于"担当"意识，谢有顺也曾指出："需要重提一个诗人的责任——词语的责任和精神的责任。很多诗人都会以'写作是个人的事'为由，逃避写作该有的基本责任。'写作是个人的事'本是一句很好的话，但今天已经成了诗人们放纵自己的借口。个人的事，如果不联于一个更为广阔、深远的精神空间，它的价值是微不足道的。写作是个人的，但写作作为一种精神的事业，也是面对公共世界发言的……诗人要勇敢地面对自己，面对众人，面对现实；他写的诗不仅要与人肝胆相照，还要与这个时代肝胆相照，只有这样的诗，才是存在之诗，灵魂之诗。"② 确实，只有诗人明白自己的词语责任和精神责任，才不会粗制滥造一大堆文字垃圾却冠以"诗"的名义到处招摇撞骗，才不会误导一大批追随者跟风模仿，败坏诗的尊严与名誉。年轻的"80后"诗人李成恩也在思考"后一代"诗人的责任与担当："我们如何保持诗歌应有的尊严，如何从泡沫中张开呼吸的嘴唇，而让诗歌得到喘息的机会？这是'后一代'诗人们所要担当的重任。"③ 杨庆祥则痛切、真诚地反思"80后怎么办"的问题，试图探寻"我们是谁？我们往哪里去？"的问题，希望从绝望中寻找希望，这也是一种担当意识。这些诗人都自觉从小情绪中走出来，抛开个人化、私语化的写作惯性，强调"担当"，强调对社会、时代的介入，强调诗歌的道德伦理，新世纪以来的打工诗歌、底层诗歌、草根诗歌等都是这方面的努力，诗人重拾"担当"，重建诗与现实对话的通道，真正"从俗世中来，到灵魂里去"④。

---

① 梁平：《诗歌：重新找回对社会责任的担当》，《扬子江诗刊》2006年第3期。
② 谢有顺：《乡愁、现实和精神成人——论新世纪诗歌》，《文艺争鸣》2008年第6期。
③ 李成恩：《泡沫时代的精神微光——汉语诗歌的出路与诗人的精神应对》，新浪博客，http：//blog.sina.com.cn/s/blog_148de37bf0102vbp3.html。
④ 谢有顺：《从俗世中来，到灵魂里去》，郑州大学出版社，2007。

　　需要注意的陷阱是底层诗歌、草根诗歌的写作如果仅限于抚摸疼痛、暴露伤害，那将滞步于"伤痕文学"的范畴，关键在于如何让诗歌超越表层的"呈现"与"暴露"，由个人的命运遭际上升至时代与历史层面的反思，并抵达人类的终极关怀。对此，陈超一直在以创作实践和理论研究进行双线探索，他对以前的诗"过度强调社会性、历史性，最后压垮了个人空间"与现在的诗"一味自恋于私人化叙述中的'我'的大趋势"都表示否定，而提出"个人化历史想象力"，试图消解二元对立，综合处理个人和时代的关系："希望能紧紧抓住个人生活观感的某些瞬间（包括断裂之点）闪进历史，以一个小吟述点，自然而然（化若无痕）地拎出更博大的生存情境。"[①] 这种"个人化历史想象力"其实就是要重新"担当"，在写作中复苏道德伦理，既不同于那种过于贴近时代高调的"大词"书写，也不同于疏离人类的高蹈的"圣词"书写，而是处理好时代与个人的关系，调谐好个人话语与公众话语的关系，以个体经验与个体话语为基点，想象世界与历史，抵达人类情怀与终极层面，重新铸造具有重量的诗魂。

三　神圣性的重塑

　　诗原本是一种具有神圣性的表达方式，钟嵘便说过："灵祇待之以致飨，幽微借之以昭告。动天地、感鬼神，莫近于诗。"[②] 钟嵘认为诗的神圣性足以通天地鬼神。雪莱也曾说过："诗是神圣的东西……诗拯救了降临于人间的神性，以免它腐朽。"[③] 荷尔德林则说："诗之存在，是一种神圣的存在；诗人之存在，是人类神圣的礼品。"[④] 可见，诗一直被认为具有神圣性。当然，事实上，我们人类不可能真正动天地、感鬼神，亦不可能真正通神性，只能通过内心体悟神性的存在，这是一种"体验"与"体悟"，是一种纯粹精神上的朝圣，具体在诗歌中常常指向"永恒、无限、静寂、幽深"，"它引人进入一种超然旷远的境界，让人彻悟宇宙人生的奥义，感受心灵律动与宇宙律动的隐秘冥契，从而将人之生存提升到一个神圣的高度"[⑤]。

---

① 陈超：《"泛诗歌"时代：写作的困境和可能性》，《文艺报》2011 年 7 月 13 日。
② （南朝梁）钟嵘撰，陈延杰注《诗品注》，人民文学出版社，1961，第 1 页。
③ 〔英〕雪莱：《为诗辩护》，载伍蠡甫、胡经之主编《西方文艺理论名著选编》（中卷），北京大学出版社，1986，第 79 页。
④ 转引自宋一苇《审美视界》，辽宁大学出版社，2002，第 30 页。
⑤ 转引自宋一苇《审美视界》，辽宁大学出版社，2002，第 30 页。

这正是诗歌艺术的美感与奥义所在。

在新媒体语境下，一些诗人面对神圣性被消解的生态，自觉进行调整，试图重新建构诗的神圣性，如"神性写作""完整性写作"等写作理念的倡导，都是对诗歌进行"再神圣化"的努力。"神性写作"作为诗歌概念最初由亚伯拉罕·蝼冢于2003年初正式提出，后来刘诚倡导的"第三极文学运动"主张以"神性写作"对抗当时的下半身写作、垃圾派写作、低诗歌写作等向下的非神性写作，大力推动了诗歌领域的"神性写作"倾向。对于"神性写作"的内涵，刘诚曾做出明确界定："神性写作即向上的写作，有道德感的写作和有承担的写作；神性写作是对生活永恒价值的悲壮坚守……对当代文学商业化、解构化、痞子化、色情化、贱民化、垃圾化、空洞化、娱乐化的倾向说不。"[1] 这种"神性写作"其实与具体的"神"无关，而是从人的现实生存状态出发对彼岸世界或未来产生憧憬，对人类存在的终极意义发出追问，含有一种宗教情怀或对彼岸世界理想主义的价值诉求，试图以理想与信仰之光照亮人类社会以对抗人性的黑暗。诗人世宾提出的"完整性写作"理论也注重"神圣性"的重建，他针对当下"去神圣化"的诗歌书写生态，主张"再神圣化"："完整性写作就是要求诗人在观察一个人或世界的时候，必须看到神圣的、永恒的、象征的意义以及个体心灵为体验、获得神圣性（良知、尊严、爱）在当下背景下的艰难和苦痛；而不是去抱住表象的生活、具体的经验，去沉湎于日常片段、事件和在处理这些事件过程中呈露出来的意味，去肯定为应合世俗事务所采取的短暂的、具体的、庸俗化的谋生策略。"[2] 确实，在一切以"去"字当头的解构时代，"再神圣化"颇为重要，可以还诗歌以尊严，让诗回到诗的正常位置和角色。

其他诗人虽没有提出具体的主张和理论，但在实践中注重重构神圣性，主张用诗救赎灵魂，救赎社会和民众。谢有顺曾提出"灵魂叙事"，主张"从俗世中来，到灵魂里去"，李少君、盘妙彬、谭延桐、灵焚、李成恩等诗人则以诗进行"灵魂救赎"。李少君一直将诗歌奉为"个人日常

---

① 刘诚：《第三极文学运动宣言》，《第三极》（民刊）（第三卷，"神性写作诗学理论专号"），2008。

② 世宾：《梦想及其通知的世界——"完整性写作"的诗学原理》，《诗歌与人："完整性写作"》2005年第9期（总）。

宗教"，他多次说："自然是庙堂，大地是道场，山水是导师，而诗歌就是宗教。""诗歌是具有宗教意义的结晶体，是一点一点修炼、萃取的精髓。"① 他对诗歌"宗教"性的强调，无疑是对诗歌的神圣性的重新肯定，《神降临的小站》《神的家里》《抒怀》《暴风雪之夜》《南山吟》等诗都呈露了他对神与神秘体验的感受。盘妙彬的诗注重引入神性维度，其诗中"神"无处不在，如"我的左右，我的心，一定多了什么/但神不说出：我在"（《神在，不经得起问到底》）、"这边蓝岭在，神在，我不在"（《安之蓝岭》）、"风雨中突然一块阳光/掉在洱海边的村庄，哦，神住在不远"（《哦，神住在不远》）、"青山不知疲倦，神仙住在其中"（《皇帝老了，天色已晚》）。这个"神"无处不在的世界显然是盘妙彬以想象建构出来的理想世界，他赋予世间万物神性，以与人间俗世相区别、相隔离，事实上，相信"神"的"在"是一种信念、信仰，是诗人对理想世界的一种想象与向往，是他以此与现实世界相抗衡、疏离的"独立王国"，为其诗歌披上了一层神秘的、神性的色彩。谭延桐对诗歌一直怀有一种宗教般的虔诚与敬慕，将诗奉为地狱与天堂、现实与神话之间的沟通者、对接点："诗是地狱到天堂、现实到神话之间的距离。"② 陈仲义也认为："在灵魂深处植入些灵性与神性，多好呵。灵性与神性，是不朽的翅膀，运载着人类的绿意和艺术的葱茏。"③ 因此，谭延桐把写作当作修道、悟道途径之一，其诗充满"神性"，如《神曲：上升的道路》《在菩萨的耳朵里沉思》《天主》《和基督对话》等诗都透出神性之光，呈现其不断"修炼"自身诗歌精神的努力。灵焚则主张"以人的方式活着"，但又"必须以人的理性与审美拥有神"，因此，他笔下的"情人"被"神"化，象征一种终极之美；"女神"更是被"神"化，象征人类的生命之源。诗之神性的重建，无疑会促进诗魂的重铸和诗歌生态的回归。

四 文化底蕴的重构

自 20 世纪 80 年代"放逐崇高""解构文化"等潮流盛行以来，中国新诗大都成为自我、个人情绪的发泄和个人生活的流水账，很少将文化糅

---

① 李少君：《自然是庙堂，诗歌是宗教》，《绿叶》2009 年第 9 期。
② 谭延桐：《笔尖上的河》，中国文联出版社，2000，第 236 页。
③ 陈仲义语，诗生活，http://www.poemlife.com/revshow-68897-958.html。

入诗行，这种倾向延续至今，在新媒体语境下甚至有更趋严重的倾向，因而当下诗歌在整体上缺乏重量和厚度。事实上，中国新诗要想在世界文学的场域获得尊重与推崇，就必须拥有"中国品格"，而"中国品格"的形成主要在于中国文化传统中独特的文化底蕴。中国的传统文化源远流长、博大精深，若能从中国传统文化之河中撷取文化片段，将之写进诗歌，或以之作为诗歌底蕴或主核，必然能增进诗歌的厚度与重量，真正获得"中国品格"。

具体而言，一方面是历史文化。中国历史历经五千余年，已积淀丰厚的历史文化记忆和博大精深的文化底蕴，因而处处蕴藏着历史和文化。宇文所安（Stephen Owen）认为"场景和典籍是回忆得以藏身和施展身手的地方，它们是有一定疆界的空间，人的历史充仞其间，人性在其中错综交织，构成一个复杂的混合体"①。若诗人们能在历史的场景和典籍中驰骋想象，深入历史与文化深处探寻历史遗迹，让回忆"施展身手"，追寻历史记忆，必然能增加诗歌的厚度。欧阳江河的《凤凰》便深入历史文化，"频繁指涉中国古典文学与文化中的凤凰主题，从庄子、李贺到李白、韩愈，捕捉了中国古人与凤凰聚合的一个个瞬间"②，呈现了中国文化传统中与凤凰主题相关的文化底蕴；高世现的《酒魂》亦成为"中华文化复兴立传立碑立铭之壮举"③，他在回答著名诗评家徐敬亚的问题时表示是"借酒还魂""聆听历史"，全诗涉及历史人物超过 1000 个，文化底蕴深厚的地名、天文名词等不计其数，呈现出丰厚的历史文化底蕴。只有让诗承载渊深的历史文化，才能构塑出超越国别、民族、地域和经得起时间考验的"中国品格"。

另一方面是民族民俗文化，主要指诗中要突出民族品格。中国品格是由民族品格汇聚而成的，各民族的文化品格积聚起来，构成中华民族的整体民族品格，因而，民族品格的彰显与"中国品格"的构塑同声相应、相得益彰。吉狄马加、扎西才让、鲁若迪基等诗人在这方面都做得不错，将自己民族的文化注入诗歌，构筑了"民族品格"。就广西诗歌而言，广西

① 〔美〕宇文所安：《追忆：中国古典文学中的往事再现》，郑学勤译，生活·读书·新知三联书店，2004，第 32 页。
② 吴晓东：《后工业时代的全景式文化表征——评欧阳江河的〈凤凰〉》，《东吴学术》2013 年第 3 期。
③ 陈仲义语，诗生活，http://www.poemlife.com/revshow-68897—958.html。

是少数民族聚居区，特殊的地理品格形成独特的文学地理，也应形成其民族品格。而民族品格的形成必须开掘民族文化传统，探寻民族文化瑰宝并将之糅入诗中。广西有壮、汉、瑶、苗、侗、仫佬、毛南、回、京、彝、水、仡佬等民族，多民族文化的交流互汇，形成了广西丰厚的少数民族文化和多民族文化。一些广西诗人便涉笔于此，试图发掘少数民族或本土的民俗风情与民族文化，如刘春的《在钦州听独弦琴演奏》和许雪萍的《听何绍老人弹独弦琴〈月下摇篮曲〉》对"独弦琴"这一民族音乐艺术魅力进行了呈现。"独弦琴"是广西京族的弹弦乐器，也是京族古老的民间竹制乐器，弹奏者可以在仅有的一条琴弦上奏出柔和优美的乐音，因此颇受京族人民喜爱，在节日或农闲之时，人们便在它的伴奏下唱即兴编成的民歌。刘春在诗中细致地描述了独弦琴演奏的神奇与乐音的美妙。许雪萍则运用通感、比喻、对比等修辞手法淋漓尽致地呈露出自己听独弦琴演奏时"迷失，下陷"和"深深地沉醉"的内心感受，呈现出民族音乐的神奇魅力。刘频在《天琴歌谣》中对天琴这一民族音乐进行了书写。"天琴"是广西壮族支系偏人的弹拨弦鸣乐器，迄今已有上千年历史，其音色圆润明亮，深受偏人喜爱，在偏人中广泛流传。刘频在诗中叙述了天琴与"我"的关系，描述了天琴乐音的美妙，形成了对民族文化的诗意发掘与触摸。在发掘民族文化与风俗风情方面最有代表性的是汤松波，他在《东方星座》中对56个民族的历史文化与民俗风情进行呈现，其中便包含了广西聚居的十多个民族，在每一首诗前他都先对这些民族的居住地、环境、语种、信仰、风俗等特点进行简单介绍，然后再在诗中展开诗意的想象与言说。《壮》《仫佬》《京》《瑶》《毛南》《苗》《侗》《回》《彝》《水》《仡佬》等诗展现了散居于广西的各个民族的民族风情、人文地理、历史文化等，呈现了独特的民族文化图景。

五　艺术技巧与手法的重新启用

诗的隐喻、象征、通感、夸张等艺术手法的运用显然是诗与其他文体的重要区别。诗是各种艺术因子立体聚合爆发的力量显现，优秀的诗作如戴望舒的《雨巷》、卞之琳的《断章》、顾城的《夜》、舒婷的《神女峰》、海子的《九月》等之所以令人反复咀嚼玩味而不厌，原因在于它们全面调动了一系列意象的组合及象征、隐喻、通感、夸张等各种艺术手法，极力拓展诗的语言空间与语意空间，尽意驰骋想象与感觉，从而拓展诗歌话语的广度、深度、厚度与高度，达到诗歌的立体审美效应。有别于当下摈弃崇高、拒绝隐喻等弊病之诗，一些诗人开始自觉地探求诗的艺术。李轻松对诗歌艺术进行了多式样的尝试，她曾表明自己的诗歌艺术观念："写诗是为了创造一段距离。与现实/我保持着一贯的疏离。"① 她在诗中调动各种诗歌艺术手法的力量创造诗与现实的距离，如在诗中糅入戏剧因素，或尝试诗剧的创作与表演等，均是她为探索诗艺所做的努力。她的诗从不拒绝意象的隐喻或象征意义，"火"是其着墨颇多的一个意象，但绝非停留于物理学意义的"火"，而是上升至形而上层面。法国著名学者巴什拉认为"对火的凝视把我们带回到哲学思考的渊源"②，他说火"能解释一切的特殊现象"，"一切迅速变化的东西就可用火来解释，火是超生命的"③。李轻松亦深谙"火"的力量，在她笔下，身体是一把火，精神是一把火，铁是火，血是火，语言是火，爱情是火，生命是火，死也是火，如《意外之美》中的"一页纸里的火"，《铁的幸存者》中的"那些形而上的火，是你的另一种表情"，《铁这位老朋友》中的"亲爱的铁，'我火焰中的一部分'"，《还有多少铁可以重打？》中的"我的每一个毛孔都已张开/我的炉火蔓延成灾"，这些诗中的"火"意象均携带着丰富的哲学内涵和深刻的精神暗指。李轻松对诗歌意象、隐喻、象征等艺术手法的"调兵遣将"促使其诗从不堪入目之"平"的尴尬中突围而出，显示出默默坚守的一批诗人对诗歌艺术自觉探索的努力。来自云南的冯娜，其诗总裹挟着一股源自藏地的神秘巫气，仿佛真拥有一种她自己所说的"幻术"："丰饶的大自然和边地人情风俗所赠予我的想象也好幻术也好已经成为我心性的一部分，它们在书写的时候自然而然地浮现和托付。"④ 她善于在诗中巧妙地调用语言技巧将各种视觉、听觉、触觉、味觉等集合起来，在文字中制造各种匪夷所思、变幻莫测、以假乱真的艺术效果，意象高度密集，场景切换极为快速，总让人应接不暇，构筑了一个充满神秘感、空灵感的新奇世界。这些都是诗人们在艺术技巧与手法上的自觉探索与尝试。

---

① 李轻松：《写诗是一件美丽与苍凉得无法言说的事》，载李轻松《无限河山》，春风文艺出版社，2009，第 168 页。

② 〔法〕安德列·巴利诺：《巴什拉传》，顾嘉琛、杜小真译，东方出版中心，2000，第 119 页。

③ 〔法〕安德列·巴利诺：《巴什拉传》，顾嘉琛、杜小真译，东方出版中心，2000，第 116 页。

④ 冯娜、王威廉：《诗歌与生命的"驭风术"——冯娜访谈》，《山花》2014 年第 9 期。

六 诗化语言的锤炼

虽然新诗是以言文一致的现代汉语入诗，但诗的语言与散文的语言并非毫无二致，遑论日常会话之语。诚如瓦雷里区分诗与散文时曾指出的，如果散文的语言是走路，诗歌的语言就像跳舞。众所周知，跳舞讲究舞姿与步法、体态与风貌，需优美、艺术化，诗的语言亦如此，需要"诗化"，唯其如此，方能成为诗人传达灵魂话语的言说方式，成为灵魂话语的诗意载体。当下诗歌以口语入诗，这是无可回避的现实问题，但口语作为诗歌语言，并非真如日常说话的口语般直白随意。欧阳江河曾敏锐地指出，处理好这种口语，使之水乳交融地渗透到各种视觉的、知觉的、幻觉的书面语言之中，经过诗人的生命、灵魂的智慧时带出更多样的语言光芒，投射出更多复杂的语言境界，形成更有力的语言气候——这也许是完成现代汉语诗歌革命的一个关键。因此，无论粗细精芜都入诗，将口语理解为俗语、土语、大白话，只能建构起虚假的诗歌语言，让诗歌沦落溃散。诗歌语言需要将口语进行提炼、打磨与"驯服"，如 2002 年以《当哥哥有了外遇》引发关于"口语诗"争论的阿毛，她对语言拥有一种特殊的敏感，并善于把这种敏感转化成一种创造性话语，通过单纯质朴且深入浅出的语言拓展诗歌的可能性，在张力性语言中挖掘生活本质，虽平白如话，却极具陌生化效果和感染力。阿毛的语言充满悖论的张力，如"一出生就老了"（《引力》）、"一个是天使，一个是天使一样好看的魔鬼"（《早春的唯美》）、"我出发，我返回，/我是自己的他乡"（《春天来了》）等故意以突兀、陌生化的矛盾式组合构造悖论而形成陌生化效果，由此制造张力。反讽、隐喻修辞等语言技巧亦为阿毛擅长的诗歌艺术，其诗由此呈现出丰富的内在张力，显示了以口语入诗却抵达诗化语言的可能性。盘妙彬独特的语言表达方式让他成为中国当代诗歌版图上的一个"异数"，他的诗歌词语组合方式在整个广西目前还找不到第二个，刘春曾评价他的诗："简洁诡秘得近乎梦呓，细细品味却自有其合理性与精致感。"① 确实，盘妙彬的语言极其独特、吊诡，简直与"新诗怪"废名可堪一比，悖论手法是其

---

① 刘春：《广西诗歌：在波峰与波谷之间——关于新时期广西现代诗创作的 10 个问题》，《南方文坛》2011 年第 1 期。

诗歌艺术最为独特的地方，其笔下处处是悖论语言，许多诗的标题便充满悖论，如《此地在，此地不在》《大理在，大理不在》《没人看到，它的确存在》《现实不在这里，不在那里》等诗的标题中便蕴含相对、相反的两极，形成内在的矛盾、冲突。这种悖论语言犹如禅宗"公案式"的非逻辑思维方式，禅趣盎然而别具张力，形成了他独特的语言方式。安琪一直在寻找通往诗歌妙境的语言武器，其诗注重感觉的多重组合，把语词转化为一种内在的语言，以形成灵魂感动与震撼的力量，如《悲伤之诗》和《相爱之诗》便使用了顶针、回环、复沓的手法，在词语的承接、语言的落差感、上下句的延续、结构的构架、意象的运动等方面都极其讲究。

可见，诗既为诗，必然有跳跃性、非逻辑性、写意性，以及含蓄、凝练、雅致等诗歌语言的语言特质，这种诗语是生活语言的淘洗、提炼、升华，需要在不断地锤炼、锻造和打磨中形成。

以上思考仅为笔者个人在面对新媒体语境下的诗歌发展生态时所形成的个人观感与理想化设想。就笔者个人而观，诗人们只有拥有大情怀、大境界，重建诗歌担当意识，重塑神圣性和文化底蕴，并注重诗歌艺术技巧与语言的提升与锤炼，方能从文本内部建构出真正能打动人心、具有"噬心"力量的作品，方能真正深入公众世界，真正改善诗与公众世界的关系，并为时间和历史所存留。

在这"最好"又"最坏"的新媒体时代，如何将新媒体"为我所用"地与诗结合，为诗歌未来发展做"尽其所能"的贡献，是未来诗人们需要努力探索的地方。但愿新媒体时代的诗歌在清醒认识到自身发展的问题、规避自身局限性后越走越健康，不再是"问题少年"，而是逐渐走向成熟，真正走向"全民化"的"黄金时期"。当然，值得注意的是，诗歌"全民化"不一定是好事，"全民化"的诗也不一定是好诗，诗与公众之间的距离与隔膜在现实中或许永远难以消除、消失，在未来诗与新媒体的磨合中亦难以实现。这是一种悖论，或许正是这种相悖性，使诗与公众世界之关系这个论题被反复探讨、热议。

虽然新媒体介入诗歌领域已有二十余年历史，但相对于历史长河而言，二十余年不过仅仅拉开新媒体与新诗合作的历史序幕，在未来新媒体与新诗的继续合作中，诗与公众世界的关系还将发生什么变化？诗歌界还将出现怎样的热闹与繁荣幻象？还需要让时间进行回答。

主要参考文献

专著类

〔美〕R·韦勒克：《批评的诸种概念》，丁泓、余徵译，四川文艺出版社，1988。

包亚明主编《文化资本与社会炼金术——布尔迪厄访谈录》，包亚明译，上海人民出版社，1997。

〔美〕保罗·莱文森：《新新媒介》，何道宽译，复旦大学出版社，2011。

卞之琳：《雕虫纪历》（增订版），人民文学出版社，1984。

卞之琳：《人与诗：忆旧说新》，生活·读书·新知三联书店，1984。

〔法〕波德里亚：《消费社会》，刘成富、全志钢译，南京大学出版社，2000。

陈旭光编《快餐馆里的冷风景：诗歌诗论选》，北京大学出版社，1994。

陈仲义：《现代诗：语言张力论》，长江文艺出版社，2012。

陈仲义：《中国前沿诗歌聚焦》，中国社会科学出版社，2009。

陈子善编《叶公超批评文集》，珠海出版社，1998。

程光炜编选《岁月的遗照》，社会科学文献出版社，2000。

〔美〕大卫·雷·格里芬：《后现代宗教》，孙慕天译，中国城市出版社，2003。

〔英〕戴维·米勒编《开放的思想和社会——波普尔思想精粹》，张之沧译，江苏人民出版社，2000。

〔美〕弗·杰姆逊：《后现代主义与文化理论——杰姆逊教授讲演录》，唐小兵译，陕西师范大学出版社，1986。

〔德〕海德格尔：《荷尔德林诗的阐释》，孙周兴译，商务印书馆，2000。

〔德〕海德格尔：《人，诗意地安居：海德格尔语要》，郜元宝译，广西师范大学出版社，2000。

〔德〕海德格尔：《诗·语言·思》，彭富春译，文化艺术出版社，1991。

〔德〕海德格尔：《现象学之基本问题》，丁耘译，上海译文出版社，2008。

〔德〕海德格尔：《形而上学导论》，王庆节译，商务印书馆，2015。

〔美〕汉娜·阿伦特：《人的条件》，竺乾威等译，上海人民出版社，1999。

贺照田主编《西方现代性的曲折与展开学术思想评论》（第 6 辑），吉林人民出版社，2002。

〔美〕赫伯特·马尔库塞：《单向度的人——发达工业社会意识形态研究》，刘继译，重庆出版社，2016。

侯马：《大地的脚踝》，人民文学出版社，2014。

侯马：《他手记》，江苏文艺出版社，2013。

黄鸣奋：《新媒体与西方数码艺术理论》，学林出版社，2009。

黄子平：《幸存者的文学》，（台北）远流出版公司，1991。

江弱水：《卞之琳诗艺研究》，安徽教育出版社，2000。

姜静楠、田川流主编《电影学概论》，山东文艺出版社，2004。

〔芬兰〕莱恩·考斯基马：《数字文学：从文本到超文本及其超越》，单小曦等译，广西师范大学出版社，2011。

〔英〕克里斯托夫·霍洛克斯：《鲍德里亚与千禧年》，王文华译，北京大学出版社，2005。

李怀亮主编《新媒体：竞合与共赢》，中国传媒大学出版社，2009。

李稚田：《影视语言教程》，北京师范大学出版社，1999。

林美茂：《灵肉之境——柏拉图哲学人论思想研究》，人民出版社，2008。

灵焚：《女神》，中国青年出版社，2011。

灵焚：《情人》，海峡文艺出版社，1990。

刘春：《朦胧诗以后：1986～2007 中国诗坛地图》，昆仑出版社，2008。

刘再复、林岗：《罪与文学》，香港：牛津大学出版社，2002。

柳冬妩：《从乡村到城市的精神胎记：中国"打工诗歌"研究》，花城出版社，2006。

　　吕周聚等：《网络诗歌散点透视》，中国社会科学出版社，2015。

　　马丁：《艾米莉·狄金森》，上海外语教育出版社，2004。

　　马铃薯兄弟编选《中国网络诗典》，江苏文艺出版社，2002。

　　〔加〕马歇尔·麦克卢汉：《理解媒介——论人的延伸》，何道宽译，商务印书馆，2000。

　　〔英〕迈克·费瑟斯通：《消费文化与后现代主义》，刘精明译，译林出版社，2000。

　　梦亦非：《苍凉归途·评论卷》，花城出版社，2010。

　　〔美〕尼尔·波兹曼：《娱乐至死·童年的消逝》，章艳、吴燕莛译，广西师范大学出版社，2009。

　　〔美〕尼古拉·尼葛洛庞帝：《数字化生存》，胡泳、范海燕译，海南出版社，1997。

　　欧阳江河：《谁去谁留》，湖南文艺出版社，1997。

　　欧阳友权等：《网络文学论纲》，人民文学出版社，2003。

　　欧阳友权：《网络文学本体论》，中国文联出版社，2004。

　　潘瑞芳、谢文睿、钟祥铭：《新媒体新说》，中国广播电视出版社，2014。

　　〔意〕普里莫·莱维：《被淹没和被拯救的》，杨晨光译，上海三联书店，2013。

　　钱中文主编《巴赫金全集》（第1卷），晓河等译，河北教育出版社，1998。

　　秦晓宇选编《我的诗篇：当代工人诗典藏》，作家出版社，2015。

　　仇勇：《新媒体革命：在线时代的媒体、公关与传播》，电子工业出版社，2016。

　　〔法〕让·华尔：《存在主义简史》，马清槐译，商务印书馆，1962。

　　石义彬：《单向度、超真实、内爆——批判视野中的当代西方传播思想研究》，武汉大学出版社，2003。

　　谭天：《新媒体新论》（第2版），暨南大学出版社，2013。

　　〔美〕唐·泰普斯科特：《数字化成长：网络世代的崛起》，陈晓开、袁世佩译，东北财经大学出版社，1999。

唐晓渡、王家新编选《中国当代实验诗选》，春风文艺出版社，1987。

汪晖、陈燕谷主编《文化与公共性》，生活·读书·新知三联书店，1998。

汪民安、陈永国、马海良主编《后现代性的哲学话语——从福柯到赛义德》，浙江人民出版社，2000。

王恩衷编译《艾略特诗学文集》，国际文化出版公司，1989。

王光明：《现代汉诗的百年演变》，河北人民出版社，2003。

王家新：《没有英雄的诗：王家新诗学论文随笔集》，中国社会科学出版社，2002。

王晓渔：《重返公共阅读》，安徽教育出版社，2011。

文红霞：《新媒体时代的文学经典化》，南京大学出版社，2012。

西川：《让蒙面人说话》，东方出版中心，1997。

奚密：《从边缘出发——现代汉诗的另类传统》，广东人民出版社，2000。

肖频频：《媒介变革与社会转型》，学苑出版社，2015。

谢有顺：《从俗世中来，到灵魂里去》，郑州大学出版社，2007。

许强、罗德远、陈忠村主编《2008 中国打工诗歌精选》，上海文艺出版社，2009。

杨宏海主编《打工文学备忘录》，社会科学文献出版社，2007。

杨匡汉、刘福春编《中国现代诗论》（上编），花城出版社，1985。

杨庆祥：《80 后，怎么办?》，北京十月文艺出版社，2015。

〔德〕尤根·哈贝马斯：《公共领域的结构转型》，曹卫东等译，学林出版社，1999。

余光中：《余光中集》（第 6 卷），百花文艺出版社，2004。

袁可嘉：《论新诗现代化》，生活·读书·新知三联书店，1988。

〔荷〕约斯·德·穆尔：《赛博空间的奥德赛——走向虚拟本体论与人类学》，麦永雄译，广西师范大学出版社，2007。

曾念长：《中国文学场——商业统治时代的文化游戏》，上海三联书店，2011。

张邦卫：《大众媒介与审美嬗变——传媒语境中新世纪文学的转型研究》，中央编译出版社，2016。

张德明：《探秘的诗学》，暨南大学出版社，2015。

张德明：《网络诗歌研究》，中国文史出版社，2005。

张德明：《新世纪诗歌研究》，暨南大学出版社，2013。

张曙光等：《语言：形式的命名》，人民文学出版社，1999。

张松建：《现代诗的再出发：中国四十年代现代主义诗潮新探》，北京大学出版社，2009。

张桃洲：《语词的探险：中国新诗的文本与现实》，社会科学文献出版社，2012。

张晓明、胡惠林、章建刚主编《2010年中国文化产业发展报告》，社会科学文献出版社，2010。

赵卫峰主编《漂泊的一代：中国80后诗歌》，中国文联出版社，2012。

朱自清：《新诗杂话》，作家书屋，1947。

朱自清：《踪迹·论雅俗共赏》，万卷出版公司，2015。

论文类

陈氚：《网络社会中的空间融合——虚拟空间的现实化与再生产》，《天津社会科学》2016年第3期。

龚奎林：《媒介生态视野下的新世纪诗歌论——基于网络博客和报刊杂志的视角》，《长沙理工大学学报》（社会科学版）2012年第3期。

何同彬等：《百年新诗的"公共性"及其边界》，《扬子江诗刊》2015年第4期。

洪子诚：《当代诗歌的"边缘化"问题》，《文艺研究》2007年第5期。

洪子诚、刘登翰：《诗与现实关系的调整——八十年代新诗发展的一个侧面》，《福建论坛》（文史哲版）1993年第3期。

江非：《网络传播革命带来"诗场"巨变：谈新世纪中国诗歌十年"诗场"流变之一种》，《星星》诗刊2010年第3期。

〔荷〕柯雷：《是何种中华性，又发生在谁的边缘?》，《新诗评论》2006年第1辑。

梁鸿：《文学如何重返现实——从"梁庄"到"吴镇"》，《名作欣赏》2015年第34期。

戚攻：《网络社会的本质：一种数字化社会关系结构》，《重庆大学学报》（社会科学版）2003 年第 1 期。

桑克：《互联网时代的中文诗歌》，《诗探索》2001 年第 1~2 辑。

陶东风：《当代中国文学的自主性与公共性的关系》，载《中国中外文艺理论学会年刊》，2009。

童星、罗军：《网络社会及其对经典社会学理论的挑战》，《南京大学学报》（哲学、人文科学、社会科学）2001 年第 5 期。

王本朝：《网络诗歌的文学史意义》，《江汉论坛》2004 年第 5 期。

吴俊：《文学史的视角：新媒介·亚文化·80 后——兼以〈萌芽〉新概念作文的个案为例》，《文艺争鸣》2009 年第 9 期。

吴思敬：《新媒体与当代诗歌创作》，《河南社会科学》2004 年第 1 期。

张德明：《互联网语境中的新世纪诗歌》，《中南大学学报》（社会科学版）2008 年第 1 期。

张立群：《网络诗歌的大众文化特征分析》，《河南社会科学》2004 年第 1 期。

张允若：《关于网络传播的一些理论思考》，《国际新闻界》2002 年第 1 期。

张之沧：《论空间的创造和生产》，《自然辩证法研究》2007 年第 2 期。

赵勇：《文学活动的转型与文学公共性的消失——中国当代文学公共领域的反思》，《文艺研究》2009 年第 1 期。

图书在版编目（CIP）数据

新媒体语境下新诗与公众世界的关系新变化／罗小
凤著. -- 北京：社会科学文献出版社，2023.1
（文脉流变与文化创新）
ISBN 978-7-5228-1215-1

Ⅰ.①新… Ⅱ.①罗… Ⅲ.①新诗-诗歌研究-中国
Ⅳ.①I207.25

中国版本图书馆 CIP 数据核字（2022）第 240755 号

文脉流变与文化创新
新媒体语境下新诗与公众世界的关系新变化

著　　者／罗小凤

出　版　人／王利民
责任编辑／张建中
文稿编辑／程丽霞
责任印制／王京美

出　　版／社会科学文献出版社·政法传媒分社（010）59367156
　　　　　地址：北京市北三环中路甲 29 号院华龙大厦　邮编：100029
　　　　　网址：www.ssap.com.cn
发　　行／社会科学文献出版社（010）59367028
印　　装／三河市龙林印务有限公司

规　　格／开　本：787mm × 1092mm　1/16
　　　　　印　张：18　字　数：291 千字
版　　次／2023 年 1 月第 1 版　2023 年 1 月第 1 次印刷
书　　号／ISBN 978-7-5228-1215-1
定　　价／108.00 元

读者服务电话：4008918866